C000017505

ŒUVRES COMPLÈTES

DE MESDAMES

DE LA FAYETTE,

DE TENCIN ET DE FONTAINES.

TOME I.

PARIS. — IMPRIMERIE DE FAIN, RUE RACINE, N°. 4,

PLACE DE L'ODÉON.

Marie Madeleine Pioche de la Vergne,

DE LA FAYETTE.

Née en 1633. Morte en 1693.

OEUVRES COMPLÈTES

DE MESDAMES

DE LA FAYETTE,

DE TENCIN ET DE FONTAINES,

PRÉCÉDÉES

DE NOTICES HISTORIQUES ET LITTÉRAIRES,

PAR

MM. ÉTIENNE ET A. JAY.

Nouvelle Édition,

ORNÉE DES PORTRAITS DE MESDAMES DE LA FAYETTE ET DE TENCIN.

Tome Premier.

A PARIS,

CHEZ P.-A. MOUTARDIER, LIBRAIRE,

RUE GÎT-LE-COEUR, N°. 4,

ET LES PRINCIPAUX LIBRAIRES DE LA FRANCE ET DE L'ÉTRANGER.

1825.

NOTICE

SUR LA VIE ET LES OUVRAGES

DE

MADAME DE LA FAYETTE.

MARIE-MAGDELAINE PIOCHE DE LA VERGNE, comtesse de LA FAYETTE, née en 1633, morte en 1693, était fille d'Aymar de La Vergne, maréchal de camp, gouverneur du Hâvre-de-Grâce, et de Marie de Péna, d'une ancienne famille de Provence. L'amour des lettres et la culture de l'esprit étaient héréditaires dans cette famille. Dès le treizième siècle, Hugues de Péna, auteur de quelques tragédies, et secrétaire du roi de Naples, Charles Ier, avait reçu *le laurier du poëte* des mains de la reine Béatrix. Dans le seizième siècle, Jean de Péna se rendit illustre par de profondes connaissances dans les mathé-

matiques, et les enseigna même avec distinction au Collége de France ¹. Il mourut
jeune : le célèbre Ramus, qui avait été son
maître pour les belles-lettres, et son disciple
pour les sciences exactes, lui a consacré
dans ses ouvrages quelques souvenirs de
reconnaissance. On me pardonnera de constater ainsi des titres de noblesse littéraire;
ceux-là du moins ne coûtent rien à la morale; la faveur ne saurait les créer, ni la
puissance des rois les anéantir.

Ce fut sans doute d'après ces traditions
de famille que M. de La Vergne, très-in-
struit lui-même, dirigea l'éducation de sa
fille. Il se mit au-dessus du préjugé qui
interdit aux femmes la connaissance des
langues anciennes, comme si la lecture
d'Homère, de Sophocle, de Virgile et de
Tibulle était incompatible avec les grâces
de l'esprit, les délicatesses du goût, et les
élégances de la société. Ménage, célèbre par
son érudition, le P. Rapin, auteur du char-

---

¹ On doit à Jean de Péna une édition en grec et en latin
des *Sphériques* de Théodose.

mant poëme des *Jardins*, étaient liés d'amitié avec M. de La Vergne; ils se chargèrent d'enseigner le latin à sa fille, dont les heureuses dispositions rendaient facile cette tâche quelquefois si pénible. Segrais raconte qu'au bout de trois mois de leçons elle indiqua le véritable sens d'un passage sur lequel les deux graves érudits n'étaient pas d'accord; Ménage, avant le coup mortel que lui porta Molière dans les *Femmes Savantes*, était assez bien dans le monde. L'hôtel de Rambouillet servait de théâtre à ses prétentions; il se prit même d'une belle passion pour madame de Sévigné, qui reçut de lui des leçons d'italien, seule faveur qu'elle voulut bien lui accorder. Son plus grand mérite est d'avoir eu deux écolières telles que madame de Sévigné et madame de La Fayette; son plus grand tort fut d'avoir Molière pour ennemi.

Mademoiselle de La Vergne avait aussi inspiré la muse latine de Ménage; mais ici son érudition lui tendit un piége qu'il ne sut pas éviter. Il s'avisa de traduire le nom de *La Vergne* par celui de *Laverna*, qui

désignait, chez les Romains, la déesse des
voleurs. Cette rencontre malheureuse lui
valut une épigramme supérieure à ses madrigaux. Pour bien l'entendre, il faut se
rappeler ces vers que Trissotin adresse à
Vadius :

> « Va, va restituer tous les nombreux larcins
> » Que réclament sur toi les Grecs et les Latins !

> « *Lesbia nulla tibi est, nulla tibi dicta Corinna,*
> » *Carmine laudatur Cinthia nulla tuo;*
> » *Sed, cùm doctorum compiles scrinia vatum,*
> » *Nil mirum si sit culta Laverna tibi.* »

Cette épigramme a été traduite en vers
faibles, mais où le trait est assez bien conservé.

> « Est-ce Corinne, est-ce Lesbie,
> » Est-ce Philis, est-ce Cinthie,
> » Dont le nom est par toi chanté ?
> » Tu ne la nommes pas, écrivain plagiaire,
> » Sur le Parnasse vrai corsaire,
> » Laverne est ta divinité. »

« Madame de La Fayette savait le latin,
dit Segrais; mais elle n'en faisait rien paraître; c'était afin de ne pas attirer sur elle
la jalousie des autres dames. » C'était sans
doute aussi pour ménager l'amour-propre

des hommes qui, en général, pardonnent difficilement une supériorité d'instruction dans les femmes. La prudence de madame de La Fayette doit servir de modèle aux personnes de son sexe, dont l'esprit est enrichi de connaissances d'un ordre élevé. Ce sont des trésors qu'elles doivent garder pour elles-mêmes; c'est le seul cas où l'avarice ne soit pas un défaut. Le temps viendra peut-être où des idées plus saines régneront dans la société, où les femmes pourront franchir impunément le cercle des occupations frivoles et renouveler l'antique alliance de Minerve avec les Grâces. Jusqu'à cette époque, celles qui peuvent lire dans la langue originale une ode d'Anacréon ou une élégie de Properce doivent cacher ces jouissances avec autant de pudeur que madame de La Fayette.

Mademoiselle de La Vergne était âgée de vingt-deux ans lorsqu'elle épousa en 1655, François, comte de La Fayette, frère de mademoiselle de La Fayette, fille d'honneur d'Anne d'Autriche. Mademoiselle de La Fayette avait inspiré à Louis XIII les sen-

timens les plus tendres qu'il fut susceptible
d'éprouver. Le P. Caussin, confesseur du
roi, qui redoutait peu ses emportemens
amoureux, approuvait et dirigeait cette
innocente passion dont il voulut se servir
pour supplanter le cardinal de Richelieu.
Celui-ci, encore plus rusé que le jésuite,
s'aperçut aisément de ses manœuvres,
exigea son renvoi, et sépara le roi de sa
maîtresse. Mademoiselle de La Fayette
prit le voile dans un couvent de Chaillot.
Son mérite et ses vertus lui acquirent une
considération qui rejaillit sur sa famille.

Ce fut donc avec tous les avantages de
la naissance, des grâces extérieures et de
l'esprit, que madame de La Fayette entra
dans la société. Cette société différait beaucoup de celle que nous voyons aujourd'hui;
les rangs n'étaient pas confondus; on aimait
les richesses, non comme but d'ambition,
mais comme moyen de jouissance. L'hum-
ble bourgeoisie connaissait bien sa position; les anoblissemens ne faisaient que
des plébéiens privilégiés et non des gentils-
hommes : le haut clergé lui-même appar-

tenait à la noblesse de race, et quelques rares exceptions ne font que constater la règle. Ainsi, une séparation complète existait entre le corps de la nation et l'aristocratie. Rien alors de plus ridicule qu'un citadin affectant des airs nobles; c'est ce qui fit la fortune du *Bourgeois Gentilhomme;* ce n'est qu'à la fin du dernier siècle qu'on eût pu trouver le modèle du gentilhomme bourgeois.

Molière, en 1655, n'avait pas encore composé ses *Précieuses Ridicules*, et ce qu'on nommait le bel-esprit avait envahi la société; il semblait qu'on voulût opposer une langue privilégiée à une langue roturière. La conversation perdit l'aisance qui en fait le charme; il ne fut plus permis d'exprimer simplement sa pensée; il fallut chercher des tournures nouvelles et d'ambitieuses périphrases. Les sentimens les plus naturels tombèrent dans l'exagération du langage, et la littérature même fut attaquée de cette épidémie. Les écrivains, voyant que la galanterie était à la mode, voulurent faire les galans en prose

et en vers ; de là cette inondation de balla-
des, de madrigaux et de sonnets qui occu-
paient la cour ; la ville n'avait pas encore
d'opinion ; on cabalait contre un sonnet
comme on avait cabalé contre le cardinal
Mazarin. De là encore ces romans inter-
minables, dont les personnages sont toujours prêts à disserter sur la métaphysique
de l'amour, et où tout est de convention,
les mœurs, les caractères et les sentimens.
Comment expliquer aujourd'hui la vogue
d'ouvrages tels que *l'Illustre Bassa*, *Clélie*, *Pharamond* et *Cléopâtre?*Citera-t-on
les vingt éditions du *Renégat* et du *Solitaire ;* mais ces romans sont des chefs-
d'œuvre de rai on et de goût, si on les
compare à ceux de Scudéry et de La Cal-
prenède. D'ailleurs le *Solitaire* et *le Renégat* n'amusent ou n'intéressent qu'une
classe inférieure de lecteurs, tandis que les
grands coups d'épée de Pharamond et
d'Artaban plaisaient à madame de Sévigné.
Il faut qu'il y ait quelque chose de sédui-
sant même dans les extravagances de l'imagination.

Madame de La Fayette lisait sans doute
aussi ces productions, qui ne sont consi-
dérées aujourd'hui que comme les monu-
mens d'un goût dépravé ; elle vivait aussi
dans ces sociétés *précieuses*, d'où le naturel
des pensées et la vérité d'expression étaient
soigneusement bannies ; elle échappa cependant à la contagion ; et peut-être faut-
il attribuer ce rare bonheur au commerce
qu'elle entretenait avec les grands écrivains
de l'antiquité. Rien en effet de plus opposé
à l'affectation moderne que la manière antique ; ce n'était point une nature idéale
qui était l'objet de l'imitation de ces écrivains ; ils retraçaient ce qu'ils avaient vu,
ils exprimaient ce qu'ils avaient senti ; leur
morale était dominée par la plus noble des
affections humaines, l'amour de la patrie ;
ils étaient vrais en tout ; et la vérité est la
source de toute grandeur. Ne cherchons
point ailleurs le secret de leur génie et le
prodige de leur immortalité.

Madame de La Fayette ne retint de la
littérature fantasque des Balzac, des Voi-
ture et des Scudéry, que le goût des maxi-

mes et celui des portraits; mais elle ne puisa ses maximes que dans l'étude du cœur humain, et ses portraits furent toujours dessinés d'après nature; on peut en juger par celui de madame de Sévigné, son amie, dont les traits et le coloris sont également frappans de vérité.

Quelques années après le mariage de madame de La Fayette, lorsque l'hôtel Rambouillet était dans toute sa splendeur, et que les beaux-esprits de la *Place Royale* avaient acquis la plus haute renommée, Molière traduisit sur la scène ce langage bizarre connu sous le nom de *jargon de ruelles* et livra les *précieux* et les *précieuses* à la risée publique. Le châtiment était sévère, mais il était mérité. Le succès que Molière obtint à la cour décida la révolution; les puissances de l'hôtel Rambouillet et du Marais perdirent leur crédit; le mauvais goût fut détrôné; on revint de toutes parts à la raison et à la vérité. Nous verrons bientôt quel caractère la situation morale de la société imprima à la littérature.

Madame de La Fayette devint célèbre

comme madame de Sévigné, sans aspirer
à la célébrité. Ses deux principaux ouvrages, ceux qui font le plus d'honneur à son
esprit et à son talent, parurent sous le
nom du poëte Segrais. Cette indifférence
pour la renommée littéraire peut nous
étonner aujourd'hui, mais elle était conforme aux mœurs du temps où vivait madame de La Fayette. On trouvait encore
quelque chose de servile dans la profession
des lettres. Ce préjugé, que le cardinal de
Richelieu avait voulu détruire par la créa-
tion de l'Académie française, s'était affaibli;
mais il n'était pas éteint, surtout à l'égard
des femmes distinguées par le rang et la
naissance. On leur permettait d'aimer les
beaux-arts, de protéger ceux qui les cul-
tivaient, de juger les ouvrages nouveaux;
on leur permettait même la composition,
mais comme une espèce de bonne fortune
dont la confidence devait être dérobée au
public; les titres de femme auteur et de
femme de qualité paraissaient incompati-
bles. Les La Suze, les Deshoulières, les
Scudéry perdaient en considération dans le

monde ce qu'elles gagnaient par leurs écrits
en célébrité.

La société, en prenant cette expression
dans le sens le plus étendu, n'exerçait aucune influence sur les lettres et les arts.
C'était la partie la plus élevée et la moins
nombreuse de la nation; c'était la cour de
Louis XIV, à son époque brillante, dont
la littérature représentait le goût, les mœurs
et les opinions. Ce goût tendait au perfec-
tionnement; ces mœurs, sans être pures,
conservaient de la dignité; ces opinions
étaient contenues dans des bornes étroites
par l'autorité religieuse; on raisonnait sur
la religion et non contre la religion. Sous
un gouvernement devenu absolu, sans être
encore précisément tyrannique [1], l'ordre,
la règle, le respect des bienséances, servaient de barrière aux mouvemens excen-
triques des passions et à l'impétuosité des

---

[1] La révocation de l'édit de Nantes fut une des calamités
de la vieillesse de Louis XIV; il fallut le tromper et faire
intervenir la religion pour obtenir de sa caducité cet acte
solennel de tyrannie.

imaginations exaltées. De cette contrainte générale devait naître l'hypocrisie ; les tartuffes naissent en foule sur les sociétés, régulières en apparence, et où il n'y a de réalité que la corruption.

La littérature reçut, comme la haute société, l'empreinte de l'ordre et le joug de la règle ; et ce qu'on nous présente comme l'imitation de l'antiquité ne fut que le résultat nécessaire des circonstances. Les classes élevées, sortant d'une longue et pénible agitation, cherchaient le repos dans la soumission aux lois établies ; la littérature, emportée depuis la trivialité la plus vulgaire jusques aux dernières limites de l'extravagance, demandait aussi des lois à la raison et au goût. Le génie qui les dicta en reconnut lui-même l'empire, et la France vit briller ses plus beaux jours de gloire littéraire. Les grands écrivains de cette époque sont ceux qui indiquèrent au talent la route qu'il devait suivre, moins par leurs préceptes que par leur exemple. Ce n'est pas l'imitation des anciens qu'ils demandaient, mais l'étude de leurs ouvrages. En proscrivant la licence, ils garantissaient la liberté; ils savaient qu'il n'y a point de chef-d'œuvre, dans quelque art que ce soit, sans ordre et sans proportions. Que ces doctrines soient empruntées à l'antiquité, qu'importe, pourvu qu'elles soient conformes à la raison de tous les temps. Faut-il répudier les lois de la morale, parce qu'elles ont été trouvées dans le berceau des nations?

Les fictions romanesques, qui sont regardées, peut-être à tort, comme un genre secondaire en littérature, n'avaient encore produit que de fausses imitations des mœurs, que des caractères sans type réel, que des peintures infidèles des passions. On avait pris la vaine pompe des mots pour la noblesse de l'expression, la subtilité pour la finesse, et l'exagération pour la vérité. « Avant madame de La Fayette, » dit Voltaire, on écrivait d'un style am-» poulé des choses peu vraisemblables. Sa » *Princesse de Clèves* et sa *Zayde* furent » les premiers romans où l'on vit les » mœurs des honnêtes gens, et des aven-

» tures naturelles décrites avec grâce. »
Cet éloge est parfait dans sa simplicité.
Nous devons à madame de La Fayette la
réformation d'un genre dont les productions sont une partie de nos richesses littéraires. Il faut plus que du talent pour
arriver, sans modèles, à cette exactitude
d'observation, à cette connaissance intime
du cœur, à cette félicité d'expression qui
classent les ouvrages de ce genre dans les
littératures modernes, et leur assurent une
longue durée. Sous ce point de vue, madame de La Fayette n'a peut-être point
été suffisamment appréciée. C'est là ce qui
la met hors de ligne parmi les femmes qui
se sont exercées dans le même genre, et
qui ont obtenu, à leur tour, de légitimes
succès ; elles ne sauraient prétendre à la
gloire de l'invention.

L'apparition de *Zayde* fit un effet merveilleux dans le monde, c'est-à-dire dans
la haute société. On ne revient au naturel
que par un effort de raison ; mais le premier exemple entraîne tout. *Zayde* était
le tableau de la société, vue de son côté

le plus favorable. On y reconnaît cependant au fond l'esprit de l'hôtel Rambouillet; on y discute s'il est à propos de bien
connaître une femme avant de se passion-
ner pour elle; si la connaissance de sa
beauté suffit, ce qui assure le plaisir des
découvertes; ou enfin si le comble du
bonheur n'est pas d'enlever une maîtresse
charmante à un rival préféré. Voilà bien
ces théories recherchées de l'amour sur lesquelles le cardinal de Richelieu faisait soutenir des thèses en forme chez sa nièce, la
duchesse d'Aiguillon, et qui exercèrent
depuis la subtilité des cercles de Julie
d'Angennes, duchesse de Montausier. Mais
c'est le seul tribut que madame de La
Fayette ait payé au goût dominant de l'é-
poque où elle fit son entrée dans la société, le seul vestige des premières impressions qu'elle dut y recevoir. Dans le roman de *Zayde*, les événemens n'ont rien
d'invraisemblable, le langage n'a rien d'af-
fecté; c'est la conversation de personnes
d'une éducation et d'un rang distingués
qui expriment avec élégance des pensées

ingénieuses et des sentimens délicats. On a surtout remarqué la situation de Consalve et de Zayde, « s'aimant tous les deux » dans un désert, ignorant la langue l'un » de l'autre, et craignant de s'être vus » trop tard. Les incidens que cette pas- » sion fait naître sont une peinture heu- » reuse et vraie des mouvemens de la pas- » sion [1]. »

« Rien ne fait plus d'honneur à madame » de La Fayette, dit aussi d'Alembert, ou » plutôt à la sensibilité de son âme, que » cet endroit admirable dans le roman de » *Zayde*, où les deux amans, qui sont for- » cés de se séparer pour quelques mois, et » qui en se séparant ne savaient pas la lan- » gue l'un de l'autre, l'apprennent chacun » de leur côté, durant cette absence, et se » parlent, chacun en se revoyant, la langue » qui n'était pas la leur. Il n'y a peut-être » dans les anciens, qu'on aime tant à préfé- » rer aux modernes, aucun trait d'un sen- » timent aussi délicat et d'un intérêt aussi

---

[1] La Harpe.

» tendre. L'écrivain qui a imaginé cette si-
» tuation si neuve et si touchante, et qui
» n'a pu la trouver que dans son cœur, a
» montré qu'il savait aimer; et ceux qui le
» sauront comme lui, sentiront, en lisant
» dans *Zayde* la scène charmante que nous
» rappelons ici, combien cette expression
» simple et vraie d'un sentiment doux et
» profond, est préférable à la nature fac-
» tice ou exagérée de tant de romans mo-
» dernes. »

On n'aurait pas hasardé, à l'époque où
écrivait madame de La Fayette, de peindre
l'amour avec ses flammes dévorantes, la
violence de ses désirs, et la fureur de ses
emportemens. En vain eût-on prodigué les
mots de *vertu*, de *sentiment*, de *nature*,
pour colorer la séduction de ces tableaux passionnés; la morale les eût repoussés comme
dangereux. C'est qu'alors il y avait véritablement de la religion; et quoique les formes eussent beaucoup trop d'importance,
elles n'en servaient pas moins de frein à l'i-
magination des auteurs. La tendance du
christianisme est de contenir les passions,

et, par une conséquence nécessaire, d'en régler l'expression. Cette vérité se fait sentir dans la grande littérature du dix-septième siècle. Partout où l'amour domine dans les bons ouvrages de cette époque, il se montre avec pudeur, et ne perd jamais le charme de la retenue. Rousseau n'eût pas alors écrit sa *Nouvelle Héloïse*, ni madame Cottin *Amélie de Mansfield; Corinne* et *Delphine* eussent manqué de modèles, et le génie de madame de Staël aurait subi, comme celui de Racine et de Fenélon, le joug des mœurs et de l'opinion.

La Princesse de Clèves est l'ouvrage le plus parfait de madame de La Fayette; c'est encore un reflet des lumières et de la morale du temps. On remarque, dans cette production, le premier exemple d'une lutte établie entre l'amour et le devoir; mais ici le devoir triomphe, et c'est la religion qui sert de sauve-garde à la vertu. On peut regretter que la princesse, devenue libre par la mort de son époux, se refuse obstinément au bonheur du duc de Nemours; mais sa résolution est fondée

sur une délicatesse si exquise et des principes si purs, qu'une conduite plus vulgaire paraîtrait une espèce de profanation.
Depuis madame de La Fayette, beaucoup
d'écrivains ont aussi mis aux prises l'a-
mour avec le devoir, et la passion a presque toujours été plus forte que la vertu ;
les idées avaient changé, et la vertu même
ne faisait plus d'hypocrites. C'est, il faut
l'avouer, l'inconvénient d'une philosophie
trop matérielle.

Le tableau de la cour de Henri II
n'est dans le fait que celui de la cour de
Louis XIV avant qu'il eût abdiqué sa raison aux pieds de sa vieille maîtresse et de
son jeune confesseur. « Ce prince bien fait,
» galant, amoureux, passionné pour Diane
» de Poitiers, qui réussissait admirable-
» ment dans tous les exercices du corps,
» qui s'occupait tous les jours de partie de
» chasse ou de paume, de balles, de cour-
» ses de bague, » n'est autre que Louis XIV
dans tout l'éclat de sa jeunesse et de ses
fêtes, dans ses passions splendides pour la
douce La Vallière et la superbe Montes-

pan. On y retrouve jusqu'aux intrigues de
la chambre de la reine, jusqu'aux cabales
des courtisans et au commérage des filles
d'honneur. La princesse de Clèves, inac-
cessible aux séductions de l'amour et de la
puissance, est le seul personnage qui manque à cette cour, où la corruption se voilait
de décence, où l'on pensait qu'en morale
comme en religion les formes font tout
pardonner, et que le scandale seul n'admet
point d'excuse.

Dans le roman de madame de La
Fayette, les mœurs locales ont beaucoup
de vérité ; l'orgueil de la noblesse, l'indifférence pour les classes inférieures, l'attachement à l'honneur chevaleresque, qui
n'était pas toujours le véritable honneur,
les idées superstitieuses, la croyance aux
rêveries astrologiques, y sont retracés avec
fidélité ; et il ne faut pas en être surpris,
ces mœurs, ces opinions étaient restées
les mêmes, et l'auteur, pour être exact,
n'avait qu'à peindre ce qu'il avait sous les
yeux ; c'est pourtant un mérite dont il
faut lui savoir gré, dans un temps où les

ouvrages du même genre n'offraient qu'un monde idéal et des tableaux de fantaisie sans correction de dessin et sans vérité de couleur.

Le succès de *la Princesse de Clèves* surpassa même celui de *Zayde*. Ce succès éveilla l'envie; l'ouvrage fut beaucoup critiqué et beaucoup lu; et, comme il arrive en pareille occurence, le livre reste et les critiques sont oubliées. J'ai rapporté l'opinion de d'Alembert sur *Zayde*, et c'est à Fontenelle que j'emprunterai un jugement sur *la Princesse de Clèves*. Voilà deux grands géomètres passionnés pour madame de La Fayette; il fallait une séduction peu commune pour fondre ainsi les glaces de la géométrie. Fontenelle et d'Alembert avaient plus de finesse dans l'esprit que de sensibilité dans le cœur; leurs éloges ne sont pas suspects.

« Sans prétendre, dit Fontenelle, ra-
» valer le mérite qu'il y a à bien nouer
» une intrigue, et à disposer les événe-
» mens, de sorte qu'il en résulte cer-
» tains effets surprenans, je vous avoue

» que je suis beaucoup plus touché de
» voir régner dans un roman une certaine
» science du cœur, telle qu'elle est, par
» exemple, dans *la Princesse de Clèves.*
» Le merveilleux des incidens me frappe
» une fois, puis me rebute; au lieu que les
» peintures fidèles de la nature, et surtout
» celles de certains mouvemens du cœur,
» presque imperceptibles à cause de leur
» petitesse, ont un droit de plaire qu'elles
» ne perdent jamais. On ne sent dans les
» aventures que l'effort de l'imagination de
» l'auteur; mais dans les chocs de passion,
» ce n'est que la nature seule qui se fait
» sentir, quoiqu'il en ait coûté à l'au-
» teur un effort d'esprit que je crois plus
» grand. »

Cette science du cœur dont parle Fontenelle, nul écrivain ne l'a possédée à un plus
haut degré que madame de La Fayette, et
ne l'a revêtue d'une expression plus simple
et plus vraie. Si l'on se rappelle qu'à l'époque
où ses productions furent publiées, la langue n'avait pas encore été assouplie et perfectionnée par le génie des grands écrivains

de ce siècle, on sera étonné des ressources
qu'elle offrit au talent de cette femme illustre. On y trouve l'élégance dans les
tournures, la noblesse sans enflure dans
l'expression ; et ses périodes se développent
avec une heureuse facilité. Les conversations y sont fréquentes ; les personnages
n'y cherchent point de traits brillans ;
mais les pensées sont justes, les sentimens
naturels, et la raison y surprend quelquefois comme une sorte de finesse. Le goût
moderne exigerait peut-être plus de
rapidité et d'éclat ; mais les bons esprits
ne demanderont à madame de La Fayette
ni la conception profonde, ni l'expression
pittoresque de madame de Staël ; il y aurait autant de folie dans cette prétention
qu'à exiger de Bossuet la pensée analytique
et la phrase incisive de Montesquieu.

Boursault fit une tragédie de *la Princesse de Clèves*, qui fut sifflée sous ce titre
et applaudie sous celui de *Germanicus*. Je
me serais dispensé de rapporter ce fait assez
commun d'une tragédie sifflée, applaudie
et oubliée, si une anecdote curieuse ne s'y

rattachait. C'est l'auteur tragique lui-même qui l'a conservée. « Cette tragédie, dit-il,
» mit mal ensemble les deux premiers
» hommes de notre temps pour la poésie.
» Je parle du célèbre M. de Corneille et
» de l'illustre M. Racine. M. de Corneille
» parla si avantageusement de cet ou -
» vrage à l'Académie, qu'il lui échappa de
» dire qu'il ne lui manquait que le nom
» de M. Racine pour être achevé ; dont
» M. Racine s'étant offensé, ils en vin-
» rent à des paroles piquantes ; et depuis ce
» temps-là, ils ont vécu, non pas sans es-
» time l'un pour l'autre, cela était impos-
» sible, mais sans amitié. »

On est fâché que deux hommes de cette trempe aient vécu sans amitié l'un pour l'autre. Corneille se trompait probablement de bonne foi, car il était trop grand pour connaître l'envie qui se sépare rarement de la médiocrité ; celui qui préférait Lucain à Virgile pouvait méconnaître jusqu'à un certain point le génie sans faste de Racine. N'oublions pas qu'après la mort de Corneille, Racine s'est vengé d'une comparaison qui lui parut injurieuse, par l'hommage le plus éclatant que la mémoire de l'auteur du *Cid* pût recevoir, et par un éloge de son génie, dont tous les panégyriques de Corneille n'ont été que le commentaire.

De tous les grands hommes du siècle de Louis XIV, Racine était peut-être le seul qui pût rendre une justice complète à madame de La Fayette sous le rapport de la délicatesse des sentimens, du mouvement intérieur des passions, des luttes secrètes entre le penchant et le devoir, et de la pudeur de l'expression. Le peintre de *Monime* et d'*Iphigénie* devait sentir mieux que personne le mérite de *la Princesse de Clèves*.

La Princesse de Montpensier et *la Comtesse de Tende* sont deux nouvelles où le talent de madame de La Fayette se fait aisément reconnaître. C'est encore l'amour avec toutes ses faiblesses ; les deux héroïnes succombent ; mais l'auteur ne cherche point à excuser leur chute ; et la violence des remords est le seul moyen d'intérêt qu'il ait trouvé dans ses principes de morale et dans son imagination. On a remarqué cette situation de la comtesse de Tende, infidèle à son époux, et osant lui révéler un secret qui doit la perdre. Madame de La Fayette répondait ainsi aux critiques qui lui reprochaient de n'avoir pu sauver la vertu de la princesse de Clèves, qu'en lui faisant choisir son époux pour confident d'une passion adultère. Si la comtesse de Tende avait eu la même force d'âme, elle fût restée fidèle à ses devoirs. Les écrivains de cette époque ne concevaient pas qu'une composition sans but moral pût être digne d'estime; cette découverte nous était réservée.

Nous devons encore à madame de La Fayette deux ouvrages historiques assez importans. Le premier intitulé, *Mémoires de la cour de France*, contient le récit des événemens qui se sont passés pendant les années 1688 et 1689. Louis XIV commençait alors à porter péniblement le fardeau du pouvoir absolu; l'Europe protestante et l'Europe catholique se réunissaient contre l'orgueil de ses ministres et ses

propres idées de prééminence. La révocation de l'édit de Nantes plongeait dans le
deuil plusieurs de ses provinces ; les autres
gémissaient sous le poids des impôts ; une
femme sans capacité, un prêtre sans religion, enchaînaient sa conscience, et le
montraient en spectacle aux nations comme un prince du Bas-Empire. Pendant
qu'il s'occupait des misérables querelles
du jansénisme, et qu'il dépeuplait son
royaume par la persécution, Guillaume,
prince d'Orange, lui enlevait l'Angleterre,
et faisait descendre du trône la maison de
Stuart, vendue à sa politique. Il est curieux
de voir, dans l'ouvrage de madame de La
Fayette, de quelle manière les contemporains jugèrent de telles révolutions. C'est
elle qui nous a conservé le mot caracté-
ristique de Le Tellier, archevêque de
Reims, qui, voyant sortir Jacques II de la
messe, dit avec un ton d'ironie : « *Voilà
un fort bon homme ; il a quitté trois
royaumes pour une messe.* » Belle réflexion, ajoute madame de La Fayette,
dans la bouche d'un archevêque !

L'Histoire de madame Henriette d'An-gleterre, première femme de Philippe de France, duc d'Orléans, est le second ouvrage historique de madame de La Fayette. Il est d'autant plus précieux, qu'il a été écrit, selon le témoignage même de l'auteur, sous la dictée de la princesse. Il fait bien connaître l'intérieur de la cour de Louis XIV, les intrigues et les faiblesses des filles d'honneur, les galanteries des courtisans, les petitesses des grands seigneurs, et le despotisme civilisé du monarque. La lecture des derniers momens de madame Henriette est d'un grand intérêt; tout porte à croire qu'elle mourut par le poison; elle en était elle-même persuadée, et l'on voit que madame de La Fayette penche vers cette opinion. Elle ne quitta pas un instant la princesse pendant sa cruelle agonie, et conserva religieusement le souvenir de son amitié.

Si le caractère des écrivains se peignait toujours dans leurs ouvrages, je pourrais me dispenser de chercher à connaître celui de madame de La Fayette. On se la repré-

senterait facilement comme une femme
d'un esprit gracieux, d'un cœur tendre et
d'une âme élevée. Mais en général les productions littéraires représentent plutôt les
opinions que les sentimens de leurs auteurs.
Heureusement, nous avons des témoignages contemporains propres à fixer notre
jugement sur madame de La Fayette. Le
premier trait de son caractère était la sincérité ; c'est d'elle que M. de La Rochefoucault disait : « *Elle est vraie.* » Cette
expression, alors nouvelle, passa dans le
langage ; mais l'application en est devenue
si rare, qu'elle nous surprend aujourd'hui,
comme une tournure vieillie d'Amyot ou
de Montaigne. Segrais nous apprend que
madame de La Fayette n'eut jamais la faiblesse de cacher son âge ; un pareil témoignage est vraiment nécessaire pour croire
à un tel excès de sincérité.

Madame de La Fayette pensait sans
doute que ses amies n'avaient pas plus de
susceptibilité qu'elle-même sur un point
aussi délicat ; elle écrivait à madame de
Sévigné, retirée en Bretagne : « Il ne faut

point que vous passiez l'hiver dans cette province, à quelque prix que ce soit ; *vous êtes vieille ;* les *Rochers* [1] sont pleins de bois ; les catharres et les fluxions vous accableront ; vous vous ennuierez ; votre esprit deviendra triste et baissera ; tout cela est sûr ; et les choses du monde ne sont rien en comparaison de ce que je vous dis. »

Madame de Sévigné, qui avait alors soixante-trois ans, fut surprise de cette révélation comme d'un coup de foudre. Elle écrivit à madame de Grignan : « Vous avez donc été frappée du mot de madame de La Fayette mêlé avec tant d'amitiés. Quoique je me dise qu'il ne faut point oublier cette vérité, j'avoue que j'en ai été *tout étonnée ;* car je ne me sens encore aucune décadence qui m'en fasse souvenir. »

Une preuve manifeste de l'excellent caractère de madame de Sévigné, c'est que ce mot si dur, si cruel à entendre : « *vous êtes vieille,* » ne causa pas le moindre re-

---

[1] Maison de madame de Sévigné.

froidissement entre les deux amies; et je me plais à remarquer ce phénomène moral qui lui fait tant d'honneur. « C'est une femme aimable, disait madame de Sévigné, en parlant à sa fille de madame de La Fayette, et que vous aimez, dès que vous avez le temps d'être avec elle et de faire usage de son esprit et de sa raison; plus on la connaît, plus on s'y attache. » C'est ce qui arriva au duc de La Roche-foucault, l'auteur des *Maximes;* ses pre-mières liaisons avec madame de La Fayette devinrent une amitié inaltérable, et ce qui est digne de remarque, cette amitié ne fut jamais calomniée de leur vivant. M. Au-ger, dans sa notice sur madame de La Fayette, assure que ces liaisons durèrent vingt-cinq ans; M. Grouvelle, éditeur des *OEuvres de madame de Sévigné*, observe à ce sujet qu'une date si positive a un in-convénient, c'est que le duc de La Roche-foucault étant mort en 1680, sa liaison avec madame de La Fayette, suivant ce calcul, se trouverait de la même époque que le mariage de cette dame en 1655;

« ce qui, ajoute-t-il, contrarierait un peu l'idée qu'on se fait de la délicatesse de madame de La Fayette. » Ce que je trouve de surprenant dans cette observation, c'est l'excès de délicatesse de M. Grouvelle. A l'époque de son mariage, madame de La Fayette était âgée de vingt-deux ans; le cardinal de Retz, qui s'y connaissait, nous dit qu'elle était *fort jolie* et *fort aimable;* mais cela ne suffit pas pour autoriser les soupçons de M. Grouvelle; l'amabilité et la beauté s'accordent très-bien avec la vertu; on sait d'ailleurs qu'à la même époque le duc de La Rochefoucault était en commerce de galanterie et d'intrigue avec la duchesse de Châtillon, dont il était forcé de ménager l'humeur violente et le caractère impérieux. C'est peut-être même à l'occasion de la rupture de cette liaison d'intérêt et d'amour, que madame La Fayette disait, en parlant du duc de La Rochefoucault : « *Il m'a donné de l'esprit; mais j'ai réformé son cœur.* »

M. Grouvelle, admirateur passionné de madame de Sévigné et de toute sa famille,

ce que je trouve tout simple dans un éditeur, me paraît avoir eu des préventions
très-injustes sur le compte de madame
de La Fayette ; on en jugera par le trait
suivant : « Le cardinal de Retz, dit-il, fait
un portrait peu avantageux de madame de
La Vergne, en racontant comment, pour
lui complaire, elle se chargea de lui faci-
liter quelques entretiens avec une jeune
beauté, qui depuis *se fit*, sous le nom de
la comtesse d'Olonne, *un renom très-
scandaleux*. Il est vrai qu'alors *elle passait* pour sage, et que le prélat hypocrite
couvrait ses vues *des prétextes les plus
édifians ;* mais *il était si bien connu*, et
surtout de cette dame, qu'il était difficile
qu'*elle y crût de bonne foi*. Les *Mémoires
de Retz* nous apprennent aussi que *madame d'Olonne* était alors l'intime amie
de mademoiselle de La Vergne. Ainsi,
lorsque madame de La Fayette peignit
avec tant de charmes des passions ver-
tueuses et des amours purs, ce n'est pas
dans les mœurs du temps, ni même *de sa
société*, qu'elle en trouva les modèles ; elle

ne puisait que dans son cœur, ou du moins dans son imagination. »

Ce récit, où l'on ne trouve que l'apparence de la candeur, pourrait donner naissance à d'étranges conjectures. Je voudrais bien savoir sur quelle autorité M. Grouvelle se fonde pour assurer si positivement que la comtesse d'Olonne, avant son mariage, passait seulement pour être sage ; ce qui signifie, ou à peu près, qu'elle ne l'était pas. Serait-ce d'après le témoignage du cardinal de Retz ? mais ce prélat, si glorieux de ses bonnes fortunes, et si enclin à s'en faire un trophée, avoue qu'il échoua dans cette entreprise amoureuse ; il voulut aussi tenter la sagesse de mademoiselle de La Vergne, et il ne cacha pas qu'il en fut dédaigné. Le fait est que la comtesse d'Olonne ne *se fit de renom scandaleux* qu'après son mariage avec un homme stupide et brutal, qui paraissait à Bussi-Rabutin tout-à-fait digne de sa destinée. L'éducation de la comtesse d'Olonne avait été soignée, sa jeunesse fut sans reproches ; elle était liée, non-seulement avec

c*

mademoiselle de La Vergne, mais avec d'autres personnes très-vertueuses ; et peut-être, si le sort lui eût donné un autre époux, se fût-elle sauvée des déréglemens qui ont flétri sa mémoire.

Comment M. Grouvelle a-t-il su que le cardinal de Retz était bien connu de madame de La Vergne ? Il dit lui-même que ce prélat *couvrait ses vues de prétextes édifians*. Qui lui a révélé que madame de La Vergne n'avait pas été dupe de ce tartufe titré ? Ne voit-on pas tous les jours les passions les plus honteuses se couvrir avec succès du manteau de la religion ? Combien de gens, très-éclairés d'ailleurs, tombent dans tous les piéges que l'hypocrisie tend à leur crédulité ? Que d'exemples récens je pourrais en rapporter, si je ne craignais l'éloquence convulsive de quelque procureur général ! Mais les tartufes exercent aujourd'hui une influence irrésistible, il ne faut pas en parler légèrement.

Je suis toujours surpris qu'un écrivain de notre époque juge les sociétés et les personnages d'un autre siècle, comme s'il

avait fait partie de ces mêmes sociétés, et
qu'il eût vécu familièrement avec ces personnages. Cette observation ne s'adresse
pas seulement à M. Grouvelle, qui s'est dé-
dommagé sur madame de La Fayette de
l'excès de son admiration du caractère de
madame de Sévigné ; je veux aussi parler de
La Beaumelle, qui s'exprime ainsi dans les
Mémoires de madame de Maintenon :
« Madame de La Fayette n'avait point ce
liant qui rend aimable et solide le commerce d'une femme. Elle était trop impa-
tiente ; tantôt caressante, tantôt impérieuse,
souvent de mauvaise humeur ; avec cela
elle exigeait des respects infinis, auxquels
elle répondait quelquefois par des hau-
teurs... Elle fit payer cher à madame Scar-
ron la gloire d'avoir été plus aimable et
plus estimée qu'elle. »

Je demande s'il y a rien de plus ridicule
que ce ton d'assurance et ces détails si précis, qui feraient supposer que La Beaumelle a été admis dans l'intimité de madame de La Fayette, qu'il a été à portée
d'observer les nuances de son caractère,

les variations de son humeur; de savoir
enfin par lui-même si elle n'avait pas, pour
me servir de ses expressions, « ce liant
qui rend aimable et solide le commerce
d'une femme. » « Telle était, dit judicieu-
sement M. Auger, la méthode de cet écrivain, mêlant à quelques vérités, sues de
tout le monde, beaucoup de faussetés qu'il
inventait, il a donné le premier modèle de
ces écrits scandaleux, connus sous le nom
de *vies privées*, dont les auteurs obscurs
ont défiguré tous les personnages célèbres
pour gagner quelque argent, tromper les
étrangers et amuser les antichambres. »

La Beaumelle, qui écrivait les *Mémoires*
de madame de Maintenon, comme on a
écrit depuis tant d'autres mémoires tombés
dans le mépris ou dans l'oubli, sacrifiait volontiers à son héroïne tous les écrivains qui
ne se prosternaient pas devant elle! Il ne
pouvait pardonner à madame de La Fayette,
qui reconnut, comme toute la cour, madame de Maintenon dans le personnage
d'Esther, d'avoir remarqué cette différence : « Qu'Esther était un peu plus jeune

et moins précieuse en fait de piété [1]. »
Il savait aussi que madame de Maintenon
n'avait pu conserver, dans ses nouvelles
grandeurs, l'amitié de madame de La
Fayette. « Elle en mettait, dit-elle, la
continuation à trop haut prix ; je lui ai
montré du moins que j'étais aussi vraie et
aussi ferme qu'elle. » Beaucoup de raisons
devaient éloigner madame de La Fayette
de la fondatrice de Saint-Cyr. C'était l'é-
poque où l'hypocrisie religieuse dominait
à la cour, et prêtait son masque à tous les
vices ; où le jésuitisme en crédit, poursui-
vant à la fois les disciples de Port-Royal
et le culte évangélique de la réformation,
infligeait à la France des blessures qu'un
siècle n'a pu cicatriser. Que seraient deve-
nues la franchise et la loyauté du caractère
dans ce foyer de corruption ? Madame de
La Fayette, ennemie de toute espèce d'im-
posture, devait fuir cette cour envahie par
un fanatisme sombre et cruel. L'amie de
madame Henriette d'Angleterre, de ma-

---

[1] *Mémoires de la cour de France.*

dame de Sévigné, de M. le duc de La Rochefoucault, l'admiratrice des grands génies qui ont illustré Port-Royal, ne pouvait conserver de liaisons avec la femme artificieuse qui sacrifiait à son ambition l'amitié, la paix de sa conscience et le repos de sa vieillesse.

Les ennemis de madame de La Fayette l'ont accusée de *sécheresse*. C'est encore là un de ces reproches vagues que la haine aime à répandre, parce qu'elle se dispense d'en fournir les preuves. Comment accorder cette sécheresse avec tant de faits qui prouvent que cette femme illustre était profondément sensible aux charmes de l'amitié? Qu'on relise, dans les *Lettres de madame de Sévigné*, la peinture si vive et si touchante de la douleur dont elle fut accablée à la mort du duc de La Rochefoucault! « M. le duc de la Rochefoucault est mort, écrit madame de Sévigné à sa fille. M. de Marsillac ¹ est dans une affliction qu'on ne peut se représen-

---

¹ Fils de M de La Rochefoucault.

ter; cependant, ma fille, il retrouvera
le roi et la cour, toute la famille royale
se retrouvera à sa place ; mais où madame de La Fayette retrouvera-t-elle un
tel ami, une telle société, une pareille
douceur, un agrément, une considération pour elle et pour son fils ? Elle est
infirme ; elle est toujours dans sa chambre ; elle ne court point. M. de La Rochefoucault était sédentaire comme elle. Cet
état les rendait nécessaires l'un à l'autre.
Rien ne pouvait être comparé à la confiance et aux charmes de leur amitié. Il
ne sera pas au pouvoir du temps d'ôter à
madame de La Fayette l'ennui de cette
privation. Sa vie est tournée d'une manière qu'elle trouvera tous les jours un
tel ami à dire..... Le temps, qui est si
bon aux autres, augmente et augmentera
sa tristesse ;..... tout se consolera, hormis
elle. »

M. Grouvelle prétend que le soupçon
de sécheresse est confirmé par les *Mémoires de Gourville*. J'ai été curieux de
vérifier le fait, non que j'attache beau-

coup d'importance au témoignage de ce valet parvenu , qui s'était enrichi dans les dilapidations financières du surintendant Fouquet, et que l'opulence rendait insolent ; mais d'autres pourraient en avoir une meilleure opinion , et je regarde comme un devoir de les éclairer. Voici textuellement le passage de ses Mémoires , où il est question de madame de La Fayette:

« Je demandai à **M.** le prince¹ la capitainerie de Saint-Maur où il n'allait jamais pour lors. Son altesse me l'ayant accordée, avec la jouissance du peu de meubles qui y étaient , madame de La Fayette, qui venait s'y promener , me demanda d'y aller passer quelques jours pour prendre l'air ; elle se logea dans le seul appartement qu'il y avait alors , et s'y trouva si bien à son aise , qu'elle se proposait déjà d'en faire sa maison de campagne : de l'autre côté de la maison , il y avait deux ou trois chambres que je fis abattre dans la suite ; elle prétendait que j'en avais

¹ Le prince de Condé.

assez d'une pour y loger quand j'y vien-
drais , et destina, comme de raison , la
plus propre pour M. de La Rochefoucault , qu'elle priait souvent d'y venir.
Ayant demandé au concierge de lui faire
avoir le peu de meubles qui étaient dans
une chambre haute qui servait de garde-
meuble , elle trouva une grande armoire
en forme de cabinet, qui avait autrefois
été fort à la mode et d'un grand prix ,
avec quelqu'autre vieillerie qui pouvait
l'accommoder. Étant venue à Paris , elle
pria M. le duc de lui permettre de les
faire descendre dans son appartement ; ce
qu'il n'eut pas de peine à lui accorder ;
et , ayant découvert une très-belle promenade sur le bord de l'eau , qui avait de
l'autre côté un bois, elle en fut si char-
mée , qu'elle y menait tous ceux qui la
venaient voir ; il y avait aussi de belles
promenades dans le parc , de manière
qu'elle était extrêmement contente de l'é-
tablissement qu'elle s'était fait ; elle avait
inventé , pour les promenades du parc,
qu'elle faisait souvent avec quelqu'un de

ses amis, une chose qui réussit assez bien,
qui était pour prendre mieux l'air : elle
faisait abattre les vitres de devant du carrosse, et allonger les guides des chevaux,
en sorte qu'elles passaient sur le carrosse,
et que le cocher les gardait étant derrière.
Je dis à quelqu'un que je trouvais son séjour bien long à Saint-Maur, et elle m'en
fit des reproches, prétendant que cela ne
pouvait que m'être commode, puisque,
quand je voudrais y venir, je serais assuré d'y trouver compagnie ; enfin, pour
pouvoir jouir de Saint-Maur, je fus obligé
de faire un traité par écrit avec M. le
prince, par lequel il m'en donnait la jouissance ma vie durant, avec douze mille livres
de rentes, à condition que j'y emploîrais
jusqu'à deux cent quarante mille livres,
entr'autres pour achever un côté du château, où il y avait seulement des murailles
élevées jusqu'au second étage ; le devant
de la maison était une carrière d'où l'on
avait tiré beaucoup de pierres, et l'on des-
cendait en carrosse pour aller jusqu'à la
prairie.

» En trois ou quatre années je mis Saint-Maur en l'état où il est présentement, à l'exception que **M.** le prince, depuis que je l'ai remis, a fait agrandir le parterre du côté de la plaine. J'avais fait bâtir un grand moulin, exprès pour élever des eaux qui m'en donnaient perpétuellement cinquante pouces, et qui, tombant dans un réservoir du côté de la capitainerie, faisaient aller quatre fontaines de ce côté-là, et deux dans le parterre du côté de la rivière. Il y avait devant la face du logis une fontaine qui venait du grand réservoir, pour en faire aller une autre au milieu du pré en bas, laquelle est environnée d'arbres, et jette si haut et si gros, qu'on n'en avait point encore vu de plus belle ; mais **M.** le prince, tombant dans l'inconvénient de tous ceux qui veulent accommoder des maisons, a fait une dépense de quatre cent mille livres, au lieu de deux cent quarante, à quoi je m'étais obligé. Pour revenir à madame de La Fayette, elle s'aperçut bien qu'il n'y avait pas moyen de conserver plus long-temps sa conquête ;

mais elle ne me l'a jamais pardonné, et ne manqua pas de m'en faire un espèce de crime auprès de M. de La Rochefoucault ; mais, comme elle avait des raisons pour ne pas paraître en mauvaise intelligence avec moi, elle m'engageait d'aller passer presque toutes les soirées chez elle avec M. de La Rochefoucault ; et, ayant trouvé dans la suite une occasion où elle crut pouvoir me faire quelque dépit, elle n'oublia rien pour y parvenir. »

Tel est le récit de Gourville ; qu'on me dise maintenant quelle conséquence fâcheuse on peut en déduire contre le caractère de madame de La Fayette. Elle se plaisait à Saint-Maur, propriété de la maison de Condé ; elle y recevait ses amis, se promenait avec eux dans le parc, et croyait sans doute Gourville trop heureux d'être admis dans une pareille réunion. J'aperçois bien là quelque nuance de cet esprit aristocratique qui était dans les mœurs du temps, et qui établissait une distance marquée entre la classe élevée et les classes inférieures de la société, et qui exigeait certains égards dont

nous sommes aujourd'hui dispensés. Mais
que peut-on en conclure contre madame
de La Fayette? c'est qu'elle était de son
siècle et de son pays. La sotte vanité de
Gourville avait été blessée, et il a voulu
qu'on en gardât le souvenir ; l'insinuation
malicieuse qui termine son récit, n'est
qu'une de ces accusations posthumes qui
ne laissent aucune trace, parce qu'elles ne
reposent sur aucun fait. La méchanceté serait trop à l'aise si l'on adoptait ses jugemens sans restriction.

Depuis la mort de M. le duc de La Rochefoucault, madame de La Fayette s'éloi-
gna entièrement du monde, et chercha,
dans les exercices d'une piété éclairée, une
distraction, ou plutôt une consolation à
l'amertume de sa douleur. Elle était di-
rigée dans les voies religieuses par l'abbé
Duguet, l'un des meilleurs écrivains de
Port-Royal, et dont le *Traité sur l'Insti-
tution d'un Prince* est encore recherché
par les connaisseurs. Je remarquerai, en
passant, que les personnages vraiment vertueux de cette époque, évitaient, autant

qu'il leur était possible, de confier aux jé-
suites les affaires de leur conscience. La
volonté absolue de Louis XIV pouvait
seule les maintenir auprès des princes de
sa famille.

Madame de La Fayette ne survécut que
de dix ans à M. de La Rochefoucault; elle
mourut en 1673, dans sa soixantième
année; elle avait deux fils, l'un suivit ho-
norablement la carrière des armes, l'autre
embrassa l'état ecclésiastique; on reproche
à celui-ci d'avoir laissé perdre plusieurs
manuscrits précieux de sa mère; j'ignore
jusqu'à quel point ce reproche est fondé.

On a retenu de madame de La Fayette
quelques mots heureux. C'est elle qui com-
parait les mauvais traducteurs à ces la-
quais ignorans, qui changent en sottises
les complimens dont ils sont chargés. Elle
disait de Montaigne: «Qu'il y aurait du plaisir à avoir un voisin comme lui; » pensée
qui, sous une apparence naïve, renferme
un jugement plein de finesse et de vérité.
On lui attribue encore cette maxime:
« Celui qui se met au-dessus des autres,

quelque esprit qu'il ait, se met au-dessous de son esprit. » La Rochefoucault ou La Bruyère n'aurait pas mieux dit.

Voilà tout ce que j'ai pu recueillir sur cette femme justement célèbre, qui créa un genre dans notre littérature; fit les délices d'une société brillante et polie; obtint, sans y songer, une réputation méritée, et laissa une mémoire sans tache. Son nom, déjà illustre, a reçu, depuis sa mort, une nouvelle illustration. Il rappelle à la fois les dons du génie et l'éclat des hautes vertus. Il rappellera, jusque dans la postérité la plus reculée, le triomphe le plus éclatant qui ait jamais frappé les regards des hommes; les deux mondes répètent avec amour le nom de La Fayette, il s'associera, dans tous les temps, aux plus beaux souvenirs de gloire et de liberté.

A. Jay.

DE L'ORIGINE
DES ROMANS.

LETTRE

DE MONSIEUR HUET

A MONSIEUR DE SEGRAIS.

DE L'ORIGINE DES ROMANS.

Votre curiosité est bien raisonnable, et il
sied bien de vouloir savoir l'origine des romans
à celui qui entend si parfaitement l'art de les
faire ; mais je ne sais, monsieur, s'il me sied
bien aussi d'entreprendre de satisfaire votre
désir. Je suis sans livres ; j'ai présentement la
tête remplie de toute autre chose, et je connais
combien cette recherche est embarrassante. Ce
n'est ni en Provence, ni en Espagne, comme
plusieurs le croient, qu'il faut espérer de trouver les premiers commencemens de cet agréable
amusement des honnêtes paresseux ; il faut les
aller chercher dans des pays plus éloignés, et
dans l'antiquité la plus reculée. Je ferai pourtant ce que vous souhaitez ; car, comme notre
ancienne et étroite amitié vous donne droit de

me demander toutes choses, elle m'ôte aussi la liberté de vous rien refuser.

Autrefois, sous le nom de *romans*, on comprenait non-seulement ceux qui étaient écrits en prose, mais plus souvent encore ceux qui étaient écrits en vers. Le Giraldi, et le Pigna son disciple, dans leurs traités *de' Romanzi*, n'en reconnaissent presque point d'autres, et donnent le Boyardo et l'Arioste pour modèles : mais aujourd'hui l'usage contraire a prévalu, et ce que l'on appelle proprement *romans*, sont des fictions d'aventures amoureuses, écrites en prose avec art, pour le plaisir et l'instruction des lecteurs. Je dis *des fictions*, pour les distinguer des histoires véritables; j'ajoute d'*aventures amoureuses*, parce que l'amour doit être le principal sujet du roman. Il faut qu'elles soient écrites en prose, pour être conformes à l'usage de ce siècle; il faut qu'elles soient écrites avec art et sous de certaines règles : autrement ce sera un amas confus, sans ordre et sans beauté. La fin principale des romans, ou du moins celle qui le doit être, et que se doivent proposer ceux qui les composent, est l'instruction des lecteurs, à qui il faut toujours faire voir la vertu couronnée et le vice châtié. Mais, comme l'esprit de l'homme est naturellement ennemi des enseignemens, et que son amour-

propre le révolte contre les instructions, il le
faut tromper par l'appât du plaisir, et adoucir
la sévérité des préceptes par l'agrément des
exemples, et corriger ses défauts en les con-
damnant dans un autre. Ainsi, le divertissement du lecteur, que le romancier habile semble se proposer pour but, n'est qu'une fin su-
bordonnée à la principale, qui est l'instruction
de l'esprit et la correction des mœurs ; et les
romans sont plus ou moins réguliers, selon
qu'ils s'éloignent plus ou moins de cette définition et de cette fin. C'est seulement de ceux-
là que je prétends vous entretenir, et je crois
que c'est là aussi que se borne votre curiosité.

Je ne parle donc point ici des romans en
vers, et moins encore des poëmes épiques, qui,
outre qu'ils sont en vers, ont encore des diffé-
rences essentielles qui les distinguent des romans, quoiqu'ils aient d'ailleurs un très-grand
rapport, et que, suivant la maxime d'Aristote
qui enseigne que le poëte est plus poëte par les
fictions qu'il invente que par les vers qu'il com-
pose, on puisse mettre les faiseurs de romans
au nombre des poëtes. Pétrone dit que les
poëmes doivent s'expliquer par de grands dé-
tours, par le ministère des dieux, par des expressions libres et hardies, de sorte qu'on les
prenne plutôt pour des oracles qui partent d'un

1*

esprit plein de fureur, que pour une narration exacte et fidèle. Les romans sont plus simples, moins élevés, moins figurés dans l'invention et dans l'expression : les poëmes ont plus de merveilleux, quoique toujours vraisemblables; les romans ont plus de vraisemblable, quoiqu'ils aient quelquefois du merveilleux. Les poëmes sont plus réglés et plus châtiés dans l'ordonnance, et reçoivent moins de matière, d'événemens et d'épisodes; les romans en reçoivent davantage, parce que, étant moins élevés et moins figurés, ils ne tendent pas tant l'esprit, et le laissent en état de se charger d'un plus grand nombre de différentes idées. Enfin, les poëmes ont pour sujet une action militaire ou politique, et ne traitent l'amour que par occasion; les romans, au contraire, ont l'amour pour sujet principal, et ne traitent la politique et la guerre que par incident. Je parle des romans réguliers; car la plupart des vieux romans français, italiens, espagnols, sont bien moins amoureux que militaires : c'est ce qui a fait croire à Giraldi que le nom de *roman* vient d'un mot grec qui signifie la force et la valeur, parce que ces livres ne sont faits que pour vanter la force et la valeur des paladins; mais Giraldi s'est abusé en cela, comme vous verrez dans la suite. Je ne comprends point ici non plus ces histoires qui sont reconnues pour avoir beaucoup de faussetés, telles que sont celles d'Hérodote, qui pourtant en a bien moins que l'on ne croit, la navigation d'Hannon, la vie d'Apollonius écrite par Philostrate, et plusieurs semblables. Ces ouvrages sont véritables dans le gros, et faux seulement dans quelques parties : les romans, au contraire, sont véritables dans quelques parties, et faux dans le gros. Les uns sont des vérités mêlées de quelques faussetés, les autres sont des faussetés mêlées de quelques vérités. Je veux dire que la vérité tient le dessus dans ces histoires, et que la fausseté prédomine tellement dans les romans, qu'ils peuvent même être entièrement faux et en gros et en détail. Aristote enseigne que la tragédie dont l'argument est connu et pris dans l'histoire est la plus parfaite, parce qu'elle est plus vraisemblable que celle dont l'argument est nouveau et entièrement controuvé ; et néanmoins il ne condamne pas cette dernière. Sa raison est, qu'encore que l'argument d'une tragédie soit tiré de l'histoire, il est pourtant ignoré de la plupart des spectateurs, et nouveau à leur égard, et que cependant il ne laisse pas de divertir tout le monde. Il faut dire la même chose des romans, avec cette distinction, toutefois, que la fiction totale de l'argument est plus

recevable dans les romans dont les acteurs sont
de médiocre fortune, comme dans les romans
comiques, que dans les grands romans, dont
les princes et les conquérans sont les acteurs,
et dont les aventures sont illustres et mémorables, parce qu'il ne serait pas vraisemblable
que de grands événemens fussent demeurés ca-
chés au monde et négligés par les historiens;
et la vraisemblance, qui ne se trouve pas toujours dans l'histoire, est essentielle au roman.
J'exclus aussi du nombre des romans, de certaines histoires entièrement controuvées et dans
le tout et dans les parties, mais inventées seulement au défaut de la vérité : telles sont les origines imaginaires de la plupart des nations, et
même des plus barbares; telles sont encore ces
histoires si grossièrement supposées par le moine
Annius de Viterbe, qui ont mérité l'indignation
ou le mépris de tous les savans. Je mets la même
différence entre les romans et ces sortes d'ouvrages, qu'entre ceux qui, par un artifice innocent, se travestissent et se masquent pour se
divertir en divertissant les autres, et ces scélé-
rats qui, prenant le nom et l'habit de gens
morts ou absens, usurpent leur bien à la faveur
de quelque ressemblance. Enfin, je mets aussi
les fables hors de mon sujet; car les romans
sont des fictions de choses qui ont pu être, et

qui n'ont point été, et les fables sont des fictions de choses qui n'ont point été, et qui n'ont
pu être.

Après être convenu des ouvrages qui méritent proprement le nom de romans, je dis que
l'invention en est due aux Orientaux; je veux
dire aux Égyptiens, aux Arabes, aux Perses
et aux Syriens. Vous l'avouerez, sans doute,
quand je vous aurai montré que la plupart des
grands romanciers de l'antiquité sont sortis de
ces peuples. Cléarque, qui avait fait des livres
d'amour, était de Cilicie, province voisine de
Syrie; Iamblique, qui a écrit les aventures de
Rhodanès et de Sidonis, était né de parens syriens, et fut élevé à Babylone; Héliodore, auteur du roman de Théagène et de Chariclée,
était d'Émèse, ville de Phénicie; Lucien, qui
a écrit la métamorphose de Lucius en âne, était
de Samosate, capitale de Comagène, province
de Syrie; Achillès-Tatius, qui nous a appris les
amours de Clitophon et de Leucippe, était d'A-
lexandrie d'Égypte. L'histoire fabuleuse de Bar-
laam et de Josaphat a été composée par saint
Jean, de Damas, capitale de Syrie. Damascius,
qui avait fait quatre livres de fictions, non-seulement incroyables, comme il les avait intitu-
lées, mais même grossières et éloignées de toute
vraisemblance, comme l'assure Photius, était

aussi de Damas. Des trois Xénophon, romanciers, dont parle Suidas, l'un était d'Antioche de Syrie, et l'autre de Chypre, île voisine de la même contrée; de sorte que tout ce pays mérite bien mieux d'être appelé le pays des fables que la Grèce, où elles n'ont été que transplantées, mais où elles ont trouvé le terroir si bon, qu'elles y ont admirablement bien pris racine.

Aussi à peine est-il croyable combien tous ces peuples ont l'esprit poétique, inventif et amateur de fictions : tous leurs discours sont figurés; ils ne s'expliquent que par allégories; leur théologie, leur philosophie, et principalement leur politique et leur morale, sont toutes enveloppées sous des fables ou des paraboles.

Les hiéroglyphes des Égyptiens font voir à quel point cette nation était mystérieuse. Tout s'exprimait chez eux par images; tout y était déguisé : leur religion était toute voilée; on ne la faisait connaître aux profanes que sous le masque des fables, et on ne levait ce masque que pour ceux qu'ils jugeaient dignes d'être initiés dans leurs mystères. Hérodote dit que les Grecs avaient pris d'eux leur théologie mythologique, et il rapporte des contes qu'il avait appris des prêtres d'Égypte, et que, tout crédule et fabuleux qu'il est lui-même, il rapporte comme des sornettes. Ces sornettes ne laissaient

pas d'être agréables, et de toucher fort l'esprit
curieux des Grecs, comme Héliodore le témoigne, gens désireux d'apprendre et amateurs des
nouveautés. Ce fut sans doute de ces prêtres que
Pythagore et Platon, aux voyages qu'ils firent
en Égypte, apprirent à travestir leur philosophie, et à la cacher dans l'ombre des mystères et des déguisemens.

Pour les Arabes, si vous consultez leurs
ouvrages, vous n'y trouverez que métaphores
tirées par les cheveux, que similitudes et fictions : leur Alcoran est de cette sorte. Mahomet dit qu'il l'a fait ainsi, afin que les hommes pussent plus aisément l'apprendre, et plus
difficilement l'oublier. Ils ont traduit les fables d'Ésope en leur langue, quelques-uns
d'entre eux en ont composé de semblables.
Ce Locman, si renommé dans tout l'Orient,
n'était autre qu'Ésope. Ses fables, que les
Arabes ont ramassées en un volume fort am-
ple, lui acquirent tant d'estime parmi eux,
que l'Alcoran vante son savoir dans un chapitre qui, pour cela, est intitulé du nom de
Locman. Les vies de leurs patriarches, de
leurs prophètes et de leurs apôtres, sont toutes fabuleuses. Ils font leurs délices de la poésie, et c'est l'étude la plus ordinaire de leurs
beaux-esprits. Cette inclination ne leur est

pas nouvelle ; elle les possédait même devant
Mahomet, et ils ont des poëmes de ce temps-
là. Erpenius assure que tout le reste du monde
ensemble n'a point eu tant de poëtes que la
seule Arabie. Ils en comptent soixante qui sont
entre eux comme les princes de la poésie, et
qui ont de grandes troupes de poëtes sous eux.
Les plus habiles ont traité l'amour en des églo-
gues, et quelques-uns de leurs livres sur cette
matière ont passé en Occident. Plusieurs de
leurs califes n'ont pas tenu la poésie indigne de
leur application. Abdala, l'un d'entre eux, s'y
signala, et fit un livre de similitudes, comme
rapporte Elmacin. C'est des Arabes, à mon avis,
que nous tenons l'art de rimer, et je vois assez
d'apparence que les vers léonins ont été faits à
l'exemple des leurs ; car il ne paraît point que
les rimes eussent eu cours dans l'Europe avant
l'entrée de Taric et de Muça en Espagne ; et
l'on en vit quantité dans les siècles suivans,
quoiqu'il me fût aisé de vous faire voir d'ailleurs
que les vers rimés ne furent pas tout-à-fait inconnus aux anciens Romains.

Les Perses n'ont point cédé aux Arabes en
l'art de mentir agréablement ; car, encore que
le mensonge leur fût autrefois fort odieux dans
l'usage de la vie, et qu'ils ne défendissent rien
à leurs enfans avec tant de sévérité, néanmoins

il leur plaisait infiniment dans les livres et dans le commerce des lettres, si toutefois les fictions doivent s'appeler mensonges. Pour en tomber d'accord, il ne faut que lire les aventures fabuleuses de leur législateur Zoroastre. Strabon dit que les maîtres, parmi eux, donnaient à leurs disciples des préceptes de morale enveloppés de fictions. Il dit, en un autre endroit, que l'on n'ajoute pas beaucoup de foi aux anciennes histoires des Perses, des Mèdes et des Syriens, à cause de l'inclination que leurs écrivains avaient à conter des fables ; car, voyant que ceux qui en écrivaient de profession étaient en estime, ils crurent qu'on prendrait plaisir à lire des relations fausses et controuvées, si elles étaient écrites en forme d'histoire. Les fables d'Ésope ont été si fort à leur goût, qu'ils se sont approprié l'auteur : c'est ce même Locman de l'Alcoran, dont je vous ai parlé, qui est si renommé parmi tous les peuples du Levant, qu'ils ont voulu dérober à la Phrygie l'honneur de sa naissance, et se l'attribuer ; car les Arabes disent qu'il était de la race des Hébreux, et les Perses disent qu'il était Arabe noir, et qu'il passa sa vie dans la ville de Caswin, qui était l'Arsacie des anciens ; d'autres, au contraire, voyant que sa vie, écrite par Mirkond, a beaucoup de rapport avec celle d'Ésope, que Maxi-

mus Planudès nous a laissée, et ayant remarqué
que, comme les anges donnent la sagesse à Locman dans Mirkond, Mercure donne la fable à
Ésope dans Philostrate, ils se sont persuadés
que les Grecs avaient dérobé Locman aux Orientaux, et en avaient fait leur Ésope. Ce n'est pas
ici le lieu d'approfondir cette question : je dirai
seulement en passant, qu'il faut se souvenir de
ce que dit Strabon, que les histoires de ces peuples d'Orient sont pleines de mensonges, qu'ils
sont peu exacts et peu fidèles, et qu'il est assez
vraisemblable qu'ils ont été fabuleux en parlant
de l'auteur et de l'origine des fables, comme en
tout le reste ; que les Grecs sont plus diligens et
de meilleure foi dans la chronologie et dans l'histoire, et que la conformité du Locman de Mirkond avec l'Ésope de Planudès et de Philostrate
ne prouve pas davantage qu'Ésope soit Locman, qu'elle prouve que Locman soit Ésope. Les
Perses ont donné à Locman le surnom de *sage*,
parce qu'en effet Ésope a été mis au nombre des
sages. Ils disent qu'il était profondément savant
dans la médecine, qu'il y trouva des secrets ad-
mirables, et entre autres celui de faire revivre
les morts. Ils ont si bien glosé, paraphrasé, et
augmenté ses fables, qu'ils en ont fait, comme
les Arabes, un très-gros volume, dont on voit
un exemplaire dans la bibliothèque du Vatican.

Sa réputation a passé jusqu'en Égypte et dans la
Nubie, où son nom et son savoir sont en grande
vénération. Les Turcs d'aujourd'hui n'en font
pas moins de cas, et croient, comme Mirkond,
qu'il a vécu du temps de David ; en quoi, s'il est
véritablement Ésope, et, s'il faut ajouter foi à
la chronologie grecque, ils se trompent d'environ quatre cent cinquante ans : mais les Turcs
n'y regardent pas de si près. Cela conviendrait
mieux à Hésiode, qui fut contemporain de Salo-
mon, et à qui, suivant le rapport de Quintilien,
on doit la gloire de la première invention des
fables, que l'on a attribuée à Ésope. Il n'y a
point de poëtes qui égalent les Perses dans la licence qu'ils se donnent de mentir dans les vies
de leurs saints, sur l'origine de leur religion, et
dans leurs histoires. Ils ont tellement défiguré
celles dont nous savons la vérité par les relations
des Grecs et des Romains, qu'on ne les reconnaît pas ; et même, dégénérant de cette louable
aversion qu'ils avaient autrefois contre ceux qui
se servaient du mensonge pour leurs intérêts,
ils s'en font aujourd'hui un honneur. Ils aiment
passionnément la poésie ; c'est le divertissement
des grands et du peuple : le principal manque-
rait à un régal, si la poésie y manquait ; aussi
tout y est plein de poëtes qui se font remarquer
par leurs habillemens extraordinaires. Leurs

ouvrages de galanterie et leurs histoires amoureuses ont été célèbres, et découvrent l'esprit romancier de cette nation.

Les Indiens mêmes, voisins des Perses,
avaient l'esprit porté, comme eux, aux inventions fabuleuses. Sandaber, Indien, avait composé des paraboles qui ont été traduites par les
Hébreux, et que l'on trouve encore aujourd'hui
dans les bibliothèques des curieux. Le père
Poussin, jésuite, a joint à son Pachimère, qu'il
a fait imprimer depuis peu à Rome, un dialo-
gue entre Absalon, roi des Indes, et un gym-
nosophiste, sur diverses questions morales, où
ce philosophe ne s'explique que par paraboles
et par fables, à la manière d'Ésope. La préface
porte que ce livre avait été composé par les plus
sages et les plus savans de cette nation, et
qu'il était soigneusement gardé dans le trésor
des chartres du royaume ; que Pezroës, médecin de Chosroës, roi de Perse, le traduisit d'indien en persan ; un autre, de persan en arabe ;
et Siméon Sethi, d'arabe en grec. Ce livre est
si peu différent des apologues qui portent le
nom de l'indien Pilpay, et qui ont paru en
français depuis quelques années, qu'on ne peut
pas douter qu'il n'en soit l'original ou la copie ;
car on dit que ce Pilpay fut un bramine qui eut
part aux grandes affaires et au gouvernement

de l'état des Indes sous le roi Dabchelin; qu'il renferma toute sa politique et toute sa morale dans ce livre, qui fut conservé par les rois des Indes comme un trésor de sagesse et d'érudition; que la réputation de ce livre étant allée jusqu'à Nouchirevon, roi de Perse, il en eut adroitement une copie, par le moyen de son médecin, qui le traduisit en persan; que le calife Abujafar Almanzor le fit traduire du persan en arabe, et un autre d'arabe en persan, et qu'après toutes ces traductions persiennes, on en fit encore une nouvelle, différente des précédentes, sur laquelle on a fait la française. Certainement qui lira l'histoire des prétendus patriarches des Indiens, Brammon et Bremmaw, de leurs descendans et de leurs peuplades, ne cherchera point d'autre preuve de l'amour de ce peuple pour les fables. Je croirais donc volontiers que, quand Horace a appelé fabuleux le fleuve Hydaspe, qui a sa source dans la Perse et son embouchure dans les Indes, il a voulu dire qu'il commence et qu'il finit sa course parmi des peuples fort adonnés aux feintes et aux déguisemens.

Ces feintes et ces paraboles que vous avez vues profanes, dans les nations dont je viens de vous parler, ont été sanctifiées dans la Syrie. Les auteurs sacrés, s'accommodant à l'esprit des

Juifs, s'en sont servis pour exprimer les inspi-
rations qu'ils recevaient du ciel. L'Écriture Sainte
est toute mystique, toute allégorique, toute
énigmatique. Les talmudistes ont cru que le
livre de Job n'est qu'une parabole de l'invention
des Hébreux. Ce livre, celui de David, les Proverbes, l'Ecclésiaste, le Cantique des Cantiques,
et tous les autres cantiques sacrés, sont des ouvrages poétiques pleins de figures qui parai-
traient hardies et violentes dans nos écrits, et
qui sont ordinaires dans ceux de cette nation.
Le livre des Proverbes est autrement intitulé les
Paraboles, parce que les proverbes de cette
sorte, selon la définition de Quintilien, ne sont
que des fictions ou paraboles en raccourci. Le
Cantique des Cantiques est une pièce drama-
tique, où les sentimens passionnés de l'époux
et de l'épouse sont exprimés d'une manière si
tendre et si touchante, que nous en serions
charmés, si ces expressions et ces figures avaient
un peu plus de rapport avec notre génie, ou
que nous puissions nous défaire de cette injuste
préoccupation qui nous fait désapprouver tout
ce qui s'éloigne tant soit peu de nos mœurs, en
quoi nous nous condamnons nous-mêmes, sans
nous en apercevoir, puisque notre légèreté ne
nous permet pas de persévérer long-temps dans
les mêmes coutumes. Notre Seigneur lui-même

ne donne presque point de préceptes aux Juifs , que sous le voile des paraboles. Le Talmud contient un million de fables, toutes plus impertinentes les unes que les autres : plusieurs rabbins les ont depuis expliquées, conciliées, ou ramassées dans des ouvrages particuliers, et ont composé d'ailleurs beaucoup de poésies, de proverbes et d'apologues. Les Cypriotes et les Ciliciens, voisins de la Syrie, ont inventé de certaines fables qui portaient le nom de ces peuples; et l'habitude que les Ciliciens, en leur particulier, avaient au mensonge, a été décriée par un des plus anciens proverbes qui aient eu cours dans la Grèce. Enfin, les fables étaient en si grande vogue dans toutes ces contrées, que, parmi les Assyriens et les Arabes, selon le témoignage de Lucien, il y avait de certains personnages dont la seule profession était d'expliquer les fables ; et ces gens menaient une vie si réglée, qu'ils vivaient beaucoup plus long-temps que les autres hommes.

Mais il ne suffit pas d'avoir découvert la source des romans ; il faut voir par quel chemin ils se sont répandus dans la Grèce et dans l'Italie, et s'ils ont passé de là jusqu'à nous, ou si nous les tenons d'ailleurs. Les Ioniens, peuples de l'Asie mineure, s'étant élevés à une grande puissance , et ayant acquis beaucoup de ri-

chesses, s'étaient plongés dans le luxe et dans
les voluptés, compagnes inséparables de l'abondance. Cyrus les ayant subjugués par la prise
de Crésus, et toute l'Asie mineure étant tombée
avec eux sous la puissance des Perses, ils reçurent leurs mœurs avec leurs lois ; et, mêlant leurs
débauches avec celles où leur inclination les avait
déjà portés, ils devinrent la plus voluptueuse nation du monde. Ils raffinèrent sur les plaisirs de la
table ; ils y ajoutèrent les fleurs et les parfums ;
ils trouvèrent de nouveaux ornemens pour les
bâtimens ; les laines les plus fines et les plus
belles tapisseries du monde venaient chez eux.
Ils furent auteurs d'une danse lascive, que l'on
nomma *Ionique ;* et ils se signalèrent si bien
par leur mollesse, qu'elle passa en proverbe.
Mais, entre eux, les Milésiens l'emportèrent
dans la science des plaisirs et en délicatesse
ingénieuse. Ce furent eux qui les premiers apprirent des Perses l'art de faire des romans et y
travaillèrent si heureusement, que les fables
milésiennes, c'est-à-dire leurs romans , pleines
d'histoires amoureuses et de récits dissolus,
furent en réputation. Il y a assez d'apparence
que les romans avaient été innocens jusqu'à eux,
et ne contenaient que des aventures singulières
et mémorables; qu'ils les corrompirent les premiers, et les remplirent de narrations lascives

et d'événemens amoureux. Le temps a consumé
tous ces ouvrages, et à peine a-t-il conservé le
nom d'Aristide, le plus célèbre de leurs romanciers, qui avait écrit plusieurs livres de fables
surnommées *Milésiennes*. Je trouve qu'un Denis,
Milésien, qui vécut sous le premier Darius,
avait écrit des histoires fabuleuses; mais n'étant
pas certain que ce ne fût point quelque com-
pilation de fables anciennes, et ne voyant pas
assez de fondement pour croire que ce fussent
des fables proprement appelées *Milésiennes*, je
ne le mets point au rang des faiseurs de romans.

Les Ioniens, qui étaient sortis de l'Attique
et du Péloponèse, se souvenaient de leur origine, et entretenaient un grand commerce avec
les Grecs. Ils s'envoyaient réciproquement leurs
enfans, pour les dépayser et leur faire apprendre les mœurs les uns des autres. Dans cette
communication si fréquente, la Grèce, qui était
assez portée aux fables d'elle-même, apprit aisément des Ioniens l'art de composer les romans, et le cultiva avec succès. Mais, pour ne
point confondre les choses, j'essayerai de rapporter, selon l'ordre des temps, ceux des écrivains grecs qui se sont signalés dans cet art.

Je n'en vois aucun avant Alexandre-le-Grand,
et cela me persuade que la science romanesque
n'avait pas fait de grands progrès parmi les

2*

Grecs, avant qu'ils l'eussent apprise des Perses
mêmes, lorsqu'ils les subjuguèrent, et qu'ils
eussent puisé à la source. Cléarque, de Soli,
ville de Cilicie, qui vécut du temps d'Alexandre, et fut, comme lui, disciple d'Aristote, est
le premier que je trouve avoir écrit des livres
d'amour; encore ne sais-je pas bien si ce n'é-
tait point un recueil de plusieurs événemens
amoureux tirés de l'histoire ou de la fable vulgaire, semblable à celui que Parthénius fit depuis, sous Auguste, et qui s'est conservé jusqu'à nous. Ce qui me donne ce soupçon, est
une historiette qu'Athénée rapporte de lui, où
sont racontées quelques marques d'estime et de
passion que donna Gygès, roi de Lydie, à une
courtisane qu'il aimait.

Antonius Diogenès vécut peu de temps après
Alexandre, selon la conjecture de Photius; et,
à l'imitation de l'Odyssée d'Homère et des voyages aventureux d'Ulysse, il fit un véritable roman des voyages et des amours de Dinias et de
Dercillis. Ce roman, bien que défectueux en
plusieurs choses, et rempli de fadaises et de récits peu vraisemblables, et à peine excusables
même dans un poëte, se peut néanmoins appeler
régulier. Photius en a mis un extrait dans sa
bibliothéque, et dit qu'il le croit la source de ce
que Lucien, Lucius, Iamblique, Achillès-Tatius,

Héliodore et Damascius ont écrit en ce genre. Cependant, il ajoute au même lieu, qu'Antonius Diogenès fait mention d'un certain Antiphanès, plus ancien que lui, qu'il dit avoir écrit des histoires prodigieuses semblables aux siennes; de sorte qu'il peut aussi-bien avoir fourni l'idée et la matière à ces romanciers qu'il nomme, qu'Antonius Diogenès. Je crois qu'il veut parler d'Antiphanès, poëte comique, que le géographe Stephanus et d'autres disent avoir fait un livre de relations incroyables, et même badines. Il était de Bergé, ville de Thrace; mais on ne sait point de quel pays était Antonius Diogenès.

Je ne puis vous dire précisément en quel temps a vécu Aristide de Milet, dont je vous ai parlé : ce qu'il y a d'assuré, c'est qu'il a vécu devant les guerres de Marius et de Sylla; car Sisenna, historien romain, qui était de ce temps-là, a traduit ses fables milésiennes. Cet ouvrage était plein de beaucoup d'obscénités, et fit pourtant depuis les délices des Romains ; de sorte que le Surena, ou lieutenant-général de l'état des Parthes, qui défit l'armée romaine commandée par Crassus, les ayant trouvées dans l'équipage de Roscius, prit de là occasion d'insulter, devant le sénat de Séleucie, à la mollesse des Romains, qui, même pendant la guerre, ne pouvaient se priver de semblables divertissemens.

Lucius de Patras, Lucien de Samosate et
Iamblique, furent à peu près contemporains,
et vécurent sous Antonin et Marc-Aurèle. Le
premier ne doit pas être compté parmi les romanciers; car il n'avait fait qu'un recueil de
métamorphoses et de changemens magiques
d'hommes en bêtes, et de bêtes en hommes, y
allant à la bonne foi, et croyant les choses comme
il les disait. Mais Lucien, plus fin que lui, en
a rapporté une partie, pour s'en moquer, selon
sa coutume, dans le livre qu'il a intitulé l'*Ane
de Lucius*, pour marquer que cette fiction était
prise de lui. En effet, c'est un abrégé des deux
premiers livres des métamorphoses de Lucius;
et cet échantillon nous fait voir que Photius a
eu raison de se plaindre des saletés dont il était
rempli. Cet âne si ingénieux et si bien dressé,
dont ces auteurs ont écrit l'histoire, a quelque rapport avec un autre de pareil mérite,
dont parle ailleurs le même Photius, après
Damascius. Il dit qu'il appartenait à un gram-
mairien nommé Ammonius, et qu'il était doué
d'un si gentil esprit, et tellement né pour les
belles choses, qu'il quittait le boire et le man-
ger pour entendre réciter des vers, et se montrait fort sensible aux beautés de la poésie. Le
Brancaleonne est sans doute une copie de l'Ane
de Lucien, ou de celui d'Apulée : c'est une

fiction italienne, fort divertissante et pleine
d'esprit. Lucien, outre son Lucius, a fait deux
livres d'histoires grotesques et ridicules, et qu'il
donne pour telles, protestant d'abord qu'elles
ne sont jamais arrivées, et qu'elles n'ont pu
arriver. Quelques-uns, voyant ces livres joints
à celui dans lequel il donne des préceptes pour
bien écrire l'histoire, se sont persuadés qu'il
avait voulu donner un exemple de ce qu'il avait
enseigné : mais il déclare, dès l'entrée de son
ouvrage, qu'il n'avait point d'autre dessein que
de se moquer de tant de poëtes, d'historiens,
et même de philosophes, qui débitaient impunément des fables pour des vérités, et écrivaient de fausses relations de pays étrangers,
comme avaient fait Ctésias et Iambulus. S'il est
donc vrai, comme l'assure Photius, que le
roman d'Antonius Diogenès a été la source de
ces deux livres de Lucien, il faut entendre que
Lucien a pris occasion de ce roman, aussi-bien
que des histoires fabuleuses de Ctésias et
d'Iambulus, d'écrire les siennes, pour en faire
voir l'impertinence et la vanité.

Ce fut dans ce même temps qu'Iamblique
mit au jour ses Babyloniques : c'est ainsi qu'il
a intitulé son roman, dans lequel il a surpassé
de bien loin ceux qui l'avaient précédé; car,
si l'on en peut juger par l'abrégé que nous en

a laissé Photius, son dessein ne comprend qu'une action revêtue d'ornemens convenables, et accompagnée d'épisodes pris dans la matière même. La vraisemblance y est observée avec assez d'exactitude, et les aventures y sont mêlées avec beaucoup de variété, et sans confusion. Toutefois, l'ordonnance de son dessein manque d'art ; il a suivi grossièrement l'ordre des temps, et n'a pas jeté d'abord le lecteur, comme il le pouvait, dans le milieu du sujet, suivant l'exemple qu'Homère en a laissé dans son Odyssée. Le temps a respecté cet ouvrage, et on l'a vu dans la bibliothèque de l'Escurial.

Héliodore l'a surpassé dans la disposition du sujet, comme en tout le reste. Jusques alors on n'avait rien vu de mieux entendu ni de plus achevé dans l'art romanesque que les aventures de Théagène et de Chariclée. Rien n'est plus chaste que leurs amours : en quoi il parait qu'outre la religion chrétienne dont l'auteur faisait profession, sa propre vertu lui avait donné cet air d'honnêteté qui éclate dans tout l'ouvrage ; et en cela, non-seulement Iamblique, mais même presque tous les autres qui nous sont restés, lui sont beaucoup inférieurs : aussi son mérite l'éleva-t-il à la dignité de l'épiscopat : il fut évêque de Tricca, ville de Thessalie ; et Socrate rapporte qu'il introduisit dans cette

province la coutume de déposer les ecclésias-
tiques qui ne s'abstenaient pas des femmes
qu'ils avaient épousées avant leur entrée dans
le clergé. Tout cela me rend fort suspect ce
qu'ajoute Nicéphore, écrivain crédule, peu
judicieux et peu fidèle, qu'un sinode provin-
cial, voyant le péril où la lecture de ce roman,
qui était autorisé par la dignité de son auteur,
faisait tomber les jeunes gens, et lui ayant proposé cette alternative, ou de consentir que
son ouvrage fût brûlé, ou de se défaire de son
évêché, il accepta le dernier parti. Je ne puis,
au reste, assez m'étonner qu'un savant homme
de ce temps ait pu douter que ce livre fût d'Héliodore, évêque de Tricca, après le témoignage
si évident de Socrate, de Photius et de Nicéphore. Quelques-uns ont cru qu'il a vécu sur
la fin du deuxième siècle, le confondant avec
Héliodore, Arabe, dont Philostrate a écrit la vie
parmi celles des autres sophistes. Mais on
sait qu'il a été contemporain d'Arcadius et
d'Honorius : aussi voyons-nous que, dans le
dénombrement que Photius a fait des romanciers qu'il croit avoir imité Antonius Diogenès,
où il les a nommés selon l'ordre des temps, il
a mis Héliodore après Iamblique, et devant
Damascius, qui vécut du temps de l'empereur
Justinien.

A ce compte, Achillès-Tatius, qui a fait un roman régulier des amours de Clitophon et de Leucippe, l'aurait précédé ; car c'est le seul fondement que je trouve pour conjecturer son âge : d'autres le jugent plus récent par le style. Quoi qu'il en soit, il n'est pas comparable à Héliodore, ni en l'honnêteté des mœurs, ni en la variété des événemens, ni en l'artifice des dénoûmens. Son style, à mon gré, est préférable à celui d'Héliodore : il est plus simple et plus naturel, l'autre est plus forcé. On dit qu'il fut enfin chrétien et même évêque. Je m'étonne qu'on pût si aisément oublier l'obscénité de son livre, et bien plus encore, que l'empereur Léon, surnommé le philosophe, en ait loué la modestie par une épigramme qui nous est demeurée, et ait permis et même conseillé de le lire d'un bout à l'autre, à ceux qui font profession d'aimer la chasteté.

Je mets ici, peut-être avec trop de hardiesse, cet Athénagoras, sous le nom duquel on voit un roman intitulé : *Du vrai et parfait amour*. Ce livre n'a jamais paru qu'en français, de la traduction de Fumée, qui dit, dans sa préface, qu'il a eu l'original grec de M. de Lamané, protonotaire de M. le cardinal d'Armagnac, et qu'il ne l'avait jamais vu ailleurs. J'oserais quasi ajouter que personne ne l'a jamais

vu depuis ; car son nom n'a jamais paru , que
je sache, dans les listes des bibliothèques ; et,
s'il subsiste encore, il faut qu'il soit caché dans
la poussière du cabinet de quelque ignorant qui
possède ce trésor sans le savoir, ou de quelque
envieux qui en peut faire part au public, sans
le vouloir. Le traducteur dit ensuite qu'il le
croit une production de ce célèbre Athénagoras, qui a écrit une apologie pour la religion
chétienne, en forme de légation, adressée aux
empereurs Marc-Aurèle et Commode, et un
traité de la résurrection. Il se fonde principalement sur le style, qu'il trouve conforme à celui
de ces ouvrages, et dont il a pu juger, ayant
les originaux en son pouvoir ; et il le prend enfin
pour une véritable histoire, faute d'intelligence
en l'art des romans. Pour moi, quoique je n'en
puisse parler avec assurance, n'ayant pas vu
l'exemplaire grec, néanmoins, sur la lecture
que j'ai faite de la traduction, je ne laisserai
pas de vous dire que ce n'est pas sans apparence qu'il l'attribue à Athénagoras, auteur
de l'apologie. Voici mes raisons. L'apologiste
était chrétien. Celui-ci parle de la divinité
d'une manière qui ne peut convenir qu'à un
chrétien ; comme quand il fait dire aux prêtres d'Hammon qu'il n'y a qu'un dieu, dont
chaque nation, voulant représenter l'essence

aux simples, a inventé diverses images qui
n'expriment qu'une même chose ; que leur
véritable signification s'étant perdue avec le
temps, le vulgaire avait cru qu'il y avait autant de dieux qu'on en voyait d'images ; que
de là est venue l'idolâtrie ; que Bacchus, en
bâtissant le temple d'Hammon, n'y mit point
d'autre image que celle de Dieu, parce que,
comme il n'y a qu'un ciel qui n'enferme qu'un
monde, il n'y a aussi dans ce monde qu'un
dieu qui se communique en esprit. Il en fait
dire autant, et davantage, à de certains marchands égyptiens ; savoir, que les dieux de la
fable marquent les différentes actions de cette
souveraine et unique divinité qui est sans commencement et sans fin, et qu'il appelle obscure
et ténébreuse, parce qu'elle est invisible et
incompréhensible. De plus, les raisonnemens
que font ces prêtres et ces marchands sur l'essence divine, sont assez semblables à ceux
d'Athénagoras dans sa légation. Cet apologiste
était un prêtre d'Athènes ; celui-ci était un
philosophe d'Athènes : l'un et l'autre paraissent hommes de bon sens, d'érudition, et savans dans l'antiquité. Mais, d'un autre côté,
plusieurs choses peuvent faire soupçonner,
non-seulement qu'il n'est pas l'Athénagoras
chrétien, mais même que cet ouvrage est sup-

posé. Photius, ayant parlé avec assez d'exactitude des faiseurs de romans qui l'ont précédé, ne dit rien de celui-ci : on n'en voit aucun exemplaire dans les bibliothèques, et celui même dont s'est servi le traducteur n'a point paru depuis. D'ailleurs, il représente la demeure, la vie et la conduite des prêtres et des religieuses d'Hammon, si semblables aux couvens et au gouvernement de nos moines et de nos religieuses, qu'elle s'accorde mal avec ce que l'histoire nous apprend du temps où la vie monastique a pris naissance et où elle s'est perfectionnée. Ce qui me parait donc de plus vraisemblable dans cette obscurité, c'est que l'ouvrage est ancien, mais plus nouveau que l'apologie; car j'y vois un savoir si profond dans les choses de la nature et de l'art, tant de connaissance des siècles passés, tant de remarques curieuses, qui n'ont point été prises des anciens auteurs qui nous restent, mais qui s'y rapportent et les éclaircissent, tant d'expressions grecques que l'on aperçoit au travers de la traduction, et par-dessus tout, un certain caractère d'antiquité qu'on ne peut contrefaire, que je ne puis me persuader que ce soit une production de Fumée, dont la doctrine était médiocre, ni même que les plus habiles de son temps eussent pu rien

faire de semblable. Si Photius n'a rien dit de
lui, combien d'autres grands et célèbres auteurs ont-ils échappé à sa connaissance ou à
sa diligence? Et si, dans nos jours, il ne
s'en est trouvé qu'un seul exemplaire, qui
peut-être s'est perdu depuis, combien d'autres
excellens ouvrages ont-ils eu la même destinée! Si cela ne vous satisfait pas, et que vous
vouliez m'obliger à pousser plus loin mes conjectures pour essayer de trouver précisément
le temps auquel il a vécu, je ne puis les ap-
puyer que sur un passage de la préface de
son roman, où il se plaint de la plaie sanglante
qu'Athènes, sa patrie, venait de recevoir dans
la désolation universelle de la Grèce : cela ne
se peut entendre que de l'irruption des Scythes
dans la Grèce, arrivée sous l'empire de Gallien,
ou de celle d'Alaric, roi des Goths, arrivée
du temps d'Arcadius et d'Honorius; car Athènes n'avait point été saccagée depuis Sylla ;
c'est-à-dire environ trois cent cinquante ans
devant l'invasion des Scythes, et ne le fut
point qu'environ sept cents ans après celle
des Goths. Or, je vois plus de raison d'appliquer les paroles de l'auteur à la conquête d'A-
laric qu'à celle des Scythes, parce que les Scythes furent promptement chassés d'Athènes,
sans y avoir fait beaucoup de désordres, et

les Goths la traitèrent plus mal, et y laissèrent de tristes marques de leur barbarie. Sy-
nèse, qui vécut de ce temps-là, en parle aux
mêmes termes que notre auteur, et regrette
comme lui la ruine des lettres, causée par ces
barbares, dans le lieu de leur naissance et le
siége de leur empire. Quoi qu'il en soit, l'ouvrage d'Athénagoras est inventé avec esprit,
conduit avec art, sentencieux, plein de beaux
préceptes de morale; les événemens sont vraisemblables, les épisodes tirés du sujet, les
caractéres distingués, l'honnèteté partout observée; rien de bas, rien de forcé, ni de semblable à ce style puéril des sophistes. L'argument est double, ce qui faisait une des grandes
beautés de la comédie ancienne; car, outre
les aventures de Théogène et de Charide, il
rapporte encore celles de Phérécyde et de Mé-
langénie; en quoi parait l'erreur de Giraldi,
qui a cru que la multiplicité d'actions était de
l'invention des Italiens. Les Grecs et nos vieux
Français les avaient multipliées devant eux.
Les Grecs les avaient multipliées avec dépendance et subordination à une action principale, suivant les règles du poëme héroïque,
comme l'a pratiqué Athénagoras, et même Héliodore, quoique moins nettement. Mais nos
vieux Français les avaient multipliées sans

ordonnance, sans liaison et sans art. Ce sont
eux que les Italiens ont imités. En prenant
d'eux les romans, ils en ont pris les défauts;
et c'est une autre erreur de Giraldi, pire que
la précédente, de vouloir louer ce défaut, et
en faire une vertu. S'il est vrai, comme il le
reconnaît lui-même, que le roman doit ressembler à un corps parfait, et être composé
de plusieurs parties différentes et proportion-
nées, sous un seul chef; il s'ensuit que l'action principale, qui est comme le chef du
roman, doit être unique et illustre en comparaison des autres; et que les actions subordon-
nées, qui sont comme les membres, doivent
se rapporter à ce chef, lui céder en beauté et
en dignité, l'orner, le soutenir, et l'accom-
pagner avec dépendance; autrement, ce sera
un corps à plusieurs têtes, monstrueux et
difforme. L'exemple d'Ovide, qu'il allègue en
sa faveur, et celui des autres poëtes cycliques,
qu'il pouvait aussi alléguer, ne le justifient
pas; car les métamorphoses de l'ancienne fable, qu'Ovide s'était proposé de ramasser en
un seul poëme, et celles qui composent les
poëmes cycliques, étant toutes des actions détachées à peu près semblables et d'une beauté
presque égale, il était autant impossible d'en
faire un corps régulier, que de faire un bâtiment

parfait avec du sable seulement. L'applaudis-
sement qu'ont eu ces romans défectueux de sa
nation, et qu'il fait tant valoir, le justifie encore moins : il ne faut pas juger d'un livre
par le nombre, mais par la suffisance de ses
approbateurs. Tout le monde s'attribue la licence de juger de la poésie et des romans ;
tous les piliers de la grande salle du palais,
et toutes les ruelles s'érigent en tribunaux
où l'on décide souverainement du mérite des
grands ouvrages : on y met hardiment le prix
à un poëme épique, sur la lecture d'une comparaison ou d'une description ; et un vers un
peu rude à l'oreille, tel que le lieu et la matière le demandent quelquefois, l'y pourra perdre de réputation ; un sentiment tendre y fait
la fortune d'un roman ; et une expression un
peu forcée, ou un mot suranné le décrie.
Mais ceux qui les composent ne se soumettent
pas à ces décisions ; et, semblables à cette co-
médienne d'Horace, qui, étant chassée du théâtre par le peuple, se contenta de l'approbation
des chevaliers, ils se contentent de plaire à de
plus fins connaisseurs, qui ont d'autres règles
pour en juger ; et ces règles sont connues de
si peu de gens, que les bons juges, comme
nous l'avons dit si souvent, ne sont pas moins
rares que les bons romanciers ou les bons

poëtes; et que, dans le petit nombre de ceux
qui se connaissent en vers, à peine en trouve-
t-on un qui se connaisse en poésie, ou qui sache même que les vers et la poésie sont choses
tout-à-fait différentes. Ces juges, dont le sentiment est la règle certaine de la valeur des
poëmes et des romans, avoueront Giraldi
que les romans italiens ont de très-belles choses, et méritent beaucoup d'autres louanges,
mais non pas celle de la régularité, de l'ordonnance, ni de la justesse du dessein. Je
reviens au roman d'Athénagoras, dont le dé-
noûment, quoique sans machine, est moins
heureux que le reste : il n'est pas assez piquant;
il se présente avant que la passion et l'impatience du lecteur soient assez échauffées, et il
se fait à trop de reprises; mais son plus grand
défaut, c'est l'ostentation importune avec laquelle il étale son savoir dans l'architecture.
Ce qu'il en a écrit serait admirable ailleurs;
mais il est vicieux là où il l'a mis, et hors de
sa place : *Nè dee anco il poeta*, dit Giraldi,
*nel descrivere le fabbriche, volersi monstrare in
guisa d'architettore, che descrivendo troppo
minutamente le cose a tale arte appartenenti,
lasci quello che conviene al poeta, alla quale
cosa egli dee sovra ogni cosa mirare, se cerca
loda : oltre che queste descrittioni di cose me-*

*chaniche recano con loro viltà, e sono lontane,
e dall' uso, e dal grande dell' heroico* [1]. Il
a pris plusieurs choses d'Héliodore, ou Héliodore de lui ; car, comme je les crois de même
âge, je ne sais auquel je dois donner la gloire
de l'invention. Les noms et les caractères de
Théogène et de Charide ressemblent à ceux
de Théagène et de Chariclée ; Théogène et
Charide se virent et s'aimèrent en une fête de
Minerve, comme Théagène et Chariclée en une
fête d'Apollon : Athénagoras fait un Harondat
gouverneur de la Basse-Égypte ; Héliodore fait
un Oroondate gouverneur d'Égypte : Athénagoras feint que Théogène est près d'être sacrifié
par les Scythes ; Héliodore feint que Théagène
est près d'être sacrifié par les Éthiopiens ; et
Athénagoras enfin, comme Héliodore, a divisé
son ouvrage en dix livres.

Je ne mettrai pas au nombre des romans les
livres des paradoxes de Damascius, philosophe

---

[1] « Le poëte ne doit pas non plus, dans la description
» des édifices, imiter l'architecte, qui, détaillant avec
» trop d'exactitude les objets relatifs à son art, néglige
» ceux qui sont du ressort de la poésie. .. Ces descrip-
» tions techniques et minutieuses ont une sorte de bas-
» sesse, qui répugne à la noblesse accoutumée du genre
» héroïque. »

3.

païen, qui vécut sous Justinien ; car, lorsque
Photius dit qu'il a imité Antonius Diogenès, le
modèle de la plupart des romanciers grecs, il
faut entendre qu'il a écrit comme lui des histoires peu croyables et fabuleuses, mais non
pas romanesques, ni en forme de romans. Ce
n'étaient qu'apparitions de spectres et de lutins,
et quelques événemens au-dessus de la nature,
ou crus trop légèrement, ou imaginés avec peu
d'adresse, et dignes de l'impiété et de l'athéisme
de leur auteur.

Deux ans après Damascius, l'histoire de Bar-
laam et de Josaphat fut composée par saint Jean
Damascène. Plusieurs manuscrits anciens l'at-
tribuent à Jean le Sinaïte, qui vécut du temps
de l'empereur Théodose ; mais Billius fait voir
que c'est sans raison, parce que les disputes
contre les iconoclastes, qui sont insérées dans
cet ouvrage, n'avaient pas été encore émues alors,
et ne l'ont été que long-temps après, par l'empereur Léon Isaurique, sous lequel vécut saint
Jean Damascène. C'est un roman, mais spiri-
tuel ; il traite de l'amour, mais c'est de l'amour
de Dieu ; et l'on y voit beaucoup de sang répandu, mais c'est du sang des martyrs. Il est
écrit en forme d'histoire, et non pas dans les
règles du roman : et cependant, quoique la
vraisemblance y soit assez exactement observée,

il porte tant de marques de fiction, qu'il ne faut que le lire avec un peu de discernement pour le reconnaître. L'on y découvre, au reste, l'esprit fabuleux de la nation de l'auteur, par le grand nombre de paraboles, de comparaisons et de similitudes qui y sont répandues.

Le roman de Théodorus Prodromus, et celui que l'on attribue à Eustathius, évêque de Thessalonique, qui fleurissait sous l'empire de Manuel Comnène, vers le milieu du douzième siècle, sont environ de même force. Le premier contient les amours de Dosiclès et de Rodanthe, et l'autre celles d'Ismenias et d'Ismène. M. Gaulmin a donné l'un et l'autre au public, avec sa traduction et ses notes. Comme il ne dit rien d'Eustathius dans la préface du livre qui porte son nom, je veux expliquer son silence en sa faveur, et croire qu'habile comme il était, il n'est pas tombé dans l'erreur de ceux qui se persuadent que ce savant commentateur d'Homère a été capable de faire un aussi misérable ouvrage qu'est celui-ci : aussi quelques manuscrits nomment-ils l'auteur Eumathius, et non pas Eustathius. Quoi qu'il en soit, rien n'est plus froid, rien n'est plus plat, rien n'est plus ennuyeux : nulle bienséance, nulle vraisemblance, nulle conduite ; c'est le travail d'un écolier, ou de quelque chétif sophiste qui mé-

ritait d'être écolier toute sa vie. Théodorus
Prodromus ne lui est guère préférable : il a
pourtant un peu plus d'art, quoiqu'il en ait
peu : il ne se tire d'affaire que par des machines,
et il n'entend rien à faire garder à ses acteurs
la bienséance et l'uniformité de leurs caractères.
Son ouvrage est plutôt un poëme qu'un roman ;
car il est écrit en vers, et cela lui rend plus
pardonnable son style trop figuré et trop licencieux. Néanmoins, comme ses vers sont ïambes,
qu'ils ressemblent à la prose, et qu'on les pourrait appeler une prose mesurée, je ne l'exclus
point de cette liste. On dit qu'il était Russe de
nation, prêtre, poëte, philosophe, et médecin.

Je fais à peu près le même jugement des pas-
torales du sophiste Longus, que des deux romans précédens ; car, encore que la plupart
des savans des derniers siècles les aient louées,
pour leur élégance et leurs agrémens joints à la
simplicité convenable au sujet, néanmoins je
n'y trouve rien de tout cela que la simplicité,
qui va quelquefois jusqu'à la puérilité et à la
niaiserie : il n'y a ni invention ni conduite. Il
commence grossièrement à la naissance de ses
bergers, et finit à leur mariage. Il ne débrouille
jamais ses aventures que par des machines mal
concertées, si obscènes, au reste, qu'il faut être
un peu cynique pour les lire sans rougir. Son

style, qui a été tant vanté, est peut-être ce qui
mérite moins de l'être ; c'est un style de sophiste, tel qu'il était, semblable à celui d'Eustathius et de Théodorus Prodromus, qui tient de
l'orateur et de l'historien, et qui n'est propre
ni à l'un ni à l'autre ; plein de métaphores, d'an-
tithèses, et de ces figures brillantes qui surprennent les simples, et qui flattent l'oreille
sans remplir l'esprit. Au lieu d'attacher le lecteur par la nouveauté des événemens, par l'ar-
rangement et la variété des matières, et par
une narration nette et pressée, qui ait pourtant
son tour et sa cadence, et qui avance toujours
dans son sujet, il essaye, comme la plupart des
autres sophistes, de le retenir par des descrip-
tions hors d'œuvre ; il l'écarte hors du grand
chemin ; et, pendant qu'il lui fait voir tant de
pays qu'il ne cherche point, il consume et use
son attention et l'impatience qu'il avait d'aller
à la fin qu'il cherchait et qu'on lui avait pro-
posée. J'ai traduit avec plaisir ce roman dans
mon enfance ; aussi est-ce le seul âge où il doit
plaire. Je ne vous dirai point en quel temps il a
vécu : aucun des anciens ne parle de lui, et il
ne porte aucune marque qui donne lieu aux
conjectures, si ce n'est peut-être la pureté de
son élocution, qui me le fait juger plus ancien
que les deux précédens.

Pour les trois Xénophon, romanciers, dont
parle Suidas, je ne vous en puis rien dire que ce
qu'il en dit : l'un était d'Antioche, l'autre d'É-
phèse, et le troisième de Chypre; tous trois ont
écrit des histoires amoureuses. Le premier avait
donné à son livre le nom de Babyloniques,
comme Iamblique; le second avait intitulé le
sien, les Éphésiaques, et rapportait les amours
d'Abrocomas et d'Anthie; et le troisième avait
nommé le sien les Cypriaques, où il racontait
les amours de Cinyras, de Myrrha, et d'Adonis.

Je ne crois pas devoir oublier Parthenius de
Nicée, de qui nous avons un recueil d'histoires
amoureuses qu'il dédia au poëte Cornelius Gal-
lus, du temps d'Auguste. Plusieurs de ces histoires sont tirées de l'ancienne fable, et toutes
d'anciens auteurs qu'il cite. Quelques-unes me
semblent romanesques, et avoir été prises des
fables milésiennes, comme celle d'Érippe et de
Xanthus, au chapitre huitième; celle de Poly-
crite et de Diognète, au chapitre neuvième;
celle de Leucone et de Cyanique, au chapitre
dixième; et celle de Neæra, d'Hipsicréon et de
Promedon, au chapitre dix-huitième; car, outre que ces aventures sont attribuées à des personnes milésiennes, il ne paraît point qu'elles
aient été prises de la fable ni de l'histoire ancienne. Peut-être même que les amours de Cau-

nus et de Biblis, enfans du fondateur de Milet,
qu'il rapporte au chapitre onzième, sont une
fiction du pays, qui s'est rendue célèbre, et a
été consacrée dans la mythologie antique ; ce
que je ne propose toutefois que comme une conjecture assez légère.

Dans ce dénombrement que je viens de faire,
j'ai distingué les romans réguliers de ceux qui
ne le sont pas : j'appelle *réguliers*, ceux qui
sont dans les règles du poëme héroïque. Les
Grecs, qui ont si heureusement perfectionné la
plupart des sciences et des arts qu'on les en a
crus les inventeurs, ont aussi cultivé l'art romanesque ; et de brut et inculte qu'il était parmi
les Orientaux, ils lui ont fait prendre une meilleure forme, en le resserrant dans les règles de
l'épopée, et joignant en un corps parfait les diverses parties, sans ordre et sans rapport, qui
composaient les romans avant eux. De tous les
romanciers grecs que je vous ai nommés, les
seuls qui se soient assujettis à ces règles, sont
Antonius Diogenès, Lucien, Athénagoras, Iamblique, Héliodore, Achillès-Tatius, Eustathius
et Théodorus Prodromus. Je ne dis rien de Lucius de Patras, ni de Damascius, que je n'ai
pas mis au rang des faiseurs de romans. Pour
saint Jean Damascène et Longus, il leur eût
été aisé de réduire leurs ouvrages sous ces lois ;

mais ils les ont ou ignorées ou méprisées. Je ne
sais comment s'y sont pris les trois Xénophon,
dont il ne nous est rien demeuré, ni même
Aristide, et ceux qui, comme lui, ont écrit des
fables milésiennes. Je crois toutefois que ces
derniers ont gardé quelques mesures, et j'en
juge par les ouvrages faits à leur imitation, que
le temps nous a conservés, comme la métamorphose d'Apulée, qui est assez régulière.

Ces fables milésiennes, bien long-temps devant que de faire dans la Grèce le progrès
que vous avez vu, avaient déjà passé dans l'Italie, et avaient été premièrement reçues par
les Sybarites, peuple voluptueux au delà de
tout ce qu'on peut imaginer. Cette conformité d'humeur, qu'ils avaient avec les Milésiens, établit entre eux une communication
réciproque de luxe et de plaisirs, et les unit
si bien, que Hérodote assure qu'il ne connaissait point de peuples plus étroitement alliés.
Ils apprirent donc des Milésiens l'art des fictions; et l'on vit des fables sybaritiques en
Italie, comme l'on voyait des fables milésiennes en Asie. Il est malaisé de dire quelle en
était la forme. Hesychius donne à entendre,
dans un passage assez corrompu, qu'Ésope
étant en Italie, ses fables y furent fort goûtées;
qu'on renchérit par-dessus, qu'on les nomma

sybaritiques, après les avoir changées, et
qu'elles passèrent en proverbes : mais il ne
dit point en quoi consistait ce changement.
Suidas a cru qu'elles étaient semblables à celles
d'Ésope : il s'est trompé là, comme souvent
ailleurs. Le vieux commentateur d'Aristophane
dit que les Sybarites se servaient des bêtes
dans leurs fables, et qu'Ésope se servait des
hommes dans les siennes. Ce passage est assurément gâté ; car, comme on voit que les fables d'Ésope emploient des bêtes, il s'ensuit
que celles des Sybarites emploient des hommes;
aussi, en un autre endroit, le dit-il en termes
exprès. Celles des Sybarites étaient plaisantes
et faisaient rire. J'en ai trouvé un échantillon
dans Élien : c'est un petit conte qu'il dit avoir
pris des histoires sybarites ; c'est-à-dire,
selon mon sens, des fables sybaritiques; vous
en jugerez par l'historiette même. « Un enfant
de Sybaris, conduit par son pédagogue, rencontra par la rue un vendeur de figues sèches,
et lui en déroba une ; le pédagogue, l'ayant
repris aigrement, lui arracha la figue et la
mangea. » Mais ces fables n'étaient pas seulement facétieuses, elles étaient aussi fort lascives. Ovide met la Sybaritide, qui avait été
composée peu de temps devant lui, au nombre des pièces les plus dissolues. Plusieurs

savans croient qu'il désigne l'ouvrage d'Hémi-
théon le sybarite, dont Lucien parle comme
d'un amas de saletés. Cela me parait sans fondement; car on ne voit point que la Sybaritide eût d'autre convenance avec le livre d'Hé-
mithéon, qu'en ce que l'un et l'autre étaient
des livres de débauches; et cela était commun
à toutes les fables sybaritiques : outre que la
Sybaritide avait été faite peu de temps devant
Ovide, et que la ville de Sybaris avait été
ruinée de fond en comble par les Crotoniates,
cinq cents ans avant lui. Il est donc plus
croyable que la Sybaritide avait été composée
par quelque Romain, et ainsi nommée, parce
qu'elle avait été faite à l'imitation des anciennes fables sybaritiques. Un certain vieux auteur,
que je crois qu'il vous est assez indifférent de
connaître, fait entendre que leur style était court
et laconique; mais tout cela ne nous fait point
voir que ces fables eussent rien de romanesque.

Ce passage d'Ovide montre assez que, de son
temps, les Romains avaient déjà donné entrée
chez eux aux fables des Sybarites; et il nous apprend, dans le même livre, que le célèbre historien Sisenna leur traduisit aussi les fables milésiennes d'Aristide. Ce Sisenna vécut du temps
de Sylla, et était, comme lui, de la grande
et illustre famille des Cornéliens. Il fut préteur

de Sicile et d'Achaïe ; il écrivit l'histoire de sa patrie, et fut préféré à tous les historiens de sa nation qui l'avaient précédé.

Si la république romaine ne dédaigna pas la lecture de ces fables, lorsqu'elle retenait encore une discipline austère et des mœurs rigides, il ne faut pas s'étonner si, étant tombée sous le pouvoir des empereurs, et, à leur exemple, s'étant abandonnée au luxe et aux plaisirs, elle fut sensible à ceux que les romans donnent à l'esprit. Virgile, qui vécut un peu après la naissance de l'empire, ne fait point prendre de plus agréable divertissement aux Naïades, filles du fleuve Penée, lorsqu'elles sont assemblées sous les eaux de leur père, que de se raconter les amours des dieux, qui faisaient les romans de l'antiquité. Ovide, contemporain de Virgile, fait faire des contes romanesques aux filles de Minée, pendant que le travail de leurs mains les occupe, sans leur ôter la liberté de la langue et de l'esprit : le premier est les amours de Pyrame et de Thisbé ; le second, est celles de Mars et de Vénus ; et le troisième est celles de Salmacis pour Hermaphrodite.

En cela paraît l'estime que Rome avait alors pour les romans. Mais elle paraît encore mieux par le roman même que composa Pétrone,

l'un de ses consuls, et l'homme le plus poli
de son temps. Il le fit en forme de satire, du
genre de celles que Varron avait inventées, en
mélant agréablement la prose avec les vers, et
le sérieux avec l'enjoué, et qu'il avait nommées
ménippées, parce que Ménippe le cynique avait
traité devant lui des matières graves d'un style
plaisant et moqueur. Cette satire de Pétrone ne
laissait pas d'être un véritable roman ; elle ne
contenait que des fictions ingénieuses et agréables, et souvent fort sales et déshonnêtes, ca-
chant sous l'écorce une raillerie fine et pi-
quante contre les vices de la cour de Néron.
Comme ce qui nous en reste n'est que des
fragmens presque sans liaison, ou plutôt des
collections de quelque studieux, on ne peut
pas discerner nettement la forme et le tissu de
toute la pièce. Néanmoins cela paraît conduit
avec ordre, et il y a apparence que ces parties détachées composaient un corps parfait
avec celles qui nous manquent. Quoique Pétrone paraisse avoir été grand critique, et
d'un goût fort exquis dans les lettres, son
style toutefois ne répond pas tout-à-fait à la
délicatesse de son jugement : on y remarque
quelque affectation ; il est un peu trop peint
et trop étudié, et il dégénère déjà de cette
simplicité naturelle et majestueuse de l'heureux

siècle d'Auguste : tant il est vrai que l'art de narrer, que tout le monde pratique, et que très-peu de gens entendent, est encore plus aisé à entendre qu'à bien pratiquer !

On dit que le poëte Lucain, qui vivait aussi du temps de Néron, avait laissé des fables saltiques, c'est-à-dire, selon quelques-uns, des fables dans lesquelles il racontait les amours des satyres et des nymphes. Cela ressemble bien à un roman; et l'esprit de ce siècle, qui était romancier, confirme mon soupçon. Mais, comme il ne nous en reste que le titre, qui même n'exprime pas trop clairement la nature de la pièce, je n'en dirai rien.

La métamorphose d'Apulée, si connue sous le nom de l'*Ane d'or*, fut faite sous les Antonins; elle eut la même origine que l'Ane de Lucien, ayant été tirée des deux premiers livres des métamorphoses de Lucius de Patras; avec cette différence toutefois, que ces livres furent abrégés par Lucien, et augmentés par Apulée. L'ouvrage de ce philosophe est régulier; car, encore qu'il semble le commencer par son enfance, néanmoins ce qu'il en dit n'est que par forme de préface, et pour excuser la barbarie de son style. Le véritable commencement de son histoire est à son voyage de Thessalie. Il nous a donné une idée des fables milé-

siennes par cette pièce, qu'il déclare d'abord
être de ce genre. Il l'a enrichie de beaux
épisodes, et entre autres de celui de Psyché,
que personne n'ignore, et il n'a point retranché
les saletés qui étaient dans les originaux qu'il a
suivis. Son style est d'un sophiste, plein d'affectation et de figures violentes, dures, barbares,
dignes d'un Africain.

On tient que Claudius Albinus, l'un des prétendans à l'empire qui furent vaincus et tués
par l'empereur Sévère, ne dédaigna pas un semblable travail. Jules Capitolin rapporte, dans
sa vie, qu'il paraissait de certaines fables milésiennes sous son nom, assez estimées, quoique
médiocrement écrites, et que Sévère reprocha
au sénat de l'avoir loué comme un savant
homme, encore qu'il ne lût que les fables milésiennes d'Apulée, et qu'il fît toute son étude de
contes de vieilles et de pareilles bagatelles,
qu'il préférait à des occupations sérieuses.

Martianus Capella a donné, comme Pétrone,
le nom de *satire* à son ouvrage, parce qu'il est
écrit, comme le sien, en vers et en prose, et
que l'utile et l'agréable y sont mêlés. Ayant eu
dessein de traiter de tous les arts qu'on appelle
libéraux, il a pris pour cela un détour, les
personnifiant, et feignant que Mercure, qui les
a à sa suite, épouse la Philologie, c'est-à-dire

l'amour des belles-lettres, et lui donne pour
présent de noces ce qu'ils ont de plus beau et
de plus précieux; de sorte que c'est une allégo-
rie continuelle, qui ne mérite pas proprement
le nom de *roman*, mais plutôt de *fable*; car,
comme je l'ai déjà remarqué, la fable représente
des choses qui n'ont point été et n'ont pu être;
et le roman représente des choses qui ont pu être,
mais qui n'ont point été. L'artifice de cette allé-
gorie n'est pas fort fin; le style est la barbarie
même, si hardi et si immodéré dans ses figures,
qu'on ne le pardonnerait pas au poëte le plus
déterminé, et couvert d'une obscurité si épaisse
qu'à peine est-il intelligible; savant au reste,
et plein d'une érudition peu commune. On écrit
que l'auteur était Africain : s'il ne l'était, il
méritait de l'être, tant sa manière d'écrire est
dure et forcée. On ignore le temps auquel il a
vécu; on sait seulement qu'il était plus ancien
que Justinien.

Jusqu'alors l'art des romans s'était maintenu
dans quelque splendeur; mais il déclina ensuite
avec les lettres et avec l'empire, lorsque ces
nations farouches du nord portèrent partout
leur ignorance et leur barbarie. L'on avait fait
auparavant des romans pour le plaisir; on fit
alors des histoires fabuleuses, parce qu'on n'en
pouvait faire de véritables, faute de savoir la

vérité. Thelesin, que l'on dit avoir vécu vers
le milieu du sixième siècle, sous le roi Arthur,
tant célébré dans les romans, et Melkin, qui
fut un peu plus jeune, écrivirent l'histoire d'Angleterre, leur patrie, du roi Arthur, et de la
table ronde. Balæus, qui les a mis dans sa liste,
en parle comme d'auteurs remplis de fables. Il
faut dire la même chose d'Hunibaldus Francus,
qui fut, comme l'on écrit, contemporain de
Clovis, et dont l'histoire n'est presque qu'un
amas de mensonges grossièrement imaginés.

Enfin, monsieur, nous voici à ce livre fameux des faits de Charlemagne, que l'on attribue fort mal à propos à l'archevêque Turpin,
quoiqu'il lui soit postérieur de plus de deux
cents ans. Le Pigna, et quelques autres ont cru
ridiculement que les romans ont pris leur nom
de la ville de Reims, dont il était archevêque,
parce que son livre, au rapport du premier, a
été la source où les romanciers de Provence ont
le plus puisé, et qu'il a été, selon les autres, le
principal entre les faiseurs de romans. Quoi qu'il
en soit, l'on vit plusieurs autres histoires de la
vie de Charlemagne pleines de fables à perte de
vue, et semblables à celle qui porte le nom de
Turpin. Telles étaient les histoires attribuées
à Hancon et à Solcon Forteman, à Sivard le
Sage, à Adel Adeling, et à Jean, fils d'un roi

de Frise, tous cinq Frisons, et qu'on dit aussi
avoir vécu du temps de Charlemagne. Telle
était encore l'histoire attribuée à Occon, qui,
selon l'opinion commune, fut contemporain
de l'empereur Othon le Grand, et petit-neveu
de ce Solcon que je viens de nommer; et
l'histoire de Gaufred de Montmout, qui écrivit
les faits du roi Arthur et la vie de Merlin. Ces
histoires, faites à plaisir, plurent à des lecteurs
simples, et plus ignorans encore que ceux qui
les composaient. On ne s'amusa donc plus à
chercher de bons mémoires et à s'instruire de la
vérité pour écrire l'histoire : on en trouvait la
matière dans sa propre tête et dans son invention. Ainsi, les historiens dégénérèrent en de
véritables romanciers. La langue latine fut mé-
prisée dans ce siècle plein d'ignorance, comme
la vérité l'avait été. Les troubadours, les chan-
terres, les conteurs et les jongleurs de Provence,
et enfin ceux de ce pays qui exerçaient ce qu'on
appelait *la science gaie*, commencèrent, dès le
temps de Hugues Capet, à romaniser tout de
bon, et à courir la France, débitant leurs romans et leurs *fabliaux*, composés en langage
romain; car alors les Provençaux avaient plus
d'usage des lettres et de la poésie que tout le
reste des Français. Ce langage romain était
celui que les Romains introduisirent dans les

Gaules, après les avoir conquises, et qui, s'é-
tant corrompu avec le temps, par le mélange
du langage gaulois qui l'avait précédé, et du
franc ou tudesque qui l'avait suivi, n'était ni
latin, ni gaulois, ni franc, mais quelque chose
de mixte, où le romain pourtant tenait le dessus, et qui, pour cela, s'appelait toujours
roman, pour le distinguer du langage particulier et naturel de chaque pays, soit le franc,
soit le gaulois ou le celtique, soit l'aquitani-
que, soit le belgique; car César écrit que ces
trois langues étaient différentes entre elles, ce
que Strabon explique d'une différence qui n'é-
tait que comme entre divers dialectes d'une
même langue. Les Espagnols se servent du
mot de *roman* en même signification que nous,
et ils appellent leur langage ordinaire *ro-
mance*. Le roman étant donc plus universelle-
ment entendu, les conteurs de Provence s'en
servirent pour écrire leurs contes, qui de là
furent appelés *romans*. Les trouverres, allant
ainsi par le monde, étaient bien payés de leurs
peines, et bien traités des seigneurs qu'ils visi-
taient, dont quelques-uns étaient si ravis du
plaisir de les entendre, qu'ils se dépouillaient
quelquefois de leurs robes pour les en revêtir.
Les Provençaux ne furent pas les seuls qui se
plurent à cet agréable exercice; presque toutes

les provinces de France eurent leurs romanciers,
jusqu'à la Picardie, où l'on composait des ser-
vantois, pièces amoureuses, et quelquefois sati-
riques : et de là nous sont venus tant et tant de
vieux romans, dont une partie est imprimée,
une autre pourrit dans les bibliothéques, et le
reste a été consumé par la longueur des années.
L'Espagne même, qui a été si fertile en romans,
et l'Italie, tiennent de nous l'art de les composer : *Mi par di poter dire che questa sorte di
poesia* (ce sont les paroles de Giraldi, parlant
des romans) *abbia avuta la prima origine e il
primo suo principio da' Francesi, dai quali a
forse anco avuto il nome. Da' Francesi poi
è passata questa maniera di poeteggiare agli
Spagnuoli, e ultimamente è stata accettata
dagli Italiani* [1].

Feu M. de Saumaise, dont la mémoire m'est
en singulière vénération, et pour sa grande érudition, et pour l'amitié qui a été entre nous,
a cru que l'Espagne, après avoir appris des
Arabes l'art de romaniser, l'avait enseigné par
son exemple à tout le reste de l'Europe. Pour

---

[1] « Je crois pouvoir dire que cette sorte de poésie est née
» chez les Français, qui peut-être aussi lui ont donné son
» nom ; des Français elle a passé aux Espagnols, et enfin
» elle a été adoptée par les Italiens. »

soutenir cette opinion, il faut dire que Thelesin
et Melkin, l'un et l'autre Anglais, et Hunibaldus
Francus, que l'on croit avoir composé tous trois
leurs histoires romanesques vers l'an 550,
sont plus récens, du moins de près de deux
cents ans, que l'on ne s'imagine ; car la révolte
du comte Julien, et l'entrée des Arabes en Espagne, n'arriva que l'an 91 de l'hégire, c'est-
à-dire, l'an 712 de Notre-Seigneur ; et il fallut
quelque temps pour donner cours aux romans
des Arabes en Espagne, et à ceux que l'on prétend que les Espagnols firent, à leur imitation,
dans le reste de l'Europe. Je ne voudrais pas
défendre l'antiquité de ces auteurs, quoique
j'eusse quelque droit de le faire, puisque l'opinion commune et reçue est pour moi. Il est vrai
que les Arabes étaient fort adonnés à la science
gaie, comme je vous l'ai fait voir ; je veux dire à
la poésie, aux fables, aux fictions. Cette science
étant demeurée dans sa grossièreté parmi eux,
sans avoir reçu la culture des Grecs, ils la portèrent dans l'Afrique avec leurs armes, lorsqu'ils la subjuguèrent. Elle était toutefois déjà
parmi les Africains ; car Aristote, et après lui,
Priscien, font mention des fables libyques ; et
les romans d'Apulée et de Martianus Capella,
Africains, dont je vous ai parlé, montrent quel
était l'esprit de ces peuples. Cela fortifia les

Arabes victorieux dans leur inclination : aussi
apprenons-nous de Léon d'Afrique et de Mar-
mol, que les Arabes africains aiment encore la
poésie romanesque avec passion ; qu'ils chantent
en vers et en prose les exploits de leur Buhalul,
comme on a célébré parmi nous ceux de Renaud
et de Roland ; que leurs morabites font des
chansons d'amour ; que dans Fez, au jour de
la naissance de Mahomet, les poëtes font des assemblées et des jeux publics, et récitent leurs
vers devant le peuple, au jugement duquel celui
qui a le mieux réussi est créé prince des poëtes
pour cette année ; que les rois de la maison de
Benimerinis, qui régnaient il y a trois cents
ans, et que nos vieux écrivains appellent *de
Bellemarine*, assemblaient tous les ans, à un
certain jour, les plus savans de la ville de Fez,
et leur faisaient un splendide festin, après quoi
les poëtes récitaient des vers en l'honneur de
Mahomet ; que le roi donnait au plus habile une
somme d'argent, un cheval, un esclave et ses
propres habits, dont il était vêtu ce jour-là, et
qu'aucun ne s'en retournait sans récompense.
L'Espagne ayant ensuite reçu le joug des Arabes,
elle reçut aussi leurs mœurs, et prit d'eux la
coutume de chanter des vers d'amour, et de
célébrer les actions des grands hommes, à la
manière des bardes parmi les Gaulois ; mais ces

chants, qu'ils nommaient *romances*, étaient
bien différens de ce qu'on appelle *romans*. C'é-
taient des poésies faites pour être chantées, et
par conséquent fort courtes. On en a ramassé
plusieurs, entre lesquelles il s'en trouve de si
anciennes, qu'à peine peuvent-elles être entendues, et elles ont quelquefois servi à éclaircir
l'histoire d'Espagne, et à remettre les événemens
dans l'ordre de la chronologie. Leurs romans
sont beaucoup plus nouveaux, et les plus vieux
sont postérieurs à nos Tristans et à nos Lan-
celots, de quelques centaines d'années. Miguel
de Cervantes, un des plus beaux esprits que
l'Espagne ait produits, en a fait une fine et
judicieuse critique dans son Dom Quichotte; et
à peine le curé de la Manche et maître Nicolas
le Barbier en trouvent-ils dans ce grand nombre
six qui méritent d'être conservés : le reste est
livré au bras séculier de la servante, pour être
mis au feu. Ceux qu'ils jugent dignes d'être
gardés, sont les quatre livres d'Amadis de Gaule,
qu'ils disent être le premier roman de chevalerie
qu'on ait imprimé en Espagne, le modèle et le
meilleur de tous les autres; Palmerin d'Angleterre, que l'on croit avoir été composé par
un roi de Portugal, et qu'ils trouvent digne
d'être mis dans un coffret semblable à celui de
Darius, où Alexandre enferma les œuvres d'Ho-

mère; Dom Belianis, le Miroir de chevalerie;
Tirante-le-Blanc; et Kyrie-eleyson de Montau-
ban (car au bon vieux temps on croyait que
Kyrie-eleyson et Paralipomenon étaient les noms
de quelques saints), où *les Subtilités de damoi-
selle Plaisir-de-ma-vie, et les Tromperies de la
veuve reposée* sont fort louées. Mais tout cela
est récent, en comparaison de nos vieux romans, qui vraisemblablement en furent les
modèles, comme la conformité des ouvrages et
le voisinage des nations le persuadent. Il fait
aussi la censure des romans en vers, et des
autres poésies qui se trouvent dans la bibliothèque de Don Quichotte : mais cela est hors de
notre sujet.

Si l'on m'objecte que, comme nous avons
pris des Arabes l'art de rimer, il est croyable
aussi que nous avons pris d'eux l'art de romaniser, puisque la plupart de nos vieux romans étaient en rimes, et que la coutume
qu'avaient les seigneurs français de donner leurs
habits aux meilleurs trouverres, et que Mar-
mol dit avoir été pratiquée par les rois de Fez,
donne encore lieu à ce soupçon. J'avouerai qu'il
n'est pas impossible que les Français, en prenant la rime des Arabes, aient pris d'eux aussi
l'usage de l'appliquer aux romans. J'avouerai
même que l'amour que nous avions déjà pour

les fables a pu s'augmenter et se fortifier par
leur exemple, et que notre art romanesque s'en-
richit peut-être par le commerce que le voisinage
de l'Espagne et les guerres nous donnèrent avec
eux ; mais non pas que nous leur devions cette
inclination, puisqu'elle nous possédait long-
temps avant qu'elle se soit fait remarquer en
Espagne. Je ne puis croire non plus que nos
princes aient pris des rois arabes la coutume
de se dépouiller en faveur des trouverres ; je
crois plutôt que les uns et les autres, touchés
de l'excellence des ouvrages qu'ils entendaient
réciter, cherchaient avec empressement à satisfaire sur l'heure leur libéralité, et que, ne trouvant rien de plus présent que leurs habits, ils
s'en servaient au besoin, comme nous lisons que
quelques saints s'en sont servis envers des pau-
vres, et que, ce qui arrivait souvent en France
par hasard, se faisait tous les ans à Fez, par
une coutume, qui vraisemblablement y fut aussi
d'abord introduite par le hasard.

Il est assez croyable que les Italiens furent portés à la composition des romans par l'exemple
des Provençaux, lorsque les papes tinrent leur
siége à Avignon, et même par l'exemple des autres Français, lorsque les Normands, et ensuite
Charles, comte d'Anjou, frère de saint Louis,
prince vertueux, amateur de la poésie, et poëte

lui-même, firent la guerre en Italie : car nos
Normands se mêlaient aussi de la science gaie, et
l'histoire rapporte qu'ils chantèrent les faits de
Roland, avant que de donner cette mémorable
bataille qui acquit la couronne d'Angleterre à
Guillaume-le-Bâtard. Toute l'Europe était en ce
temps-là couverte des ténèbres d'une épaisse
ignorance, mais la France, l'Angleterre et l'Al-
lemagne moins que l'Italie, qui ne produisit
alors qu'un petit nombre d'écrivains, et presque point de faiseurs de romans. Ceux de ce
pays qui voulaient se faire distinguer par quelque teinture de savoir, la venaient prendre dans
l'université de Paris, qui était la mère des sciences et la nourrice des savans de l'Europe. Saint
Thomas d'Aquin, saint Bonaventure, le poëte
Dante, et Bocace y vinrent étudier; et le prési-
dent Fauchet montre que le dernier a pris la
plupart de ses *Nouvelles* des romans français, et
que Pétrarque et les autres poëtes italiens avaient
pillé les plus beaux traits des chansons de Thi-
bauld, roi de Navare, de Gaces Brussez, du châ-
telain de Coucy, et des vieux romanciers français.
Ce fut donc, selon mon avis, dans ce mélange
des deux nations, que les Italiens apprirent de
nous la science des romans, qu'ils reconnaissent nous devoir, aussi-bien que la science des
rimes.

Ainsi l'Espagne et l'Italie reçurent de nous un art qui était le fruit de notre ignorance et de notre grossièreté, et qui avait été le fruit de la politesse des Perses, des Ioniens, et des Grecs. En effet, comme, dans la nécessité, pour conserver notre vie, nous nourrissons nos corps d'herbes et de racines, lorsque le pain nous manque; de même, lorsque la connaissance de la vérité, qui est la nourriture propre et naturelle de l'esprit humain, vient à nous manquer, nous le nourrissons du mensonge, qui est l'imitation de la vérité : et comme, dans l'abondance, pour satisfaire à notre plaisir, nous quittons souvent le pain et les viandes ordinaires, et nous cherchons des ragoûts; de même, lorsque nos esprits connaissent la vérité, ils en quittent souvent l'étude et la spéculation, pour se divertir dans l'image de la vérité, qui est le mensonge; car l'image et l'imitation, selon Aristote, sont souvent plus agréables que la vérité même. De sorte que deux chemins tout-à-fait opposés, qui sont l'ignorance et l'érudition, la rudesse et la politesse, mènent souvent les hommes à une même fin, qui est l'étude des fictions, des fables et des romans : de là vient que les nations les plus barbares aiment les inventions romanesques, comme les aiment les plus polies. Les origines de tous les sauvages de l'Amérique, et

particulièrement celles du Pérou, ne contien-
nent que des fables, non plus que les origines
des Goths, qu'ils écrivaient autrefois en leurs
anciens caractères runiques, sur de grandes pierres, dont j'ai vu quelques restes en Danemarck;
et s'il nous était resté quelque chose de ces ouvrages que composaient les Bardes, parmi les
anciens Gaulois, pour éterniser la mémoire de
leur nation, je ne doute pas que nous ne les
trouvassions enrichis de beaucoup de fictions.

Cette inclination aux fables, qui est commune
à tous les hommes, ne leur vient pas par raison-
nement, par imitation, ou par coutume; elle
leur est naturelle, et a son amorce dans la disposition même de leur esprit et de leur âme; car
le désir d'apprendre et de savoir est particulier
à l'homme, et ne le distingue pas moins des
autres animaux que sa raison. On trouve même
en quelques animaux des étincelles d'une raison
imparfaite et ébauchée; mais l'envie de connaître
ne se remarque que dans l'homme. Cela vient,
selon mon sens, de ce que les facultés de notre
âme étant d'une trop grande étendue et d'une
capacité trop vaste pour être remplie par les objets présens, l'âme cherche dans le passé et dans
l'avenir, dans la vérité et le mensonge, dans
les espaces imaginaires et dans l'impossible même, de quoi les occuper et les exercer. Les bé-

tes trouvent dans les objets qui se présentent à
leurs sens de quoi remplir les puissances de leur
âme, et ne vont guère au delà ; de sorte que l'on
ne voit point en elles cette avidité inquiète, qui
agite incessamment l'esprit de l'homme, et le
porte à la recherche de nouvelles connaissances,
pour proportionner, s'il se peut, l'objet à la
puissance, et y trouver un plaisir semblable à
celui qu'on trouve à apaiser une faim violente,
ou à se désaltérer après une longue soif. C'est ce
que Platon a voulu exprimer par la fable du mariage de Portus et de Pénie, c'est-à-dire, des
Richesses et de la Pauvreté, d'où il dit que na-
quit le Plaisir. L'objet est marqué par les richesses, qui ne sont richesses que dans l'usage,
et autrement demeurent infructueuses et ne font
point naître le plaisir. La puissance est exprimée
par la pauvreté, qui est stérile, et toujours accompagnée d'inquiétude, tant qu'elle est séparée
des richesses ; mais quand elle s'y joint, le plaisir naît de cette union. Cela se rencontre justement dans notre âme : la pauvreté, c'est-à-dire
l'ignorance, lui est naturelle, et elle soupire incessamment après la science, qui est sa richesse ;
et quand elle la possède, cette jouissance est suivie de plaisir. Mais ce plaisir n'est pas toujours
égal : il lui coûte quelquefois du travail et des
peines, comme quand elle s'applique aux spécu-

lations difficiles et aux sciences cachées, dont la
matière n'est pas présente à nos sens, et où l'i-
magination, qui agit avec facilité, a moins de
part que l'entendement, dont les opérations sont
plus laborieuses : et parce que naturellement le
travail nous rebute, l'âme ne se porte à ces connaissances épineuses que dans la vue du fruit,
ou dans l'espérance d'un plaisir éloigné, ou par
nécessité. Mais les connaissances qui l'attirent
et la flattent davantage, sont celles qu'elle ac-
quiert sans peine, et où l'imagination agit presque seule, et sur des matières semblables à celles qui tombent d'ordinaire sous nos sens, et
particulièrement si ces connaissances excitent
nos passions, qui sont les grands mobiles de toutes les actions de notre vie. C'est ce que font les
romans : il ne faut point de contention d'esprit
pour les comprendre ; il n'y a point de grands raisonnemens à faire ; il ne faut point se fatiguer la
mémoire ; il ne faut qu'imaginer. Ils n'émeuvent
nos passions que pour les apaiser ; ils n'excitent notre crainte ou notre compassion, que pour
nous faire voir hors du péril ou de la misère
ceux pour qui nous craignons, ou que nous plai-
gnons ; ils ne touchent notre tendresse que pour
nous faire voir heureux ceux que nous aimons ;
ils ne nous donnent de la haine que pour nous
faire voir misérables ceux que nous haïssons ;

enfin, toutes nos passions s'y trouvent agréablement excitées et calmées. C'est pourquoi ceux
qui agissent plus par passion que par raison,
et qui travaillent plus de l'imagination que de
l'entendement, y sont les plus sensibles, quoique les derniers le soient aussi, mais d'une autre sorte. Ils sont touchés des beautés de l'art
et de ce qui part de l'entendement; mais les premiers, tels que sont les enfans et les simples, le
sont seulement de ce qui frappe leur imagination et agite leurs passions; et ils aiment les fictions en elles-mêmes, sans aller plus loin. Or,
les fictions n'étant que des narrations vraies en
apparence, et fausses en effet, les esprits des
simples, qui ne voient que l'écorce, se cónten-
tent de cette apparence de vérité, et s'y plaisent;
mais ceux qui pénètrent plus avant et vont au
solide, se dégoûtent aisément de cette fausseté;
de sorte que les premiers aiment la fausseté, à
cause de la vérité apparente qui la cache, et les
derniers se rebutent de cette image de vérité, à
cause de la fausseté effective qu'elle cache, si
cette fausseté n'est d'ailleurs ingénieuse, mystérieuse et instructive, et ne se soutient par l'excellence de l'invention et de l'art; et saint Au-
gustin dit en quelque endroit que ces faussetés,
qui sont significatives et enveloppent un sens
caché, ne sont pas des mensonges, mais des fi-

gures de la vérité, dont les plus sages et les plus
saints personnages, et notre Seigneur même, se
sont servis.

Puisqu'il est donc vrai que l'ignorance et la
grossièreté sont les grandes sources de mensonge, et que ce débordement de barbares,
qui sortit du septentrion, inonda toute l'Europe, et la plongea dans une si parfaite ignorance, qu'elle n'en est sortie que depuis environ
deux siècles, n'est-il pas bien vraisemblable
que cette ignorance produisit dans l'Europe le
même effet qu'elle a toujours produit partout
ailleurs, et n'est-ce pas en vain que l'on cherche dans le hasard ce que nous trouvons dans
la nature? Il n'y a donc pas lieu de contester
que les romans français, allemands, anglais,
et toutes les fables du nord, sont du cru du
pays, nées sur les lieux, et n'y ont point été
apportées d'ailleurs; qu'elles n'ont point d'autre
origine que les histoires remplies de faussetés
qui furent faites dans les temps obscurs, pleins
d'ignorance, où l'industrie et la curiosité
manquaient pour découvrir la vérité des choses,
et l'art pour les écrire; que ces histoires, mêlées du vrai et du faux, ayant été bien reçues
par des peuples demi-barbares, les historiens
eurent la hardiesse d'en faire de purement
supposées, qui sont les romans. C'est même

5

une opinion reçue, que le nom de *roman* se
donnait autrefois aux histoires, et qu'il s'appli-
qua depuis aux fictions; ce qui est un témoignage invincible que les unes sont venues des
autres. *Romanzi*, dit le Pigna, *secundo la
commune opinione, in francese detti erano
gli annali : e perciò le guerre di parte in
parte notate sotto questo nome uscirono. Pos-
cia alcuni dalla verità partendosi, quantunque
favoleggiassero, così apunto chiamarono gli
scritti loro...* [1] Strabon, dans un passage
que j'ai déjà allégué, dit que les histoires des
Perses, des Mèdes et des Syriens, n'ont pas
mérité beaucoup de créance, parce que ceux
qui les ont écrites, voyant que les conteurs
de fables étaient en réputation, crurent s'y
mettre aussi en écrivant des fables en forme
d'histoires, c'est-à-dire, des romans. D'où l'on
peut conclure que les romans, selon toutes
les apparences, ont eu parmi nous la même
origine qu'ils ont eue autrefois parmi ces
peuples.

---

[1] « Selon l'opinion commune, les annales s'appelaient
» en français *Romans*. Aussi les relations des différentes
» guerres parurent sous ce nom. Par la suite, quelques
» écrivains, s'écartant de la vérité et donnant dans la fic-
» tion, appelèrent également leurs ouvrages du nom de
» *Romans*. »

Mais, pour revenir aux troubadours ou trouverres de Provence, qui furent, en France,
les princes de la romancerie, dès la fin du
dixième siècle, leur métier plut à tant de
gens, que toutes les provinces de France,
comme je l'ai dit, eurent aussi leurs trouverres. Elles produisirent, dans le onzième
siècle et dans les suivans, une multitude non
pareille de romans en prose et en vers, dont
plusieurs, malgré l'envie du temps, se sont
conservés jusqu'à nous. De ce nombre étaient
les romans de Garinle Loheran, de Tristan, de
Lancelot du Lac, de Bertain, de Saint-Gréal, de
Merlin, d'Artus, de Perceval, de Perceforest,
et de la plupart de ces cent vingt-sept poëtes
qui ont vécu devant l'an 1500, dont le pré-
sident Fauchet a fait la censure. Je n'entre-
prendrai pas de vous en faire la liste, ni
d'examiner si les Amadis de Gaule sont ori-
ginaires d'Espagne, de Flandre ou de France;
et si le roman de Tiel Ulespiègle est une
traduction de l'allemand; ni en quelle langue
a premièrement été écrit le roman des sept
sages de Rome ou de Dolopathos, qu'on dit
qui a été pris des paraboles de Sandaber,
Indien, qu'on dit même qui se trouve en grec
dans quelques bibliothèques, qui a fourni la
matière du livre italien intitulé *Erastus*, et

5.

de plusieurs des Nouvelles de Bocace, comme
le même Fauchet l'a remarqué, qui fut écrit
en latin par Jean, moine de l'abbaye de
Hauteselve, dont on voit de vieux exem-
plaires, et traduit en français par le Clerc
Hébert vers la fin du douzième siècle, et en
allemand, depuis près de trois cents ans, et
d'allemand en latin, depuis cent ans, par un
savant homme, qui ignorait que cet allemand
venait du latin, et qui en changea les noms.
Il me suffira de vous dire que tous ces ouvrages, auxquels l'ignorance avait donné la naissance, portaient des marques de leur origine,
et n'étaient qu'un amas de fictions grossièrement entassées les unes sur les autres, et
bien éloignées de ce souverain degré d'art et
d'élégance où notre nation a depuis porté les
romans. Il est vrai qu'il y a sujet de s'étonner
qu'ayant cédé aux autres le prix de la poésie
épique et de l'histoire, nous ayons emporté
celui-ci avec tant de hauteur, que leurs plus
beaux romans n'égalent pas les moindres des
nôtres. Je crois que nous devons cet avantage à la politesse de notre galanterie, qui
vient, à mon avis, de la grande liberté dans
laquelle les hommes vivent en France avec
les femmes. Elles sont presque recluses en
Italie et en Espagne, et sont séparées des

hommes par tant d'obstacles qu'on les voit
peu, et qu'on ne leur parle presque jamais :
de sorte que l'on a négligé l'art de les cajoler
agréablement, parce que les occasions en étaient
rares; l'on s'applique seulement à surmonter
les difficultés de les aborder; et cela fait, on
profite du temps, sans s'amuser aux formes;
mais, en France, les dames vivant sur leur
bonne foi, et n'ayant point d'autres défenses que
leur propre cœur, elles s'en sont fait un rempart plus fort et plus sûr que toutes les clefs,
que toutes les grilles et que toute la vigi-
lance des duègnes. Les hommes ont donc été
obligés d'assiéger ce rempart par les formes,
et ont employé tant de soin et d'adresse pour
le réduire, qu'ils s'en sont fait un art presque inconnu aux autres peuples. C'est cet
art qui distingue les romans français des
autres romans, et qui en a rendu la lecture
si délicieuse, qu'elle a fait négliger des lec-
tures plus utiles. Les dames ont été les premières prises à cet appât; elles ont fait toute
leur étude des romans, et ont tellement méprisé celle de l'ancienne fable et de l'histoire,
qu'elles n'ont plus entendu des ouvrages qui
tiraient de là autrefois leur plus grand or-
nement. Pour ne rougir plus de cette ignorance, dont elles avaient si souvent occasion de

s'apercevoir, elles ont trouvé que c'était plutôt
fait de désapprouver ce qu'elles ignoraient,
que de l'apprendre. Les hommes les ont imi-
tées pour leur plaire; ils ont condamné ce
qu'elles condamnaient, et ont appelé *pédan-
terie* ce qui faisait une partie essentielle de
la politesse, encore du temps de Malherbe.
Les poëtes et les autres écrivains français
qui l'ont suivi ont été contraints de se sou-
mettre à ce jugement; et plusieurs d'entre
eux, voyant que la connaissance de l'antiquité
leur était inutile, ont cessé d'étudier ce qu'ils
n'osaient plus mettre en usage. Ainsi une
bonne cause a produit un très-mauvais effet;
et la beauté de nos romans a attiré le mépris
des belles-lettres, et ensuite l'ignorance.

Je ne prétends pas pour cela en condamner
la lecture. Les meilleures choses du monde ont
toujours quelques suites fâcheuses. Les romans
en peuvent avoir de pires encore que l'ignorance. Je sais de quoi on les accuse : ils dessé-
chent la dévotion; ils inspirent des passions
déréglées : ils corrompent les mœurs. Tout cela
peut arriver, et arrive quelquefois. Mais de quoi
les esprits malfaits ne peuvent-ils point faire
un mauvais usage? Les âmes faibles s'empoi-
sonnent elles-mêmes, et font du venin de tout.
Il leur faut donc interdire l'histoire, qui rap-

porte tant de pernicieux exemples, et la fable,
où les crimes sont autorisés par l'exemple même
des dieux. Une statue de marbre, qui faisait la
dévotion publique parmi les païens, fit la passion, la brutalité et le désespoir d'un jeune
homme. Le Cherea de Térence se fortifie dans
un dessein criminel, à la vue d'un tableau de
Jupiter, qui attirait peut-être le respect de tous
les autres spectateurs. On a eu peu d'égard à
l'honnêteté des mœurs dans la plupart des romans grecs et des vieux français, par le vice du
temps où ils ont été composés. L'Astrée même,
et quelques-uns de ceux qui l'ont suivie, sont
encore un peu licencieux; mais ceux de ce
temps, je parle des bons, sont si éloignés de ce
défaut, qu'on n'y trouvera pas une parole, pas
une expression qui puisse blesser les oreilles
chastes, pas une action qui puisse offenser la
pudeur. Si l'on dit que l'amour y est traité d'une
manière si délicate et si insinuante que l'amorce
d'une si dangereuse passion entre aisément dans
de jeunes cœurs, je répondrai que non-seulement il n'est pas périlleux, mais qu'il est même
en quelque sorte nécessaire que les jeunes personnes du monde connaissent cette passion,
pour fermer les oreilles à celle qui est crimi-
nelle, et pouvoir se démêler de ses artifices, et
pour savoir se conduire dans celle qui a une fin

honnête et sainte; ce qui est si vrai, que l'expérience fait voir que celles qui connaissent moins l'amour en sont plus susceptibles, et que les plus ignorantes sont les plus dupes. Ajoutez à cela que rien ne dérouille tant l'esprit, ne sert tant à le façonner et le rendre propre au monde, que la lecture des bons romans. Ce sont des précepteurs muets, qui succèdent à ceux du collége, et qui apprennent à parler et à vivre d'une méthode bien plus instructive et bien plus persuasive que la leur, et de qui on peut dire ce qu'Horace disait de l'Iliade d'Homère, qu'elle enseigne la morale plus fortement et mieux que les philosophes les plus habiles.

M. d'Urfé fut le premier qui les tira de la barbarie et les remit dans les règles en son incomparable Astrée, l'ouvrage le plus ingénieux et le plus poli qui eût jamais paru en ce genre, et qui a terni la gloire que la Grèce, l'Italie et l'Espagne s'y étaient acquise. Il n'ôta pourtant pas le courage à ceux qui vinrent après lui d'entreprendre ce qu'il avait entrepris, et n'occupa pas si fort l'admiration publique, qu'il n'en restât encore pour tant de beaux romans qui parurent en France après le sien. L'on n'y vit pas sans étonnement ceux qu'une fille, autant illustre par sa modestie que par son mérite, avait mis au jour sous un nom emprunté, se

privant si généreusement de la gloire qui lui
était due, et ne cherchant sa récompense que
dans sa vertu ; comme si, lorsqu'elle travaillait
ainsi à la gloire de notre nation, elle eût voulu
épargner cette honte à notre sexe. Mais enfin le
temps lui a rendu la justice qu'elle s'était re-
fusée, et nous a appris que l'illustre Bassa, le
grand Cyrus, et Clélie, sont les ouvrages de
mademoiselle de Scudéry, afin que désormais
l'art de faire les romans, qui pouvait se défendre
contre les censeurs scrupuleux, non-seulement
par les louanges que lui donne le patriarche
Photius, mais encore par les grands exemples
de ceux qui s'y sont appliqués, pût aussi se
justifier par le sien, et qu'après avoir été cultivé par des philosophes, comme Apulée et
Athénagoras, par des préteurs romains, comme
Sisenna, par des consuls, comme Pétrone, par
des prétendans à l'empire, comme Clodius Albinus, par des prêtres, comme Théodorus Prodromus, par des évêques, comme Héliodore et
Achillès-Tatius, par des papes, comme Pie II,
qui avait écrit les amours d'Euriale et de Lu-
crèce, et par des saints, comme Jean Damascène, il eût encore l'avantage d'avoir été exercé
par une sage et vertueuse fille. Pour vous,
monsieur, puisqu'il est vrai, comme je l'ai
montré, et comme Plutarque l'assure, qu'un

des plus grands charmes de l'esprit humain,
c'est le tissu d'une fable bien inventée et bien
racontée, quel succès ne devez-vous pas espérer
de Zayde, dont les aventures sont si nouvelles
et si touchantes, et dont la narration est si
juste et si polie. Je souhaiterais, pour l'intérêt
que je prends à la gloire du grand roi que le
ciel a mis sur nos têtes, que nous eussions l'histoire de son règne merveilleux écrite d'un style
aussi noble, et avec autant d'exactitude et de
discernement. La vertu qui conduit ses belles
actions est si héroïque, et la fortune qui les
accompagne est si surprenante, que la postérité douterait si ce serait une histoire ou un
roman.

Honor pulcherrima merces ipse sibi.

ZAYDE,

HISTOIRE ESPAGNOLE.

ZAYDE,

HISTOIRE ESPAGNOLE.

PREMIÈRE PARTIE.

L'Espagne commençait à s'affranchir de la domination des Maures. Ses peuples, qui s'étaient retirés dans les Asturies, avaient fondé le royaume de Léon ; ceux qui s'étaient retirés dans les Pyrénées avaient donné naissance au royaume de Navarre ; il s'était élevé des comtes de Barcelone et d'Aragon. Ainsi, cent cinquante ans après l'entrée des Maures, plus de la moitié de l'Espagne se trouvait délivrée de leur tyrannie.

De tous les princes chrétiens qui régnaient alors, il n'y en avait point de si redoutable qu'Alphonse, roi de Léon, surnommé le Grand. Ses prédécesseurs avaient joint la Castille à leur royaume. D'abord cette province avait été commandée par des gouverneurs, qui, dans la suite des temps, avaient rendu leur gouvernement héréditaire, et l'on commençait à craindre qu'ils ne s'en voulussent faire souverains. Ils s'appe-

laient tous *comtes de Castille* : les plus puis-
sans étaient Diégo Porcelios et Nugnez Fernando. Ce dernier était considérable par ses
grandes terres et par la grandeur de son esprit.
Ses enfans servaient encore à soutenir sa fortune et à l'augmenter : il avait un fils et une
fille d'une beauté extraordinaire ; le fils, qui
s'appelait *Consalve*, ne voyait rien dans toute
l'Espagne qu'on lui pût comparer, et son esprit
et sa personne avaient quelque chose de si admirable, qu'il semblait que le ciel l'eût formé
d'une manière différente du reste des hommes.

Des raisons importantes l'avaient obligé à
quitter la cour de Léon, et les sensibles déplaisirs qu'il y avait reçus lui avaient inspiré le dessein de sortir de l'Espagne et de se retirer dans
quelque solitude. Il vint dans l'extrémité de la Catalogne, à condition de s'embarquer sur le premier vaisseau qui ferait voile pour une des îles
de la Grèce. Le peu d'attention qu'il avait à
toutes choses lui faisait souvent prendre d'autres chemins que ceux qu'on lui avait enseignés.
Au lieu de passer la rivière d'Èbre à Tortose,
comme on lui avait dit qu'il le fallait faire, il
suivit ses bords quasi jusqu'à son embouchure.
Il s'aperçut alors qu'il s'était beaucoup détourné : il s'enquit s'il n'y avait point de barques ;
on lui dit qu'il n'en trouverait pas au lieu où il

était ; mais que, s'il voulait aller jusqu'à un petit port assez proche, il en trouverait qui le mè-
nerait à Tarragone. Il marcha jusqu'à ce port;
il descendit de cheval, et demanda à quelques
pêcheurs s'il n'y avait point de chaloupes prêtes
à partir.

Comme il leur parlait, un homme qui se promenait tristement le long de la mer, surpris de
sa beauté et de sa bonne mine, s'arrêta pour le
regarder, et ayant entendu ce qu'il demandait
à ces pêcheurs, prit la parole, et lui dit que
toutes les barques étaient allées à Tarragone,
qu'elles ne reviendraient que le lendemain, et
qu'il ne pourrait s'embarquer que le jour d'a-
près. Consalve, qui ne l'avait point aperçu,
tourna la tête pour voir d'où venait cette voix,
qui ne lui paraissait pas celle d'un pêcheur. Il
fut étonné de la bonne mine de cet inconnu,
comme cet inconnu l'avait été de la sienne. Il lui
trouva quelque chose de noble et de grand, et
même de la beauté, quoiqu'on vit bien qu'il
avait passé la première jeunesse. Consalve n'é-
tait guère en état de s'arrêter à d'autres choses
qu'à ses pensées; néanmoins la rencontre de cet
inconnu, dans un lieu si désert, lui donna
quelque attention. Il le remercia de l'avoir instruit de ce qu'il voulait savoir, et il demanda
ensuite aux pêcheurs où il pourrait aller passer

la nuit. Il n'y a que ces cabanes que vous voyez,
lui dit l'inconnu, et vous n'y sauriez être commodément. Je ne laisserai pas d'y aller chercher
du repos, reprit Consalve ; il y a quelques jours
que je marche sans en avoir, et je sens bien
que mon corps en a plus de besoin que mon esprit ne lui en laisse. L'inconnu fut touché de la
manière triste dont il avait prononcé ce peu de
paroles, et il ne douta point que ce ne fût quelque malheureux : la conformité qui lui parut
dans leurs fortunes lui donna pour Consalve
cette sorte d'inclination que nous avons pour les
personnes dont nous croyons les dispositions pareilles aux nôtres.

Vous ne trouverez point ici de retraite digne de
vous, lui dit-il ; mais si vous voulez en accepter
une que je vous offre derrière ce bois, vous y
serez plus commodément que dans ces cabanes.
Consalve avait tant d'aversion pour la société des
hommes, qu'il refusa d'abord l'offre que lui faisait cet inconnu ; mais enfin les instantes prières
qu'il lui en fit, et le besoin de prendre du repos, le contraignirent de l'accepter.

Il le suivit ; et, après avoir marché quelque
temps, il découvrit une maison assez basse, bâ-
tie d'une manière simple, et néanmoins propre
et régulière. La cour n'était fermée que de pa-
lissades de grenadiers, non plus que le jardin,

qui était séparé d'un bois par un petit ruisseau.
Si Consalve eût pu prendre plaisir à quelque
chose, l'agréable situation de cette demeure lui
en aurait donné. Il demanda à l'inconnu si ce
lieu était son séjour ordinaire, et si le hasard ou
son choix l'y avait conduit. Il y a quatre ou cinq
ans que je l'habite, lui répondit-il; je n'en sors
que pour me promener sur le bord de la mer;
et, depuis que j'y demeure, je puis vous dire que
vous êtes la seule personne raisonnable que j'y
aie vue. La tempête fait souvent briser des vaisseaux contre cette côte, qui est assez dangereuse. J'ai sauvé la vie à quelques malheureux
que j'ai retirés chez moi; mais tous ceux que la
fortune y a conduits n'ont été que des étrangers,
avec qui je n'eusse pu trouver de conversation,
quand j'en aurais cherché. Vous pouvez juger,
par le lieu où je demeure, que je n'en cherche
pas. J'avoue néanmoins que je suis sensible au
plaisir de voir une personne comme vous. Pour
moi, répartit Consalve, je fuis tous les hommes, et j'ai tant de sujet de les fuir, que, si vous
le saviez, vous ne trouveriez pas étrange que
j'eusse eu tant de peine à accepter l'offre que
vous m'avez faite; vous jugeriez, au contraire,
qu'après les malheurs qu'ils m'ont causés, je dois
renoncer pour jamais à toute sorte de société. Si
vous n'avez à vous plaindre que des autres, ré-

pliqua l'inconnu, et que vous n'ayez rien à vous
reprocher, il y en a de plus malheureux que
vous, et vous l'êtes moins que vous ne pensez.
Le comble des malheurs, s'écria-t-il, c'est d'a-
voir à se plaindre de soi-même, c'est d'avoir
creusé les abîmes où l'on est tombé, c'est d'a-
voir été injuste et déraisonnable; enfin, c'est
d'avoir été la cause des infortunes dont on est
accablé. Je vois bien, reprit Consalve, que vous
ressentez les maux dont vous me parlez; mais
qu'ils sont différens de ceux qu'on ressent,
quand, sans l'avoir mérité, on est trompé, trahi,
et abandonné de tout ce qu'on aimait davantage!
A ce que j'en puis juger, lui repartit l'inconnu,
vous abandonnez votre patrie, pour fuir des personnes qui vous ont trahi, et qui sont la cause
de vos déplaisirs; mais jugez ce que vous auriez
à souffrir s'il fallait que vous fussiez continuel-
lement avec ces personnes qui font le malheur
de votre vie! Songez que c'est l'état où je suis,
que j'ai fait tout le malheur de la mienne, et
que je ne puis me séparer de moi-même, pour
qui j'ai tant d'horreur, pour qui j'ai tant de sujet d'en avoir, non-seulement parce que j'en
souffre, mais par ce qu'en a souffert ce que j'aimais plus que toutes choses. Je ne me plaindrais pas, dit Consalve, si je n'avais à me
plaindre que de moi. Vous vous trouvez malheu-

reux, parce que vous avez sujet de vous haïr;
mais, si vous avez été aimé fidèlement de la personne que vous aimiez, pouvez-vous ne vous
pas trouver heureux? Peut-être l'avez-vous perdue par votre faute; mais vous avez au moins la
consolation de penser qu'elle vous a aimé, et
qu'elle vous aimerait encore, si vous n'aviez rien
fait qui lui eût pu déplaire. Vous ne connaissez
point l'amour, si cette seule pensée ne vous empêche d'être malheureux; et vous vous aimez vous-
même plus que votre maîtresse, si vous aimez
mieux avoir sujet de vous plaindre d'elle que de
vous. Le peu de part que vous avez sans doute à
vos malheurs, répliqua l'inconnu, vous empêche
de comprendre quel surcroît de douleur ce vous
serait d'y avoir contribué; mais croyez, par la
cruelle expérience que j'en fais, que de perdre par
sa faute ce qu'on aime, est une sorte d'affliction qui
se fait sentir plus vivement que toutes les autres.

Comme il achevait ces paroles, ils arrivèrent dans la maison, que Consalve trouva
aussi jolie par dedans qu'elle lui avait paru
par dehors. Il passa la nuit avec beaucoup
d'inquiétude : le matin, la fièvre lui prit, et
les jours suivans elle devint si violente,
qu'on appréhenda pour sa vie. L'inconnu en
fut sensiblement affligé, et son affliction augmenta encore par l'admiration que lui donnaient

toutes les paroles et toutes les actions de Consalve. Il ne put se défendre du désir de savoir
qui était une personne qui lui paraissait si extraordinaire. Il fit plusieurs questions à celui
qui le servait ; mais l'ignorance où cet homme
était lui-même du nom et de la qualité de son maître, l'empêcha de satisfaire sa curiosité : il lui dit
seulement qu'il se faisait appeler Théodoric , et
qu'il ne croyait pas que ce fût son nom véritable.
Enfin , après plusieurs jours de fièvre continue,
les remèdes et la jeunesse tirèrent Consalve hors
de péril. L'inconnu essayait de le divertir des tristes pensées dont il le voyait occupé ; il ne le quittait point; et, bienqu'ils ne parlassent que de choses générales parce qu'ils ne se connaissaient pas
encore , ils se surprirent l'un et l'autre par la
grandeur de leur esprit.

Cet inconnu avait caché son nom et sa naissance depuis qu'il était dans cette solitude ;
mais il voulut bien l'apprendre à Consalve.
Il lui dit qu'il était du royaume de Navarre,
qu'il s'appelait Alphonse Ximénès , et que ses
malheurs l'avaient obligé de chercher une retraite où il pût en liberté regretter ce qu'il avait
perdu. Consalve fut surpris du nom de Ximénès;
il le connaissait pour un des plus illustres de la
Navarre, et il fut vivement touché de la confiance
qu'Alphonse lui témoignait. Quelque raison

qu'il eût de haïr les hommes, il ne put s'empêcher d'avoir pour lui une amitié dont il ne se croyait plus capable.

Cependant sa santé commençait à revenir ; et, lorsqu'il se porta assez bien pour s'embarquer, il sentit qu'il ne quitterait Alphonse qu'avec peine. Il lui parla de leur séparation, et du dessein qu'il avait de se retirer aussi dans quelque solitude. Alphonse en fut surpris et affligé ; il s'était tellement accoutumé à la douceur de la conversation de Consalve, qu'il n'en pouvait regarder la perte qu'avec douleur. Il lui dit d'abord qu'il n'était pas en état de partir, et il essaya ensuite de lui persuader de n'aller point chercher d'autre désert que celui où le hasard l'avait conduit.

Je n'oserais espérer, lui dit-il, de vous rendre cette demeure moins ennuyeuse ; mais il me semble que, dans une retraite aussi longue que celle que vous entreprenez, il y a quelque douceur à n'être pas tout-à-fait seul. Mes malheurs ne pouvaient recevoir de consolation ; je crois néanmoins que j'aurais trouvé du soulagement, si, dans de certains momens, j'avais eu quelqu'un avec qui me plaindre. Vous trouverez ici la même solitude qu'au lieu où vous voulez aller, et vous aurez la commodité de parler, quand vous le voudrez, à une per-

sonne qui a une admiration extraordinaire
pour votre mérite, et une sensibilité pour vos
malheurs égale à celle qu'elle a pour les siens.

Le discours d'Alphonse ne persuada pas d'a-
bord Consalve ; mais peu à peu il fit de l'impression sur son esprit; et la considération d'une
retraite privée de toute sorte de compagnie,
jointe à l'amitié qu'il avait déjà pour lui, le fit
résoudre à demeurer dans cette maison. La seule
chose qui lui donnait de l'embarras, était la
crainte d'être reconnu. Alphonse le rassura
par son exemple, et lui dit que ce lieu était
tellement éloigné de tout commerce, que,
depuis tant d'années qu'il s'y était retiré, il
n'avait jamais vu personne qui l'eût pu reconnaître. Consalve se rendit à ses raisons ;
et, après s'être dit l'un et l'autre tout ce que
se peuvent dire les deux plus honnêtes hommes du monde qui s'engagent à vivre ensemble, il envoya de ses pierreries à un mar-
chand de Tarragone, afin qu'il lui fît tenir
les choses dont il pourrait avoir besoin. Voilà
donc Consalve établi dans cette solitude, avec
la résolution de n'en sortir jamais ; le voilà
abandonné à la réflexion de ses malheurs,
où il ne trouvait d'autre consolation que de
croire qu'il ne pouvait plus lui en arriver.
Mais la fortune lui fit voir qu'elle trouve jus-

que dans les déserts ceux qu'elle a résolu de
persécuter.

Sur la fin de l'automne, où les vents commencent à rendre la mer redoutable, il alla se
promener plus matin que de coutume. Il y avait
eu pendant la nuit une tempête épouvantable ;
et la mer, qui était encore agitée, entretenait
agréablement sa rêverie. Il considéra quelque
temps l'inconstance de cet élément avec les
mêmes réflexions qu'il avait accoutumé de faire
sur sa fortune ; ensuite il jeta les yeux sur le
rivage : il vit plusieurs marques du débris d'une
chaloupe, et il regarda s'il ne verrait personne
qui fût en état de recevoir du secours. Le soleil, qui se levait, fit briller à ses yeux quelque chose d'éclatant qu'il ne put distinguer
d'abord, et qui lui donna seulement la curiosité
de s'en approcher. Il tourna ses pas vers ce
qu'il voyait ; et, en s'approchant, il connut
que c'était une femme magnifiquement habillée, étendue sur le sable, et qui semblait
y avoir été jetée par la tempête. Elle était
tournée d'une sorte qu'il ne pouvait voir son
visage. Il la releva, pour juger si elle était
morte : mais quel fut son étonnement, quand
il vit, au travers des horreurs de la mort,
la plus grande beauté qu'il eût jamais vue !
Cette beauté augmenta sa compassion, et

lui fit désirer que cette personne fût encore en
état d'être secourue. Dans ce moment, Alphonse, qui l'avait suivi par hasard, s'approcha,
et lui aida à la secourir. Leur peine ne fut pas
inutile, ils virent qu'elle n'était pas morte;
mais ils jugèrent qu'elle avait besoin d'un plus
grand secours que celui qu'ils lui pouvaient
donner en ce lieu. Comme ils étaient assez
proche de leur demeure, ils résolurent de l'y
porter. Sitôt qu'elle y fut, Alphonse envoya
chercher des remèdes pour la soulager, et des
femmes pour la servir. Lorsque ces femmes
furent venues, et qu'on leur eut laissé la liberté de la mettre au lit, Consalve revint dans
la chambre, et regarda cette inconnue avec
plus d'attention qu'il n'avait encore fait. Il fut
surpris de la proportion de ses traits et de la
délicatesse de son visage; il regarda avec étonnement la beauté de sa bouche et la blancheur
de sa gorge; enfin, il était si charmé de tout
ce qu'il voyait dans cette étrangère, qu'il était
près de s'imaginer que ce n'était pas une personne
mortelle. Il passa une partie de la nuit sans
pouvoir s'en éloigner. Alphonse lui conseilla d'aller prendre du repos; mais il lui répondit qu'il
avait si peu accoutumé d'en trouver, qu'il était
bien aise d'avoir une occasion de n'en pas chercher inutilement.

Sur le matin, on s'aperçut que cette inconnue commençait à revenir : elle ouvrit les yeux ; et, comme la clarté lui fit d'abord quelque peine, elle les tourna languissamment du côté de Consalve, et lui fit voir de grands yeux noirs d'une beauté qui leur était si particulière, qu'il semblait qu'ils étaient faits pour donner tout ensemble du respect et de l'amour. Quelque temps après, il parut que la connaissance lui revenait, qu'elle distinguait les objets, et qu'elle était étonnée de ceux qui s'offraient à sa vue. Consalve ne pouvait exprimer par ses paroles l'admiration qu'il avait pour elle; il faisait remarquer sa beauté à Alphonse, avec cet empressement que l'on a pour les choses qui nous surprennent et qui nous charment.

Cependant la parole ne revenait point à cette étrangère. Consalve, jugeant qu'elle serait peut-être encore long-temps dans le même état, se retira dans sa chambre. Il ne se put empêcher de faire réflexion sur son aventure. J'admire, disait-il, que la fortune m'ait fait rencontrer une femme dans le seul état où je ne pouvais la fuir, et où la compassion m'engage au contraire à en avoir soin : j'ai même de l'admiration pour sa beauté; mais sitôt qu'elle sera guérie, je ne regarderai ses charmes que comme une chose dont elle ne se ser-

vira que pour faire plus de trahisons et plus
de misérables. Qu'elle en fera, grands dieux!
et qu'elle en a peut-être déjà faits! Quels
yeux! quels regards! Que je plains ceux qui
peuvent en être touchés, et que je suis heureux, dans mon malheur, que la cruelle expérience que j'ai faite de l'infidélité des femmes me garantisse d'en aimer jamais aucune!
Après ces paroles, il eut quelque peine à
s'endormir, et son sommeil ne fut pas long:
il alla voir en quel état était l'étrangère; il
la trouva beaucoup mieux; mais néanmoins
elle ne parlait point encore, et la nuit et le
jour suivant se passèrent sans qu'elle prononçât
une seule parole. Alphonse ne put s'empêcher
de faire voir à Consalve qu'il remarquait avec
étonnement le soin qu'il avait d'elle. Consalve
commença à s'en étonner lui-même; il s'a-
perçut qu'il lui était impossible de s'éloigner
de cette belle personne; il croyait toujours
qu'il arriverait quelque changement considérable à son mal pendant qu'il ne serait pas
auprès d'elle. Comme il y était, elle prononça
quelques paroles; il en sentit de la joie et du
trouble: il s'approcha pour entendre ce qu'elle
disait; elle parla encore, et il fut surpris
de voir qu'elle parlait une langue qui lui
était inconnue. Néanmoins il avait déjà jugé

par ses habits, qu'elle était étrangère ; mais, comme ses habits avaient quelque chose de ceux des Maures, et qu'il savait bien l'arabe, il ne doutait point qu'il ne pût s'en faire entendre. Il lui parla en cette langue, et il fut encore plus surpris de voir qu'elle ne l'entendait point. Il lui parla espagnol et italien ; mais tout était inutile, et il jugeait bien, par son air attentif et embarrassé, qu'elle ne l'entendait pas mieux. Elle continuait néanmoins à parler, et s'arrêtait quelquefois, comme pour attendre qu'on lui répondît. Consalve écoutait toutes ses paroles ; il lui semblait qu'à force de l'écouter, il pourrait l'entendre. Il fit approcher tous ceux qui la servaient, afin de voir s'ils ne l'entendraient point: il lui présenta un livre espagnol, pour juger si elle en connaissait les caractères ; il lui parut qu'elle les connaissait, mais qu'elle ignorait cette langue. Elle était triste et inquiète, et sa tristesse et son inquiétude augmentaient celle de Consalve.

Ils étaient en cet état, quand Alphonse entra dans la chambre, et y fit entrer avec lui une belle personne, habillée de la même façon que l'inconnue. Sitôt qu'elles se virent, elles s'embrassèrent avec beaucoup de témoignages d'amitié. Celle qui entrait prononça plusieurs fois

le mot de *Zayde*, d'une manière qui fit connaître que c'était le nom de celle à qui elle
parlait ; et Zayde prononça aussi tant de fois
celui de *Félime*, que l'on jugea bien que l'é-
trangère qui arrivait se nommait ainsi. Après
qu'elles eurent parlé quelque temps, Zayde
se mit à pleurer avec toutes les marques d'une
grande affliction, et elle fit signe de la main
qu'on se retirât. On sortit de sa chambre.
Consalve s'en alla avec Alphonse pour lui
demander où l'on avait rencontré cette autre
étrangère. Alphonse lui dit que les pêcheurs
des cabanes voisines l'avaient trouvée sur le
rivage, le même jour et au même état qu'il
avait trouvé sa compagne. Elles auront de la
consolation d'être ensemble, reprit Consalve ;
mais, Alphonse, que pensez-vous de ces deux
personnes ? A en juger par leurs habits, elles
sont d'un rang au-dessus du commun. Comment se sont-elles exposées sur la mer dans
une petite barque ? Ce n'est point dans un
grand vaisseau qu'elles ont fait naufrage. Celle
que vous avez amenée à Zayde lui a appris
une nouvelle qui lui a donné beaucoup de douleur ; enfin, il y a quelque chose d'extraordinaire dans leur fortune. Je le crois comme
vous, répondit Alphonse ; je suis étonné de
leur aventure et de leur beauté. Vous n'avez

peut-être pas remarqué celle de Félime ; mais
elle est grande, et vous en auriez été surpris,
si vous n'aviez point vu Zayde.

A ces mots ils se séparèrent. Consalve se
trouva encore plus triste qu'il n'avait accoutumé de l'être, et il sentit que la cause de sa
tristesse venait de l'affliction qu'il avait de ne
pouvoir se faire entendre de cette inconnue.
Mais qu'ai-je à lui dire, reprenait-il en lui-
même, et que veux-je apprendre d'elle? Ai-je
dessein de lui conter mes malheurs? ai-je envie
de savoir les siens? La curiosité peut-elle se
trouver dans un homme aussi malheureux que
moi? Quel intérêt puis-je prendre aux infortunes d'une personne que je ne connais point?
Pourquoi faut-il que je sois triste de la voir affligée? Sont-ce les mots que j'ai soufferts qui
m'ont appris à avoir pitié de ceux des autres?
Non, sans doute, ajoutait-il, c'est la grande retraite où je suis qui me fait avoir de l'attention
pour une aventure assez extraordinaire en effet,
mais qui ne m'occuperait pas long-temps si j'é-
tais diverti par d'autres objets.

Malgré cette réflexion, il passa la nuit sans
dormir, et une partie du jour avec beaucoup
d'inquiétude, parce qu'il ne put voir Zayde. Sur
le soir, on lui dit qu'elle était levée, et qu'elle
venait de prendre le chemin de la mer. Il la sui-

vit, et la trouva assise sur le rivage, les yeux
tout baignés de larmes. Lorsqu'il s'approcha
d'elle, elle s'avança vers lui avec beaucoup de
civilité et de douceur : il fut surpris de trouver
dans sa taille et dans ses actions autant de charmes qu'il en avait déjà trouvé dans son visage.
Elle lui montra une petite barque qui était sur
la mer, et lui nomma plusieurs fois Tunis,
comme s'adressant à lui pour demander qu'on
l'y fît conduire. Il lui fit signe, en lui montrant la lune, qu'elle serait obéie, lorsque cet
astre, qui éclairait alors, aurait fait deux fois
son tour. Elle parut comprendre ce qu'il lui
disait, et bientôt après elle se mit à pleurer.

Le jour suivant, elle se trouva mal : il ne
put la voir. Depuis qu'il était dans cette solitude, il n'avait point trouvé de journée si longue et si ennuyeuse.

Le lendemain, sans en savoir lui-même la
cause, il quitta cette grande négligence où il
était depuis sa retraite; et, comme il était
l'homme du monde le mieux fait, la simple
propreté le parait davantage que la magnificence ne pare les autres. Alphonse le rencontra
dans le bois, et s'étonna de le voir si différent
de ce qu'il avait accoutumé d'être. Il ne put
s'empêcher de sourire en le regardant, et de
lui dire qu'il était bien aise de juger, par son

habit, que son affliction commençait à diminuer,
et qu'il trouvait enfin dans ce désert quelque
adoucissement à ses malheurs. Je vous entends,
Alphonse, répondit Consalve; vous croyez que
la vue de Zayde est le soulagement que je trouve
à mes maux : mais vous vous trompez; je n'ai
pour Zayde que la compassion qui est due à son
malheur et à sa beauté. J'ai de la compassion
pour elle aussi-bien que pour vous, répliqua
Alphonse; je la plains, et je voudrais la soulager; mais je ne suis pas si attaché auprès
d'elle, je ne l'observe pas avec tant de soin, je
ne suis pas affligé de ne la point entendre, je
n'ai pas tant d'envie de lui parler, je ne fus
point hier plus triste qu'à mon ordinaire parce
qu'on ne la vit point, et je ne suis pas aujour-
d'hui moins négligé que de coutume; enfin,
puisque j'ai de la pitié aussi-bien que vous, et
que néanmoins nous sommes si différens, il
faut que vous ayez quelque chose de plus.

Consalve n'interrompit point Alphonse, et il
paraissait examiner en lui-même si tout ce qu'il
lui disait était véritable. Comme il était près
de lui répondre, on le vint avertir, selon l'ordre
qu'il avait donné, que Zayde était sortie de sa
chambre, et qu'elle se promenait du côté de la
mer. Alors, sans considérer qu'il allait confirmer Alphonse dans ses soupçons, il le quitta

pour aller chercher Zayde. Il la vit de loin assise avec Félime, au même lieu où elles étaient
deux jours auparavant. Il ne put se défendre de
la curiosité d'observer leurs actions ; il crut
qu'il en pourrait tirer quelque connaissance de
leurs fortunes. Il vit que Zayde pleurait ; il jugea
que Félime tâchait de la consoler. Zayde ne l'é-
coutait pas, et regardait toujours vers la mer,
avec des actions qui firent penser à Consalve
qu'elle regrettait quelqu'un qui avait fait naufrage avec elle. Il l'avait déjà vu pleurer au
même lieu ; mais, comme elle n'avait rien fait
qui lui pût marquer le sujet de son affliction,
il avait cru qu'elle pleurait seulement de se
trouver si éloignée de son pays : il s'imagina
alors que les larmes qu'il lui voyait verser
étaient pour un amant qui avait péri ; que c'é-
tait peut-être pour le suivre, qu'elle s'était ex-
posée au péril de la mer ; et enfin, il crut savoir,
comme s'il l'eût appris d'elle-même, que l'a-
mour était la cause de ses pleurs.

On ne peut exprimer ce que ces pensées produisirent dans l'âme de Consalve, et le trouble
qu'apporta la jalousie dans un cœur où l'amour
ne s'était pas encore déclaré. Il avait été amoureux ; mais il n'avait jamais été jaloux. Cette
passion, qui lui était inconnue, se fit sentir en
lui pour la première fois, avec tant de violence,

qu'il crut être frappé de quelque douleur que les autres hommes ne connaissaient point. Il avait, ce lui semblait, éprouvé tous les maux de la vie; et cependant il sentait quelque chose de plus cruel que tout ce qu'il avait éprouvé. Sa raison ne put demeurer libre : il quitta le lieu où il était, pour s'approcher de Zayde, dans la pensée de savoir d'elle-même le sujet de son affliction; et assuré qu'elle ne lui pouvait répondre, il ne laissa pas de le lui demander. Elle était bien éloignée de comprendre ce qu'il lui voulait dire; elle essuya ses larmes, et se mit à se promener avec lui. Le plaisir de la voir et d'être regardé par ses beaux yeux calma l'agitation où il était : il s'aperçut de l'égarement de son esprit, et il remit son visage le mieux qu'il lui fut possible. Elle lui nomma encore plusieurs fois Tunis avec beaucoup d'empressement, et beaucoup de marques de vouloir y être conduite. Il n'entendait que trop bien ce qu'elle lui demandait : la pensée de la voir partir lui donnait déjà une douleur sensible; enfin, c'était seulement par les douleurs que donne l'amour, qu'il s'apercevait d'en avoir; et la jalousie et la crainte de l'absence le tourmentaient, avant même qu'il connût qu'il était amoureux. Il aurait cru avoir sujet de se plaindre de son malheur, quand il n'aurait fait que s'apercevoir

qu'il avait de l'amour ; mais de se trouver tout
d'un coup de l'amour et de la jalousie, ne pouvoir entendre celle qu'il aimait, n'en pouvoir
être entendu, n'en rien connaître que la beauté,
n'envisager qu'une absence éternelle, c'étaient
tant de maux à la fois, qu'il lui était impossible
d'y résister.

Pendant qu'il faisait ces tristes réflexions,
Zayde continuait de se promener avec Félime,
et après s'être promenée assez long-temps,
elle alla s'asseoir sur le rocher, et se mit
encore à pleurer, en regardant la mer, et en
la montrant à Félime, comme si elle l'eût accusée du malheur qui lui faisait répandre tant
de larmes. Consalve, pour la divertir, lui fit
remarquer des pêcheurs qui étaient assez proche. Malgré la tristesse et le trouble de ce
nouvel amant, la vue de celle qu'il aimait
lui donnait une joie qui lui rendait sa première beauté ; et, comme il était moins négligé
que de coutume, il pouvait avec raison arrêter
les yeux de tout le monde. Zayde commença à
le regarder avec attention, ensuite avec étonnement ; et, après l'avoir long-temps considéré,
elle se tourna vers sa compagne, et lui fit
observer Consalve, en lui disant quelque chose.
Félime le regarda, et répondit à Zayde avec une
action qui témoignait prouver ce qu'elle venait

de lui dire. Zayde regardait encore Consalve, et reparlait ensuite à Félime; Félime en faisait de même : enfin, elles firent juger à Consalve qu'il ressemblait à quelqu'un qu'elles connaissaient. D'abord cette pensée ne lui fit aucune impression; mais il trouva Zayde si occupée de cette ressemblance, et il lui parut si clairement qu'au milieu de sa tristesse elle avait quelque joie en le regardant, qu'il s'imagina qu'il ressemblait à cet amant qu'elle lui paraissait regretter.

Pendant tout le reste du jour, Zayde fit plusieurs actions qui lui confirmèrent son soupçon. Sur le soir, Félime et elle se mirent à chercher quelque chose parmi les débris de leur naufrage. Elles cherchèrent avec tant de soin, et Consalve leur vit tant de marques de chagrin d'avoir cherché inutilement, qu'il en prit encore de nouveaux sujets d'inquiétude. Alphonse vit bien le désordre de son esprit, et, après qu'ils eurent reconduit Zayde dans son appartement, il demeura dans la chambre de Consalve.

Vous ne m'avez point encore raconté tous vos malheurs passés, lui dit-il; mais il faut que vous m'avouiez ceux que Zayde commence de vous causer. Un homme aussi amoureux que vous me le paraissez trouve toujours de la dou-

ceur à parler de son amour; et, quoique votre
mal soit grand, peut-être que mon secours et
mes conseils ne vous seront pas inutiles. Ah!
mon cher Alphonse, s'écria Consalve, que je
suis malheureux, que je suis faible, que je
suis désespéré, et que vous êtes sage d'avoir
vu Zayde et de ne l'avoir pas aimée! J'avais
bien jugé, reprit Alphonse, que vous l'aimiez;
vous ne voulûtes pas me l'avouer. Je ne le
savais pas moi-même, interrompit Consalve;
la jalousie seule m'a fait sentir que j'étais
amoureux. Zayde pleure quelque amant qui a
fait naufrage; c'est ce qui la mène tous les jours
sur le bord de la mer; elle va pleurer au
même lieu où elle croit que cet amant a péri:
enfin, j'aime Zayde, et Zayde en aime un
autre; et c'est de tous les malheurs celui
qui m'a paru le plus redoutable, et celui dont
je me croyais le plus éloigné. Je m'étais flatté
que ce n'était peut-être pas un amant que Zayde
regrettait; mais je la trouve trop affligée pour
en douter: j'en suis encore persuadé par le soin
que je lui ai vu de chercher quelque chose
qui vient sans doute de ce bienheureux amant:
et, ce qui me paraît plus cruel que tout ce que
je viens de vous dire, je ressemble, Alphonse, à
celui qu'elle aime. Elle s'en est aperçue en se
promenant; j'ai remarqué de la joie dans ses

yeux de voir quelque chose qui l'en fit souvenir. Elle m'a montré vingt fois à Félime ; elle
lui a fait considérer tous mes traits ; enfin elle
m'a regardé tout le jour ; mais ce n'est pas moi
qu'elle voit, ni à qui elle pense. Quand elle
me regarde, je la fais souvenir de la seule
chose que je voudrais lui faire oublier ; je suis
même privé du plaisir de voir ses beaux yeux
tournés sur moi, et elle ne peut plus me regarder sans me donner de la jalousie.

Consalve dit toutes ces paroles avec tant de
rapidité, qu'Alphonse ne put l'interrompre ;
mais, quand il eut cessé de parler : Est-il
possible, lui dit-il, que tout ce que vous
m'apprenez soit véritable ? et la tristesse où
vous vous êtes accoutumé ne forme-t-elle point
l'idée d'un malheur si extraordinaire ? Non,
Alphonse, je ne me trompe point, répondit
Consalve ; Zayde regrette un amant qu'elle
aime, et je l'en fais souvenir. La fortune m'empêche bien de me former des malheurs au-
dessus de ceux qu'elle me cause ; elle va au delà
de ce que je pourrais imaginer ; elle en invente
pour moi, qui sont inconnus aux autres hommes : et, si je vous avais raconté la suite de
ma vie, vous seriez contraint d'avouer que j'ai
eu raison de vous soutenir que j'étais plus malheureux que vous. Je n'oserais vous dire, ré-

pliqua Alphonse, que, si vous n'aviez point
de raison importante de vous cacher à moi,
vous me donneriez toute la joie que je puis avoir
de m'apprendre qui vous êtes, et quels sont les
malheurs que vous jugez plus grands que les
miens. Je sais bien qu'il n'y a pas de justice de
vous demander ce que je vous demande, sans
vous apprendre en même temps quelles sont mes
infortunes; mais pardonnez à un malheureux
qui ne vous a pas caché son nom et sa naissance, et qui ne vous cacherait pas ses aventures, s'il vous était utile de les savoir, et s'il
vous les pouvait dire sans renouveler des douleurs que plusieurs années ne commencent qu'à
peine d'effacer. Je ne vous demanderai jamais,
répliqua Consalve, ce qui pourra vous causer
de la peine; mais je me reproche à moi-même
de ne vous avoir pas dit qui je suis. Quoique
j'eusse résolu de ne le déclarer à personne, le
mérite extraordinaire qui me paraît en vous,
et la reconnaissance que je dois à vos soins, me
forcent de vous avouer que mon véritable nom
est Consalve, et que je suis fils de Nugnez Fernando, comte de Castille, dont la réputation est
sans doute parvenue jusqu'à vous. Serait-il possible, s'écria Alphonse, que vous fussiez ce Consalve
si fameux, dès ses premières campagnes, par la
défaite de tant de Maures, et par des actions d'une

valeur qui a donné de l'admiration à toute l'Espagne. Je sais les commencemens d'une si belle
vie; et, lorsque je me retirai dans ce désert,
j'avais déjà appris avec étonnement que, dans
la fameuse bataille que le roi de Léon gagna
contre Ayola, le plus grand capitaine des Maures, vous seul fîtes tourner la victoire du côté
des chrétiens; et que, en montant le premier à
l'assaut de Zamora, vous fûtes cause de la prise
de cette place, qui contraignit les Maures à demander la paix. La solitude où j'ai vécu depuis
m'a laissé ignorer la suite de ces heureux commencemens; mais je ne puis douter qu'elle n'y
réponde. Je ne croyais pas que mon nom vous
fût connu, répondit Consalve, et je me trouve
heureux que vous soyez prévenu en ma faveur
par une réputation que je n'ai peut-être pas méritée. Alphonse redoubla alors son attention,
et Consalve commença en ces termes.

HISTOIRE DE CONSALVE.

Mon père était le plus considérable de la
cour de Léon, lorsqu'il m'y fit paraître avec
un éclat proportionné à sa fortune. Mon inclination, mon âge et mon devoir, m'attachèrent
au prince dom Garcie, fils aîné du roi. Ce
prince est jeune, bien fait, et ambitieux. Ses

bonnes qualités surpassent de beaucoup ses défauts, et l'on peut dire qu'il n'en paraît en lui
que ceux que les passions y font naître. Je fus
assez heureux pour avoir ses bonnes grâces
sans les avoir méritées, et j'essayai ensuite de
m'en rendre digne par ma fidélité. Mon bonheur voulut que, dans la première guerre où
nous allâmes contre les Maures, je me trouvasse assez près de sa personne pour le dégager
d'un péril où sa valeur trop inconsidérée l'avait
précipité. Ce service augmenta la bonté qu'il
avait pour moi. Il m'aimait comme un frère
plutôt que comme un sujet : il ne me cachait
rien, il ne me refusait rien, et il laissait voir
à tout le monde qu'on ne pouvait être aimé de
lui, si on ne l'était de Consalve. Une faveur si
déclarée, jointe à la considération où était mon
père, élevait notre maison à un si haut point,
qu'elle commençait à donner de l'ombrage au
roi, et à lui faire craindre qu'elle ne s'élevât trop.

Parmi un nombre infini de jeunes gens que
la fortune avait attachés à moi, j'avais distingué dom Ramire de tous les autres : c'était un
des plus considérables de la cour; mais il s'en
fallait beaucoup que sa fortune approchât de la
mienne. Il ne tenait pas à moi que je ne la rendisse égale, j'employais tous les jours le crédit
de mon père et le mien pour son élévation. Je

m'étais appliqué avec beaucoup de soin à lui
donner part dans les bonnes grâces du prince ;
et lui, de son côté, par son esprit doux et in-
sinuant, avait si bien secondé mes soins, qu'il
était, après moi, celui de toute la cour que dom
Garcie traitait le mieux. Je faisais tous mes
plaisirs de leur amitié. L'un et l'autre éprou-
vaient déjà le pouvoir de l'amour ; ils me faisaient souvent la guerre de mon insensibilité,
et me reprochaient comme un défaut de n'avoir
point encore eu d'attachement.

Je leur reprochais à mon tour de n'en avoir
point eu de véritable. Vous aimez, leur disais-je,
ces sortes de galanteries que la coutume a établies en Espagne ; mais vous n'aimez point vos
maîtresses. Vous ne me persuaderez jamais que
vous soyez amoureux d'une personne dont à
peine vous connaissez le visage, et que vous
ne reconnaîtriez pas, si vous la voyiez en un autre lieu qu'à la fenêtre où vous avez accoutumé
de la voir.

Vous exagérez le peu de connaissance que nous
avons de nos maîtresses, me repartit le prince ;
mais nous connaissons leur beauté, et, en amour,
c'est le principal. Nous jugeons de leur esprit
par leur physionomie, et ensuite par leurs lettres ; et, quand nous venons à les voir de plus
près, nous sommes charmés du plaisir de décou-

vrir ce que nous ne connaissions point encore.
Tout ce qu'elles disent a la grâce de la nouveauté ; leur manière nous surprend, la surprise
augmente et réveille l'amour ; au lieu que ceux
qui connaissent leurs maîtresses avant que de
les aimer sont tellement accoutumés à leur
beauté et à leur esprit, qu'ils n'y sont plus sensibles quand ils sont aimés. Vous ne tomberez
jamais dans ce malheur, lui répliquai-je ; mais,
seigneur, je vous laisse la liberté d'aimer tout
ce que vous ne connaîtrez point, pourvu que
vous me permettiez de n'aimer qu'une personne que je connaîtrai assez pour l'estimer, et
pour être assuré de trouver en elle de quoi me
rendre heureux quand j'en serai aimé. J'avoue
encore que je voudrais qu'elle ne fût point prévenue en faveur d'un autre amant. Et moi, interrompit dom Ramire, je trouverais plus de
plaisir à me rendre maître d'un cœur qui serait défendu par une passion, que d'en toucher
un qui n'aurait jamais été touché ; ce me serait
une double victoire, et je serais aussi bien plus
persuadé de la véritable inclination qu'on aurait
pour moi, si je l'avais vue naître dans le plus
fort de l'attachement qu'on aurait pour un autre ; enfin, ma gloire et mon amour se trouve-
raient satisfaits d'avoir ôté une maîtresse à un
rival. Consalve est si étonné de votre opinion,

lui répondit le prince, et il la trouve si mauvaise, qu'il ne veut pas même y répondre. En effet, je suis de son parti contre vous; mais je suis contre lui pour cette connaissance si particulière qu'il veut de sa maîtresse. Je serais incapable de devenir amoureux d'une personne avec qui je serais accoutumé; et, si je ne suis surpris d'abord, je ne puis être touché. Je crois que les inclinations naturelles se font sentir dans les premiers momens, et les passions qui ne viennent que par le temps ne se peuvent appeler de véritables passions. On est donc assuré, repris-je, que vous n'aimerez jamais ce que vous n'aurez pas aimé d'abord. Il faut, seigneur, ajoutai-je en riant, que je vous montre ma sœur pendant qu'elle n'est pas encore aussi belle qu'elle le sera apparemment, afin que vous vous accoutumiez à la voir, et que vous n'en soyez jamais touché. Vous craindriez donc que je ne le fusse? me dit dom Garcie : N'en doutez pas, seigneur, lui répondis-je, et je le craindrais même comme le plus grand malheur qui me pût arriver. Quel malheur y trouveriez-vous? repartit dom Ramire. Celui, répliquai-je, de ne pas entrer dans les sentimens du prince. S'il voulait épouser ma sœur, je n'y pourrais consentir, par l'intérêt de sa grandeur; et s'il ne la voulait pas épouser, et qu'elle l'aimât néanmoins, comme elle

l'aimerait infailliblement, j'aurais le déplaisir
de voir ma sœur la maîtresse d'un maître que
je ne pourrais haïr, quoique je le dusse. Mon-
trez-la-moi, je vous prie, devant qu'elle me puisse
donner de l'amour, interrompit le prince; car
je serais si affligé d'avoir des sentimens qui vous
déplussent, que j'ai de l'impatience de la voir,
pour m'assurer moi-même que je ne l'aimerai
jamais. Je ne m'étonne plus, seigneur, dit dom
Ramire en s'adressant à dom Garcie, que vous
n'ayez point été amoureux de toutes les belles
personnes qui sont nourries dans le palais, et
avec qui vous avez été accoutumé dès l'enfance;
mais j'avoue que, jusqu'à cette heure, j'avais
été surpris que pas une ne vous eût donné de
l'amour, et surtout Nugna Bella, la fille de dom
Diego Porcellos, qui me paraît si capable d'en
donner. Il est vrai, repartit dom Garcie, que
Nugna Bella est aimable ; elle a les yeux admi-
rables; elle a la bouche belle, l'air noble et délicat; enfin, j'en aurais été amoureux si je ne
l'eusse point vue presque en même temps que
j'ai vu le jour. Mais pourquoi ne l'avez-vous pas
aimée, ajouta le prince, s'adressant à dom Ramire, vous qui la trouvez si belle ? Parce qu'elle
n'a jamais rien aimé, répliqua-t-il. Je n'aurais
eu personne à chasser de son cœur, et je viens
de vous avouer que c'est ce qui peut toucher le

mien. C'est à Consalve, continua-t-il, à qui il
faut demander pourquoi il ne l'a pas aimée ; car
je suis assuré qu'il la trouve belle : elle n'a point
d'attachement, et il la connaît il y a déjà long-
temps. Qui vous a dit que je ne l'aime pas ? lui
répondis-je en souriant et en rougissant tout ensemble. Je ne sais, répliqua dom Ramire ; mais,
à voir comme vous rougissez, je crois que ceux
qui me l'ont dit se sont trompés. Serait-il possible, s'écria le prince en s'adressant à moi, que
vous fussiez amoureux ? Si vous l'êtes, avouez-
le promptement, je vous prie ; car vous me don-
nerez une joie sensible de vous voir attaqué d'un
mal que vous plaignez si peu. Sérieusement, répliquai-je, je ne suis point amoureux ; mais,
pour vous plaire, seigneur, je vous avouerai que
je le pourrais être de Nugna Bella, si je la connaissais un peu davantage. S'il ne tient qu'à vous
la faire connaître, dit le prince, soyez assuré
que vous l'aimez déjà. Je n'irai jamais sans vous
chez la reine ma mère, je me brouillerai encore
plus souvent que je ne fais avec le roi, afin que
le soin qu'elle prend toujours de nous raccommoder l'oblige à me faire aller chez elle à des
heures particulières ; enfin, je vous donnerai
assez de lieu de parler à Nugna Bella, pour
achever d'en devenir amoureux. Vous la trouverez très-aimable ; et si son cœur est aussi

bien fait que son esprit, vous n'aurez rien à
souhaiter. Je vous supplie, seigneur, lui dis-je,
ne prenez point tant de soin de me rendre malheureux, et surtout prenez d'autres prétextes
pour aller chez la reine que de nouvelles brouilleries avec le roi : vous savez qu'il m'accuse
souvent des choses que vous faites qui ne lui
plaisent pas, et qu'il croit que mon père et moi,
pour notre grandeur particulière, vous inspi-
rons l'autorité que vous prenez quelquefois contre son gré. Dans l'humeur où je suis de vous
faire aimer de Nugna Bella, repartit le prince,
je ne serai pas si prudent que vous voulez que
je le sois. Je me servirai de toutes sortes de prétextes pour vous mener chez la reine ; et même,
quoique je n'en aie point, je m'y en vais présentement, et je sacrifierai au plaisir de vous rendre
amoureux un soir que j'avais destiné à passer
sous ces fenêtres où vous croyez que je ne connais personne.

Je ne vous aurais pas fait le récit de cette conversation, dit alors Consalve à Alphonse ; mais
vous verrez par la suite qu'elle fut comme un
présage de tout ce qui arriva depuis.

Le prince s'en alla chez la reine ; il la trouva
retirée pour tout le monde, excepté pour les dames qui avaient sa familiarité. Nugna Bella était
de ce nombre : elle était si belle ce soir-là, qu'il

semblait que le hasard favorisât les desseins du
prince. La conversation fut générale pendant
quelque temps ; et, comme il y avait plus de liberté qu'à d'autres heures, Nugna Bella parla
aussi davantage, et elle me surprit en me faisant
voir beaucoup plus d'esprit que je ne lui en connaissais. Le prince pria la reine de passer dans
son cabinet, sans savoir néanmoins ce qu'il avait
à lui dire. Pendant qu'elle y fut, je demeurai
avec Nugna Bella et plusieurs autres personnes ;
je l'engageai insensiblement dans une conversation particulière ; et, quoiqu'elle ne fût que de
choses indifférentes, elle avait pourtant un air
plus galant que les conversations ordinaires. Nous
blâmâmes ensemble la manière retirée dont les
femmes sont obligées de vivre en Espagne, comme
éprouvant par nous-mêmes que nous perdions
quelque chose de n'avoir pas la liberté entière de
nous entretenir. Si je sentis dès ce moment que
je commençais à aimer Nugna Bella, elle commença aussi, à ce qu'elle m'a avoué depuis, à
s'apercevoir que je ne lui étais pas indifférent.
De l'humeur dont elle était, ma conquête ne lui
pouvait être désagréable ; il y avait quelque chose
de si brillant dans ma fortune qu'une personne
moins ambitieuse qu'elle en pouvait être éblouie.
Elle ne négligea pas de me paraître aimable,
quoiqu'elle ne fît rien d'opposé à sa fierté natu-

relle. Éclairé par la pénétration que donne un
amour naissant, je me flattai bientôt de l'espérance de lui plaire ; et cette espérance était aussi
propre à m'enflammer que la pensée d'avoir un
rival aimé eût été propre à me guérir. Le prince
fut ravi de voir que je m'attachais à Nugna Bella ;
il me donnait tous les jours quelque occasion de
l'entretenir ; il voulut même que je lui parlasse
des brouilleries qu'il avait avec le roi, et que je
lui disse la manière dont la reine devait agir
pour le porter aux choses que le roi désirait de
lui. Nugna Bella ne manquait pas de donner ces
avis à la reine ; et, lorsque la reine s'en servait,
ils ne manquaient jamais aussi de faire leur effet ; en sorte que la reine ne faisait plus rien
dans ce qui regardait le prince, qu'elle n'en parlât à Nugna Bella, et que Nugna Bella ne m'en
rendît compte. Ainsi nous avions de grandes
conversations ; et, dans ces conversations, je lui
trouvai tant d'esprit, de sagesse et d'agrément,
et elle s'imagina trouver tant de mérite en moi,
et y trouva en effet tant d'amour, qu'il s'alluma
entre nous une passion qui fut depuis très-vio-
lente. Le prince voulut en être le confident. Je
n'avais rien de caché pour lui ; mais je craignais
que Nugna Bella ne se trouvât offensée que je
lui eusse avoué qu'elle me témoignait quelque
bonté. Dom Garcie m'assura que, de l'humeur

dont elle était, elle ne s'en offenserait pas. Il lui
parla de moi; elle fut d'abord honteuse et embarrassée de ce qu'il lui dit; mais, comme il
l'avait bien jugé, la grandeur du confident la
consola de la confidence : elle s'accoutuma à
souffrir qu'il l'entretînt de ma passion, et reçut
par lui les premières lettres que je lui écrivis.

L'amour avait pour nous toute la grâce de la
nouveauté, et nous trouvions ce charme secret
qu'on ne trouve jamais que dans les premières
passions. Comme mon ambition était pleinement
satisfaite, et qu'elle l'était même avant que j'eusse
de l'amour, cette dernière passion n'était point
affaiblie par l'autre; mon âme s'y abandonnait
comme à un plaisir qui jusque-là m'avait été
inconnu, et que je trouvais infiniment au-dessus
de ce que peut donner la grandeur. Nugna Bella
n'était pas ainsi; ces deux passions s'étaient élevées dans son cœur en même temps, et le par-
tageaient presque également. Son inclination
naturelle la portait sans doute plus à l'ambition
qu'à l'amour; mais, comme l'un et l'autre se
rapportaient à moi, je trouvais en elle toute
l'ardeur et toute l'application que je pouvais
souhaiter. Ce n'est pas qu'elle ne fût quelquefois
aussi occupée des affaires du prince que de ce
qui regardait notre amour. Pour moi, qui n'é-
tais rempli que de ma passion, je connus avec

douleur que Nugna Bella était capable d'avoir
d'autres pensées. Je lui en fis quelques plaintes;
mais je trouvai que ces plaintes étaient inutiles,
ou qu'elles ne produisaient qu'une certaine conversation contrainte, qui me laissait voir que
son esprit était occupé ailleurs. Néanmoins,
comme j'avais ouï dire que l'on ne pouvait être
parfaitement heureux dans l'amour, non plus
que dans la vie, je souffrais ce malheur avec
patience. Nugna Bella m'aimait avec une fidélité exacte, et je ne lui voyais que du mépris
pour tous ceux qui osaient la regarder. J'étais
persuadé qu'elle était exempte des faiblesses que
j'avais appréhendées dans les femmes; cette pensée rendait mon bonheur si achevé, que je n'a-
vais plus rien à souhaiter.

La fortune m'avait fait naître et m'avait placé
dans un rang digne de l'envie des plus ambitieux : j'étais favori d'un prince que j'aimais
d'une inclination naturelle; j'étais aimé de la
plus belle personne d'Espagne, que j'adorais, et
j'avais un ami que je croyais fidèle, et dont je
faisais la fortune. La seule chose qui me donnait
quelque trouble était de voir de l'injustice dans
l'impatience que dom Garcie avait de commander, et de trouver dans Nugnez Fernando, mon
père, un esprit inquiet, et porté, comme le roi
l'en soupçonnait, à se vouloir faire une éléva-

tion qui ne laissât rien au-dessus de lui. J'appréhendais de me trouver attaché, par les devoirs de la reconnaissance et de la nature, à des personnes qui voudraient m'entraîner dans des choses qui ne me paraissaient pas justes. Cependant, comme ces malheurs étaient encore incertains, ils ne me troublaient que dans quelques momens, et je me consolais à en parler avec dom Ramire, en qui j'avais tant de confiance, que je lui disais jusqu'à mes craintes sur les choses les plus importantes et les plus éloignées.

Ce qui m'occupait alors était le dessein d'épouser Nugna Bella. Il y avait déjà long-temps que je l'aimais, sans oser en faire la proposition. Je savais qu'elle serait désapprouvée par le roi, parce que Nugna Bella étant fille d'un des comtes de Castille, dont on craignait la même révolte que de mon père, la politique ne voulait pas qu'on les laissât unir par mariage. Je savais encore que, bien que mon père ne fût point opposé à mon dessein, il ne voudrait pas néanmoins qu'on fît la proposition de mon mariage, de peur d'augmenter les soupçons du roi ; de sorte que j'étais contraint d'attendre quelque conjoncture qui me fût plus favorable ; mais en l'attendant, je ne cachais point l'attachement que j'avais pour Nugna Bella, je lui parlais toutes les fois que j'en avais l'occasion ; le prince

8*

lui parlait aussi très-souvent. Le roi remarqua
cette intelligence, et prit pour une affaire d'état
ce qui n'était en effet que de l'amour. Il crut que
son fils favorisait mon dessein pour Nugna Bella,
afin d'unir les deux comtes de Castille, et de les
attacher à ses intérêts. Il crut qu'il voulait faire
un parti considérable, et se donner une autorité
qui balançât la sienne. Il ne douta point que les
comtes de Castille n'entrassent dans ce parti,
par l'espérance de se faire reconnaître souverains; enfin, l'union des deux maisons de Castille lui était si redoutable, qu'il déclara haute-
ment qu'il ne voulait point que je pensasse à
Nugna Bella, et défendit au prince de favoriser
notre mariage.

Les comtes de Castille, qui avaient peut-être
une partie des intentions dont le roi les soupçonnait, mais qui n'étaient pas en état de les
faire paraître, nous ordonnèrent de ne plus penser l'un à l'autre. Ce commandement nous donna
beaucoup de douleur; le prince nous promit de
faire bientôt changer de sentimens au roi son
père; il nous engagea à nous promettre une
fidélité éternelle, et se chargea du soin de continuer notre commerce et de cacher notre intelligence. La reine, qui savait bien que, bien
loin de porter le prince à la révolte, nous tra-
vaillions au contraire à l'en éloigner, approuva

les desseins du prince son fils, et voulut bien les favoriser.

Comme nous ne pouvions plus nous parler en public, nous cherchâmes le moyen de nous parler en particulier. Je pensai qu'il fallait que Nugna Bella changeât d'appartement, et qu'on la mît, avec quelque autre des dames du palais, dans un corps de logis dont toutes les fenêtres étaient sur une rue détournée, et qui étaient si basses, qu'un homme à cheval y pouvait parler commodément. J'en fis la proposition au prince; il la fit approuver à la reine, et on l'exécuta sur quelque prétexte assez vraisemblable. Je venais quasi tous les jours à cette fenêtre attendre les momens que Nugna Bella me pouvait parler. Quelquefois je m'en retournais charmé des sentimens qu'elle avait pour moi, et quelquefois je m'en retournais désespéré de la voir si occupée des commissions que la reine lui donnait. Jusqu'ici la fortune ne m'avait pas montré son inconstance; mais elle me fit bientôt voir qu'elle ne se fixe pour personne.

Mon père, qui avait connu les soupçons du roi, voulut lui faire voir, par une nouvelle marque d'attachement, combien ils étaient injustes; il se résolut de mettre ma sœur dans le palais, quelque dessein qu'il eût pris auparavant de la laisser en Castille. Un sentiment de

vanité lui aida à prendre cette résolution. Il fut
bien aise de faire voir à la cour une beauté qu'il
croyait des plus achevées de toute l'Espagne. Il
était touché, plus qu'aucun père ne l'a jamais
été, de la beauté de ses enfans, et en tirait une
vanité qu'on pouvait appeler une faiblesse dans
un homme comme lui. Il fit donc venir sa fille
à la cour, et elle fut reçue dans le palais.

Dom Garcie était à la chasse le jour qu'elle y
entra. Il vint le soir chez la reine, sans avoir
vu personne qui lui en eût parlé ; j'y étais aussi,
mais retiré dans un endroit où il ne me voyait
pas. La reine lui présenta Hermenesilde (c'est
ainsi que s'appelait ma sœur) ; il fut surpris de
sa beauté, et il parut de l'admiration dans cette
surprise. Il dit qu'on n'avait jamais vu en une
même personne de l'éclat, de la majesté et de
l'agrément ; qu'avec des cheveux noirs on n'a-
vait jamais vu un si beau teint et des yeux si
bleus ; qu'elle avait de la gravité avec l'air de
la première jeunesse ; enfin, plus il la regardait, et plus il lui donnait des louanges. Dom
Ramire remarqua cet empressement à louer
Hermenesilde ; il n'eut pas de peine à juger
que je pensais les mêmes choses que lui ; et,
me voyant à l'autre bout de la chambre, il m'a-
borda pour me parler de la beauté de ma sœur.
Je voudrais qu'il n'y eût que vous à la louer,

lui dis-je. Comme je prononçais ces paroles,
dom Garcie s'approcha par hasard du lieu où
j'étais. Il parut étonné de me voir; il se remit
néanmoins; il me parla d'Hermenesilde, et me
dit que je ne la lui avais pas dépeinte aussi
belle qu'il l'avait trouvée. Le soir, on ne parla
que d'elle au coucher de ce prince. Je l'obser-
vai avec beaucoup de soin, et je pris pour une
confirmation de mes soupçons, de ce qu'il ne la
louait pas devant moi aussi hardiment que les
autres. Les jours suivans, il ne put s'empêcher
de lui parler; il me parut que l'inclination qu'il
avait pour elle l'emportait comme un torrent à
quoi il ne pouvait résister. Je voulus découvrir
ses sentimens, sans lui parler sérieusement. Un
soir que nous sortions de chez la reine, où il
avait entretenu assez long-temps Hermenesilde :
Oserais-je vous demander, seigneur, lui dis-je,
si je n'ai point trop attendu à vous montrer ma
sœur, et si elle n'est point assez belle pour vous
avoir causé de ces surprises que je craignais?
J'ai été surpris de sa beauté, me répondit ce
prince; mais encore que je croie qu'on ne puisse
être touché sans être surpris, je ne crois pas
qu'on ne puisse être surpris sans être touché.

L'intention de dom Garcie était de ne me
pas répondre plus sérieusement que je lui avais
parlé; mais, comme il avait été embarrassé de

ce que je lui avais dit, et qu'il avait senti son
embarras, il y eut un air de chagrin dans sa
réponse, qui me fit voir que je ne m'étais pas
trompé. Il jugea bien aussi que je m'étais aperçu
des sentimens qu'il avait pour ma sœur ; il
m'aimait encore assez pour avoir quelque douleur de s'embarquer dans une affaire dont il
savait bien que je serais offensé ; mais il aimait
déjà trop Hermenesilde pour abandonner le dessein de s'en faire aimer. Je ne prétendais pas
aussi que l'amitié qu'il avait pour moi lui fît
surmonter l'amour qu'il avait pour elle. Je pensai seulement à prévenir ma sœur sur ce qu'elle
devait faire, si le prince lui témoignait de l'a-
mour, et je lui dis de suivre en toutes choses
les conseils de Nugna Bella. Elle me le promit,
et je confiai à Nugna Bella l'inquiétude que j'a-
vais de l'amour de dom Garcie. Je lui dis toutes
les fâcheuses suites que j'en appréhendais ; elle
entra dans mes sentimens, et m'assura qu'elle
s'attacherait si fort auprès d'Hermenesilde, que
difficilement le prince lui pourrait parler. En
effet, elles devinrent tellement inséparables,
sans qu'il y parût d'affectation, que dom Garcie
ne trouvait jamais Hermenesilde sans Nugna
Bella. Cet embarras lui donna tant de chagrin,
qu'il n'en était pas connaissable ; et, comme il
avait accoutumé de me dire toutes ses pensées,

et qu'il ne me parlait point de celles qui l'oc-
cupaient alors, je trouvai bientôt un grand changement dans son procédé.

N'admirez-vous pas, disais-je à dom Ramire,
l'injustice des hommes? Le prince me hait,
parce qu'il sent dans son cœur une passion qui
me doit déplaire; et, s'il était aimé de ma
sœur, il me haïrait encore davantage. J'avais
bien prévu le mal qui m'arriverait si elle faisait
impression sur lui; et, s'il ne change point les
sentimens qu'il a pour elle, je ne serai pas
long-temps son favori, même aux yeux du public; car dans son cœur je ne le suis déjà plus.
Dom Ramire était persuadé, comme moi, de l'a-
mour du prince; mais pour m'ôter de l'esprit
une chose qui me donnait de la peine: Je ne
sais, me répondit-il, sur quoi vous vous fon-
dez pour croire que dom Garcie soit amoureux
d'Hermenesilde: il l'a louée d'abord, il est vrai;
mais je ne lui ai rien vu depuis qui paraisse
d'un homme amoureux: et, quand il l'aimerait,
ajouta-t-il, serait-ce une chose si fâcheuse?
Pourquoi ne la pourrait-il pas épouser? Ce n'est
pas le premier prince qui a épousé une de ses
sujettes; il ne saurait en trouver une plus digne
de lui; et, s'il l'épousait, quelle grandeur ne
serait-ce pas pour votre maison? C'est par cette
raison même, lui répondis-je, que le roi n'y

consentira jamais. Je ne le voudrais pas sans
son consentement; peut-être même que le prince
ne le voudrait pas aussi, ou qu'il ne le voudrait
ni assez fortement ni assez long-temps pour
l'exécuter. Enfin, c'est une chose qui ne se peut
faire, et je ne veux pas laisser croire au public
que je hasarde la réputation de ma sœur, sur
l'espérance mal fondée d'une grandeur où nous
ne parviendrons jamais. Si dom Garcie continue
à aimer Hermenesilde, je la retirerai de la cour.
Dom Ramire fut surpris de ma résolution : il
craignit que je ne me brouillasse avec dom Garcie ;
il résolut de lui apprendre mes sentimens, et il
voulut s'imaginer qu'il pouvait les lui découvrir sans mon consentement, puisque ce n'était
que pour mon avantage : mais l'envie de se faire
un mérite auprès du prince, et d'entrer dans sa
confidence, eut sans doute beaucoup de part à
cette résolution.

Il prit son temps pour lui parler seul : il lui
dit qu'il craignait de me faire une infidélité, en
lui découvrant mes pensées contre mon intention ; mais que le zèle qu'il avait pour son service
l'obligeait à lui apprendre que je le croyais
amoureux de ma sœur, et que j'en avais tant de
chagrin que j'étais résolu de l'ôter de la cour.
Dom Garcie fut si frappé du discours de dom
Ramire, et de la pensée de voir éloigner Her-

menesilde, qu'il lui fut impossible de cacher
son premier mouvement. Il jugea ensuite que,
puisque dom Ramire ne pouvait plus douter de
l'intérêt qu'il prenait pour ma sœur, il fallait
le lui avouer, et l'engager par cette confidence
à l'instruire de mes desseins. Il fut quelque
temps à prendre cette résolution; puis, se déterminant tout d'un coup, il l'embrassa, et lui
avoua qu'il était amoureux d'Hermenesilde. Il
lui dit qu'il avait fait ce qu'il avait pu pour
s'en défendre, en ma considération; mais qu'il
lui était impossible de vivre sans être aimé
d'elle; qu'il lui demandait son secours pour lui
aider à cacher sa passion, et pour empêcher
l'éloignement d'Hermenesilde. Le cœur de dom
Ramire n'était pas d'une trempe à résister aux
caresses d'un prince dont il voyait qu'il allait
devenir le favori. L'amitié et la reconnaissance
se trouvèrent faibles contre l'ambition. Il promit au prince de lui garder le secret, et de le
servir auprès d'Hermenesilde. Le prince l'embrassa une seconde fois, et ils examinèrent
ensemble comment ils se conduiraient dans cette
entreprise.

Le premier obstacle qui leur vint dans l'esprit fut Nugna Bella, qui ne quittait point
Hermenesilde. Ils résolurent de la gagner; et,
quelque difficulté qui leur parût, par l'étroite

liaison qu'elle avait avec moi, dom Ramire se
chargea d'en trouver les moyens : mais il dit au
prince qu'il fallait qu'il travaillât lui-même à
m'ôter la connaissance que j'avais de sa passion;
qu'il lui conseillait de me dire en riant qu'il
avait été bien aise de me faire peur pendant
quelque temps, pour se venger des soupçons que
j'avais eus d'abord; mais que cette peur allait
trop loin; qu'il ne voulait pas me laisser croire
plus long-temps qu'il eût des sentimens que je
pusse désapprouver.

Cet expédient parut bon à dom Garcie; il
l'exécuta aisément : et comme il savait, par dom
Ramire, les choses qui m'avaient donné du soupçon, il lui était aisé de dire qu'il les avait faites
exprès, et il m'était quasi impossible de n'en
être pas persuadé. Ainsi, je le fus entièrement;
je me crus mieux avec lui que je n'avais jamais
été. Je ne laissai pas de penser qu'il s'était passé
quelque chose dans son cœur qu'il ne m'avouait
pas; mais je m'imaginai que ce n'avait été qu'une
légère inclination qu'il avait surmontée, et je
crus même lui en devoir être obligé, comme
d'une chose qu'il avait faite en ma considération.
Enfin, je demeurai satisfait de dom Garcie :
dom Ramire le fut beaucoup de me voir l'esprit dans l'assiette qu'il désirait, et il commença
à penser comment il engagerait Nugna Bella

dans la confidence où il voulait l'embarquer.

Après en avoir à peu près imaginé les moyens, il chercha l'occasion de lui parler : elle la lui donnait assez souvent, parce qu'elle savait que je n'avais rien de caché pour lui, et qu'elle pouvait lui parler de tout ce qui nous regardait. Il commença à l'entretenir de la joie qu'il avait du raccommodement qui s'était fait entre le prince et moi. J'en ai beaucoup, aussi-bien que vous, lui dit-elle, et j'ai trouvé Consalve si délicat sur le sujet de sa sœur, que je craignais qu'il ne se brouillât avec dom Garcie. Si je croyais, madame, lui répondit-il, que vous fussiez de celles qui sont capables de cacher quelque chose à leurs amans, lorsqu'il est nécessaire pour leur intérêt, ce me serait un grand soulagement de parler avec une personne aussi intéressée que vous dans ce qui regarde Consalve. Je prévois des choses qui me donnent de l'inquiétude ; vous êtes la seule à qui je les puisse dire : mais, madame, c'est à condition que vous n'en parlerez pas à Consalve même. Je vous le promets, lui dit-elle, et vous trouverez en moi tout le secret que vous pouvez désirer. Je sais que, comme il est dangereux de cacher quelque chose à nos amis, il l'est aussi beaucoup de ne leur cacher jamais rien. Vous verrez, madame, reprit-il, combien il est important de cacher ce que je

veux vous dire. Dom Garcie vient de donner de
nouveaux témoignages d'amitié à Consalve ; il
vient de l'assurer qu'il ne pense plus à sa sœur;
mais je suis trompé s'il ne l'aime passionnément. De l'humeur dont est ce prince, il ne
peut cacher long-temps son amour ; et de l'humeur aussi dont est Consalve, il n'en souffrira
jamais la continuation. Il est infaillible qu'il se
brouillera avec lui, et qu'il perdra entièrement
ses bonnes grâces. Je vous avoue, lui dit Nugna
Bella, que j'avais eu les mêmes soupçons, et
que, par ce que j'en ai vu et par de certaines
choses que m'a dites Hermenesilde, et que je
n'ai pas voulu qu'elle redît à son frère, j'ai eu
peine à croire que ce qu'a fait dom Garcie n'ait
été qu'une affectation, et un dessein de faire
peur à Consalve. Vous en avez usé avec beaucoup de prudence, dit dom Ramire, et je crois,
madame, que vous ferez bien à l'avenir d'empêcher Hermenesilde de rien dire à son frère de ce
qui regarde le prince. Il est inutile et dangereux de lui en parler. Si le prince n'a qu'une
médiocre passion pour elle, il la cachera sans
peine ; et, par le soin que vous prendrez de
conduire Hermenesilde, elle pourra facilement
l'en guérir ; Consalve n'en saura rien ; et ainsi
vous lui épargnerez un chagrin mortel, et vous
lui conserverez les bonnes grâces du prince. Si,

au contraire, la passion de dom Garcie est grande et violente, trouvez-vous impossible qu'il épouse Hermenesilde? et trouveriez-vous que nous servissions mal Consalve de lui cacher quelque chose, si le secret que nous lui ferions pouvait lui donner son prince pour beau-frère? Assurément, madame, l'on doit penser plus d'une fois à empêcher l'amour de dom Garcie pour Hermenesilde, et vous y devez même penser plus qu'une autre, par l'intérêt que vous auriez d'avoir un jour pour reine une personne qui sera apparemment votre belle-sœur.

Ces dernières paroles firent voir à Nugna Bella ce qu'elle n'avait point encore envisagé. L'espérance d'être belle-sœur de la reine lui fit trouver les raisons de dom Ramire encore meilleures qu'elles n'étaient; et, enfin, il la conduisit si bien où il voulait l'amener, qu'ils convinrent ensemble qu'ils ne me diraient rien, qu'ils examineraient les sentimens du prince, et qu'ils agiraient ensuite selon les connaissances qu'ils en auraient.

Dom Ramire, ravi d'avoir si bien commencé, rendit compte au prince de ce qu'il avait fait. Dom Garcie en fut charmé, et lui laissa un plein pouvoir de dire à Nugna Bella tout ce qu'il voudrait de ses sentimens. Dom Ramire retourna bientôt la chercher; il lui fit un long récit de

la manière dont il s'était conduit, pour faire
avouer au prince l'amour qu'il avait pour ma
sœur; il ajouta qu'il n'avait jamais vu un homme
si transporté de passion; qu'il s'étonnait de la
violence que ce prince se faisait de peur de me
déplaire; qu'il n'y avait rien enfin qu'on ne dût
attendre d'un homme si amoureux; mais qu'il
fallait au moins lui donner quelque espérance
qui entretînt son amour. Nugna Bella demeura
persuadée de ce que lui dit dom Ramire, et elle
lui promit de servir dom Garcie auprès de ma
sœur.

Dom Ramire s'en alla porter cette nouvelle au
prince. Il la reçut avec une joie incroyable; il
lui fit mille caresses : il ne pouvait se lasser de
lui parler, et il eût voulu ne parler qu'à lui
seul; mais il voyait bien qu'il ne fallait pas
changer de conduite, ni cesser de vivre avec moi
comme il avait accoutumé. Dom Ramire même
avait soin de cacher sa nouvelle faveur, et les
remords de sa trahison lui faisaient toujours
craindre que je ne la soupçonnasse.

Dom Garcie parla bientôt à Hermenesilde; il
lui témoigna la passion qu'il avait pour elle,
avec le plus d'ardeur qu'il lui fut possible; et,
comme il était véritablement amoureux, il n'eut
pas de peine à lui persuader son amour. Elle
était disposée à le recevoir favorablement; mais,

après ce que je lui avais dit, elle n'osait suivre les sentimens de son cœur. Elle rendit compte à Nugna Bella de la conversation qu'elle avait eue avec le prince. Nugna Bella, sur les mêmes prétextes que lui avait donnés dom Ramire, lui conseilla de ne me rien dire, et d'avoir une conduite qui pût augmenter l'amour du prince et conserver son estime. Elle lui dit encore que, quelque répugnance que j'eusse témoignée à l'attachement de dom Garcie, elle devait croire que j'aurais de la joie d'une chose qui pourrait m'être avantageuse; mais que, par de certaines raisons, je ne voulais point y avoir de part que les choses ne fussent plus avancées. Hermenesilde, qui avait une déférence entière pour les sentimens de Nugna Bella, entra aisément dans la conduite qu'elle lui inspirait; et son inclination pour dom Garcie se trouva fortement appuyée par d'aussi grandes espérances que celle d'une couronne.

La passion que le prince avait pour elle était conduite avec tant d'adresse, qu'excepté les premiers jours, où l'on s'aperçut qu'il l'avait trouvée aimable, personne ne soupçonna seulement qu'il en fût amoureux. Il ne l'entretenait jamais en public : Nugna Bella lui donnait les moyens de l'entretenir en particulier. Je voyais bien quelque diminution dans l'amitié de dom Gar-

cie, mais je l'attribuais à l'inégalité ordinaire
des jeunes gens.

Les choses étaient en cet état lorsque Abdala, roi de Cordoue, avec qui le roi de Léon
avait eu une assez longue trève, recommença la
guerre. La charge de Nugnez Fernando lui donnait de droit le commandement des armées; et,
quoique le roi eût assez de peine à le mettre à
la tête de ses troupes, il ne pouvait l'en ôter, à
moins que de l'accuser de quelque crime, et de
le faire arrêter. On pouvait bien envoyer commander dom Garcie au-dessus de lui; mais le
roi se défiait encore plus de son fils que du
comte de Castille, et il craignait de les voir ensemble avec un grand pouvoir entre les mains.
D'un autre côté, la Biscaye commença à se révolter : il résolut d'y envoyer dom Garcie, et
d'opposer Nugnez Fernando à l'armée des Maures. J'eusse été bien aise de servir avec mon
père, mais le prince souhaita que je le suivisse
en Biscaye; et le roi aima mieux que j'allasse
avec son fils qu'avec le comte de Castille. Ainsi,
il fallut céder à ce qu'on désirait de moi, et
voir partir Nugnez Fernando qui s'en allait le
premier. Il fut très-fâché de ne m'avoir pas
auprès de lui; et, outre les raisons considérables
qui lui faisaient désirer que je fusse dans son
armée, celle de l'amitié tenait sa place. La ten-

dresse qu'il avait pour ma sœur et pour moi
était infinie. Il emporta nos portraits, pour avoir
le plaisir de nous voir toujours, et de montrer
la beauté de ses enfans, dont je crois vous avoir
dit qu'il était si préoccupé. Il marcha contre
Abdala avec des forces assez considérables, mais
beaucoup moindres que celles des Maures ; et,
au lieu de s'opposer simplement à leur passage
dans des lieux où il fût fortifié par la situation,
le désir de faire quelque chose d'extraordinaire
lui fit hasarder la bataille dans une plaine qui
ne lui donnait aucun avantage. Il la perdit si
entière, qu'à peine put-il se sauver : toute son
armée fut taillée en pièces, tous les bagages furent pris, et jamais les Maures n'ont peut-être
remporté une si grande victoire sur les chrétiens.

Le roi apprit avec beaucoup de douleur une si
grande perte ; il en accusa le comte de Castille,
et avec raison : mais, comme il était bien aise
de l'abaisser, il se servit de cette conjoncture ;
et, lorsque mon père voulut venir se justifier,
il lui fit dire qu'il ne le voulait jamais voir,
qu'il lui ôtait toutes ses charges, qu'il était bien
heureux qu'il ne lui ôtât pas la vie, et qu'il lui
ordonnait de se retirer dans ses terres. Mon
père lui obéit, et s'en alla en Castille, aussi
désespéré que le peut être un homme ambitieux

9*

dont la réputation et la fortune venaient de recevoir une si grande diminution.

Le prince n'était point encore parti pour la
Biscaye ; une maladie considérable le retenait.
Le roi s'en alla en personne contre les Maures,
avec tout ce qu'il put ramasser de forces. Je lui
demandai la permission de le suivre, et il me
l'accorda, mais avec pei e : il avait envie de
faire tomber sur moi la disgrâce de mon père.
Cependant, comme je n'avais point eu de part à
sa faute, et que le prince me témoignait toujours beaucoup d'amitié, le roi n'osa entreprendre de me reléguer en Castille. Je le suivis, et
dom Ramire demeura auprès de dom Garcie.
Nugna Bella parut extrêmement touchée de mon
malheur et de notre séparation, et je m'en allai,
au moins avec la consolation de me croire véritablement aimé de la personne du monde que
j'aimais le plus.

Le prince n'étant point en état de partir, dom
Ondogno, son frère, s'en alla en Biscaye. Il fut
aussi malheureux dans son voyage que le roi fut
heureux dans le sien. Dom Ondogno fut défait,
et pensa être tué ; et le roi défit les Maures, et
les contraignit de demander la paix. Ma bonne
fortune voulut que je rendisse quelque service
considérable ; mais le roi ne m'en traita pas
mieux. La réputation que j'avais acquise ne

m'ôta pas l'air que donne la disgrâce; et, lorsque je revins à Léon, je connus bien que la
gloire ne donne pas le même éclat que la faveur.

Dom Garcie avait profité de mon absence pour
voir souvent Hermenesilde; et il l'avait vue avec
tant de précautions, que personne ne s'en était
aperçu. Il avait cherché avec soin tous les moyens
de lui plaire; il lui avait laissé espérer qu'il la
mettrait un jour sur le trône de Léon ; enfin,
il lui avait témoigné tant d'amour, qu'elle lui
avait entièrement abandonné son cœur.

Comme dom Ramire et Nugna Bella conduisaient cette intelligence, ils étaient engagés à se
voir souvent, et la beauté de Nugna Bella était
de celles dont la vue ordinaire n'est pas sans
danger. L'admiration que dom Ramire avait pour
elle augmentait tous les jours ; et elle admirait
aussi l'esprit de dom Ramire, qui en effet était
agréable. Le commerce particulier qu'elle avait
avec lui, et l'occupation des affaires du prince
et de Hermenesilde, lui avaient fait supporter
mon absence avec moins de chagrin qu'elle ne
s'était attendue d'en avoir.

Lorsque le roi fut de retour, il donna au père
de dom Ramire les charges et les établissemens
de Nugnez Fernando. Je fis en cette occasion
au delà de ce qu'on pouvait attendre d'un véritable ami. Après les services que j'avais rendus

dans ces deux dernières guerres, je pouvais prétendre les charges qu'on ôtait à mon père ; néanmoins je ne m'opposai point à la disposition qu'en
fit le roi. J'allai trouver dom Ramire ; je lui dis
que, dans la douleur que j'avais de voir sortir de
ma maison des établissemens si considérables,
l'avantage qu'il en recevait me donnait la seule
consolation que je pouvais recevoir. Quoique dom
Ramire eût beaucoup d'esprit, il ne put me répondre ; il fut embarrassé de recevoir des marques d'une amitié qu'il méritait si peu : mais je
donnais pour lors un sens si avantageux à son
embarras, qu'il ne m'eût pas mieux persuadé
par ses paroles.

Les charges de mon père dans une autre maison firent croire à toute la cour que sa disgrâce
était sans ressource. Dom Ramire se trouvait
quasi en ma place, par les dignités que son père
venait de recevoir, et par la faveur du prince.
Cette faveur paraissait beaucoup, quelque soin
qu'ils prissent l'un et l'autre de la cacher ; et
insensiblement tout le monde se tournait du
côté de ce nouveau favori, et m'abandonnait peu
à peu. Nugna Bella n'avait pas une passion si
ferme, que ce changement n'en apportât dans
son âme. Ma fortune, autant que ma personne,
avait fait son attachement. J'étais disgracié :
elle ne tenait plus à son amant que par l'amour,

et ce n'était pas assez pour un cœur comme le
sien. Il y eut donc dans son procédé une impression de froideur qui me parut bientôt. J'en fis
mes plaintes à dom Ramire ; j'en parlai aussi à
Nugna Bella : elle m'assura qu'elle n'était point
changée ; et, comme je n'avais point de sujet
précis de me plaindre, et que je n'étais blessé
que d'un certain air répandu dans toutes ses actions, il lui était aisé de se défendre : aussi le
fit-elle avec tant de dissimulation et d'adresse,
qu'elle me rassura pour quelque temps.

Dom Ramire lui parla du soupçon que j'avais
de son changement, et il lui en parla dans le
dessein de pénétrer ce qui en était, et sans
doute avec l'envie de trouver que je ne me
trompais pas. Je ne suis point changée, lui
dit-elle ; je l'aime autant que je l'ai aimée ;
mais quand je l'aimerais moins, il serait injuste
de s'en plaindre : avons-nous du pouvoir sur le
commencement ni sur la fin de nos passions ?
Elle dit ces paroles en le regardant avec un air
qui l'assurait si bien qu'elle ne m'aimait plus,
que cette certitude, qui donnait de l'espérance
à dom Ramire, lui ouvrit entièrement les yeux
sur la beauté de cette infidèle ; et il en fut si
touché dans ce moment, que n'étant plus maître
de lui-même : Vous avez raison, madame, lui
dit-il ; nous ne pouvons rien sur nos passions ;

j'en sens une qui m'entraine sans que je m'en
puisse défendre; mais souvenez-vous au moins
que vous tombez d'accord qu'il ne dépend pas
de nous d'y résister. Nugna Bella comprit aisément ce qu'il voulait dire; elle en parut embarrassée, et il en fut embarrassé lui-même. Comme
il avait parlé sans l'avoir prémédité, il fut
étonné de ce qu'il venait de faire : ce qu'il
devait à mon amitié lui revint à l'esprit dans
toute son étendue; il en fut troublé; il baissa
les yeux, et demeura dans un profond silence.
Nugna Bella, par des raisons à peu près semblables, ne lui parla point : ils se séparèrent
sans se rien dire. Dom Ramire se repentit de ce
qu'il avait dit; Nugna Bella se repentit de ne
lui avoir rien répondu; et dom Ramire se retira
si troublé et si combattu, qu'il était hors de
lui-même. Après s'être un peu remis, il fit
réflexion sur ses sentimens : mais plus il en fit,
plus il trouva que son cœur était engagé : il
connut alors le péril où il s'était exposé en
voyant si souvent Nugna Bella; il connut que
le plaisir qu'il avait trouvé dans sa conversation
était d'une autre nature qu'il ne l'avait cru;
enfin, il connut son amour, et qu'il avait commencé bien tard à le combattre.

La certitude qu'il venait d'avoir que Nugna
Bella m'aimait moins, achevait de lui ôter la

force de se défendre. Il trouvait quelque excuse
à ne s'attacher à elle que lorsqu'elle se détachait de moi : il trouvait des charmes à entreprendre de se rendre maître d'un cœur que je
ne possédais plus si entièrement qu'il ne pût
concevoir de l'espérance, mais que je possédais
encore assez pour avoir de la gloire à m'en
chasser. Toutefois, quand il venait à considérer
que c'était Consalve qu'il voulait chasser de ce
cœur, ce Consalve à qui il devait une amitié si
véritable, ces sentimens lui faisaient honte, et
il les combattit de sorte qu'il crut les avoir sur-
montés. Il résolut de ne plus rien dire de son
amour à Nugna Bella, et d'éviter les occasions
de lui parler.

Nugna Bella, qui n'avait à se repentir que de
n'avoir pas répondu à dom Ramire comme elle
l'aurait dû faire, ne fit pas de si grandes réflexions. Elle s'imagina qu'elle avait eu raison
de ne pas faire semblant d'entendre ce qu'il lui
avait dit ; elle crut qu'elle devait avoir quelque
douceur pour un homme avec qui elle avait de
si grandes liaisons : elle se dit à elle-même qu'il
ne lui avait pas parlé avec dessein, quoiqu'elle
eût bien jugé, il y avait long-temps, qu'il
avait de l'inclination pour elle. Enfin, pour
ne se pas faire honte et pour ne s'engager pas
à maltraiter dom Ramire, elle ne voulut pas

croire une chose dont elle ne pouvait douter.

Dom Ramire suivit pendant quelque temps
le dessein qu'il avait pris; mais le moyen de
l'exécuter! Il voyait tous les jours Nugna Bella :
elle était belle, elle ne m'aimait plus, elle le traitait bien; il était impossible de résister à tant
de choses. Il se résolut donc à suivre les mouvemens de son cœur, et il n'eut plus de remords
sitôt qu'il en eut pris la résolution. La première
trahison qu'il m'avait faite rendait la seconde
plus facile. Il était accoutumé à me tromper et
à me cacher ce qu'il disait à Nugna Bella. Il
lui dit enfin qu'il l'aimait, et il le lui dit avec
toutes les marques d'une passion véritable. En
lui exagérant la douleur qu'il avait de manquer
à notre amitié, il lui faisait comprendre qu'il
était emporté par la plus violente inclination
qu'on eût jamais eue. Il l'assura qu'il ne prétendait pas d'être aimé, qu'il connaissait les
avantages que j'avais sur lui, et l'impossibilité
de me chasser de son cœur; mais qu'il lui demandait seulement la grâce de l'écouter, de lui
aider à se guérir et à me cacher sa faiblesse.
Nugna Bella lui promit le dernier, comme une
chose qu'elle croyait devoir faire, de crainte
qu'il n'arrivât quelque désordre entre nous; et
elle lui dit, avec beaucoup de douceur, qu'elle
ne lui accorderait pas le reste, puisqu'elle se croi-

rait complice de son crime si elle en souffrait la
continuation. Elle ne laissa pas néanmoins de la
souffrir; l'amour qu'il avait pour elle, et l'amitié que le prince avait pour lui, l'entraînèrent
entièrement de son côté. Je lui parus moins aimable; elle ne vit plus rien d'avantageux dans
l'établissement qu'elle pouvait avoir avec moi;
elle ne vit qu'un exil assuré en Castille; elle savait que le roi avait toujours envie de m'y reléguer, et que le prince ne s'y opposait plus que
par honneur; elle ne voyait point d'apparence
qu'il pût épouser Hermenesilde : elle était toujours la confidente de l'amour qu'il avait pour
elle; et, par cet amour et par celui de dom Ramire, son crédit auprès de dom Garcie subsis-
tait toujours. Elle croyait le roi moins disposé
que jamais à consentir à notre mariage : il n'a-
vait point de raison pour empêcher qu'elle n'é-
pousât dom Ramire; elle retrouvait en lui les
mêmes choses qui lui avaient plu en moi; enfin, elle s'imagina que la raison et la prudence
autorisaient son changement, et qu'elle devait
quitter un homme qui ne serait point son mari,
pour un autre qui le serait assurément. Il ne
faut pas toujours de si grandes raisons pour ap-
puyer la légèreté des femmes. Nugna Bella se
détermina donc à s'engager avec dom Ramire;
mais elle était déjà engagée et par son cœur et

par ses paroles, quand elle crut s'y déterminer.
Cependant, quelque résolution qu'elle eût prise,
elle n'eut pas la force de me laisser voir qu'elle
m'abandonnait dans le temps de ma disgrâce.
Dom Ramire ne pouvait aussi se résoudre à déclarer sa perfidie. Ils convinrent ensemble que
Nugna Bella continuerait à vivre avec moi
comme elle avait accoutumé; et ils jugèrent
qu'il serait aisé d'empêcher que je ne remar-
quasse son changement, parce que, comme je
disais toujours à dom Ramire jusqu'à mes moindres soupçons, Nugna Bella, en étant avertie
par lui, les préviendrait aisément. Ils résolurent aussi d'avouer au prince l'état où ils étaient,
et de l'engager dans leurs intérêts. Dom Ramire
se chargea de lui en parler. Ce n'était pas une
chose qu'il pût faire sans peine; la honte et la
crainte d'être désapprouvé l'embarrassaient; il
se rassurait néanmoins par le pouvoir que lui
donnait sur dom Garcie la confidence de son
amour pour ma sœur. En effet, il tourna l'esprit de ce prince comme il le souhaitait; il l'engagea même à parler à Nugna Bella en sa faveur; et ce nouveau favori eut son maître pour
confident, comme il était le confident de son
maître. Nugna Bella, qui avait appréhendé que
le prince ne condamnât son changement, eut de
la joie de l'y trouver favorable; il se fit un re-

doublement de liaison entre eux : ils prirent
leurs mesures pour bien cacher cette intelligence. Ils résolurent que, comme les conversations particulières du prince et de dom Ramire
pourraient me donner du soupçon, parce que
vraisemblablement ils ne devaient point avoir
de secrets pour moi, dom Ramire irait chez le
prince par un escalier dérobé, aux heures où il
n'y avait personne, et qu'ils ne se parleraient
jamais en public. Ainsi, j'étais trahi et abandonné
par tout ce que j'aimais le mieux, sans m'en
pouvoir défier.

Ma seule peine était de trouver quelque changement dans le cœur de Nugna Bella; je m'en
plaignais à dom Ramire; dom Ramire l'en aver-
tissait, afin qu'elle se déguisât mieux; mais,
quand je lui paraissais en repos, il avait de l'inquiétude, et il craignait que je ne fusse rassuré
par les véritables sentimens de Nugna Bella. Il
voulait alors qu'elle ne me trompât pas si bien;
elle lui obéissait, et me négligeait plus qu'à
l'ordinaire. Ainsi, il avait le plaisir de voir son
rival se venir plaindre à lui des mauvais traitemens qu'il recevait par ses ordres. Il avait
même quelquefois la joie, lorsqu'il l'avait priée
de se contraindre, d'apprendre, par mes plaintes, qu'elle ne se contraignait pas autant qu'il
lui avait dit. C'était un tel charme pour sa

gloire et pour son amour d'avoir détruit un rival
tel que je lui paraissais, et de voir mon repos
dépendre de la moindre de ses paroles, que, si
la jalousie ne l'eût point troublé, il aurait été
l'homme du monde le plus heureux.

Pendant que je n'étais occupé que de mon
amour, mon père ne l'était que de son ambition.
Il fit tant de cabales et tant d'intrigues dans son
exil, qu'il crut être en état de se révolter ou-
vertement.

Mais il fallait commencer par me retirer de
la cour, et je lui étais un otage trop cher et trop
considérable pour le laisser entre les mains du
roi, à qui il voulait faire la guerre. Ma sœur ne
lui donnait pas tant d'inquiétude ; son sexe et sa
beauté la garantissaient de ce qui pouvait lui
arriver. Il m'envoya un homme de confiance
pour m'apprendre l'état des choses, pour me commander de l'aller trouver à l'heure même, et de
partir de la cour sans prendre congé du roi ni
du prince. Cet envoyé fut bien surpris de me
voir dans des sentimens si éloignés de ceux de
mon père. Je lui dis que je ne consentirais
jamais à une révolte si injuste ; qu'il est vrai que
le roi avait maltraité Nugnez Fernando en lui
ôtant ses charges, mais qu'il fallait souffrir cette
disgrâce, qu'il l'avait en quelque sorte méritée ; que, pour moi, j'étais résolu de ne point

quitter la cour, et que je ne prendrais jamais les
armes contre le roi. Cet envoyé porta ma réponse
à mon père. Il fut désespéré de voir tant de desseins prêts à réussir, se renverser par ma dés-
obéissance. Il me manda (quoiqu'en effet ce ne
fût pas son dessein) qu'il continuerait ce qu'il
avait entrepris, et que, puisque j'avais si peu
de soumission pour ses volontés, il ne change-
rait point de résolution, quand même le roi
de Léon me devrait faire trancher la tête.

Cependant la passion que dom Ramire avait
pour Nugna Bella augmentait toujours, et il
ne pouvait plus supporter la manière dont il
fallait qu'il vécût avec moi. Enfin, madame,
lui dit-il, un jour qu'elle m'avait entretenu
assez long-temps, vous le regardez avec les
mêmes yeux que vous l'avez regardé; vous lui
dites les mêmes paroles; vous lui écrivez les
mêmes choses : qui peut m'assurer que ce n'est
plus avec les mêmes sentimens? Il vous a plu,
madame, et c'est assez pour vous plaire encore.
Mais vous savez, lui dit-elle, que je ne fais
que ce que vous voulez. Il est vrai, lui répliqua-t-il, et c'est ce qui rend mon malheur plus
insupportable, qu'il faille que, par prudence,
je vous conseille de faire les choses qui me dés-
espèrent quand vous les faites. Il est inouï
qu'un amant ait consenti qu'on traitât bien son

rival. Je ne saurais plus souffrir, madame, que
vous regardiez Consalve; il n'y a pas d'extrémité où je ne me porte pour le faire périr,
plutôt que de vivre en l'état où je suis : aussi-
bien, après lui avoir ôté votre cœur, je ne dois
pas compter pour beaucoup de lui ôter la vie.
Vous vous emportez avec tant de violence, lui
repartit Nugna Bella, que je crois que vous ne
suivrez pas votre emportement; vous considé-
rerez combien de choses importantes vous dé-
cou,ririez en éclatant contre Consalve, et
quelle honte vous vous feriez à vous-même. Je
vois tout ce qu'il y a à voir, madame, répliqua
dom Ramire; mais je vois aussi que, s'il faut
n'avoir guère de raison pour faire ce que je
propose, il faut l'avoir perdue entièrement
pour souffrir qu'un homme aimable, et qui
vous a plu, vous parle tous les jours en secret.
Si je l'ignorais, j'aurais la cruelle douceur d'être
trompé : mais je le sais : je vous vois lui parler;
c'est moi qui lui porte vos lettres; c'est moi qui
le rassure quand il doute de votre cœur. Ah !
madame, il m'est impossible de continuer à me
faire tant de violence : si vous voulez me donner
du repos, faites en sorte que Consalve sorte de la
cour, et que le prince consente à l'envoyer en
Castille, comme le roi l'en presse tous les jours.
Voyez, je vous en conjure, reprit Nugna Bella,

quelle action vous me conseillez de faire ! Oui,
madame, je la vois, reprit dom Ramire; mais,
après tout ce que vous avez fait, il n'est plus
temps d'avoir de ménagemens, et, si vous avez
celui de ne pas faire éloigner Consalve, je serai
persuadé que j'aurai encore plus de raison que je
ne pense de le vouloir ôter d'auprès de vous.
Encore une fois, madame, à quoi puis-je juger
que vous ne l'aimez plus? Vous le voyez, vous
lui parlez, vous savez qu'il vous aime : votre
cœur, dites-vous, est changé; mais votre procédé
ne l'est point : enfin, madame, rien ne peut me
rassurer, si ce n'est que vous travailliez à l'é-
loigner ; et, tant qu'il me paraîtra que vous ne
le voudrez pas, je croirai que vous ne vous con-
traignez guère quand vous lui dites que vous
l'aimez. Eh bien, dit alors Nugna Bella, j'ai
déjà assez fait de trahisons pour l'amour de vous,
il faut encore faire celle-ci ; mais donnez-m'en
les moyens : car le prince refuse tous les jours
au roi l'éloignement de Consalve, et il n'y a pas
d'apparence qu'il l'accorde à une prière aussi
déraisonnable que la mienne. Je me charge, dit
dom Ramire, d'en faire la proposition au prince;
et, pourvu que vous lui fassiez voir que vous y
consentez, je suis assuré de l'obtenir. Nugna
Bella le lui promit; et, dès le soir, dom Ramire,
sur le prétexte de leurs intérêts communs, pro-

posa au prince de m'éloigner, et de s'en faire
un mérite auprès du roi. Le prince n'eut pas de
peine à y consentir : il avait une si grande
honte de tout ce qu'il faisait contre moi, que
ma présence lui était un continuel reproche de
sa faiblesse. Nugna Bella lui parla comme elle
l'avait promis à dom Ramire; ils résolurent
qu'à la première occasion le prince ferait dire au
roi qu'il ne s'opposait plus à mon exil, et qu'il
voulait bien qu'on m'éloignât de la cour, pourvu qu'il parût à tout le monde que c'était contre
son consentement.

Cette occasion se trouva bientôt. Le roi se mit
en colère contre son fils pour quelque chose qu'il
avait fait sans son ordre, et dont il m'accusait
d'avoir donné le conseil. Le prince, n'osant aller
chez le roi, fit semblant d'être malade, et garda
le lit quelques jours. La reine, selon sa coutume,
travailla à les raccommoder : elle vint chez son
fils pour lui dire, de la part du roi, les plaintes
qu'il faisait de lui. Ce ne sont pas là, madame,
répondit le prince, les sujets du chagrin du roi;
j'en connais la cause : il a une aversion invincible pour Consalve; il l'accuse de tout ce qui lui
déplaît; il veut l'éloigner : il sera toujours mal
satisfait de moi tant que je n'y consentirai pas.
J'aime tendrement Consalve; mais je vois bien
qu'il faut que je me fasse la violence de m'en

priver, puisque je ne saurais qu'à ce prix avoir les bonnes grâces du roi. Dites-lui donc, s'il vous plaît, madame, que je consens à son éloignement, mais à condition qu'on ne saura point que j'y aie consenti. La reine fut surprise du discours du prince son fils. Ce n'est pas à moi, lui dit-elle, à trouver étrange que vous ayez de la complaisance pour les volontés du roi; mais j'avoue que je suis étonnée que vous consentiez à l'éloignement de Consalve. Le prince s'excusa par de mauvaises raisons, et passa ensuite à un autre discours.

Pendant qu'ils parlaient, une des filles de la reine, qui était mon amie et celle de Nugna Bella, s'était trouvée par hasard si proche du lit, qu'elle avait entendu tout ce que la reine et le prince avaient dit sur mon sujet. Elle demeura si surprise et si attentive à penser ce qui avait pu causer un si grand changement dans l'esprit du prince, que j'entrai dans la chambre, et que je commençai à lui parler devant qu'elle m'eût aperçu. Je lui fis la guerre de sa rêverie. Vous devez m'en être obligé, me dit-elle; je viens d'entendre une chose dont je suis si étonnée que je ne la puis comprendre. Elvire (c'est ainsi que s'appelait cette fille) me conta alors ce qu'elle avait entendu, et me donna une surprise encore plus grande que n'avait été la

10*

sienne. Je lui fis redire la même chose une seconde fois : comme elle achevait, la reine sortit, et interrompit notre conversation. Je sortis avec elle ; et, n'ayant pas l'esprit de demeurer auprès du prince, je m'en allai seul dans les jardins du palais, pour faire réflexion sur une si étrange aventure.

Je ne pouvais m'imaginer qu'un prince qui me traitait si bien voulût me faire chasser de la cour sans sujet ; je ne pouvais comprendre ce qui lui pouvait faire souhaiter mon éloignement ; je ne pouvais deviner ce qui l'obligeait à me témoigner de l'amitié lorsqu'il n'en avait plus ; enfin, je ne pouvais croire que ce que je venais d'apprendre fût véritable, et que dom Garcie eût la faiblesse de m'abandonner. Comme je l'aimais beaucoup, j'étais touché de son changement jusqu'au fond de l'âme. Ne pouvant soutenir la douleur que je ressentais, je voulus chercher dom Ramire pour avoir le soulagement de me plaindre avec lui.

Dans cette pensée, je m'approchai du palais ; je trouvai un des officiers de la chambre de dom Garcie, que j'avais donné à ce prince, et qui était plus proche de sa personne qu'aucun autre. Je lui dis de voir si dom Ramire n'était point chez le prince, et de le prier, de ma part, de me venir trouver à l'heure même. Cet officier

me répondit qu'il n'y était pas ; qu'il n'y viendrait sans doute, selon sa coutume, qu'après
que tout le monde serait retiré. Je demeurai ex-
trèmement surpris de ces paroles : je crus d'a-
bord ne les avoir pas bien entendues ; néanmoins elles me firent de l'impression ; il me
revint plusieurs choses dans l'esprit qui me firent soupçonner que dom Ramire avait quelque
intelligence avec le prince, qu'il ne me disait
pas. Dans un autre temps je n'eusse pas eu ce
soupçon ; mais ce que je venais d'apprendre de
l'infidélité de dom Garcie me forçait à croire
que tout le monde me pouvait tromper. Je demandai à cet officier si dom Ramire allait souvent chez dom Garcie aux heures où il n'y avait
personne : il me répondit qu'il était surpris que
je lui fisse cette demande, et qu'il croyait que je
n'ignorais ni les conversations de dom Ramire
avec le prince, ni le sujet de leurs conversations. Je lui répliquai que je ne savais ni l'un ni
l'autre, et que je trouvais fort étrange qu'il ne
m'en eût pas averti. Il crut que je feignais de
n'en rien savoir, pour découvrir s'il me dirait la
vérité ; et, me voulant faire voir qu'il était incapable de me rien cacher, il me conta l'amour
du prince pour ma sœur, et la part qu'y avait
dom Ramire. Il me dit qu'il les en avait enten-
dus parler plusieurs fois, lorsqu'ils croyaient

n'être écoutés de personne, et qu'il avait su le
reste de celui à qui le prince confiait ses lettres
pour Hermenesilde. Ainsi, j'appris tout ce qui
se passait, à la réserve de ce qui regardait Nugna Bella.

Je ne cherche plus, m'écriai-je tout transporté
de colère, d'où vient le changement de dom
Garcie; la trahison qu'il me fait lui rend ma
présence insupportable. Quoi! dom Garcie aime
ma sœur; ma sœur le souffre; et dom Ramire
est leur confident? Je m'arrêtai à ces mots, ne
voulant pas faire voir mon ressentiment à cet
officier, et je lui défendis de parler de ce qu'il
venait de m'apprendre. Je me retirai chez moi
avec un trouble qui m'ôtait la connaissance de
moi-même. Lorsque je fus seul, je m'abandon-
nai à la rage et au désespoir : je formai mille
fois le projet d'aller poignarder le prince et dom
Ramire; j'eus toutes les pensées de colère et de
vengeance que peut donner l'excès de l'emportement. Enfin, après avoir un peu remis mon
esprit pour me donner le temps de choisir les
moyens de me venger, je résolus de me battre
contre dom Ramire, de porter Nugna Bella à se
retirer en Castille, d'obtenir de son père la permission de l'épouser; et, comme il était dans le
même dessein de révolte que le mien, de me
joindre à eux, de les animer, de déclarer la

guerre au roi de Léon, et de renverser le trône
où dom Garcie devait monter. Je m'arrêtai à
cette résolution, bien qu'elle fût contraire à
tous les sentimens que j'avais eus jusqu'alors ;
mais j'étais emporté par la violence de mon
désespoir.

Je devais voir Nugna Bella ce même soir ; j'en
attendais l'heure avec impatience, et l'espérance
de la trouver sensible à mon malheur me donnait le seul soulagement dont je pouvais être
capable. Comme je me préparais à sortir, un
homme à qui elle se fiait, et qui m'apportait
souvent de ses lettres, m'en donna une de sa
part, et me dit qu'elle était bien fâchée de ne
me pouvoir entretenir ce soir-là, mais qu'il lui
était impossible, pour les raisons que je trouverais dans sa lettre. Je lui repartis qu'il était absolument nécessaire que je lui parlasse ; que
j'allais lui faire réponse, et que je le priais d'attendre. J'entrai dans mon cabinet, j'ouvris la
lettre de Nugna Bella, et j'y trouvai ces paroles :

« Je ne sais si je vous dois remercier de la
» permission que vous me donnez de témoigner
» de la douleur à Consalve lorsqu'il partira.
» J'eusse été bien aise que vous me l'eussiez dé-
» fendu, pour avoir quelque raison de ne pas faire
» une chose qui me donnera tant de contrainte.
» Quoique vous ayez souffert de la conduite que

» j'ai eue avec lui depuis son retour, j'en ai plus
» souffert que vous ; vous n'en douteriez pas si
» vous saviez la peine que je trouve à dire à un
» homme que je n'aime plus, que je l'aime en-
» core, quand je suis même au désespoir de l'a-
» voir aimé, et que je rachèterais de ma vie de
» n'avoir jamais prononcé que pour vous toutes
» les paroles qu'il faut que je lui dise. Vous
» connaîtrez, lorsqu'il sera éloigné, les injus-
» tices que vous me faites ; et la joie que vous
» me verrez à son départ vous persuadera mieux
» que toutes mes paroles. Hermenesilde est en
» colère contre le prince de ce qu'il parla hier
» assez long-temps à une personne dont elle lui
» a déjà témoigné quelque jalousie ; c'est ce qui
» l'a empêchée de suivre la reine lorsqu'elle est
» allée chez lui ; qu'il ne lui fasse pas con-
» naître qu'il le sait ; je lui ai promis de n'en
» rien dire : il est si véritablement aimé d'elle,
» qu'il....

» Ma lettre a été interrompue en cet endroit
» par une chose qui me met dans une inquiétude
» mortelle : une de mes compagnes a entendu
» aujourd'hui tout ce que le prince a dit à la
» reine sur le sujet de Consalve ; elle l'en a
» averti à l'heure même, et elle vient de me le
» dire, comme une chose qui doit me surpren-
» dre et m'affliger. Il est impossible que Con-

» salve ne vous soupçonne d'avoir su quelque
» chose des desseins du prince, et qu'il ne dé-
» mêle une grande partie de la vérité. Voyez
» quel embarras cela peut faire! Cette pensée
» me trouble à un point, que je ne sais ce que
» je fais. Je vais lui écrire que je ne puis le voir
» ce soir; car je ne saurais m'exposer à lui par-
» ler que vous ne l'ayez vu, et que je ne sache
» par vous ce que je dois lui dire. Adieu : jugez
» de mon inquiétude. »

Je fus si hors de moi-même en achevant de
lire cette lettre, que je ne savais ce que je
voyais ni ce que je faisais. Mon emportement et
ma colère avaient été au dernier degré sur les
trahisons que j'avais découvertes; mais c'étaient
des sentimens trop faibles et trop communs
pour celle que le hasard venait encore de me découvrir. Je demeurai sans parole et sans mouvement, et je fus long-temps en cet état, sans
avoir que des pensées confuses qui tenaient mon
esprit accablé sous le poids de ma douleur.

Vous m'êtes infidèle, Nugna Bella, m'écriai-
je tout d'un coup, vous joignez à votre changement l'outrage de me tromper, et de consentir
que je sois trompé par ce que j'aimais le mieux
après vous! C'est trop de malheurs à la fois, et
ils sont d'une nature, qu'il serait plus honteux
d'y résister que d'en être accablé. Je cède à la

cruauté du plus malheureux sort dont un homme ait jamais été persécuté. J'ai eu de la force et des desseins de vengeance contre un prince ingrat et contre un ami infidèle, mais je n'en ai point contre Nugna Bella. J'étais plus heureux par elle que par tout le reste du monde : puisqu'elle m'abandonne, tout m'est indifférent, et je renonce à une vengeance qui ne me pourrait donner de joie. Je me suis vu, il n'y a pas long-temps, le premier homme de tout le royaume, par la grandeur de mon père, par la mienne propre, et par la faveur du prince ; je me croyais aimé des personnes qui m'étaient les plus chères. La fortune me quitte ; je suis abandonné par mon maître ; je suis trompé par ma sœur ; je suis trahi par mon ami ; je perds ma maîtresse, et c'est par cet ami que je la perds ! Est-il possible, Nugna Bella, que vous m'ayez quitté pour dom Ramire ! Est-il possible que dom Ramire ait voulu vous ôter à un homme qui vous aimait si passionnément, et dont il était lui-même si tendrement aimé ! Fallait-il que je vous perdisse l'un par l'autre, et qu'il ne me restât pas au moins la faible consolation d'avoir un des deux avec qui me plaindre !

Des réflexions si cruelles ne me laissaient plus l'usage de la raison ; la moindre des infortunes dont je fus accablé dans cette journée eût été

capable de me donner une douleur mortelle.
Ce grand nombre de malheurs me mettaient de
l'égarement dans l'esprit, et je ne savais auquel donner mon attention. Celui qui avait apporté la lettre de Nugna Bella me fit dire qu'il
en attendait la réponse. Je revins comme d'un
songe lorsqu'on entra dans mon cabinet; je
répondis que je l'enverrais le lendemain, et
j'ordonnai qu'on me laissât en repos.

Je me mis encore à considérer l'état où j'avais
été, et celui où je me trouvais. Une si cruelle
expérience de l'inconstance de la fortune et de
l'infidélité des hommes m'inspira le dessein de
renoncer pour jamais au commerce du monde,
et d'aller finir ma vie dans quelque désert. Ma
douleur me faisait voir que c'était le seul parti
que je pouvais prendre. Je n'avais de retraite
qu'auprès de mon père : je savais le dessein
qu'il avait de se révolter; mais, quelque désespéré que je fusse, je ne pouvais me résoudre à
me révolter contre un roi dont je n'avais point
reçu d'outrage. Si je n'eusse été abandonné que
de la fortune, j'aurais pris plaisir à lui résister,
et à faire voir que je méritais ce qu'elle m'avait
donné; mais, après avoir été trompé par tant
de personnes que j'avais tant aimées, et dont je
me croyais si assuré, de quelle espérance pou-
vais-je encore me flatter ? Puis-je mieux servir

un maître, disais-je, que j'ai servi dom Garcie?
puis-je mieux aimer un ami que j'ai aimé dom
Ramire ? et puis-je avoir plus d'amour pour une
maîtresse que j'en ai pour Nugna Bella? Cependant ils m'ont trahi. Il faut donc, par une
retraite entière, me dérober à la tromperie des
hommes et au dangereux pouvoir des femmes.

Comme je prenais cette résolution, je vis entrer dans mon cabinet un homme de qualité et
de mérite, appelé dom Olmond, qui s'était toujours attaché à moi. Il était frère de cette Elvire
qui m'avait averti de la trahison du prince, et
il venait d'apprendre par elle ce que dom Garcie
avait dit à la reine. Sa surprise fut extrême de
voir sur mon visage une agitation et une douleur si extraordinaire. Il me connaissait assez
pour avoir peine à s'imaginer que la fortune seule
pût me donner tant de trouble. Il crut néanmoins
que j'étais touché de l'infidélité du prince, et il
commença à m'en vouloir consoler. J'avais toujours aimé dom Olmond, et je l'avais servi en
plusieurs occasions, quoique je lui eusse préféré
dom Ramire en toutes choses. L'ingratitude de
ce dernier me fit sentir dans ce moment l'injustice que j'avais faite à dom Olmond. Pour la réparer, ou peut-être pour avoir le soulagement
de me plaindre, je lui découvris l'état où j'étais,
et toutes les trahisons qu'on m'avait faites. Il en

fut aussi surpris qu'il le devait être; mais il ne
le fut pas autant que je le pensais de l'infidélité
de Nugna Bella. Il me dit que sa sœur, en lui
racontant l'infidélité du prince, lui avait dit aussi
que Nugna Bella était sans doute changée pour
moi, et qu'elle me cachait beaucoup de choses.
Voyez, dom Olmond, lui dis-je, en lui montrant
la lettre de Nugna Bella, voyez son changement,
et les choses qu'elle m'a cachées. Elle m'a envoyé
cette lettre au lieu de celle qu'elle m'écrivait, et
il est aisé de juger que cette lettre s'adresse à
dom Ramire. Dom Olmond était si touché de l'état
où il me voyait, et mes malheurs lui paraissaient
si cruels, qu'il n'entreprenait pas de me consoler. Il me laissait soulager ma douleur par les
plaintes. N'avais-je pas raison, lui dis-je, de
vouloir connaître Nugna Bella devant que de
l'aimer? Mais je prétendais une chose impossible:
on ne connaît point les femmes; elles ne se connaissent pas elles-mêmes, et ce sont les occasions
qui décident des sentimens de leur cœur. Nugna
Bella a cru m'aimer; elle n'aimait que ma fortune; elle n'aime peut-être que la même chose
en dom Ramire. Cependant, m'écriai-je, elle ne
m'a dit depuis quelque temps que les paroles qu'il
lui a permis de me dire. C'était à mon rival que
je faisais mes plaintes du changement qu'il avait
causé. Il lui parlait pour lui, lorsque je croyais

qu'il lui parlait pour moi. Est-il possible que
j'aie été l'objet d'une si outrageante tromperie,
et l'avais-je méritée? Le perfide me trahissait
donc auprès de Nugna Bella, comme il me trahissait auprès de dom Garcie? Je leur avais
confié ma sœur, et ils l'ont engagée avec le
prince. Cette union, qui me paraissait entre eux,
et qui ne me donnait que de la joie, n'avait pour
but que de me tromper! O Dieu! m'écriai-je
encore, pour qui réservez-vous le tonnerre, si
ce n'est pour des personnes si indignes de vivre?

Après ce violent transport de ma douleur,
l'idée de Nugna Bella infidèle, qui ne me laissait que de l'indifférence pour mes autres malheurs, me remit dans une tristesse où le désespoir paraissait sans emportement. Je dis à dom
Olmond le dessein où j'étais d'abandonner toutes
choses : il en fut surpris; il s'y opposa; mais je
lui fis si bien voir que j'y étais résolu, qu'il crut
inutile d'y résister, du moins dans ces premiers
momens. Je pris tout ce que je trouvai de pierreries, et nous montâmes à cheval, afin de sortir de chez moi devant qu'on me pût apporter
l'ordre de me retirer. Nous marchâmes jusqu'à
ce que le soleil parût. Dom Olmond me conduisit dans la maison d'un homme qui avait été à
lui, et dont il se tenait assuré. Je voulais qu'il
me quittât en ce lieu, et qu'il me laissât atten-

dre la nuit pour entrer dans le chemin que j'avais dessein de prendre. Après une longue contestation , il me dit qu'il consentirait à me quitter, comme je le souhaitais, pourvu que je lui promisse de l'attendre au lieu où nous étions ; que cependant il irait à Léon pour apprendre quel effet mon départ y avait produit, et que peut-être serait-il arrivé quelque changement qui me ferait quitter la triste résolution que j'avais prise ; qu'enfin il me demandait en grâce d'attendre son retour. J'y consentis, à condition qu'il ne dirait à personne qu'il m'eût vu, ni qu'il sût le lieu où j'étais ; mais, si j'y consentis, ce fut plutôt par une curiosité involontaire d'apprendre de quelle manière Nugna Bella parlait de moi, que par la pensée qu'il pût être arrivé quelque chose qui diminuât mes malheurs.

Allez, lui dis-je, mon cher Olmond, voyez Nugna Bella, et, s'il est possible, sachez ses sentimens par votre sœur ; tâchez d'apprendre depuis quel temps elle a cessé de m'aimer, et si elle ne m'a abandonné que parce que la fortune m'a quitté. Dom Olmond m'assura qu'il ferait tout ce que je souhaitais ; et, deux jours après, il revint me trouver avec une tristesse qui me fit bien voir qu'il n'avait rien à me dire qu'il crût propre à me faire changer de dessein.

Il m'apprit que tout le monde ignorait la cause de mon départ; que le prince feignait, aussi-bien que dom Ramire, d'en être affligé, et que le roi croyait que j'étais parti d'intelligence avec le prince son fils. Il me dit qu'il avait vu sa sœur; que tout ce que je croyais était véritable; que le détail qu'il en avait appris n'était propre qu'à augmenter mes douleurs, et qu'il me priait de ne le pas obliger à m'en faire le récit. Je n'étais pas en état de pouvoir craindre une augmentation à mes maux, et ce qu'il me voulait taire était la seule chose qui me pouvait donner encore quelque curiosité. Je le priai donc de ne me rien cacher. Je ne vous redirai point tout ce qu'il me dit, parce que je vous en ai déjà raconté la plus grande partie, pour donner quelque ordre à mon récit. Ce fut par lui que j'appris toutes les choses que j'avais ignorées dans le temps qu'elles se passaient, comme vous l'avez pu juger. Je vous dirai seulement que sa sœur lui conta que le soir, avant mon départ, comme elle était revenue de chez la reine, où Nugna Bella n'avait point paru, elle l'avait été chercher dans sa chambre; qu'elle l'avait trouvée fondant en larmes, avec une lettre entre ses mains; qu'elles avaient été fort surprises l'une et l'autre par des raisons différentes; qu'enfin Nugna Bella, après avoir été long-temps sans

parler, avait fermé la porte, et lui avait dit
qu'elle allait lui confier tout le secret de sa vie ;
qu'elle la priait de la plaindre, et de la consoler
dans le plus cruel état où une personne se fût
jamais trouvée ; qu'alors elle lui avait appris
tout ce qui s'était passé entre le prince, dom
Ramire, ma sœur et elle, de la manière dont je
viens de vous le raconter ; et qu'ensuite elle lui
avait dit que dom Ramire venait de lui renvoyer
cette lettre qu'elle tenait entre ses mains, parce
qu'elle n'était pas pour lui ; que c'était celle
qu'elle m'écrivait ; que j'avais reçu celle qui était
pour dom Ramire, et qu'en la recevant j'avais
appris tout ce qu'ils me cachaient depuis si long-
temps.

Elvire dit à son frère qu'elle n'avait jamais vu
une personne si troublée et si affligée que Nugna Bella. Elle craignait que je n'avertisse le roi
de l'intelligence de ma sœur et du prince ; que
je ne fisse chasser dom Ramire de la cour, et
que je ne l'en fisse éloigner elle-même ; que surtout elle appréhendait la honte de mes reproches, et que les infidélités qu'elle m'avait faites
lui donnaient pour moi une haine extraordinaire.

Vous jugez bien que tout ce que m'apprit
dom Olmond ne diminua pas mes déplaisirs, et
ne me fit pas changer de dessein. Il s'opiniâtra,

avec des marques d'amitié extraordinaires, à me
vouloir suivre et à me tenir compagnie dans le
désert où je m'en allais. Je lui dis si fortement
que je ne le souffrirais jamais, qu'enfin nous nous
séparâmes. Il me quitta, à condition qu'en quelque lieu que je pusse aller, je lui donnerais de
mes nouvelles. Il s'en retourna à Léon, et je
partis, dans la pensée de m'embarquer au premier port que je trouverais. Mais, quand je fus
seul et abandonné à la réflexion de mes malheurs, le reste de ma vie me parut une si longue souffrance, que je me résolus d'aller chercher la mort dans la guerre que le roi de
Navarre avait contre les Maures. Je ne m'y fis
connaître que sous le nom de Théodoric, et je
fus assez malheureux pour trouver quelque
gloire que je ne cherchais pas, au lieu de la
mort que j'avais cherchée. La paix fut conclue;
je repris mon premier dessein, et votre rencontre fit changer une solitude affreuse, où je
m'en allais, en une retraite agréable.

J'y trouvais le repos et la tranquillité que j'a-
vais perdus. Ce n'est pas que l'ambition ne se
soit réveillée quelquefois dans mon cœur; mais
ce que j'ai éprouvé de l'inconstance de la fortune
me l'a rendue méprisable; et l'amour que j'ai
eu pour Nugna Bella était tellement effacé par
le mépris qu'elle m'a donné pour elle, que je

pouvais dire qu'il ne me restait aucune passion,
quoiqu'il me restât encore beaucoup de tristesse.
La vue de Zayde vient m'ôter ce triste repos
dont je jouissais, et me jette dans de nouveaux
malheurs, beaucoup plus cruels que ceux que
j'ai déjà éprouvés.

Alphonse demeura surpris et charmé du récit
de Consalve. J'avais conçu, lui dit-il, une
grande idée de votre mérite et de votre vertu ;
mais j'avoue que ce que je viens d'apprendre est
encore au-dessus de ce que j'en avais pensé. Je
dois plutôt craindre, répondit Consalve, que je
n'aie diminué la bonne opinion que vous aviez
de moi, en vous faisant voir combien j'ai été facile à tromper. Mais j'étais jeune ; j'ignorais les
trahisons de la cour ; j'étais incapable d'en
faire : je n'avais aimé que Nugna Bella ; l'amour
que j'avais pour elle ne me laissait pas imaginer
que les passions pussent finir ; ainsi, rien ne
me portait à la défiance ni sur l'amitié ni sur
l'amour. Vous ne pouviez vous garantir d'être
trompé, repartit Alphonse, à moins que d'être
naturellement soupçonneux ; encore vos soupçons, quoique bien fondés, vous auraient paru
injustes, puisque vous n'aviez eu jusqu'alors
aucun sujet de vous défier des personnes qui
vous trompaient ; et leur tromperie était con-

duite avec tant d'habileté, que la raison ne voulait pas qu'on la soupçonnât. Ne parlons point de mes malheurs passés, reprit Consalve, ils ne me sont plus sensibles; Zayde m'en ôte même le souvenir, et je m'étonne que j'aie pu vous les raconter. Mais considérez que je n'avais jamais cru pouvoir être amoureux par la beauté seule, ni pouvoir être touché d'une personne qui aurait eu quelque attachement : cependant j'adore Zayde, dont je ne connais rien, sinon qu'elle est belle, et qu'elle est prévenue pour un autre. Puisque j'ai été trompé dans l'opinion que j'avais conçue de Nugna Bella, que je connaissais, que puis-je attendre de Zayde, que je ne connais point? Mais qu'en veux-je attendre, et quelles prétentions puis-je avoir sur Zayde? Elle m'est entièrement inconnue; le hasard l'a jetée sur cette côte : elle brûle d'impatience de s'en aller; je ne puis la retenir sans injustice et avec bienséance. Quand je l'y retiendrais, en serais-je plus heureux? Je la verrais tous les jours pleurer un homme qu'elle aime, et se souvenir de lui en me regardant. Ah! Alphonse, quel mal que la jalousie! Ah! dom Garcie, vous aviez raison; il n'y a de passions que celles qui nous frappent d'abord, et qui nous surprennent; les autres ne sont que des liaisons où nous portons volontairement notre cœur : les vé-

ritables inclinations nous l'arrachent malgré
nous, et l'amour que j'ai pour Zayde est un torrent qui m'entraine, sans me laisser un moment le pouvoir d'y résister. Mais, Alphonse,
ajouta-t-il, je vous fais passer la nuit à vous entretenir de mes peines, et il est juste de vous
laisser en repos.

Après ces paroles, Alphonse se retira dans sa
chambre, et Consalve passa le reste de la nuit
sans donner un moment au sommeil. Le jour
suivant, Zayde parut encore occupée du désir
de retrouver ce qu'elle avait déjà cherché; mais
tout le soin qu'elle prit fut inutile. Consalve ne
la quittait point : il oubliait mille fois le jour
qu'elle ne pouvait l'entendre, et qu'elle ne lui
pouvait répondre ; il lui demandait la cause de
sa douleur avec la même circonspection et la
même crainte de lui déplaire que si elle l'avait
entendu. Quand la raison lui revenait, et qu'il
avait le déplaisir de voir qu'elle ne pouvait lui
répondre, il cherchait le soulagement de lui
dire tout ce que sa passion lui inspirait.

Je vous aime, belle Zayde, disait-il en la regardant, je vous aime, je vous adore; j'ai au
moins le plaisir de vous le dire, et de ne pas attirer votre colère : toutes vos actions me persuadent qu'on n'oserait vous le déclarer sans vous
déplaire ; mais cet amant que vous pleurez vous

a parlé sans doute de son amour, et vous vous
êtes accoutumée à l'entendre. Que d'un mot,
belle Zayde, vous m'éclairciriez de doutes!

Lorsqu'il lui parlait ainsi, elle se tournait
quelquefois vers Félime avec étonnement, et
comme pour lui faire remarquer une ressemblance dont elle était toujours surprise. C'était
une douleur si vive pour Consalve de s'imaginer qu'il la faisait souvenir de son rival, qu'il
eût aisément renoncé aux avantages de sa beauté
et de sa bonne mine pour n'avoir point une telle
ressemblance. Cette douleur lui était si insupportable qu'il ne pouvait presque plus se résoudre à paraître devant Zayde; il aimait mieux se
priver de sa vue que de lui représenter l'image
de celui qu'elle aimait; et, lorsque ses regards
lui paraissaient favorables, il ne les pouvait supporter, tant il était persuadé qu'ils ne s'adres-
saient pas à lui. Il la quittait, et s'en allait passer
des après-dinées entières dans le bois. Quand il
revenait auprès d'elle, il lui trouvait plus de froideur et plus de chagrin qu'elle n'avait accoutumé
d'en avoir : il crut même, dans la suite, remarquer quelque inégalité dans la manière dont elle
le traitait; mais, comme il n'en pouvait deviner
la cause, il s'imagina que le déplaisir de se
trouver dans un pays inconnu faisait les changemens qui paraissaient dans son humeur. Il

voyait bien néanmoins que l'affliction qu'elle
avait eue les premiers jours commençait à diminuer. Félime était plus triste que Zayde; mais
sa tristesse était toujours égale; elle en paraissait
accablée, et il semblait qu'elle ne cherchait qu'à
être seule et à entretenir sa rêverie. Alphonse en
parlait quelquefois à Consalve avec étonnement,
et il était surpris que sa grande mélancolie ne
diminuât point sa beauté. Cependant Consalve
ne songeait qu'à plaire à Zayde, et à lui donner
tous les divertissemens que la promenade, la
chasse et la pêche lui pouvaient fournir. Elle
s'occupa aussi à ce qui la pouvait divertir; elle
travailla pendant quelques jours à un bracelet
de ses cheveux; et, après l'avoir achevé, elle se
l'attacha au bras avec cet empressement que l'on
a pour les choses qui viennent d'être achevées.
Le jour même qu'elle le mit, le hasard voulut
qu'elle le laissât tomber dans le bois. Consalve,
qui l'avait vue sortir, allait la chercher, et en
marchant sur ses pas, il trouva ce bracelet
qu'il n'eut pas de peine à reconnaître. Il eut une
joie sensible de l'avoir trouvé. Cette joie aurait
été encore plus grande s'il l'eût reçu des mains
de Zayde; mais, comme il ne l'avait pas espéré,
il se tenait heureux de le devoir à la fortune.
Zayde, qui s'était déjà aperçue de la perte qu'elle
avait faite, revenait chercher dans les lieux où

elle avait passé. Elle fit entendre à Consalve ce
qu'elle avait perdu, et lui en témoigna même
beaucoup de chagrin. Quelque peine qu'il sentît
de lui causer de l'inquiétude, il ne put se résoudre à lui rendre une chose qui lui était si chère :
il fit semblant de chercher avec elle, et enfin
il l'obligea à ne plus chercher inutilement. Sitôt
qu'il fut retiré dans sa chambre, il baisa mille
fois ce bracelet, et y mit une attache de pierreries d'un grand prix. Quelquefois il allait se promener avant que Zayde fût éveillée ; et, lorsqu'il
était en un lieu où il croyait ne pouvoir être
vu, il détachait ce bracelet, afin de le mieux
considérer.

Un matin qu'il était dans cette occupation, et
qu'il s'était assis sur des rochers avancés dans
la mer, il entendit quelqu'un proche de lui ; il
se retourna brusquement, et il fut bien surpris
de voir que c'était Zayde. Tout ce qu'il put faire
fut de cacher ce bracelet ; mais ce ne put être si
promptement que Zayde ne vit qu'il avait caché
quelque chose. Il s'imagina qu'elle avait vu ce
qu'il avait caché : il remarqua sur son visage
tant de froideur et de chagrin, qu'il ne douta
point qu'elle ne fût en colère de ce qu'il ne lui
avait pas rendu son bracelet : il n'osait lever les
yeux sur elle ; il craignait qu'elle ne lui fît entendre qu'elle le voulait ravoir ; mais il ne pou-

vait se résoudre à le lui rendre. Elle paraissait
triste et embarrassée; et, sans regarder Consalve, elle s'assit sur le rocher, et tourna la tête
vers la mer. Le vent emporta, sans qu'elle y
prît garde, un voile qu'elle tenait entre ses
mains. Consalve se leva pour le ramasser; mais
en se levant il laissa tomber le bracelet, qu'il
n'avait pu rattacher, par la crainte qu'il avait
eue de le laisser voir. Zayde se tourna au bruit
que fit Consalve; elle vit son bracelet, et le ra-
massa devant qu'il s'en fût aperçu. Il fut extrêmement troublé, lorsqu'il le vit entre ses mains,
et par le désespoir de le perdre, et par l'appré-
hension de sa colère. Il se rassura néanmoins en
lui voyant un visage où il ne paraissait plus
ni chagrin ni dépit, où il crut voir au contraire
quelque impression de douceur, et il ne fut pas
moins ému par l'espérance que lui donnait le
visage de Zayde, qu'il l'avait été, un moment auparavant, par la crainte de lui avoir déplu. Elle
regarda avec admiration la beauté de l'attache
de pierreries, et, après l'avoir regardée, elle la
défit, la rendit à Consalve, et serra le bracelet.
Lorsque Consalve vit que Zayde ne lui avait
rendu que les pierreries, il se tourna du côté
de la mer, et y jeta cette attache avec un air
de rêverie et de tristesse, comme s'il l'eût laissé
tomber par hasard. Zayde fit un grand cri, et

s'avança pour voir si on ne la pourrait point retrouver; mais il lui montra qu'on chercherait
inutilement; et, sans vouloir qu'elle fît une plus
longue réflexion sur ce qu'il venait de faire, il
lui donna la main pour l'éloigner du lieu où ils
étaient. Ils marchèrent sans se regarder, et re-
prirent insensiblement le chemin de la maison
d'Alphonse, si embarrassés l'un et l'autre, qu'il
semblait qu'ils cherchassent à se quitter.

Sitôt que Consalve l'eut remise dans sa chambre, il alla rêver à son aventure. Quoique Zayde
ne lui eût pas témoigné autant de colère qu'il
en avait appréhendé, il s'imagina que la joie de
ravoir son bracelet avait dissipé son premier
chagrin; ainsi, il n'en eut pas moins de déplaisir.
Quelque passion qu'il eût d'obtenir ce bracelet,
il crut qu'il offenserait Zayde de la lui témoigner, et il demeura accablé de la douleur que
donne l'amour quand il est séparé de l'espérance. Toute sa consolation était de se plaindre
avec Alphonse, et de se blâmer lui-même de la
faiblesse qu'il avait d'aimer Zayde.

Vous vous accusez avec injustice, lui disait
quelquefois Alphonse; il n'est pas aisé de se
défendre, au milieu d'un désert, contre une
aussi grande beauté que celle de Zayde : ce
serait tout ce que vous pourriez faire au milieu
de la cour, où d'autres beautés feraient quel-

que diversion, et où du moins l'ambition partagerait votre cœur. Mais aime-t-on sans espérance, disait Consalve? Et comment pourrais-je espérer d'être aimé, puisque je ne puis seulement dire que j'aime? Comment le persuaderai-je, si je ne puis le dire? Quelles de mes actions peuvent en assurer Zayde, dans un lieu où je ne vois qu'elle, et où je ne puis lui faire connaître que je la préfère aux autres? Comment effacer de son esprit celui qu'elle aime? Ce ne pourrait être que par l'agrément qu'elle trouverait en ma personne; et le malheur veut que mon visage lui conserve le souvenir de son amant. Ah! mon cher Alphonse, ne me flattez point; il faut que j'aie perdu la raison pour aimer Zayde, pour l'aimer autant que je fais, et même pour ne me pas souvenir d'en avoir aimé une autre, et d'en avoir été trompé. Je crois aussi, répondit Alphonse, que vous n'avez aimé qu'elle, puisque vous ne connaissez la jalousie que depuis que vous l'aimez. Je n'avais pas sujet d'être jaloux de Nugna Bella, repartit Consalve, tant elle savait bien me tromper.

On est jaloux sans sujet, répliqua Alphonse, quand on est bien amoureux. Vous le voyez par votre expérience : faites réflexion sur la douleur que vous donnent les pleurs de Zayde, et remarquez comme la jalousie vous a fait imaginer

qu'elle pleure un amant plutôt qu'un frère. Je
ne suis que trop persuadé , reprit Consalve ,
que j'aime beaucoup plus Zayde que je n'ai aimé
Nugna Bella. L'ambition de cette dernière, et son
application aux affaires du prince, ont souvent
ralenti mon amour ; et tout ce que je trouve en
Zayde d'opposé à mon humeur, comme de croire
qu'elle en aime un autre , et de ne connaître ni
son cœur ni ses sentimens , ne peut affaiblir
ma passion. Mais, Alphonse, pour aimer beaucoup plus Zayde que je n'ai aimé Nugna Bella,
je n'en suis que plus déraisonnable. Le succès
de l'amour que j'ai eu pour Nugna Bella a été
cruel, je l'avoue ; néanmoins tout homme qui
aime peut en avoir un pareil. Il n'y avait point
d'aveuglement à l'aimer : je la connaissais ; elle
n'en aimait point d'autre ; je lui plaisais ;
je pouvais l'épouser ; mais Zayde, Alphonse,
mais Zayde, qui est-elle? qu'en puis-je prétendre? et, hormis son admirable beauté, qui
m'excuse, tout le reste ne me condamne-t-il pas?

Consalve avait souvent de pareilles conversations avec Alphonse; cependant son amour augmentait tous les jours; il ne pouvait s'empêcher
de laisser parler ses yeux d'une manière si
forte, qu'il croyait voir dans ceux de Zayde que
leur langage était entendu, et il la trouvait
quelquefois dans un certain embarras qui ne

l'en laissait pas douter. Comme elle ne pouvait
se faire entendre par ses paroles, ce n'était
quasi que par ses regards qu'elle expliquait à
Consalve une partie des choses qu'elle lui voulait dire ; mais il y avait je ne sais quoi de si beau
et de si passionné dans ses regards, que Consalve
en était pénétré. Belle Zayde, disait-il quelquefois, est-ce ainsi que vous regardez ceux que
vous n'aimez pas ? que réservez-vous donc pour
cet heureux amant dont j'ai le malheur de vous
faire souvenir ? S'il n'eût point été prévenu de
cette pensée, il ne se fût pas cru si infortuné, et
les actions de Zayde ne lui devaient pas persuader qu'elle n'eût pour lui que de l'indifférence.

Un jour qu'il l'avait quittée pour quelques
momens, il alla se promener sur le bord de
la mer, et revint ensuite auprès d'une fontaine
qui était dans le bois, dans un endroit agréable où elle allait assez souvent. Lorsqu'il s'en
approcha, il entendit quelque bruit, et il vit
au travers des arbres Zayde assise auprès de
Félime. La surprise que causa cette rencontre
à Consalve lui donna la même joie que si le
hasard l'eût ramené auprès de Zayde après une
année d'absence. Il s'avança vers le lieu où elle
était : quoiqu'il fît assez de bruit, elle parlait
avec tant d'attention qu'elle ne l'entendit point.
Lorsqu'il fut devant elle, elle parut embarras-

sée, comme une personne qui venait de parler
haut, qui craignait qu'on n'eût entendu ce
qu'elle avait dit, et qui avait oublié que Consalve ne pouvait l'entendre. L'émotion que lui
avait causée cette surprise avait en quelque sorte
augmenté sa beauté ; et Consalve, qui s'était assis auprès d'elle, ne pouvant plus être maître de
lui-même, se jeta tout d'un coup à ses genoux,
et lui parla de son amour d'une manière si pas-
sionnée, qu'il n'était pas nécessaire d'entendre
ses paroles pour savoir ce qu'elles voulaient dire.
Il parut à Consalve qu'elle ne les entendait que
trop : elle rougit ; et, après avoir fait une action
de la main, qui semblait le repousser, elle se
leva avec une civilité froide, comme pour le faire
lever d'un lieu où il pourrait être incommodé.
Alphonse passa dans l'allée en ce moment, et elle
marcha vers lui, sans jeter les yeux sur Consalve. Il demeura à la place où il était, sans
avoir la force de se relever.

Voilà, dit-il en lui-même, la manière dont
on me traite, quand on ne me regarde pas
comme le portrait de mon rival. Vous tournez
les yeux sur moi, belle Zayde, d'une manière
à charmer et à embraser tout le monde, lorsque
mon visage vous fait souvenir du sien; mais,
si j'ose vous témoigner que je vous aime, vous
ne laissez pas seulement tomber sur moi des re-

gards de colère, vous me trouvez indigne d'être
regardé. Si je pouvais au moins vous apprendre
que je sais que vous pleurez un amant, je me
trouverais heureux, et j'avoue que ma jalousie
serait vengée par le dépit que vous en recevriez.
N'est-ce point aussi que je veux vous paraître
persuadé que vous aimez quelque chose, pour
avoir la joie d'être assuré par vous-même que
vous n'aimez rien? Ah! Zayde, ma vengeance
est intéressée, et elle cherche moins à vous offenser qu'à vous donner lieu de me satisfaire.

Dans ces pensées, il reprit le chemin du logis,
pour s'ôter du lieu où était Zayde, et pour être
seul dans une galerie où il se promenait quelquefois. Il y rêva long-temps aux moyens de faire
entendre à Zayde qu'il la soupçonnait d'en aimer
un autre; mais il était difficile d'en trouver, et
ce n'était pas une chose qui se pût faire comprendre sans paroles. Après s'être lassé de rêver
et de se promener, il voulut sortir de la galerie,
lorsqu'un peintre qui travaillait à des tableaux
qu'Alphonse faisait faire, le pria avec beaucoup
d'empressement de regarder son ouvrage. Consalve eût bien voulu s'en dispenser; mais, pour
ne pas fâcher ce peintre, il s'arrêta à considérer
ce qu'il faisait. C'était un grand tableau, où
Alphonse avait voulu qu'il représentât la mer
comme on la voyait de ses fenêtres; et, pour

rendre ce tableau plus agréable, il y avait fait
peindre une tempête. Il paraissait, d'un côté,
des vaisseaux qui périssaient en pleine mer;
de l'autre, des navires qui se brisaient contre
des rochers : on voyait des hommes qui tâ-
chaient de se sauver à la nage, et on en voyait
qui avaient déjà péri, et dont la mer avait jeté
les corps sur le sable. Cette tempête fit souvenir
Consalve du naufrage de Zayde, et lui mit dans
l'esprit un moyen de lui faire connaître ce qu'il
pensait de son affliction. Il dit au peintre qu'il
fallait ajouter encore quelques figures dans son
tableau, et mettre sur un des rochers qui étaient
représentés, une jeune et belle personne pen-
chée sur le corps d'un homme mort étendu sur
le sable; qu'il fallait qu'elle pleurât en le regardant; qu'il y eût un autre homme à ses genoux
qui essayât de l'ôter d'auprès de ce mort : que
cette belle personne, sans tourner les yeux du
côté de celui qui lui parlait, le repoussât d'une
main, et que de l'autre elle parût essuyer ses
larmes. Le peintre promit à Consalve de suivre
sa pensée, et commença à la dessiner. Consalve
en fut satisfait, et le pria de travailler avec diligence; ensuite il sortit de la galerie. Il alla
pour retrouver Zayde, ne pouvant, malgré son
dépit, être plus long-temps séparé d'elle; mais
il sut que, au retour de la promenade, elle

s'était retirée dans sa chambre, et il ne put la
voir de tout le reste du jour. Il en eut de la tristesse et de l'inquiétude, et il craignit qu'elle ne
l'eût privé de sa vue pour le punir de ce qu'il
avait osé lui faire entendre. Le lendemain elle lui
parut plus sérieuse qu'à l'ordinaire ; mais, les
jours suivans, il la trouva comme elle avait accoutumé d'être.

Cependant le peintre travaillait à ce que Consalve lui avait ordonné, et Consalve attendait
avec beaucoup d'impatience que cet ouvrage fût
achevé : sitôt qu'il le fut, il conduisit Zayde dans
la galerie, comme pour lui donner le divertissement de voir travailler le peintre. Il lui fit d'a-
bord regarder tous les tableaux qui étaient déjà
faits, et ensuite il lui fit considérer avec plus
d'attention celui de la mer, où l'on travaillait
encore. Il lui fit remarquer cette jeune personne
qui pleurait un homme mort ; et, lorsqu'il vit
que ses yeux y étaient attachés, et qu'il semblait
qu'elle reconnût le rocher où elle allait si souvent, il prit le crayon du peintre, et écrivit le
nom de Zayde au-dessus de cette belle personne,
et celui de Théodoric au-dessus de ce jeune
homme qui était à genoux. Zayde, qui lisait ce
qu'écrivait Consalve, rougit lorsqu'il eut achevé ;
et, après l'avoir regardé avec des yeux qui témoignaient de la colère, elle prit un pinceau,

et effaça entièrement cet homme mort, qu'elle
jugea bien que Consalve l'accusait de pleurer.
Quoiqu'il connût aisément qu'il avait fâché Zayde,
il ne laissa pas d'avoir une joie sensible de lui
voir effacer celui qu'il en croyait aimé. Encore
qu'il pût s'imaginer que cette action de Zayde
fût plutôt un effet de sa fierté qu'une preuve
qu'elle ne regrettait personne, il trouvait néanmoins qu'après l'amour qu'il lui avait témoigné,
elle lui faisait une faveur de ne vouloir pas lui
laisser croire qu'elle en aimât un autre; mais
le peu d'espérance que lui donnait cette pensée
ne pouvait détruire tant de sujets de crainte qu'il
croyait avoir.

Alphonse, qui n'était prévenu d'aucune passion, jugeait des sentimens de cette belle étrangère d'une manière bien différente de Consalve.
Je trouve, lui disait-il, que vous avez tort de
vous croire malheureux : vous l'êtes sans doute
de vous être attaché à une personne que vraisemblablement vous ne pouvez épouser; mais
vous ne l'êtes pas de la manière dont vous croyez
l'être, et les apparences sont trompeuses si vous
n'êtes véritablement aimé de Zayde. Il est vrai,
répondit Consalve, que, si je jugeais de ses sentimens par ses regards, je pourrais me flatter
de quelque espérance; mais, comme je vous l'ai
dit, elle ne me regarde que par cette ressem-

blance qui me donne tant de jalousie. Je ne sais,
répliqua Alphonse, si tout ce que vous pensez
est véritable; mais, si j'étais à la place de celui
que vous croyez qu'elle regrette, je ne serais
pas satisfait que ma ressemblance fît regarder
quelqu'un avec des yeux si favorables, et il est
impossible que l'idée d'un autre produise les
sentimens que Zayde a pour vous. L'espérance
est naturelle aux amans: si quelques actions de
Zayde en avaient déjà fait concevoir à Consalve,
le discours d'Alphonse acheva de lui en donner :
il crut voir que Zayde ne le haïssait pas, et il en
ressentit une joie extraordinaire. Mais cette joie
ne dura pas long-temps; il s'imagina qu'il ne
devait qu'à la ressemblance de son rival le penchant qu'elle avait pour lui ; il pensa qu'après
avoir perdu un homme qu'elle avait fort aimé,
elle avait des dispositions favorables pour un autre
qui lui ressemblait. Son amour, sa jalousie et sa
gloire ne pouvaient se satisfaire d'une inclination qu'il n'avait pas fait naître, et qui ne venait que par celle qu'elle avait eue pour un autre.
Il crut que, quand il serait aimé de Zayde, ce ne
serait toujours que son rival qu'elle aimerait en
lui; enfin, il trouvait qu'il serait malheureux,
quand même il serait assuré d'être aimé. Néanmoins il ne pouvait se défendre de voir avec plaisir, dans la manière d'agir de cette belle étran-

gère, un air fort différent de celui qu'elle avait
eu d'abord; et la passion qu'il avait pour elle était
si ardente, qu'à quelque cause qu'il crût devoir
les marques de son inclination, il lui était impossible de ne les pas recevoir avec transport.

Un jour qu'il faisait assez beau, voyant
qu'elle ne sortait point de sa chambre, il y
entra pour savoir si elle ne voulait point se
promener. Elle écrivait; et, bien qu'il fît du
bruit en entrant, il s'approcha d'elle sans
qu'elle s'en aperçût, et se mit à la regarder
écrire. Elle tourna la tête par hasard, et, voyant
Consalve, elle rougit, et cacha ce qu'elle écrivait avec une émotion qui ne causa pas un
médiocre trouble à Consalve. Il s'imagina
qu'elle ne pouvait avoir tant d'application et
tant de surprise pour une lettre qui n'aurait
pas eu quelque chose de mystérieux. Cette
pensée lui donna de l'inquiétude; il se retira,
et s'en alla chercher Alphonse, pour raisonner
sur une aventure qui lui donnait des idées tout-
à-fait différentes de celles qu'il avait eues jusque
alors. Après l'avoir cherché long-temps sans
le trouver, tout d'un coup un sentiment de jalousie le fit retourner dans la chambre de Zayde.
Il y entra, mais il ne l'y trouva pas; elle avait
passé dans un cabinet où Félime était d'ordinaire. Consalve vit sur la table un papier écrit,

à demi-plié; il ne put se défendre de l'envie de
le voir; il l'ouvrit, et il ne douta point que ce
ne fût le même qu'il avait vu écrire à Zayde un
moment auparavant. Il trouva dans ce papier
le bracelet de cheveux qu'elle lui avait ôté. Elle
rentra comme il tenait ce papier et ce bracelet;
elle s'avança pour le reprendre. Consalve se
retira de quelques pas, comme s'il eût voulu
les garder, mais néanmoins avec une action
soumise, qui semblait lui en demander la permission. Zayde lui témoigna qu'elle les voulait
ravoir, et avec un air où il y avait tant d'autorité, qu'il était impossible à un homme aussi
amoureux que lui de ne pas obéir. Ce fut néanmoins avec la plus grande douleur qu'il eût
jamais sentie, qu'il remit entre les mains de
Zayde ce qu'il croyait qu'elle destinait à un
autre. Il ne put être maître de son chagrin : il
sortit assez brusquement de la chambre, et s'en
alla dans la sienne. Il y rencontra Alphonse
qui le venait trouver, sur ce qu'on lui avait dit
qu'il le cherchait. Sitôt qu'ils furent assis : Je
suis bien plus malheureux que je ne l'ai pensé,
mon cher Alphonse, lui dit-il; ce rival dont
j'étais si jaloux, tout mort que je le croyais,
n'est pas mort assurément : je viens de trouver
Zayde qui lui écrit; je viens de voir ce bracelet
qu'elle m'a ôté, qu'elle lui envoie. Il faut qu'elle

ait eu de ses nouvelles : il faut qu'il y ait ici
quelqu'un de caché qui lui doive porter des
siennes ; enfin toutes ces espérances de bonheur
que j'ai eues ne sont qu'imaginaires, et ne
viennent que de mal expliquer les actions de
Zayde. Elle avait raison d'effacer ce mort que
je lui faisais entendre qu'elle pleurait ; elle savait
bien que celui pour qui coulaient ses larmes
vivait encore. Elle avait raison d'avoir tant de
colère de voir son bracelet entre mes mains, et
tant de joie de l'avoir repris, puisqu'elle l'avait
fait pour un autre. Ah! Zayde, il y a de la
cruauté à me laisser prendre de l'espérance ; car
enfin, vous m'en laissez prendre, et vos beaux
yeux ne me la défendent pas. La douleur de
Consalve était si vive qu'il put à peine achever
ces paroles. Après qu'Alphonse lui eut laissé le
temps de se remettre, il le pria de lui dire
comment il avait appris ce qu'il venait de lui
raconter, et si Zayde avait trouvé en un moment le moyen de se faire entendre. Consalve
lui conta ce qu'il venait de voir du trouble de
Zayde, lorsqu'il l'avait surprise en écrivant ;
comme il avait trouvé ce bracelet dans le même
papier qu'elle avait écrit, et comme elle l'avait
retiré de ses mains. Enfin, Alphonse, ajouta-t-il,
on n'est point si troublé pour une lettre indif-
férente. Zayde n'a ici aucun commerce ni

aucune affaire ; elle ne peut écrire avec tant
d'attention que ce qui se passe dans son cœur,
et ce n'est pas à moi qu'elle écrit : ainsi, que
voulez-vous que je pense de ce que je viens de
voir ? Je veux, repartit Alphonse, que vous ne
pensiez pas des choses si peu vraisemblables, et
qui vous donnent tant de douleur. Parce que
Zayde rougit lorsque vous la surprenez en écrivant, vous croyez qu'elle écrit à votre rival ;
et moi je crois qu'elle vous aime assez pour
rougir toutes les fois qu'elle sera surprise de
vous voir auprès d'elle. Peut-être a-t-elle écrit
ce que vous avez vu, sans autre dessein que de
se divertir : elle ne vous l'a pas laissé, parce
que c'est une chose qui vous aurait été inutile,
puisque vous ne pouvez l'entendre ; et, si elle
vous a ôté son bracelet, je vous avoue que je
n'en suis point surpris, et qu'encore que je sois
persuadé qu'elle vous aime, je la crois assez
sage pour ne vouloir pas donner de ses cheveux
à un homme qui lui est entièrement inconnu ;
mais je ne vois pas les raisons qui vous persuadent qu'elle les veut envoyer à quelque
autre. Nous ne l'avons presque pas quittée depuis
qu'elle est ici ; personne ne lui a parlé ; ceux-
mêmes qui lui pourraient parler ne l'entendent
pas : comment voudriez-vous qu'elle eût appris
des nouvelles de cet amant qui vous donne tant

de jalousie, et qu'elle pût lui faire recevoir des
siennes ? je l'avoue, répondit Consalve, je me
tourmente plus que je ne dois ; mais l'incertitude
où je suis est un état insupportable. Les autres
n'ont que des incertitudes médiocres ; ils se
croient plus ou moins aimés ; et moi, je passe
de l'espérance d'être aimé de Zayde, à la pensée
qu'elle en aime un autre ; et je ne suis jamais
assuré un moment si ce que je vois en elle me
doit rendre heureux ou misérable. Alphonse,
reprit-il, vous prenez plaisir à me tromper :
quoi que vous me puissiez dire, ce n'est qu'à un
amant qu'elle écrit, et je me trouverais heureux
si j'avais, sur ce que je viens de voir, l'incertitude dont je me plains comme du plus grand
de tous les maux. Alphonse lui dit encore tant
de raisons pour lui persuader que son inquiétude était mal fondée, qu'enfin il le rassura en
quelque sorte ; et Zayde, qu'ils trouvèrent en
allant se promener, acheva de le remettre. Elle
les vit de loin, et s'approcha d'eux avec tant de
douceur, et avec des regards si obligeans pour
Consalve, qu'elle dissipa une partie des cruelles
inquiétudes qu'elle lui venait de donner.

Le temps qu'il avait marqué à cette belle
étrangère pour son départ, et qui était celui que
les grands vaisseaux partaient de Tarragone
pour l'Afrique, commençait à s'approcher, et

lui donnait une tristesse mortelle. Il ne pouvait
se résoudre à se priver lui-même de Zayde ; et,
quelque injustice qu'il trouvât à la retenir, il
fallait toute sa raison et toute sa vertu pour
l'en empêcher. Quoi ! disait-il à Alphonse, je
me priverai pour jamais de Zayde ! ce sera un
adieu sans espérance de retour ! je ne saurai en
quel endroit de la terre la chercher ! Elle veut
aller en Afrique ; mais elle n'est pas Africaine,
et j'ignore quel lieu du monde l'a vu naître. Je
la suivrai, Alphonse, continua-t-il ; quoiqu'en
la suivant je n'espère plus le plaisir de la voir,
quoique je sache que sa vertu et les coutumes
de l'Afrique ne me permettent pas de demeurer
auprès d'elle, j'irai au moins finir ma triste
vie dans les lieux qu'elle habitera, et je trouverai de la douceur à respirer le même air :
aussi-bien je suis un malheureux qui n'ai plus
de patrie ; le hasard m'a retenu ici, et l'amour
m'en fera sortir.

Consalve se confirmait dans cette résolution,
quelque peine que prit Alphonse de l'en détourner. Il était plus tourmenté que jamais de la
peine de ne pouvoir entendre Zayde, et de n'en
pouvoir être entendu. Il fit réflexion sur la lettre
qu'il lui avait vu écrire, et il lui sembla qu'elle
était écrite en caractères grecs : quoiqu'il n'en
fût pas bien assuré, l'envie de s'en éclaircir lui

donna la pensée d'aller à Tarragone pour trouver quelqu'un qui entendit la langue grecque. Il
y avait déjà envoyé plusieurs fois chercher des
étrangers qui lui pussent servir de truchement;
mais, comme il ne savait quelle langue parlait
Zayde, on ne savait aussi quels étrangers il fallait demander; et les voyages de tous ceux qu'il
y avait envoyés ayant été inutiles, il se résolut
d'y aller lui-même. C'était néanmoins une résolution difficile à prendre; car il fallait s'exposer,
dans une grande ville, au hasard d'être reconnu,
et il fallait quitter Zayde : mais l'envie de pouvoir s'expliquer avec elle le fit passer par-dessus
ces raisons. Il tâcha de lui faire entendre qu'il
allait chercher un truchement, et partit pour
aller à Tarragone. Il se déguisa le mieux qu'il lui
fut possible; il alla dans les lieux où étaient les
étrangers; il en trouva un grand nombre, mais
leur langue n'était point celle de Zayde. Enfin,
il demanda s'il n'y avait point quelqu'un qui entendit la langue grecque. Celui à qui il s'adressa
lui répondit en espagnol qu'il était d'une des îles
de la Grèce. Consalve le pria de parler sa langue; il le fit, et Consalve connut que c'était celle
de Zayde. Par bonheur les affaires de cet étranger ne le retenaient point à Tarragone : il voulut bien suivre Consalve, qui lui donna une plus
grande récompense qu'il n'aurait osé la lui de-

mander. Ils partirent le lendemain à la pointe
du jour ; et Consalve s'estimait plus heureux
d'avoir un truchement que s'il eût eu la couronne de Léon sur la tête.

Pendant que le chemin dura, il commença à
s'instruire de la langue grecque ; il apprit d'a-
bord, *je vous aime ;* et, quand il pensa qu'il le
pourrait dire à Zayde et qu'elle l'entendrait, il
crut qu'il ne pourrait plus être malheureux. Il
arriva de bonne heure à la maison d'Alphonse ; il
le trouva qui se promenait : il lui fit part de sa
joie, et lui demanda où était Zayde. Alphonse
lui dit qu'il y avait long-temps qu'elle se promenait du côté de la mer. Il en prit le chemin avec
son truchement. Il alla au rocher où elle avait
accoutumé d'être ; il fut surpris de ne l'y pas
trouver ; néanmoins il ne s'en étonna point : il
la chercha jusqu'au port, où elle allait quelquefois. Il revint au logis, il retourna dans le bois ;
sa peine fut inutile : il envoya dans tous les lieux
où il s'imagina qu'elle pouvait être ; mais, comme
on ne la trouva point, il commença à avoir quelque pressentiment de son malheur. La nuit vint,
sans qu'il pût en apprendre de nouvelles : il était
désespéré de l'avoir perdue ; il craignait qu'il ne
lui fût arrivé quelque accident ; il se blâmait de
l'avoir quittée ; enfin, il n'y a point de douleur
qui fût comparable à la sienne. Il passa toute la

nuit dans la campagne avec des flambeaux ; et, n'ayant même plus d'espérance de la revoir, il ne laissait pas de la chercher. Il avait déjà été plusieurs fois aux cabanes des pêcheurs pour savoir si personne ne l'avait vue, et il n'avait pu en apprendre aucune nouvelle. Sur le matin, deux femmes, qui revenaient d'un lieu où elles avaient été coucher le jour d'auparavant, lui apprirent qu'en sortant de leurs cabanes, elles avaient vu de loin Zayde et Félime se promener le long de la mer; que, pendant qu'elles se promenaient, une chaloupe avait abordé la côte; qu'il était descendu des hommes de cette chaloupe ; que Zayde et Félime s'étaient éloignées lorsqu'elles les avaient vus ; mais que ces hommes les ayant appelées, elles étaient revenues sur leurs pas ; et qu'après avoir parlé long-temps, et avoir fait des actions qui témoignaient qu'elles étaient bien aises de les voir, elles étaient montées dans la chaloupe et avaient pris la pleine mer.

Alors Consalve regarda Alphonse d'une manière qui exprimait mieux sa douleur que n'auraient pu faire toutes ses paroles. Alphonse ne savait que lui dire pour le consoler. Quand tous ceux qui les environnaient se furent retirés, Consalve, rompant le silence : Je perds Zayde, dit-il, et je la perds dans le moment que je pouvais m'en faire entendre; je la perds, Alphonse, et c'est son amant qui me l'enlève; il est aisé de le juger par le rapport de ces femmes. La fortune ne m'a pas voulu laisser ignorer la seule chose qui pouvait augmenter ma douleur de perdre Zayde. Je l'ai donc perdue pour jamais, et elle est entre les mains d'un rival, et d'un rival aimé! C'était à lui sans doute qu'elle écrivait cette lettre que je surpris, et c'était pour lui apprendre le lieu où il devait la trouver. C'en est trop, s'écriat-il tout d'un coup, c'en est trop; mes maux suffiraient à faire plusieurs misérables. J'avoue que j'y succombe, et qu'après avoir tout abandonné, je ne puis supporter d'être plus tourmenté au milieu d'un désert que je ne l'ai été au milieu de la cour. Oui, Alphonse, ajoutait-il, je suis plus malheureux mille fois par la seule perte de Zayde que je ne l'ai été par toutes celles que j'ai faites. Est-il possible que je ne puisse espérer de revoir Zayde? Si je savais au moins si je lui ai plu, ou si je lui ai été indifférent, mon malheur ne serait pas si insupportable, et je saurais à quelle sorte de douleur je dois m'abandonner. Mais, si j'ai plu à Zayde, puis-je penser à l'oublier? et ne dois-je pas passer ma vie à courir toutes les parties du monde pour la trouver? Que si elle en aime un autre, ne dois-je pas faire tous mes efforts pour ne m'en souvenir jamais?

Alphonse, ayez pitié de moi ; tàchez de me faire croire que Zayde m'a aimé, ou persuadez-moi que je lui suis indifférent. Quoi! reprenait-il, je serais aimé de Zayde, et je ne la verrais jamais! Ce malheur passerait encore celui d'en être haï. Mais non, je ne puis être malheureux si Zayde m'a aimé. Hélas! je l'allais savoir dans le moment que je l'ai perdue; et, quelque soin qu'elle eût pris de se déguiser, j'aurais démêlé ses sentimens, j'aurais su la cause de ses larmes, j'aurais su son pays, sa fortune, ses aventures, et je saurais maintenant si je dois la suivre, et où je dois la chercher.

Alphonse ne savait que répondre à Consalve, par l'impossibilité de se déterminer à ce qu'il devait dire pour calmer sa douleur. Enfin, après lui avoir représenté que son esprit n'était pas en état de prendre une résolution, et qu'il fallait se servir de sa raison pour supporter son malheur, il l'obligea de retourner chez lui. Sitôt que Consalve fut dans sa chambre, il fit approcher son truchement pour se faire expliquer quelques mots qu'il avait entendu dire à Zayde, et qu'il avait retenus. Le truchement lui en expliqua plusieurs, et entre autres ceux que Zayde avait souvent dits à Félime en le regardant. Il les expliqua en sorte que Consalve fut assuré qu'il ne s'était pas trompé, lorsqu'il avait cru qu'elle par-

lait d'une ressemblance; et il ne douta plus alors
que ce ne fût un amant de Zayde à qui il ressemblait. Dans cette pensée, il envoya chercher ces
femmes qui avaient vu partir cette belle étrangère, pour savoir d'elles si, parmi ces hommes
qui l'avaient emmenée, il n'y avait point quelqu'un qui lui ressemblât. Sa curiosité ne put
être satisfaite : ces femmes les avaient vus de
trop loin pour remarquer cette ressemblance, et
elles lui dirent seulement qu'il y en avait un que
Zayde avait embrassé. Consalve ne put entendre
ces paroles sans s'abandonner au désespoir, et
sans prendre le dessein d'aller chercher Zayde
pour tuer son amant à ses yeux. Alphonse lui
représenta qu'il y aurait de l'injustice et de
l'impossibilité dans ce dessein; qu'il n'avait point
de droits sur Zayde; qu'elle était engagée avec
cet amant devant que de l'avoir vu; que c'était
peut-être son mari; qu'il ne savait en quel lieu
du monde la chercher; que, quand il l'aurait
trouvée, ce serait apparemment dans un pays où
ce rival aurait tant d'autorité qu'il ne pourrait
exécuter ce que la colère lui conseillait d'entreprendre. Que voulez-vous donc que je devienne,
répliqua Consalve, et croyez-vous qu'il me soit
possible de demeurer en l'état où je suis? Je voudrais, dit Alphonse, que vous supportassiez ce
malheur, qui ne regarde que l'amour, comme

vous avez déjà supporté ceux qui regardaient et
l'amour et la fortune. C'est pour avoir trop souffert que je ne puis plus souffrir, répondit Consalve : je veux aller chercher Zayde, la revoir,
savoir d'elle qu'elle en aime un autre, et mourir
à ses pieds. Mais non, reprit-il, je serais digne
de mon malheur si j'allais chercher Zayde, après
la manière dont elle m'a quitté. Le respect et l'a-
doration que j'ai eus pour elle l'engageaient à me
faire dire au moins qu'elle s'en allait. La seule
reconnaissance l'y devait obliger ; et, puisqu'elle
ne l'a pas fait, il faut qu'elle joigne le mépris à
l'indifférence. Je me suis trop flatté quand j'ai pu
m'imaginer qu'elle ne me haïssait pas; je ne dois
jamais penser à la suivre ni à la chercher. Non,
Zayde, je ne vous suivrai point. Alphonse, je me
rends à vos raisons, et je vois bien que je ne dois
prétendre qu'à finir le plus tôt que je pourrai le
reste d'une misérable vie.

Consalve parut déterminé à cette résolution, et
son esprit en fut plus calme. Il était néanmoins
dans une tristesse qui faisait pitié; il passait les
journées entières dans les lieux où il avait vu
Zayde, et il semblait l'y chercher encore. Il garda
son truchement pour apprendre la langue grecque : et, quoiqu'il fût persuadé qu'il ne verrait
jamais Zayde, il trouvait quelque douceur à s'assurer au moins qu'il la pourrait entendre, s'il la

revoyait. Il apprit en peu de temps ce que les autres n'apprennent qu'en plusieurs années. Mais lorsqu'il n'eut plus cette occupation, qui avait quelque rapport avec Zayde, il se trouva encore plus affligé qu'auparavant.

Il faisait souvent réflexion sur la cruauté de sa destinée, qui, après l'avoir accablé à Léon de tant de malheurs, lui en faisait encore éprouver un incomparablement plus sensible, en le privant d'une personne qui seule lui était plus chère que la fortune, l'ami et la maîtresse qu'il avait perdus. En faisant cette triste différence de ses malheurs passés à son malheur présent, il se souvint de la promesse qu'il avait faite à dom Olmond de lui donner de ses nouvelles; et, quelque peine qu'il eût à penser à autre chose qu'à Zayde, il jugea qu'il devait cette marque de reconnaissance à un homme qui lui avait témoigné tant d'amitié. Il ne voulut pas lui apprendre précisément le lieu où il était : il lui manda seulement qu'il le priait de lui écrire à Tarragone; que sa retraite n'en était pas éloignée; qu'il s'y trouvait sans ambition; qu'il n'avait plus de ressentiment contre dom Garcie, de haine pour dom Ramire, ni d'amour pour Nugna Bella; que cependant il était encore plus malheureux que lorsqu'il partit de Léon.

Alphonse était sensiblement touché de l'état

où il voyait Consalve ; il ne l'abandonnait point, et tâchait, autant qu'il lui était possible, de diminuer son affliction. Vous avez perdu Zayde, lui disait-il un jour ; mais vous n'avez pas contribué à la perdre, et, quelque malheureux que vous soyez, il y a du moins une sorte de malheur que votre destinée vous laisse ignorer. Être la cause de son infortune est un malheur qui vous est inconnu, et c'est celui qui fera éternellement mon supplice. Si vous trouvez quelque consolation, continua-t-il, d'apprendre, par mon exemple, que vous pourriez être plus infortuné que vous ne l'êtes, je veux bien vous raconter les accidens de ma vie, quelque douleur que me puisse donner un si triste souvenir. Consalve ne put s'empêcher de lui laisser voir tant de désir de savoir ce qui l'avait obligé à se confiner dans un désert, qu'Alphonse, pour satisfaire sa curiosité et pour lui faire connaître qu'il était plus malheureux que lui, commença ainsi l'histoire de ses déplaisirs.

HISTOIRE D'ALPHONSE ET DE BELASIRE.

Vous savez, seigneur, que je m'appelle Alphonse Ximenès, et que ma maison a quelque lustre dans l'Espagne pour être descendue des premiers rois de Navarre. Comme je n'ai dessein

que de vous conter l'histoire de mes derniers malheurs, je ne vous ferai pas celle de toute ma vie :
il y a néanmoins des choses assez remarquables;
mais comme, jusqu'au temps dont je veux vous
parler, je n'avais été malheureux que par la
faute des autres, et non pas par la mienne, je ne
vous en dirai rien, et vous saurez seulement que
j'avais éprouvé tout ce que l'infidélité et l'inconstance des femmes peuvent faire souffrir de plus
douloureux; aussi étais-je très-éloigné d'en vouloir aimer aucune : les attachemens me paraissaient des supplices; et, quoiqu'il y eût plusieurs belles personnes à la cour dont je pouvais
être aimé, je n'avais pour elles que les sentimens
de respect qui sont dus à leur sexe. Mon père,
qui vivait encore, souhaitait de me marier, par
cette chimère si ordinaire à tous les hommes de
vouloir conserver leur nom. Je n'avais pas de
répugnance au mariage; mais la connaissance
que j'avais des femmes m'avait fait prendre la
résolution de n'en épouser jamais de belle ; et,
après avoir tant souffert par la jalousie, je ne
voulais pas me mettre au hasard d'avoir, tout
ensemble, celle d'un amant et celle d'un mari.
J'étais dans ces dispositions, lorsqu'un jour mon
père me dit que Belasire, fille du comte de Guevarre, était arrivée à la cour; que c'était un
parti considérable et par son bien et par sa nais-

sance, et qu'il eût fort souhaité de l'avoir pour
belle-fille. Je lui répondis qu'il faisait un souhait inutile ; que j'avais déjà ouï parler de Belasire, et que je savais que personne n'avait encore
pu lui plaire ; que je savais aussi qu'elle était
belle, et que c'était assez pour m'ôter la pensée
de l'épouser. Il me demanda si je l'avais vue ; je
lui répondis que toutes les fois qu'elle était venue
à la cour, je m'étais trouvé à l'armée, et que je
ne la connaissais que de réputation. Voyez-la,
je vous en prie, répliqua-t-il, et si j'étais aussi
assuré que vous lui puissiez plaire que je suis
persuadé qu'elle vous fera changer de résolution
de n'épouser jamais une belle femme, je ne dou-
terais pas de votre mariage. Quelques jours après,
je trouvai Belasire chez la reine : je demandai
son nom, me doutant bien que c'était elle, et
elle demanda le mien, croyant bien aussi que
j'étais Alphonse. Nous devinâmes l'un et l'autre
ce que nous avions demandé, nous nous le dîmes, et nous parlâmes ensemble avec un air plus
libre qu'apparemment nous ne le devions avoir
dans une première conversation. Je trouvai la
personne de Belasire très-charmante, et son esprit beaucoup au-dessus de ce que j'en avais
pensé. Je lui dis que j'avais de la honte de ne
la connaître pas encore ; que néanmoins je serais
bien aise de ne la pas connaître davantage ; que

je n'ignorais pas combien il était inutile de songer à lui plaire, et combien il était difficile de
se garantir de le désirer. J'ajoutai que, quelque
difficulté qu'il y eût à toucher son cœur, je ne
pourrais m'empêcher d'en former le dessein si
elle cessait d'être belle; mais que tant qu'elle
serait comme je la voyais, je n'y penserais de
ma vie; que je la suppliais même de m'assurer
qu'il était impossible de se faire aimer d'elle,
de peur qu'une fausse espérance ne me fît changer la résolution que j'avais prise de ne m'attacher jamais à une belle femme. Cette conversation, qui avait quelque chose d'extraordinaire,
plut à Belasire; elle parla de moi assez favorablement, et je parlais d'elle comme d'une personne en qui je trouvais un mérite et un
agrément au-dessus des autres femmes. Je m'en-
quis, avec plus de soin que je n'avais fait, quels
étaient ceux qui s'étaient attachés à elle. On me
dit que le comte de Lare l'avait passionnément
aimée; que sa passion avait duré long-temps;
qu'il avait été tué à l'armée, et qu'il s'était précipité dans le péril, après avoir perdu l'espérance de l'épouser. On me dit aussi que plusieurs
autres personnes avaient essayé de lui plaire,
mais inutilement, et que l'on n'y pensait plus,
parce qu'on croyait impossible d'y réussir. Cette
impossibilité dont on me parlait me fit imaginer

quelque plaisir à la surmonter. Je n'en fis pas
néanmoins le dessein ; mais je vis Belasire le plus
souvent qu'il me fut possible ; et, comme la cour de
Navarre n'est pas si austère que celle de Léon,
je trouvais aisément les occasions de la voir. Il
n'y avait pourtant rien de sérieux entre elle et
moi ; je lui parlais en riant de l'éloignement où
nous étions l'un pour l'autre, et de la joie que
j'aurais qu'elle changeât de visage et de sentimens. Il me parut que ma conversation ne lui
déplaisait pas, et que mon esprit lui plaisait,
parce qu'elle trouvait que je connaissais tout le
sien. Comme elle avait même pour moi une confiance qui me donnait une entière liberté de lui
parler, je la priai de me dire les raisons qu'elle
avait eues de refuser si opiniâtrément ceux qui
s'étaient attachés à lui plaire. Je vais vous répondre sincèrement, me dit-elle : Je suis née
avec aversion pour le mariage ; les liens m'en
ont toujours paru très-rudes, et j'ai cru qu'il
n'y avait qu'une passion qui pût assez aveugler
pour faire passer par-dessus toutes les raisons
qui s'opposent à cet engagement. Vous ne voulez
pas vous marier par amour, ajouta-t-elle, et
moi je ne comprends pas qu'on puisse se marier
sans amour, et sans amour violent ; et, bien
loin d'avoir eu de la passion, je n'ai même jamais eu d'inclination pour personne : ainsi, Al-

phonse, si je ne suis point mariée, c'est parce
que je n'ai rien aimé. Quoi! madame, lui répondis-je, personne ne vous a plu? votre cœur n'a
jamais reçu d'impression? il n'a jamais été troublé
au nom et à la vue de ceux qui vous adoraient?
Non, me dit-elle, je ne connais aucun des sentimens de l'amour. Quoi! pas même la jalousie?
lui dis-je. Non, pas même la jalousie, me répliqua-t-elle. Ah! si cela est, madame, lui répondis-je, je suis persuadé que vous n'avez jamais eu d'inclination pour personne. Il est vrai,
reprit-elle, personne ne m'a jamais plu, et je
n'ai pas même trouvé d'esprit qui me fût agréable
et qui eût du rapport avec le mien. Je ne sais
quel effet me firent les paroles de Belasire ; je
ne sais si j'en étais déjà amoureux sans le savoir;
mais l'idée d'un cœur fait comme le sien, qui
n'avait jamais reçu d'impression, me parut une
chose si admirable et si nouvelle, que je fus
frappé dans ce moment du désir de lui plaire,
et d'avoir la gloire de toucher ce cœur que tout
le monde croyait insensible. Je ne fus plus cet
homme qui avait commencé à parler sans dessein.
Je repassai dans mon esprit tout ce qu'elle venait de me dire. Je crus que, lorsqu'elle m'avait
dit qu'elle n'avait trouvé personne qui lui eût
plu, j'avais vu dans ses yeux qu'elle m'en avait
excepté ; enfin, j'eus assez d'espérance pour

achever de me donner de l'amour; et, dès ce
moment, je devins plus amoureux de Belasire
que je ne l'avais été d'aucune autre. Je ne vous
redirai point comment j'osai lui déclarer que je
l'aimais : j'avais commencé à lui parler par une
espèce de raillerie ; il était difficile de lui parler
sérieusement : mais aussi cette raillerie me donna
bientôt lieu de lui dire des choses que je n'aurais
osé lui dire de long-temps. Ainsi, j'aimai Belasire, et je fus assez heureux pour toucher son
inclination ; mais je ne le fus pas assez pour lui
persuader mon amour. Elle avait une défiance
naturelle de tous les hommes : quoiqu'elle m'es-
timât beaucoup plus que tous ceux qu'elle avait
jamais vus, et par conséquent plus que je ne
méritais, elle n'ajoutait pas foi à mes paroles.
Elle eut néanmoins un procédé avec moi tout
différent de celui des autres femmes, et j'y trouvai
quelque chose de si noble et de si sincère, que
j'en fus surpris. Elle ne demeura pas long-temps
sans m'avouer l'inclination qu'elle avait pour
moi ; elle m'apprit ensuite le progrès que je faisais dans son cœur : mais, comme elle ne me
cachait point ce qui m'était avantageux, elle
m'apprenait aussi ce qui ne m'était pas favorable.
Elle me dit qu'elle ne croyait pas que je l'aimasse
véritablement ; et que, tant qu'elle ne serait pas
mieux persuadée de mon amour, elle ne con-

sentirait jamais à m'épouser. Je ne vous saurais
exprimer la joie que je trouvais à toucher ce
cœur qui n'avait jamais été touché, et à voir
l'embarras et le trouble qu'y apportait une passion qui lui était inconnue. Quel charme c'était
pour moi de connaître l'étonnement qu'avait
Belasire de n'être plus maîtresse d'elle-même,
et de se trouver des sentimens sur lesquels elle
n'avait point de pouvoir! Je goûtai des délices,
dans ces commencemens, que je n'avais pas ima-
ginées; et qui n'a point senti le plaisir de donner une violente passion à une personne qui n'en
a jamais eu, même de médiocre, peut dire qu'il
ignore les véritables plaisirs de l'amour. Si j'eus
de sensibles joies par la connaissance de l'inclination que Belasire avait pour moi, j'eus aussi
de cruels chagrins par le doute où elle était de ma
passion, et par l'impossibilité qui me paraissait
à l'en persuader. Lorsque cette pensée me donnait de l'inquiétude, je rappelais les sentimens
que j'avais eus sur le mariage; je trouvais que
j'allais tomber dans les malheurs que j'avais
appréhendés; je pensais que j'aurais la douleur
de ne pouvoir assurer Belasire de l'amour que
j'avais pour elle; ou que, si je l'en assurais et
qu'elle m'aimât véritablement, je serais exposé
au malheur de cesser d'être aimé. Je me disais
que le mariage diminuerait l'attachement qu'elle

avait pour moi ; qu'elle ne m'aimerait plus que
par devoir ; qu'elle en aimerait peut-être quelque
autre ; enfin, je me représentais tellement l'horreur d'en être jaloux, que, quelque estime et
quelque passion que j'eusse pour elle, je me résolvais quasi à abandonner l'entreprise que j'avais
faite, et je préférais le malheur de vivre sans
Belasire à celui de vivre avec elle sans en être
aimé. Belasire avait à peu près des incertitudes
pareilles aux miennes. Elle ne me cachait point
ses sentimens, non plus que je ne lui cachais
pas les miens. Nous parlions des raisons que
nous avions de ne nous point engager : nous résolûmes plusieurs fois de rompre notre attachement : nous nous dîmes adieu, dans la pensée
d'exécuter nos résolutions ; mais nos adieux
étaient si tendres, et notre inclination si forte,
qu'aussitôt que nous nous étions quittés, nous ne
pensions plus qu'à nous revoir. Enfin, après
bien des irrésolutions de part et d'autre, je
surmontai les doutes de Belasire ; elle rassura
tous les miens ; elle me promit qu'elle consentirait à notre mariage, sitôt que ceux dont nous
dépendions auraient réglé ce qui était nécessaire pour l'achever. Son père fut obligé de
partir devant que de le pouvoir conclure : le
roi l'envoya sur la frontière signer un traité
avec les Maures, et nous fûmes contraints d'at-

tendre son retour. J'étais cependant le plus heureux homme du monde : je n'étais occupé que de l'amour que j'avais pour Belasire ; j'en étais passionnément aimé ; je l'estimais plus que toutes les femmes du monde, et je me croyais sur le point de la posséder.

Je la voyais avec toute la liberté que devait avoir un homme qui l'allait bientôt épouser. Un jour, mon malheur fit que je la priai de me dire tout ce que ses amans avaient fait pour elle. Je prenais plaisir à voir la différence du procédé qu'elle avait eu avec eux, d'avec celui qu'elle avait avec moi. Elle me nomma tous ceux qui l'avaient aimée ; elle me conta tout ce qu'ils avaient fait pour lui plaire : elle me dit que ceux qui avaient eu plus de persévérance étaient ceux pour qui elle avait eu plus d'éloignement ; et que le comte de Lare, qui l'avait aimée jusqu'à sa mort, ne lui avait jamais plu. Je ne sais pourquoi, après ce qu'elle me disait, j'eus plus de curiosité pour ce qui regardait le comte de Lare que pour les autres. Cette longue persévérance me frappa l'esprit ; je la priai de me redire encore tout ce qui s'était passé entre eux ; elle le fit ; et, quoiqu'elle ne me dît rien qui me dût déplaire, je fus touché d'une espèce de jalousie. Je trouvai que, si elle ne lui avait pas témoigné de l'inclination, au moins elle lui avait témoigné beaucoup d'estime. Le soupçon m'entra dans l'esprit qu'elle ne me disait pas tous les sentimens qu'elle avait eus pour lui. Je ne voulus point lui témoigner ce que je pensais. Je me retirai chez moi plus chagrin que de coutume; je dormis peu, et je n'eus point de repos que je ne la visse le lendemain, et que je ne lui fisse encore raconter tout ce qu'elle m'avait dit le jour précédent. Il était impossible qu'elle m'eût conté d'abord toutes les circonstances d'une passion qui avait duré plusieurs années; elle me dit des choses qu'elle ne m'avait pas encore dites; je crus qu'elle avait eu dessein de me les cacher. Je lui fis mille questions, et je lui demandai à genoux de me répondre avec sincérité. Mais, quand ce qu'elle me répondait était comme je le pouvais désirer, je croyais qu'elle ne me parlait ainsi que pour me plaire : si elle me disait des choses un peu avantageuses pour le comte de Lare, je croyais qu'elle m'en cachait bien davantage; enfin, la jalousie, avec toutes les horreurs dont on la représente, se saisit de mon esprit. Je ne lui donnais plus de repos; je ne pouvais plus lui témoigner ni passion ni tendresse; j'étais incapable de lui parler d'autre chose que du comte de Lare : j'étais pourtant au désespoir de l'en faire souvenir, et de remettre dans sa mémoire tout ce qu'il avait fait pour elle. Je résolvais de ne lui en plus parler; mais je trouvais toujours que j'avais oublié de me faire expliquer quelque circonstance; et sitôt que j'avais commencé ce discours, c'était pour moi un labyrinthe, je n'en sortais plus, et j'étais également désespéré de lui parler du comte de Lare, ou de ne lui en parler pas.

Je passais les nuits entières sans dormir. Belasire ne me paraissait plus la même personne. Quoi! disais-je, c'est ce qui a fait le charme de ma passion que de croire que Belasire n'a jamais rien aimé, et qu'elle n'a jamais eu d'inclination pour personne; cependant, par tout ce qu'elle me dit d'elle-même, il faut qu'elle n'ait pas eu d'aversion pour le comte de Lare. Elle lui a témoigné trop d'estime, et elle l'a traité avec trop de civilité; si elle ne l'avait point aimé, elle l'aurait haï, par la longue persécution qu'il lui a faite, et qu'il lui a fait faire par ses parens. Non, disais-je, Belasire, vous m'avez trompé; vous n'étiez point telle que je vous ai crue; c'était comme une personne qui n'avait jamais rien aimé, que je vous ai adorée; c'était le fondement de ma passion; je ne le trouve plus, il est juste que je reprenne tout l'amour que j'ai eu pour vous. Mais, si elle me dit vrai, reprenais-je, quelle injustice ne lui

fais-je point! et quel mal ne me fais-je point à
moi-même de m'ôter tout le plaisir que je
trouvais à être aimé d'elle!

Dans ces sentimens, je prenais la résolution
de parler encore une fois à Belasire : il me semblait que je lui dirais mieux que je n'avais fait,
ce qui me donnait de la peine, et que je m'é-
claircirais avec elle d'une manière qui ne me
laisserait plus de soupçon. Je faisais ce que j'a-
vais résolu ; je lui parlais, mais ce n'était pas
pour la dernière fois ; et le lendemain je re-
prenais le même discours avec plus de chaleur
que le jour précédent. Enfin, Belasire, qui avait
eu jusqu'alors une patience et une douceur ad-
mirables, qui avait souffert tous mes soupçons,
et qui avait travaillé à me les ôter, commença
à se lasser de la continuation d'une jalousie si
violente et si mal fondée.

Alphonse, me dit-elle un jour, je vois bien que
le caprice que vous avez dans l'esprit va détruire
la passion que vous aviez pour moi ; mais il faut
que vous sachiez aussi qu'elle détruira infailliblement celle que j'ai pour vous. Considérez, je
vous en conjure, sur quoi vous me tourmentez,
et sur quoi vous vous tourmentez vous-même ;
sur un homme mort, que vous ne sauriez croire
que j'aie aimé, puisque je ne l'ai pas épousé ;
car, si je l'avais aimé, mes parens voulaient

notre mariage, et rien ne s'y opposait. Il est
vrai, madame, lui répondis-je, je suis jaloux
d'un mort, et c'est ce qui me désespère. Si le
comte de Lare était vivant, je jugerais, par la
manière dont vous seriez ensemble, de celle
dont vous y auriez été, et ce que vous faites
pour moi me convaincrait que vous ne l'aimeriez
pas. J'aurais le plaisir, en vous épousant, de
lui ôter l'espérance que vous lui aviez donnée,
quoi que vous me puissiez dire; mais il est
mort, et il est peut-être mort persuadé que vous
l'auriez aimé, s'il avait vécu. Ah! madame, je
ne saurais être heureux toutes les fois que je
penserai qu'un autre que moi a pu se flatter
d'être aimé de vous. Mais, Alphonse, me dit-
elle encore, si je l'avais aimé, pourquoi ne
l'aurais-je pas épousé? Parce que vous ne l'avez
pas assez aimé, madame, lui répliquai-je, et
que la répugnance que vous aviez pour le mariage ne pouvait être surmontée par une inclination médiocre. Je sais bien que vous m'aimez
davantage que vous n'avez aimé le comte de
Lare; mais, pour peu que vous l'ayez aimé,
tout mon bonheur est détruit; je ne suis plus
le seul homme qui vous ait plu; je ne suis plus
que le premier qui vous a fait connaître l'a-
mour; votre cœur a été touché par d'autres sentimens que ceux que je lui ai donnés. Enfin,

madame, ce n'est plus ce qui m'avait rendu le
plus heureux homme du monde, et vous ne me
paraissez plus du même prix dont je vous ai
trouvée d'abord. Mais, Alphonse, me dit-elle,
comment avez-vous pu vivre en repos avec celles
que vous avez aimées? Je voudrais bien savoir
si vous avez trouvé en elles un cœur qui n'eût
jamais senti de passion. Je ne l'y cherchais pas,
madame, lui répliquai-je, et je n'avais pas espéré de l'y trouver : je ne les avais point regardées comme des personnes incapables d'en aimer d'autres que moi; je m'étais contenté de
croire qu'elles m'aimaient beaucoup plus que
tous ceux qu'elles avaient aimés ; mais pour
vous, madame, ce n'est pas de même ; je vous
ai toujours regardée comme une personne au-
dessus de l'amour, et qui ne l'aurait jamais
connu sans moi. Je me suis trouvé heureux et
glorieux tout ensemble d'avoir pu faire une conquête si extraordinaire. Par pitié, ne me laissez
plus dans l'incertitude où je suis; si vous m'a-
vez caché quelque chose sur le comte de Lare,
avouez-le-moi; le mérite de l'aveu et votre sincérité me consoleront peut-être de ce que vous
m'avouerez; éclaircissez mes soupçons, et ne
me laissez pas vous donner un plus grand prix
que je ne dois, ou moindre que vous ne méritez.
Si vous n'aviez point perdu la raison, me dit

Belasire, vous verriez bien que, puisque je ne vous ai pas persuadé, je ne vous persuaderai pas ; mais si je pouvais ajouter quelque chose à ce que je vous ai déjà dit, ce serait qu'une marque infaillible que je n'ai pas eu d'inclination pour le comte de Lare, est de vous en assurer comme je fais. Si je l'avais aimé, il n'y aurait rien qui pût me le faire désavouer ; je croirais faire un crime de renoncer à des sentimens que j'aurais eus pour un homme mort qui les aurait mérités. Ainsi, Alphonse, soyez assuré que je n'en ai point eu qui vous puissent déplaire. Persuadez-le-moi donc, madame, m'écriai-je ; dites-le-moi mille fois de suite, écrivez-le-moi ; enfin, redonnez-moi le plaisir de vous aimer comme je faisais, et surtout pardonnez-moi le tourment que je vous donne. Je me fais plus de mal qu'à vous ; et, si l'état où je suis pouvait se racheter, je le rachèterais par la perte de ma vie.

Ces dernières paroles firent de l'impression sur Belasire ; elle vit bien qu'en effet je n'étais plus le maître de mes sentimens ; elle me promit d'écrire tout ce qu'elle avait pensé et tout ce qu'elle avait fait pour le comte de Lare ; et, quoique ce fussent des choses qu'elle m'avait déjà dites mille fois, j'eus du plaisir de m'imaginer que je les verrais écrites de sa main. Le

jour suivant, elle m'envoya ce qu'elle m'avait
promis ; j'y trouvai une narration fort exacte de
ce que le comte de Lare avait fait pour lui plaire,
et de tout ce qu'elle avait fait pour le guérir de
sa passion, avec toutes les raisons qui pouvaient
me persuader que ce qu'elle me disait était véritable. Cette narration était faite d'une manière qui devait me guérir de tous mes caprices ;
mais elle fit un effet contraire. Je commençai par
être en colère contre moi-même d'avoir obligé
Belasire à employer tant de temps à penser au
comte de Lare. Les endroits de son récit où elle
entrait dans le détail m'étaient insupportables ;
je trouvais qu'elle avait bien de la mémoire pour
les actions d'un homme qui lui avait été indifférent. Ceux qu'elle avait passés légèrement
me persuadaient qu'il y avait des choses qu'elle
ne m'avait osé dire ; enfin, je fis du poison de
tout, et je vins voir Belasire, plus désespéré et
plus en colère que je ne l'avais jamais été. Elle,
qui savait combien j'avais sujet d'être satisfait,
fut offensée de me voir si injuste ; elle me le fit
connaître avec plus de force qu'elle ne l'avait
encore fait. Je m'excusai le mieux que je pus :
tout en colère que j'étais, je voyais bien que
j'avais tort ; mais il ne dépendait pas de moi
d'être raisonnable. Je lui dis que ma grande délicatesse sur les sentimens qu'elle avait eus pour

le comte de Lare était une marque de la passion
et de l'estime que j'avais pour elle, et que ce
n'était que par le prix infini que je donnais à
son cœur que je craignais si fort qu'un autre
n'en eût touché la moindre partie; enfin, je dis
tout ce que je pus m'imaginer pour rendre ma
jalousie plus excusable. Belasire n'approuva point
mes raisons; elle me dit que de légers chagrins
pouvaient être produits par ce que je venais de
lui dire; mais qu'un caprice si long ne pouvait
venir que du défaut et du déréglement de mon
humeur; que je lui faisais peur pour la suite de
sa vie; et que, si je continuais, elle serait obligée
de changer de sentimens. Ces menaces me firent
trembler; je me jetai à ses genoux, je l'assurai
que je ne lui parlerais plus de mon chagrin, et
je crus moi-même pouvoir en être le maître;
mais ce ne fut que pour quelques jours. Je re-
commençai bientôt à la tourmenter : je lui rede-
mandai souvent pardon; mais souvent aussi je
lui fis voir que je croyais toujours qu'elle avait
aimé le comte de Lare, et que cette pensée me
rendrait éternellement malheureux.

Il y avait déjà long-temps que j'avais fait une
amitié particulière avec un homme de qualité
appelé dom Manrique. C'était un des hommes
du monde qui avaient le plus de mérite et d'a-
grément. La liaison qui était entre nous en avait

14*

fait une très-grande entre Belasire et lui : leur
amitié ne m'avait jamais déplu ; au contraire,
j'avais pris plaisir à l'augmenter. Il s'était aperçu
plusieurs fois du chagrin que j'avais depuis
quelque temps. Quoique je n'eusse rien de caché pour lui, la honte de mon caprice m'avait
empêché de le lui avouer. Il vint chez Belasire
un jour que j'étais encore plus déraisonnable
que je n'avais accoutumé, et qu'elle était aussi
plus lasse qu'à l'ordinaire de ma jalousie. Dom
Manrique connut, à l'altération de nos visages,
que nous avions quelque démêlé. J'avais toujours prié Belasire de ne lui point parler de ma
faiblesse ; je lui fis encore la même prière quand
il entra : mais elle voulut m'en faire honte ; et,
sans me donner le loisir de m'y opposer, elle dit
à dom Manrique ce qui faisait mon chagrin. Il
en parut si étonné, il le trouva si mal fondé,
et il m'en fit tant de reproches, qu'il acheva de
troubler ma raison. Jugez, seigneur, si elle fut
troublée, et quelle disposition j'avais à la jalousie. Il me parut que, de la manière dont
m'avait condamné dom Manrique, il fallait qu'il
fût prévenu pour Belasire. Je croyais bien que
je passais les bornes de la raison ; mais je ne
croyais pas aussi qu'on me dût condamner entièrement, à moins que d'être amoureux de
Belasire. Je m'imaginai alors que dom Manrique

l'était, il y avait déjà long-temps, et que je
lui paraissais si heureux d'en être aimé, qu'il
ne trouvait pas que je me dusse plaindre, quand
elle en aurait aimé un autre. Je crus même que
Belasire s'était bien aperçue que dom Manrique
avait pour elle plus que de l'amitié : je pensai
qu'elle était bien aise d'être aimée (comme le
sont d'ordinaire toutes les femmes); et, sans
la soupçonner de me faire une infidélité, je fus
jaloux de l'amitié qu'elle avait pour un homme
que je croyais son amant. Belasire et dom Manrique, qui me voyaient si troublé et si agité,
étaient bien éloignés de juger ce qui causait le
désordre de mon esprit. Ils tâchérent de me remettre par toutes les raisons dont ils pouvaient
s'aviser ; mais tout ce qu'ils me disaient achevait de me troubler et de m'aigrir. Je les quittai ;
et, quand je fus seul, je me représentai le nouveau malheur que je croyais avoir infiniment
au-dessus de celui que j'avais eu. Je connus
alors que j'avais été déraisonnable de craindre
un homme qui ne me pouvait plus faire de mal.
Je trouvai que dom Manrique m'était redoutable
en toutes façons : il était aimable; Belasire avait
beaucoup d'estime et d'amitié pour lui; elle
était accoutumée à le voir ; elle était lasse de
mes chagrins et de mes caprices : il me semblait
qu'elle cherchait à s'en consoler avec lui, et

qu'insensiblement elle lui donnerait la place
que j'occupais dans son cœur ; enfin , je fus plus
jaloux de dom Manrique que je ne l'avais été
du comte de Lare. Je savais bien qu'il était
amoureux d'une autre personne il y avait
long-temps ; mais cette personne était si inférieure en toutes choses à Belasire , que cet
amour ne me rassurait pas. Comme ma destinée
voulait que je ne pusse m'abandonner entièrement à mon caprice , et qu'il me restât toujours
assez de raison pour me laisser dans l'incertitude , je ne fus pas si injuste que de croire
que dom Manrique travaillât à m'ôter Belasire.
Je m'imaginai qu'il en était devenu amoureux
sans s'en être aperçu et sans le vouloir : je
pensai qu'il essayait de combattre sa passion
à cause de notre amitié, et qu'encore qu'il n'en
dit rien à Belasire, il lui laissait voir qu'il l'aimait sans espérance. Il me parut que je n'avais
pas sujet de me plaindre de dom Manrique,
puisque je croyais que ma considération l'avait
empêché de se déclarer. Enfin je trouvai que,
comme j'avais été jaloux d'un homme mort
sans savoir si je le devais être , j'étais jaloux
de mon ami, et que je le croyais mon rival
sans croire avoir sujet de le haïr. Il serait inutile de vous dire ce que des sentimens aussi extraordinaires que les miens me firent souffrir,

et il est aisé de l'imaginer. Lorsque je vis dom
Manrique, je lui fis des excuses de lui avoir
caché mon chagrin sur le sujet du comte de
Lare; mais je ne lui dis rien de ma nouvelle
jalousie; je n'en dis rien aussi à Belasire, de
peur que la connaissance qu'elle en aurait
n'achevât de l'éloigner de moi. Comme j'étais
toujours persuadé qu'elle m'aimait beaucoup,
je croyais que, si je pouvais obtenir de moi-
même de ne lui plus paraître déraisonnable,
elle ne m'abandonnerait pas pour dom Manrique : ainsi, l'intérêt même de ma jalousie m'o-
bligeait à la cacher. Je demandai encore pardon
à Belasire, et je l'assurai que la raison m'était
entièrement revenue. Elle fut bien aise de me
voir dans ces sentimens, quoiqu'elle pénétrât
aisément, par la grande connaissance qu'elle
avait de mon humeur, que je n'étais pas si tranquille que je le voulais paraître.

Dom Manrique continua de la voir comme il
avait accoutumé, et même davantage, à cause
de la confidence où ils étaient ensemble de ma
jalousie. Comme Belasire avait vu que j'avais
été offensé qu'elle lui en eût parlé, elle ne lui
en parlait plus en ma présence ; mais, quand
elle s'apercevait que j'étais chagrin, elle s'en
plaignait à lui, et le priait de lui aider à me
guérir. Mon malheur voulut que je m'aper-

eusse deux ou trois fois qu'elle avait cessé de
parler à dom Manrique lorsque j'étais entré.
Jugez ce qu'une pareille chose pouvait produire
dans un esprit aussi jaloux que le mien. Néanmoins je voyais tant de tendresse pour moi dans
le cœur de Belasire, et il me paraissait qu'elle
avait tant de joie lorsqu'elle me voyait l'esprit
en repos, que je ne pouvais croire qu'elle aimât
assez dom Manrique pour être en intelligence
avec lui. Je ne pouvais croire aussi que dom
Manrique, qui ne songeait qu'à empêcher que
je ne me brouillasse avec elle, songeât à s'en
faire aimer. Je ne pouvais donc démêler quels
sentimens il avait pour elle, ni quels étaient
ceux qu'elle avait pour lui. Je ne savais même
très-souvent quels étaient les miens ; enfin,
j'étais dans le plus misérable état où un homme
ait jamais été. Un jour que j'étais entré lorsqu'elle
parlait bas à dom Manrique, il me parut qu'elle
ne s'était pas souciée que je visse qu'elle lui
parlait : je me souvins alors qu'elle m'avait dit
plusieurs fois, pendant que je la persécutais
sur le sujet du comte de Lare, qu'elle me donnerait de la jalousie d'un homme vivant, pour
me guérir de celle d'un homme mort. Je crus
que c'était pour exécuter cette menace qu'elle
traitait si bien dom Manrique, et qu'elle me
laissait voir qu'elle avait des secrets avec lui.

Cette pensée diminua le trouble où j'étais. Je
fus encore quelques jours sans lui en rien dire ;
mais enfin je me résolus de lui en parler.

J'allai la trouver dans cette intention ; et, me
jetant à genoux devant elle : Je veux bien vous
avouer, madame, lui dis-je, que le dessein que
vous avez eu de me tourmenter a réussi. Vous
m'avez donné toute l'inquiétude que vous pouviez
souhaiter, et vous m'avez fait sentir, comme
vous me l'aviez promis tant de fois, que la jalousie qu'on a des vivans est plus cruelle que celle
qu'on peut avoir des morts. Je méritais d'être
puni de ma folie ; mais je ne le suis que trop ,
et, si vous saviez ce que j'ai souffert des choses
mêmes que j'ai cru que vous faisiez à dessein ,
vous verriez bien que vous me rendrez aisément
malheureux quand vous le voudrez. Que voulez-
vous dire, Alphonse, me repartit-elle ? vous
croyez que j'ai pensé à vous donner de la jalousie : et ne savez-vous pas que j'ai été trop
affligée de celle que vous avez eue malgré moi,
pour avoir envie de vous en donner ? Ah ! madame, lui dis-je, ne continuez pas davantage à
me donner de l'inquiétude : encore une fois, j'ai
assez souffert ; et, quoique j'aie bien vu que la
manière dont vous vivez avec dom Manrique
n'était que pour exécuter les menaces que vous
m'aviez faites, je n'ai pas laissé d'en avoir une

douleur mortelle. Vous avez perdu la raison,
Alphonse, répliqua Belasire, ou vous voulez
me tourmenter à dessein, comme vous dites
que je vous tourmente. Vous ne me persuaderez
pas que vous puissiez croire que j'aie pensé à
vous donner de la jalousie, et vous ne me persuaderez pas aussi que vous en ayez pu prendre. Je voudrais, ajouta-t-elle en me regardant,
qu'après avoir été jaloux d'un homme mort
que je n'ai pas aimé, vous le fussiez d'un
homme vivant qui ne m'aime pas. Quoi! madame, lui répondis-je, vous n'avez pas eu l'intention de me rendre jaloux de dom Manrique?
Vous suivez simplement votre inclination en
le traitant comme vous faites? Ce n'est pas pour
me donner du soupçon que vous avez cessé
de lui parler bas, ou que vous avez changé de
discours quand je me suis approché de vous?
Ah! madame, si cela est, je suis bien plus
malheureux que je ne pense, et je suis
même le plus malheureux homme du monde.
Vous n'êtes pas le plus malheureux homme du
monde, reprit Belasire; mais vous êtes le plus
déraisonnable; et, si je suivais ma raison, je
romprais avec vous et je ne vous verrais de ma
vie. Mais est-il possible, Alphonse, ajouta-t-elle,
que vous soyez jaloux de dom Manrique? Et
comment ne le serais-je pas, madame, lui dis-

je, quand je vois que vous avez avec lui une
intelligence que vous me cachez? Je vous la
cache, me répondit-elle, parce que vous vous
offensâtes lorsque je lui parlai de votre bizarrerie, et que je n'ai pas voulu que vous vissiez
que je lui parlais encore de vos chagrins et de
la peine que j'en souffre. Quoi! madame,
repris-je, vous vous plaignez de mon humeur
à mon rival, et vous trouvez que j'ai tort
d'être jaloux? Je m'en plains à votre ami,
répliqua-t-elle, mais non pas à votre rival.
Dom Manrique est mon rival, repartis-je, et je
ne crois pas que vous puissiez vous défendre de
l'avouer. Et moi, dit-elle, je ne crois pas que
vous m'osiez dire qu'il le soit, sachant,
comme vous faites, qu'il passe des jours entiers
à ne me parler que de vous. Il est vrai, lui dis-
je, que je ne soupçonne pas dom Manrique de
travailler à me détruire; mais cela n'empêche
pas qu'il ne vous aime : je crois même qu'il ne
vous le dit pas encore ; mais, de la manière dont
vous le traitez, il vous le dira bientôt, et les
espérances que votre procédé lui donne le feront
passer aisément sur les scrupules que notre
amitié lui donnait. Peut-on avoir perdu la raison au point que vous l'avez perdue, me répondit Belasire? Songez-vous bien à vos paroles?
Vous dites que dom Manrique me parle pour

vous, qu'il est amoureux de moi, et qu'il ne me
parle point pour lui : où pouvez-vous prendre
des choses si peu vraisemblables? N'est-il pas
vrai que vous croyez que je vous aime et que
vous croyez que dom Manrique vous aime aussi?
Il est vrai, lui répondis-je, que je crois l'un et
l'autre. Et, si vous le croyez, s'écria-t-elle,
comment pouvez-vous vous imaginer que je vous
aime, et que j'aime dom Manrique? que dom
Manrique m'aime, et qu'il vous aime encore?
Alphonse, vous me donnez un déplaisir mortel
de me faire connaître le déréglement de votre
esprit : je vois bien que c'est un mal incurable,
et qu'il faudrait qu'en me résolvant à vous
épouser, je me résolusse en même temps à être
la plus malheureuse personne du monde. Je
vous aime assurément beaucoup, mais non pas
assez pour vous acheter à ce prix. Les jalousies
des amans ne sont que fâcheuses, mais celles
des maris sont fâcheuses et offensantes. Vous me
faites voir si clairement tout ce que j'aurais à
souffrir si je vous avais épousé, que je ne crois
pas que je vous épouse jamais. Je vous aime trop
pour n'être pas sensiblement touchée de voir
que je ne passerai pas ma vie avec vous comme
je l'avais espéré : laissez-moi seule, je vous en
conjure; vos paroles et votre vue ne feraient
qu'augmenter ma douleur.

A ces mots elle se leva sans vouloir m'entendre, et s'en alla dans son cabinet dont elle
ferma la porte sans la rouvrir, quelque prière
que je lui en fisse. Je fus contraint de m'en aller
chez moi si désespéré et si incertain de mes
sentimens, que je m'étonne que je n'en perdis
pas le peu de raison qui me restait. Je revins
dès le lendemain voir Belasire ; je la trouvai triste
et affligée : elle me parla sans aigreur, et même
avec bonté ; mais, sans me rien dire qui dût me
faire craindre qu'elle voulût m'abandonner, il
me parut qu'elle essayait d'en prendre la résolution. Comme on se flatte aisément, je crus qu'elle
ne demeurerait pas dans les sentimens où je la
voyais : je lui demandai pardon de mes caprices
comme j'avais déjà fait cent fois ; je la priai de
n'en rien dire à dom Manrique, et je la conjurai
à genoux de changer de conduite avec lui, et de
ne le plus traiter assez bien pour me donner de
l'inquiétude. Je ne dirai rien de votre folie à dom
Manrique, me dit-elle ; mais je ne changerai
rien à la manière dont je vis avec lui. S'il avait
de l'amour pour moi, je ne le verrais de ma vie,
quand même vous n'en auriez pas d'inquiétude ;
mais il n'a que de l'amitié ; vous savez même
qu'il a de l'amour pour d'autres : je l'estime, je
l'aime. Vous avez consenti que je l'aimasse ; il
n'y a donc que de la folie et du déréglement dans

le chagrin qu'il vous donne. Si je vous satisfaisais, vous seriez bientôt pour quelque autre comme vous êtes pour lui. C'est pourquoi ne vous opiniâtrez pas à me faire changer de conduite, car assurément je n'en changerai point. Je veux croire, lui répondis-je, que tout ce que vous me dites est véritable, et que vous ne croyez point que dom Manrique vous aime; mais je le crois, madame, et c'est assez. Je sais bien que vous n'avez que de l'amitié pour lui; mais c'est une sorte d'amitié si tendre et si pleine de confiance, d'estime et d'agrément, que, quand elle ne pourrait jamais devenir de l'amour, j'aurais sujet d'en être jaloux, et de craindre qu'elle n'occupât trop votre cœur. Le refus que vous venez de me faire de changer de conduite avec lui, me fait voir que c'est avec raison qu'il m'est redoutable. Pour vous montrer, me dit-elle, que le refus que je vous fais ne regarde pas dom Manrique, et qu'il ne regarde que votre caprice, c'est que, si vous me demandiez de ne plus voir l'homme du monde que je méprise le plus, je vous le refuserais, comme je vous refuse de cesser d'avoir de l'amitié pour dom Manrique. Je le crois, madame, lui répondis-je, mais ce n'est pas de l'homme du monde que vous méprisez le plus que j'ai de la jalousie; c'est d'un homme que vous aimez assez pour le préférer à mon re-

pos. Je ne vous soupçonne pas de faiblesse et de
changement; mais j'avoue que je ne puis souffrir
qu'il y ait des sentimens de tendresse dans votre
cœur pour un autre que pour moi. J'avoue aussi
que je suis blessé de voir que vous ne haïssez pas
dom Manrique, encore que vous connaissiez bien
qu'il vous aime, et qu'il me semble que ce n'é-
tait qu'à moi seul qu'était dû l'avantage de vous
avoir aimée sans être haï. Ainsi, madame, ac-
cordez-moi ce que je vous demande, et considérez combien ma jalousie est éloignée de vous
devoir offenser. J'ajoutai à ces paroles toutes celles
dont je pus m'aviser pour obtenir ce que je souhaitais : il me fut entièrement impossible.

Il se passa beaucoup de temps, pendant lequel
je devins toujours plus jaloux de dom Manrique.
J'eus le pouvoir sur moi de le lui cacher; Belasire
eut la sagesse de ne lui en rien dire; et elle lui
fit croire que mon chagrin venait encore de ma
jalousie du comte de Lare. Cependant elle ne
changea point de procédé avec dom Manrique.
Comme il ignorait mes sentimens, il vécut aussi
avec elle comme il avait accoutumé : ainsi, ma
jalousie ne fit qu'augmenter, et vint à un tel
point, que j'en persécutais incessamment Belasire.

Après que cette persécution eut duré long-
temps, et que cette belle personne eut en vain es-

sayé de me guérir de mon caprice, on me dit pendant deux jours qu'elle se trouvait mal, et qu'elle
n'était pas même en état que je la visse. Le troisième elle m'envoya quérir. Je la trouvai fort
abattue, et je crus que c'était sa maladie. Elle
me fit asseoir auprès d'un petit lit sur lequel elle
était couchée ; et, après avoir demeuré quelques
momens sans parler : Alphonse, me dit-elle, je
pense que vous voyez bien, il y a long-temps,
que j'essaye de prendre la résolution de me détacher de vous. Quelques raisons qui m'y dussent
obliger, je ne crois pas que je l'eusse pu faire,
si vous ne m'en eussiez donné la force, par les
bizarreries extraordinaires que vous m'avez fait
paraître. Si ces bizarreries n'avaient été que médiocres, et que j'eusse pu croire qu'il eût été
possible de vous en guérir par une bonne conduite, quelque austère qu'elle eût été, la passion
que j'ai pour vous me l'eût fait embrasser avec
joie ; mais comme je vois que le déréglement de
votre esprit est sans remède, et que, lorsque
vous ne trouvez point de sujets de vous tourmenter, vous vous en faites sur des choses qui
n'ont jamais été et sur d'autres qui ne seront jamais, je suis contrainte, pour votre repos et
pour le mien, de vous apprendre que je suis absolument résolue de rompre avec vous et de ne
vous point épouser. Je vous dis encore dans ce

moment, qui sera le dernier que nous aurons
de conversation particulière, que je n'ai jamais
eu d'inclination pour personne que pour vous,
et que vous seul étiez capable de me donner de
la passion. Mais puisque vous m'avez confirmée
dans l'opinion que j'avais qu'on ne peut être
heureux en aimant quelqu'un, vous que j'ai
trouvé le seul homme digne d'être aimé, soyez
persuadé que je n'aimerai personne, et que les
impressions que vous avez faites dans mon cœur
sont les seules qu'il avait reçues et les seules
qu'il recevra jamais. Je ne veux pas même que
vous puissiez penser que j'aie trop d'amitié pour
dom Manrique : je n'ai refusé de changer de
conduite avec lui que pour voir si la raison ne
vous reviendrait point, et pour me donner lieu
de me redonner à vous si j'eusse connu que votre
esprit eût été capable de se guérir. Je n'ai pas
été assez heureuse : c'était la seule raison qui
m'a empêchée de vous satisfaire. Cette raison
est cessée : je vous sacrifie dom Manrique ; je
viens de le prier de ne me voir jamais. Je vous
demande pardon de lui avoir découvert votre jalousie ; mais je ne pouvais faire autrement, et
notre rupture la lui aurait toujours apprise.
Mon père arriva hier au soir ; je lui ai dit ma
résolution ; il est allé, à ma prière, l'apprendre
au vôtre. Ainsi, Alphonse, ne songez point à me

faire changer ; j'ai fait ce qui pouvait confirmer mon dessein devant que de vous le déclarer ; j'ai retardé autant que j'ai pu , et peut-être plus pour l'amour de moi que pour l'amour de vous : croyez que personne ne sera jamais si uniquement ni si fidèlement aimé que vous l'avez été.

Je ne sais si Belasire continua de parler ; mais comme mon saisissement avait été si grand d'abord qu'elle eut commencé, qu'il m'avait été impossible de l'interrompre, les forces me manquèrent aux dernières paroles que je viens de vous dire ; je m'évanouis, et je ne sais ce que fit Belasire ni ses gens ; mais, quand je revins, je me trouvai dans mon lit, et dom Manrique auprès de moi, avec toutes les actions d'un homme aussi désespéré que je l'étais.

Lorsque tout le monde se fut retiré, il n'oublia rien pour se justifier des soupçons que j'avais de lui, et pour me témoigner son désespoir d'être la cause innocente de mon malheur. Comme il m'aimait fort, il était en effet extraordinairement touché de l'état où j'étais. Je tombai malade, et ma maladie fut violente : je connus bien alors, mais trop tard, les injustices que j'avais faites à mon ami ; je le conjurai de me les pardonner, et de voir Belasire pour lui demander pardon de ma part, et pour tâcher de la fléchir. Dom Manrique alla chez elle ; on lui dit

qu'on ne pouvait la voir : il y retourna tous les
jours pendant que je fus malade, mais aussi inutilement : j'y allai moi - même sitôt que je pus
marcher ; on me dit la même chose ; et, à la seconde fois que j'y retournai, une de ses femmes
me vint dire de sa part que je n'y allasse plus,
et qu'elle ne me verrait pas. Je pensai mourir
lorsque je me vis sans espérance de voir Belasire. J'avais toujours cru que cette grande inclination qu'elle avait pour moi la ferait revenir si
je lui parlais ; mais, voyant qu'elle ne me voulait point parler, je n'espérai plus ; et il faut
avouer que de n'espérer plus de posséder Belasire était une cruelle chose pour un homme qui
s'en était vu si proche, et qui l'aimait si éper-
dument. Je cherchai tous les moyens de la voir :
elle m'évitait avec tant de soin, et faisait une vie
si retirée, qu'il m'était absolument impossible.

Toute ma consolation était d'aller passer la
nuit sous ses fenêtres : je n'avais pas même le
plaisir de les voir ouvertes. Je crus un jour les
avoir entendu ouvrir dans le temps que je m'en
étais allé ; le lendemain je crus encore la même
chose ; enfin, je me flattai de la pensée que Belasire me voulait voir sans que je la visse, et
qu'elle se mettait à sa fenêtre lorsqu'elle entendait que je me retirais. Je résolus de faire semblant de m'en aller à l'heure que j'avais accou-

15*

tumé, et de retourner brusquement sur mes pas
pour voir si elle ne paraîtrait point. Je fis ce que
j'avais résolu; j'allai jusqu'au bout de la rue,
comme si je me fusse retiré. J'entendis distinc-
tement ouvrir la fenêtre ; je retournai en diligence : je crus entrevoir Belasire ; mais, en
m'approchant, je vis un homme qui se rangeait
proche de la muraille au-dessous de la fenêtre,
comme un homme qui avait dessein de se cacher.
Je ne sais comment, malgré l'obscurité de la
nuit, je crus reconnaître dom Manrique. Cette
pensée me troubla l'esprit ; je m'imaginai que
Belasire l'aimait, qu'il était là pour lui parler,
qu'elle ouvrait ses fenêtres pour lui ; je crus enfin que c'était dom Manrique qui m'ôtait Belasire.
Dans le transport qui me saisit, je mis l'épée à
la main ; nous commençâmes à nous battre avec
beaucoup d'ardeur : je sentis que je l'avais blessé
en deux endroits ; mais il se défendait toujours.
Au bruit de nos épées, ou par les ordres de Belasire, on sortit de chez elle pour venir nous séparer. Dom Manrique me reconnut à la lueur des
flambeaux ; il recula quelques pas. Je m'avançai
pour arracher son épée ; mais il la baissa et me
dit d'une voix faible : Est-ce vous, Alphonse ?
est-il possible que j'aie été assez malheureux
pour me battre contre vous ? Oui, traître, lui
dis-je, et c'est moi qui t'arracherai la vie puis-

que tu m'ôtes Belasire, et que tu passes les nuits
sous ses fenêtres pendant qu'elles me sont fer-
mées. Dom Manrique, qui était appuyé contre
une muraille, et que quelques personnes soutenaient, parce qu'on voyait bien qu'il n'en pouvait plus, me regarda avec des yeux trempés de
larmes : Je suis bien malheureux, me dit-il, de
vous donner toujours de l'inquiétude ; la cruauté
de ma destinée me console de la perte de la vie
que vous m'ôtez. Je me meurs, ajouta-t-il, et
l'état où je suis doit vous persuader de la vérité
de mes paroles. Je vous jure que je n'ai jamais
eu de pensée pour Belasire qui vous ait pu déplaire ; l'amour que j'ai pour une autre, et que
je ne vous ai pas caché, m'a fait sortir cette
nuit : j'ai cru être épié, j'ai cru être suivi ; j'ai
marché fort vite ; j'ai tourné dans plusieurs rues ;
enfin, je me suis arrêté où vous m'avez trouvé,
sans savoir que ce fût le logis de Belasire. Voilà
la vérité, mon cher Alphonse : je vous conjure
de ne vous pas affliger de ma mort ; je vous la
pardonne de tout mon cœur, continua-t-il, en
me tendant les bras pour m'embrasser. Alors les
forces lui manquèrent, et il tomba sur les personnes qui le soutenaient.

Les paroles, seigneur, ne peuvent représenter
ce que je devins, et la rage où je fus contre moi-
même ; je voulus vingt fois me passer mon épée

au travers du corps, et surtout lorsque je vis expirer dom Manrique. On m'ôta d'auprès de lui.
Le comte de Guevarre, père de Belasire, qui était
sorti au nom de dom Manrique et au mien, me
conduisit chez moi, et me remit entre les mains
de mon père. On ne me quittait point, à cause
du désespoir où j'étais; mais le soin de me garder
aurait été inutile si ma religion m'eût laissé la
liberté de m'ôter la vie. La douleur que je savais
que recevait Belasire de l'accident qui était arrivé pour elle, et le bruit qu'il faisait à la cour,
achevaient de me désespérer. Quand je pensais
que tout le mal qu'elle souffrait, et tout celui
dont j'étais accablé, n'était arrivé que par ma
faute, j'étais dans une fureur qui ne peut être
imaginée. Le comte de Guevarre, qui avait
conservé beaucoup d'amitié pour moi, me venait
voir très-souvent, et pardonnait à la passion que
j'avais pour sa fille l'éclat que j'avais fait. J'appris par lui qu'elle était inconsolable, et que sa
douleur passait les bornes de la raison. Je connaissais assez son humeur et sa délicatesse sur
sa réputation pour savoir, sans qu'on me le dît,
tout ce qu'elle pouvait sentir dans une si fâcheuse
aventure. Quelques jours après cet accident, on
me dit qu'un écuyer de Belasire demandait à me
parler de sa part. Je fus transporté au nom de
Belasire qui m'était si cher; je fis entrer celui

qui me demandait : il me donna une lettre où je
trouvai ces paroles :

« Notre séparation m'avait rendu le monde
» si insupportable que je ne pouvais plus y vivre
» avec plaisir ; et l'accident qui vient d'arriver
» blesse si fort ma réputation, que je ne puis y
» demeurer avec honneur. Je vais me retirer
» dans un lieu où je n'aurai pas la honte de
» voir les divers jugemens qu'on fait de moi.
» Ceux que vous en avez faits ont causé tous
» mes malheurs ; cependant je n'ai pu me ré-
» soudre à partir sans vous dire adieu, et sans
» vous avouer que je vous aime encore, quelque
» déraisonnable que vous soyez. Ce sera tout ce
» que j'aurai à sacrifier à Dieu, en me donnant
» à lui, que l'attachement que j'ai pour vous,
» et le souvenir de celui que vous avez eu pour
» moi. La vie austère que je vais embrasser me
» paraîtra douce : on ne peut trouver rien de
» fâcheux quand on a éprouvé la douleur de
» s'arracher à ce qui nous aime et à ce qu'on
» aimait plus que toutes choses. Je veux bien
» vous avouer encore que le seul parti que je
» prends me pouvait mettre en sûreté contre
» l'inclination que j'ai pour vous ; et que, de-
» puis notre séparation, vous n'êtes jamais venu
» dans ce lieu, où vous avez causé tant de dés-
» ordre, que je n'aie été prête à vous parler et

» à vous dire que je ne pouvais vivre sans vous.
» Je ne sais même si je ne vous l'aurais point
» dit le soir que vous attaquâtes dom Manrique,
» et que vous me donnâtes de nouvelles marques
» de ces soupçons qui ont fait tous nos malheurs.
» Adieu, Alphonse, souvenez-vous quelquefois
» de moi, et souhaitez, pour mon repos, que
» je ne me souvienne jamais de vous. »

Il ne manquait plus à mon malheur que d'apprendre que Belasire m'aimait encore, qu'elle se fût peut-être redonnée à moi sans le dernier effet de mon extravagance, et que le même accident qui m'avait fait tuer mon meilleur ami me faisait perdre ma maîtresse, et la contraignait à se rendre malheureuse pour le reste de sa vie.

Je demandai à celui qui m'avait apporté cette lettre où était Belasire : il me dit qu'il l'avait conduite dans un monastère de religieuses fort austères, qui étaient venues de France depuis peu ; qu'en y entrant elle lui avait donné une lettre pour son père et une autre pour moi. Je courus à ce monastère : je demandai à la voir, mais inutilement. Je trouvai le comte de Guevarre qui en sortait : toute son autorité et toutes ses prières avaient été inutiles pour la faire changer de résolution. Elle prit l'habit quelque temps après. Pendant l'année qu'elle pouvait encore

sortir, son père et moi fîmes tous nos efforts
pour l'y obliger. Je ne voulus point quitter la
Navarre, comme j'en avais formé le dessein,
que je n'eusse entièrement perdu l'espérance de
revoir Belasire; mais, le jour que je sus qu'elle
était engagée pour jamais, je partis sans rien
dire. Mon père était mort, et je n'avais personne
qui me pût retenir. Je m'en vins en Catalogne
dans le dessein de m'embarquer, et d'aller finir
mes jours dans les déserts de l'Afrique. Je cou-
chai par hasard dans cette maison; elle me plut;
je la trouvai solitaire, et telle que je la pouvais
désirer; je l'achetai. J'y mène depuis cinq ans
une vie aussi triste que doit faire un homme qui
a tué son ami, qui a rendu malheureuse la plus
estimable personne du monde, et qui a perdu,
par sa faute, le plaisir de passer sa vie avec elle.
Croirez-vous encore, seigneur, que vos malheurs
soient comparables aux miens?

Alphonse se tut à ces mots, et il parut si
accablé de tristesse par le renouvellement de
douleur que lui apportait le souvenir de ses
malheurs, que Consalve crut plusieurs fois qu'il
allait expirer. Il lui dit tout ce qu'il crut capable
de lui donner quelque consolation; mais il ne
put s'empêcher d'avouer en lui-même que les
malheurs qu'il venait d'entendre pouvaient au

moins entrer en comparaison avec ceux qu'il
avait soufferts.

Cependant la douleur qu'il sentait de la perte
de Zayde augmentait tous les jours. Il dit à
Alphonse qu'il voulait sortir d'Espagne, et aller servir l'empereur dans la guerre qu'il avait
contre les Sarrasins, qui, s'étant rendus maîtres
de la Sicile, faisaient de continuelles courses
en Italie. Alphonse fut sensiblement touché de
cette résolution ; il fit tous ses efforts pour l'en
détourner, mais ses efforts furent inutiles.

L'inquiétude que donne l'amour ne pouvait
laisser Consalve dans cette solitude, et il était
pressé d'en sortir par une secrète espérance,
qu'il ne connaissait pas lui-même, de pouvoir
retrouver Zayde. Il résolut donc de partir et de
quitter Alphonse. Il n'y eut jamais une plus
triste séparation : ils parlèrent de tous les malheurs de leur vie ; ils y ajoutèrent celui de ne
se plus voir ; et, après s'être promis de se donner de leurs nouvelles, Alphonse demeura
dans sa solitude, et Consalve s'en alla coucher à
Tortose.

Il se logea proche d'une maison dont les jardins faisaient une des plus grandes beautés de
la ville ; il se promena tout le soir, et même
pendant une partie de la nuit, sur les bords de
l'Èbre. S'étant lassé de se promener, il s'assit

au pied d'une terrasse de ces beaux jardins :
elle était si basse qu'il entendit parler des
personnes qui s'y promenaient. Ce bruit ne le
détourna pas d'abord de sa rêverie ; mais enfin
il en fut détourné par un son de voix qui lui
parut semblable à celui de Zayde, et qui lui
donna, malgré lui, de l'attention et de la curiosité. Il se leva pour être plus proche du haut
de la terrasse. D'abord il n'entendit rien, parce
que l'allée où se promenaient ces personnes
finissait au bord de la terrasse où il était, et
que, lorsqu'elles étaient à ce bord, elles retour-
naient sur leurs pas et s'éloignaient de lui. Il
demeura au même lieu pour voir si elles ne
reviendraient point. Elles revinrent comme il
l'avait espéré, et il entendit cette même voix qui
l'avait surpris. Il y a trop d'opposition, disait-
elle, dans les choses qui pourraient faire mon bonheur. Je ne puis espérer d'être heureuse ; mais
je serais moins à plaindre si j'avais pu lui faire
connaître mes sentimens, et si j'étais assurée
des siens. Après ces paroles, Consalve n'en
entendit plus de bien distinctes, parce que
celle qui parlait commençait à s'éloigner. Elle
revint une seconde fois, parlant encore. Il
est vrai, disait-elle, que le pouvoir des premières inclinations peut excuser celle que j'ai
laissée naître dans mon cœur ; mais quel bizarre

effet du hasard s'il arrive que cette inclination,
qui semble s'accorder avec ma destinée, ne
serve peut-être quelque jour qu'à me la faire
suivre avec douleur! Ce fut tout ce que Consalve put entendre. La grande ressemblance de
cette voix avec celle de Zayde lui causa de
l'étonnement, et peut-être aurait-il soupçonné
que c'était elle-même, si cette personne n'eût
parlé espagnol. Quoiqu'il eût trouvé quelque
chose d'étranger dans l'accent, il n'y fit aucune
réflexion, parce qu'il était dans une extrémité
de l'Espagne où l'on ne parle pas comme en
Castille : il eut seulement pitié de celle qui
avait parlé, et ces paroles lui firent juger qu'il
y avait quelque chose d'extraordinaire dans sa
fortune.

Le lendemain il partit de Tortose pour s'aller
embarquer. Après avoir marché quelque temps,
il vit au milieu de l'Èbre une barque fort ornée,
couverte d'un pavillon magnifique, relevé de
tous les côtés, et dessous plusieurs femmes,
parmi lesquelles il reconnut Zayde. Elle était
debout comme pour mieux voir la beauté de
la rivière : il paraissait néanmoins qu'elle rêvait
profondément. Il faudrait, comme Consalve,
avoir perdu une maîtresse, sans espérance de
la revoir, pour pouvoir exprimer ce qu'il sentit
en revoyant Zayde. Sa surprise et sa joie furent

si grandes, qu'il ne savait où il était ni ce qu'il voyait : il la regardait attentivement, et, reconnaissant tous ses traits, il craignait de se méprendre. Il ne pouvait s'imaginer que cette personne, dont il se croyait séparé par tant de mers, ne le fût que par une rivière. Il voulait pourtant aller à elle; il voulait lui parler; il voulait qu'elle le vît; il craignait de lui déplaire, et n'osait se faire remarquer ni témoigner sa joie devant ceux qui étaient avec elle. Un bonheur si imprévu et tant de pensées différentes ne lui laissaient pas la liberté de prendre une résolution ; mais enfin, après s'être un peu remis, et s'être assuré qu'il ne se trompait pas, il se détermina à ne se point faire connaître à Zayde, et à suivre sa barque jusqu'au port. Il espéra d'y trouver quelque moyen de lui parler en particulier ; il crut qu'il apprendrait le lieu de sa naissance et celui où elle allait; il s'imagina même qu'il pourrait juger, en voyant ceux qui étaient dans la barque, si ce rival, à qui il croyait ressembler, était avec elle ; enfin, il pensa qu'il allait sortir de toutes ses incertitudes, et qu'il pourrait au moins témoigner à Zayde l'amour qu'il avait pour elle. Il eût bien souhaité que ses yeux eussent été tournés de son côté; mais elle rêvait si profondément, que ses regards demeuraient toujours attachés

sur la rivière. Au milieu de sa joie il se souvint de la personne qu'il avait entendue dans le
jardin de Tortose; et, quoiqu'elle eût parlé espagnol, l'accent étranger qu'il avait remarqué,
et la vue de Zayde si près du même lieu, lui
firent croire que ce pouvait être elle-même.
Cette pensée troubla le plaisir qu'il avait de la
revoir; il se souvint de ce qu'il lui avait ouï
dire d'une première inclination; et, quelque disposition qu'on ait à se flatter, il était trop persuadé que Zayde avait pleuré un amant qu'elle
aimait, pour croire qu'il pût prendre part à
cette première inclination; mais les autres paroles qu'elle avait dites, et qu'il avait retenues,
lui laissaient de l'espérance. Il s'imaginait qu'il
n'était pas impossible qu'il y eût quelque chose
d'avantageux pour lui; il revint ensuite à douter
que ce fût Zayde qu'il eût entendue, et il trouvait peu d'apparence qu'elle eût appris l'espagnol en si peu de temps.

Le trouble que lui causaient ces incertitudes
se dissipa : il s'abandonna enfin à la joie d'avoir
retrouvé Zayde; et, sans penser davantage s'il
était aimé ou s'il ne l'était pas, il pensa seulement au plaisir qu'il allait avoir d'être encore
regardé par ses beaux yeux. Cependant il marchait toujours le long de la rivière en suivant
la barque; et, quoiqu'il allât assez vite, des **gens**

à cheval, qui venaient derrière lui, le passèrent. Il se détourna de quelques pas pour empêcher qu'ils ne le vissent; mais, comme il y en
avait un qui venait seul un peu après les autres,
la curiosité d'apprendre quelque chose de Zayde
lui fit oublier le soin de ne se pas faire voir, et
il demanda à ce cavalier s'il ne savait point qui
étaient ces personnes qu'il voyait dans cette barque. Ce sont, lui répondit-il, des personnes
considérables parmi les Maures, qui sont à Tortose il y a déjà quelques jours, et qui s'en vont
prendre un grand vaisseau pour s'en retourner
en leur pays. En parlant ainsi, il regarda Consalve avec beaucoup d'attention, et prit le ga-
lop pour rejoindre ses compagnons. Consalve
demeura fort surpris de ce qu'il venait d'apprendre, et il ne douta plus, puisque Zayde avait
couché à Tortose, que ce ne fût elle-même qu'il
avait entendue parler dans ce jardin. Un tour que
la rivière faisait en cet endroit, et un chemin
escarpé qui se trouva sur le bord, lui firent
perdre la vue de Zayde. Dans ce moment, tous
ces hommes à cheval, qui l'avaient passé, revinrent à lui. Il ne douta point alors qu'ils ne
l'eussent reconnu : il voulut se détourner; mais
ils l'environnèrent d'une manière qui lui fit voir
qu'il ne pouvait les éviter. Il reconnut celui qui
était à leur tête pour Oliban, un des princi-

paux officiers de la garde du prince de Léon ,
et il eut une douleur sensible de voir qu'il le reconnaissait aussi. Sa douleur augmenta de beaucoup lorsque cet officier lui dit qu'il y avait
plusieurs jours qu'il le cherchait , et qu'il avait
ordre du prince de le conduire à la cour. Quoi !
s'écria Consalve, le prince n'est pas content du
traitement qu'il m'a fait, il veut encore m'ôter
la liberté! C'est le seul bien qui me reste , et je
périrai plutôt que de souffrir qu'on me la ra-
visse. A ces mots , il mit l'épée à la main , et ,
sans considérer le nombre de ceux qui l'environnaient, il les attaqua avec une valeur si extraordinaire , que deux ou trois étaient déjà hors de
combat avant qu'il leur eût donné le loisir de
se reconnaître. Oliban commanda aux gardes de
ne penser qu'à l'arrêter et de conserver sa vie.
Ils lui obéissaient avec peine ,et Consalve fondait
sur eux avec tant de furie, qu'ils ne pouvaient
plus se défendre sans l'attaquer. Enfin , leur
chef, étonné des actions incroyables de Consalve , et craignant de ne pouvoir exécuter l'ordre
du prince de Léon, mit pied à terre, et tua d'un
coup d'épée le cheval de Consalve. Ce cheval, en
tombant, embarrassa tellement son maître dans
sa chute, qu'il lui fut impossible de se dégager :
son épée se rompit; tous ceux qui l'attaquaient
l'environnèrent, et Oliban lui représenta avec

beaucoup de civilité le grand nombre qu'ils
étaient contre lui seul, et l'impossibilité de ne
pas obéir. Consalve ne le voyait que trop; mais
il trouvait un si grand malheur d'être conduit à
Léon, qu'il ne pouvait s'y résoudre. Zayde, qu'il
venait de quitter et qu'il allait perdre, mettait
le comble à son désespoir; et il parut dans un
si étrange état, que l'officier de dom Garcie s'i-
magina que la pensée des mauvais traitemens
qu'il attendait de ce prince lui donnait cette
grande répugnance à l'aller trouver. Il faut, seigneur, lui dit-il, que vous ignoriez ce qui s'est
passé à Léon depuis quelque temps pour craindre, autant que vous le faites, d'y retourner.
J'ignore toutes choses, répondit Consalve; je
sais seulement que vous me feriez plus de plaisir
de m'ôter la vie que de me conduire au prince
de Léon. Je vous en dirais davantage, répliqua
Oliban, si ce prince ne me l'avait expressément
défendu; mais je me contente de vous assurer
que vous n'avez rien à craindre. J'espère, répondit Consalve, que la douleur d'être conduit
à Léon m'empêchera d'y arriver en état de satisfaire la cruauté de dom Garcie. Comme il
achevait ces paroles, il revit la barque de Zayde,
mais il ne vit plus son visage : elle était assise
et tournée du côté opposé au sien. Quelle destinée que la mienne! dit-il en lui-même. Je

perds Zayde dans le même moment que je la
retrouve. Quand je la voyais, et que je lui parlais dans la maison d'Alphonse, elle ne pouvait
m'entendre; lorsque je l'ai rencontrée à Tortose, et que j'en pouvais être entendu, je ne
l'ai pas reconnue; maintenant que je la vois,
que je la reconnais, et qu'elle pourrait m'entendre, je ne saurais lui parler, et je n'espère
plus de la revoir. Il demeura quelque temps
dans ces diverses pensées, puis tout à coup se
tournant vers ceux qui le conduisaient : Je ne
crois pas, leur dit-il, que vous craigniez que
je puisse vous échapper; je vous demande la
grâce de me laisser approcher du bord de la rivière pour parler pendant quelques momens à
des personnes que je vois dans cette barque. Je
suis très-fâché, lui répondit Oliban, d'avoir
des ordres contraires à ce que vous désirez; mais
il m'est défendu de vous laisser parler à qui que
ce soit, et vous me permettrez d'exécuter ce qui
m'a été ordonné. Consalve sentit si vivement ce
refus, que cet officier, qui remarqua la violence
de ses sentimens, et qui craignit qu'il n'appelât
à son secours ceux qui étaient dans la barque,
ordonna à ses gens de l'éloigner de la rivière.
Ils s'en éloignèrent à l'heure même, et condui-
sirent Consalve au lieu le plus commode pour
passer la nuit. Le lendemain ils prirent le che-

min de Léon, et marchèrent avec tant de diligence, qu'ils y arrivèrent en peu de jours. Oliban envoya un des siens avertir le prince de leur arrivée, et attendit son retour à deux cents pas de la ville. Celui qu'il avait envoyé apporta l'ordre de conduire Consalve dans le palais par un chemin détourné, et de le faire entrer dans le cabinet de dom Garcie. Consalve était si affligé, qu'il se laissait conduire sans demander seulement en quel lieu on le voulait mener.

FIN DE LA PREMIÈRE PARTIE.

ZAYDE,

HISTOIRE ESPAGNOLE.

SECONDE PARTIE.

Lorsque Consalve se trouva dans le palais de Léon, la vue d'un lieu où il avait été si heureux lui redonna les idées de sa fortune, et renouvela sa haine pour dom Garcie. La douleur d'avoir perdu Zayde céda pour quelques momens aux sentimens impétueux de la colère, et il ne fut occupé que du désir de faire connaître à ce prince qu'il méprisait tous les mauvais traitemens qu'il pouvait recevoir de lui.

Comme il était dans ces pensées, il vit entrer Hermenesilde suivie seulement du prince de Léon. La vue de ces deux personnes ensemble, dans un lieu si particulier et au milieu de la nuit, lui causa une telle surprise, qu'il lui fut impossible de la cacher. Il recula quelques pas, et son étonnement fit si bien voir sur son visage toutes les pensées qui se présentaient en foule à son imagination, que dom Garcie, prenant la parole :

Ne me trompé-je point, mon cher Consalve? lui
dit-il; ne sauriez-vous point encore les changemens qui sont arrivés dans cette cour, et dou-
teriez-vous que je ne fusse légitime possesseur
de Hermenesilde? Je le suis, ajouta-t-il, et il
ne manque rien à mon bonheur, sinon que vous
y consentiez, et que vous en soyez le témoin. Il
l'embrassa en disant ces paroles; Hermenesilde
fit la même chose, et l'un et l'autre le prièrent
de leur pardonner les malheurs qu'ils lui avaient
causés. C'est à moi, seigneur, dit Consalve en
se jetant aux pieds du prince, c'est à moi à vous
demander pardon d'avoir laissé paraître des soupçons dont j'avoue que je n'ai pu me défendre;
mais j'espère que vous accorderez ce pardon au
premier mouvement d'une surprise si extraordinaire, et au peu d'apparence que je voyais à
la grâce que vous avez faite à ma sœur. Vous
pouviez tout espérer de sa beauté et de mon
amour, répliqua dom Garcie, et je vous conjure d'oublier ce qu'elle a fait, sans votre aveu,
pour un prince dont elle connaissait les sentimens. Le succès, seigneur, a si bien justifié sa
conduite, répondit Consalve, que c'est à elle à
se plaindre de l'obstacle que je voulais apporter
à son bonheur.

Après ces paroles, dom Garcie dit à Hermenesilde qu'il était déjà si tard, qu'elle serait

peut-être bien aise de se retirer, et qu'il serait
bien aise aussi de demeurer encore quelques
momens avec Consalve.

Lorsqu'ils furent seuls, il l'embrassa avec
beaucoup de témoignages d'amitié. Je n'oserais
espérer, lui dit-il, que vous oubliiez les choses
passées; je vous conjure seulement de vous souvenir de l'amitié qui a été entre nous, et de penser que je n'ai manqué à celle que je vous devais, que par une passion qui ôte la raison à
ceux qui en sont possédés. Je suis si surpris,
seigneur, repartit Consalve, que je ne puis vous
répondre; je doute de ce que je vois, et je ne
puis croire que je sois assez heureux pour retrouver en vous cette même bonté que j'y ai vue
autrefois. Mais, seigneur, permettez-moi de vous
demander à qui je dois cet heureux retour.
Vous me demandez bien des choses, répondit le
prince; et, bien que j'eusse besoin d'un plus
long temps pour vous les apprendre, je vous
les dirai en peu de paroles, et je ne veux pas
retarder d'un moment ce qui peut servir à me
justifier auprès de vous.

Alors il voulut lui raconter le commencement de sa passion pour Hermenesilde, et la part
qu'y avait eue dom Ramire; mais, pour lui en
épargner la peine, Consalve lui dit qu'il avait
appris tout ce qui s'était passé jusqu'au jour

qu'il était parti de Léon, et qu'il ne lui restait
à savoir que ce qui était arrivé depuis son
départ.

HISTOIRE DE DOM GARCIE ET DE HERMENESILDE.

Vous partîtes sans doute, reprit dom Garcie,
sur la connaissance que vous eûtes que j'avais
eu la faiblesse de consentir à votre éloignement;
et la méprise que fit Nugna Bella de vous envoyer une lettre qu'elle écrivait à dom Ramire,
vous apprit ce qu'on vous avait caché avec tant
de soin. Dom Ramire reçut la lettre qui s'adressait à vous, et ne douta point que vous n'eussiez reçu celle qui s'adressait à lui. Il en fut
extrêmement troublé; je ne le fus pas moins:
nos fautes étaient communes, quoiqu'elles fussent différentes. Votre départ lui donna de la
joie; j'en eus aussi d'abord; mais, quand je fis
réflexion à l'état où vous étiez, quand je consi-
dérai que j'en étais la cause, je pensai mourir
de douleur. Je trouvais que j'avais perdu la raison de vous avoir caché si soigneusement l'a-
mour que j'avais pour Hermenesilde; il me semblait que les sentimens que j'avais pour elle
étaient d'une nature à n'être pas désapprouvés:
j'eus plusieurs fois envie de faire courir après
vous, et je l'aurais fait si j'eusse été le seul

coupable; mais l'intérêt de Nugna Bella et de
dom Ramire était un obstacle invincible à votre
retour. Je leur cachai mes sentimens, et j'essayai, autant qu'il me fut possible, de vous oublier. Votre éloignement fit beaucoup de bruit,
et chacun en parla selon son caprice. Sitôt que
je ne fus plus retenu par vos conseils, et que je
suivis ceux de dom Ramire, qui souhaitait, pour
son intérêt, de me voir de l'autorité, je me
brouillai entièrement avec le roi, et il connut
alors qu'il s'était trompé quand il avait cru que
vous me portiez à faire les choses qui lui étaient
désagréables. Notre mésintelligence éclata; les
soins de la reine ma mère furent inutiles, et les
choses vinrent à un tel point, que l'on ne douta
plus que je n'eusse dessein de former un parti.
Je ne crois pas néanmoins que j'en eusse pris la
résolution si le comte votre père, qui sut, par
des personnes qu'il avait mises auprès de sa
fille, l'amour que j'avais pour elle, ne m'eût fait
dire que, si je voulais l'épouser, il m'offrait une
armée considérable, des places, de l'argent, et
enfin tout ce qui m'était nécessaire pour obliger
le roi à me faire part de sa couronne. Vous savez ce que les passions peuvent sur moi, et à
quel point l'amour et l'ambition régnaient dans
mon âme. L'une et l'autre étaient satisfaites par
les offres qu'on me faisait; ma vertu était trop

faible pour y résister, et je ne vous avais plus
pour la soutenir. J'acceptai ces offres avec joie;
mais, avant que de m'engager entièrement, je
voulus savoir qui entrait dans ce parti dont je
me faisais le chef. J'appris qu'il y avait plusieurs
personnes considérables, entre autres le père
de Nugna Bella, un des comtes de Castille, et je
trouvai que Nugnez Fernando et lui demandaient que je les reconnusse pour souverains.
Cette proposition me surprit, et j'eus quelque
honte de faire une chose si préjudiciable à l'état,
par une impatience précipitée de régner; mais
dom Ramire aida, pour son intérêt, à me déterminer. Il promit, à ceux qui traitaient pour les
comtes de Castille, de me porter à faire ce qu'ils
désiraient, pourvu qu'on lui promît de lui donner Nugna Bella. Il m'engagea à la demander; je
le fis avec joie : on me l'accorda, et notre traité
fut conclu en peu de temps. Je ne pus me résoudre à attendre la fin de la guerre pour
être possesseur de Hermenesilde, et je fis dire
à Nugnez Fernando que j'étais résolu d'enlever
sa fille en me retirant de la cour. Il y consentit,
et il ne me resta plus qu'à trouver les moyens de
cet enlèvement. Dom Ramire y avait le même
intérêt que moi, parce que Diego Porcellos trouvait bon qu'on enlevât Nugna Bella avec Hermenesilde. Nous résolûmes de prendre un jour que

la reine irait se promener hors de la ville, d'o-
bliger celui qui conduirait le chariot où seraient
Nugna Bella et Hermenesilde à s'éloigner de celui de la reine, de les enlever, et de les mener
à Palence qui était en ma disposition, et où
Nugnez Fernando devait se trouver.

Tout ce que je viens de vous dire s'exécuta
plus heureusement que nous ne l'avions espéré.
J'épousai Hermenesilde dès le soir même que
nous fûmes arrivés : la bienséance et mon amour
le voulaient ainsi, et je le devais faire pour
engager entièrement le comte de Castille dans
mes intérêts. Au milieu de la joie que nous
avions l'un et l'autre, nous parlâmes de vous
avec beaucoup de douleur. Je lui avouai ce qui
avait causé votre éloignement. Nous plaignîmes
ensemble le malheur où nous étions de ne savoir
en quel lieu du monde vous étiez allé. Je ne
pouvais me consoler de votre perte, et je re-
gardais dom Ramire avec horreur, comme la
cause de ma faute. Son mariage fut retardé,
parce que Nugna Bella voulut qu'on attendît
Diego Porcellos, qui était demeuré en Castille
pour rassembler les troupes qu'on avait levées.

Cependant la plus grande partie du royaume
se déclara pour moi. Le roi ne laissa pas d'avoir
une armée considérable, et de s'opposer à la
mienne : il y eut plusieurs combats ; et, dans

l'un des premiers, dom Ramire fut tué sur la place. Nugna Bella en fut très-affligée : votre sœur fut témoin de son affliction, et prit le soin de la consoler. Je fis en moins de deux mois des progrès si considérables, que la reine ma mère, connaissant qu'il était impossible de me résister, porta le roi à un accommodement, et lui en fit voir la nécessité. Elle avança vers le lieu où j'étais: elle me dit que le roi était résolu de chercher du repos ; qu'il se démettrait de la couronne en ma faveur, et qu'il se réserverait seulement la souveraineté de Zamora pour y finir ses jours, et celle d'Oviedo pour la donner à mon frère. Il eût été difficile de refuser des offres si avantageuses ; je les acceptai : on fit tout ce qui était nécessaire pour l'exécution de ce traité. Je vins à Léon, je vis le roi ; il se démit de sa couronne, et partit le même jour pour s'en aller à Zamora.

Permettez-moi, seigneur, interrompit Consalve, de vous faire voir mon étonnement. Attendez encore, reprit dom Garcie, que je vous aie appris ce qui regarde Nugna Bella. Je ne sais si ce que je vais vous dire vous donnera de la joie ou de la douleur ; car j'ignore quels sentimens vous conservez pour elle. Ceux de l'indifférence, seigneur, répondit Consalve. Vous m'écouterez donc sans peine, répliqua le roi. Incontinent après la paix, elle vint à Léon avec la reine : il

me parut qu'elle souhaitait votre retour; je lui
parlai de vous, et je lui vis de violens repentirs de
l'infidélité qu'elle vous avait faite. Nous résolûmes
de vous faire chercher, quoiqu'il fût assez difficile, ne sachant en quel endroit du monde vous
étiez allé. Elle me dit que, si quelqu'un le pouvait
savoir, c'était dom Olmond. Je l'envoyai chercher
à l'heure même; je le conjurai de m'apprendre de
vos nouvelles : il me répondit que, depuis mon
mariage et la mort de dom Ramire, il avait eu
plusieurs fois la pensée de me parler de vous,
jugeant bien que les raisons qui avaient causé
votre éloignement avaient cessé; mais qu'ignorant où vous étiez, il avait cru que c'était une
chose inutile; qu'enfin il venait de recevoir une
de vos lettres; que vous ne lui mandiez point le
lieu de votre séjour, mais que vous le priiez de
vous écrire à Tarragone, ce qui lui faisait juger
que vous n'étiez pas hors de l'Espagne. Je fis
partir à l'heure même plusieurs officiers de mes
gardes pour vous aller chercher. J'avais jugé,
par la lettre que vous aviez écrite à dom Olmond,
que vous ignoriez les changemens qui étaient
arrivés. Je leur donnai ordre de ne vous rien
dire de l'état de la cour et de mes sentimens, et
j'imaginai un plaisir extrême à vous apprendre
l'un et l'autre. Quelques jours après, dom Olmond partit aussi pour vous aller chercher, et il

crut qu'il vous trouverait plutôt que ceux que
j'y avais déjà envoyés. Nugna Bella me parut
touchée d'une grande joie par l'espérance de
vous revoir : mais son père, que j'avais reconnu
pour souverain aussi-bien que le vôtre, envoya
demander à la reine la permission de la rappeler auprès de lui. Quelque douleur qu'elles eussent de cette séparation, Nugna Bella ne put
l'éviter : elle partit; et, sitôt qu'elle fut arrivée
en Castille, son père la maria, contre son gré,
à un prince allemand, que la dévotion a attiré
en Espagne. Il a cru voir dans cet étranger un
mérite extraordinaire, et l'a choisi pour lui donner sa fille : peut-être a-t-il de la valeur et de la
sagesse; mais son humeur et sa personne ne sont
pas agréables, et Nugna Bella est très-malheu-
reuse.

Voilà, dit le roi en finissant son discours, ce
qui s'est passé depuis votre éloignement; si vous
n'aimez plus Nugna Bella, et que vous m'aimiez encore, je n'ai rien à souhaiter, puisque
vous serez aussi heureux que vous l'avez été, et
que je le serai entièrement par le retour de
votre amitié. Je suis confus, seigneur, de toutes
vos bontés, répondit Consalve; je crains de ne
vous pas faire assez paraître ma reconnaissance
et ma joie; mais l'habitude que mes malheurs et
la solitude m'ont donnée à la tristesse m'en laisse

encore une impression qui cache les sentimens
de mon cœur. Après ces paroles, dom Garcie se
retira, et l'on conduisit Consalve dans un appartement qu'on lui avait préparé dans le palais.
Lorsqu'il se vit seul, et qu'il fit réflexion sur le
peu de joie que lui donnait un changement si
avantageux, quels reproches ne se fit-il point de
s'être si entièrement abandonné à l'amour !

C'est vous seule, Zayde, dit-il, qui m'empê-
chez de jouir du retour de ma fortune, et d'une
fortune encore au-dessus de celle que j'avais perdue. Mon père est souverain, ma sœur est reine,
et je suis vengé de tous ceux qui m'avaient trahi.
Cependant je suis malheureux, et je rachèterais,
de tous les avantages que je possède, l'occasion
que j'ai perdue de vous suivre et de vous revoir.

Le lendemain toute la cour sut le retour de
Consalve. Le roi ne pouvait se lasser de faire
voir l'amitié qu'il avait pour lui, et il prenait
soin d'en donner des témoignages publics pour
réparer, en quelque sorte, les choses qui s'étaient
passées. Une si éclatante faveur ne consolait point
cet amant de la perte de Zayde : il n'était pas en
son pouvoir de cacher son affliction. Le roi s'en
aperçut, et le pressa si fortement de lui en avouer
la cause, que Consalve ne put s'en défendre.
Après lui avoir raconté sa passion pour Zayde,

et tout ce qui lui était arrivé depuis son départ
de Léon : Voilà, seigneur, lui dit-il, comme j'ai
été puni d'avoir osé soutenir contre vous qu'on
ne devait aimer qu'après une longue connaissance. J'ai été trompé par une personne que je
croyais connaître; cette expérience ne m'a pu
défendre contre Zayde que je ne connaissais pas,
que je ne connais point encore, et qui cependant
trouble l'heureux état où vous me mettez. Le roi
était trop sensible à l'amour, et trop sensible à
ce qui regardait Consalve, pour n'être pas touché
de son malheur. Il examina avec lui ce qu'on
pouvait faire pour apprendre des nouvelles de
Zayde. Ils résolurent d'envoyer à Tortose, dans
cette maison où il l'avait entendue parler, pour
tâcher au moins de s'instruire de sa patrie, et du
lieu où elle était allée. Consalve, qui avait dessein de faire savoir à Alphonse tout ce qui lui
était arrivé, depuis qu'il était sorti de sa solitude, se servit de cette occasion pour lui écrire,
et pour lui renouveler les assurances de son
amitié.

Cependant les Maures avaient profité des désordres du royaume de Léon; ils avaient surpris
plusieurs villes, et continuaient encore à étendre
leurs limites, sans avoir néanmoins déclaré la
guerre. Dom Garcie, poussé par son ambition
naturelle, et se trouvant fortifié par la valeur de

Consalve, résolut d'entrer dans leur pays et de
reprendre tout ce qu'ils avaient usurpé. Dom Ordogno, son frère, se joignit à lui, et ils mirent
une puissante armée en campagne : Consalve en
fut le général. Il fit en peu de temps des progrès
considérables; il prit des villes, il eut l'avantage
en plusieurs combats, et enfin il assiégea Talavera, qui était une place importante par sa situation et par sa grandeur. Abderame, roi de
Cordoue, successeur d'Abdala, vint lui-même
s'opposer au roi de Léon. Il s'approcha de Talavera dans l'espérance d'en faire lever le siége.
Dom Garcie, avec le prince Ordogno son frère,
prit la plus grande partie de l'armée pour l'aller
combattre, et laissa Consalve avec le reste pour
continuer le siége. Consalve s'en chargea avec
joie; et l'assurance d'y réussir ou d'y trouver la
mort ne lui laissa pas appréhender de mauvais
succès. Il n'avait point eu de nouvelles de Zayde;
il était plus tourmenté que jamais de la passion
qu'il avait pour elle, et du désir de la revoir; de
sorte qu'au milieu de sa fortune et de sa gloire
il n'envisageait qu'une vie si désagréable, qu'il
courait avec ardeur aux occasions de la finir. Le
roi marcha contre Abderame : il le trouva campé
dans un poste avantageux, à une journée de Talavera. Quelques jours se passèrent sans qu'ils
en vinssent aux mains : les Maures ne voulaient

pas sortir de leur poste, et dom Garcie se trouvait trop faible pour les y attaquer. Cependant Consalve jugea qu'il était impossible de continuer le siège, parce que, n'ayant pas assez de troupes pour enfermer toute la place, il y entrait du secours toutes les nuits, et que ce secours pouvait enfin mettre les assiégés en état de faire des sorties qu'il ne pourrait soutenir. Comme il avait déjà fait une brèche considérable, il résolut de hasarder un assaut général, et d'essayer, par une action si hardie, de réussir dans une chose qu'il croyait désespérée. Il exécuta ce qu'il avait résolu; et, après avoir donné tous les ordres nécessaires, il attaqua la ville avant que le jour parût, mais avec tant de courage et d'espérance de vaincre, qu'il inspira ces mêmes sentimens aux soldats. Ils firent des actions incroyables; et enfin, en moins de deux heures, Consalve se rendit maître de Talavera. Il fit tous ses efforts pour empêcher le pillage; mais il était impossible d'arrêter des troupes qui avaient été animées par l'espérance du butin.

Comme il allait lui-même par la ville pour prévenir le désordre, il vit un homme qui se défendait seul contre plusieurs autres avec une valeur admirable, et qui, en se retirant, tâchait de gagner un château qui ne s'était pas encore rendu. Ceux qui attaquaient cet homme le pres-

saient si vivement, qu'ils l'allaient percer de plusieurs coups, si Consalve ne se fût jeté au milieu
d'eux, et ne leur eût commandé de se retirer. Il
leur fit honte de l'action qu'ils voulaient faire :
ils s'en excusèrent, en lui disant que celui qu'ils
attaquaient était le prince Zulema, qui venait
de tuer un nombre infini des leurs, et qui voulait se jeter dans le château. Ce nom était trop
célèbre par la grandeur de ce prince, et par le
commandement général qu'il avait dans les armées des Maures, pour n'être pas connu de Consalve. Il s'avança vers lui ; et ce vaillant homme, voyant bien qu'il ne pouvait plus se défendre,
rendit son épée avec un air si noble et si hardi,
que Consalve ne douta point qu'il ne fût digne
de la grande réputation qu'il avait acquise. Il le
donna en garde à des officiers qui le suivaient,
et marcha vers ce château pour le sommer de se
rendre. Il promit la vie à ceux qui étaient dedans ;
on lui en ouvrit les portes : il apprit, en y entrant, qu'il y avait beaucoup de dames arabes
qui s'y étaient retirées. On le conduisit au lieu
où elles étaient. Il entra dans un appartement
superbe, orné avec toute la politesse des Maures.
Plusieurs dames, à demi couchées sur des carreaux, ne faisaient voir que par un triste silence
la douleur qu'elles avaient d'être captives. Elles
étaient un peu éloignées, comme par respect,

17.

d'une personne magnifiquement habillée et assise
sur un lit de repos. Sa tête était appuyée sur une
de ses mains, de l'autre elle essuyait ses larmes
et cachait son visage, comme si elle eût voulu
retarder de quelques momens la vue de ses ennemis. Enfin, au bruit que firent ceux dont Consalve était suivi, elle se tourna, et lui fit reconnaître Zayde, mais Zayde plus belle qu'il ne
l'avait jamais vue, malgré la douleur et le trouble qui paraissaient sur son visage. Consalve fut
si surpris, qu'il parut plus troublé que Zayde, et
Zayde sembla se rassurer et perdre une partie
de ses craintes à la vue de Consalve. Ils s'avancèrent l'un vers l'autre; et, prenant tous deux la
parole, Consalve se servit de la langue grecque
pour lui demander pardon de paraître devant elle
comme un ennemi, dans le même moment que
Zayde lui disait en espagnol qu'elle ne craignait
plus les malheurs qu'elle avait appréhendés, et
que ce ne serait pas le premier péril dont il l'aurait garantie. Ils furent si étonnés de s'entendre
parler leurs langues, et leur surprise leur jeta si
vivement dans l'esprit les raisons qui les avaient
obligés de les apprendre, qu'ils en rougirent, et
demeurèrent quelque temps dans un profond silence. Enfin, Consalve reprit la parole, et, con-
tinuant de se servir de la langue grecque : Je ne
sais, madame, lui dit-il, si j'ai eu raison de sou-

haiter, autant que je l'ai fait, que vous me pussiez entendre; peut-être n'en serai-je pas moins
malheureux; mais, quoi qu'il puisse m'arriver,
puisque j'ai la joie de vous revoir, après en avoir
tant de fois perdu l'espérance, je ne me plaindrai
plus de ma fortune. Zayde parut embarrassée de
ce que lui disait Consalve, et, le regardant avec
ses beaux yeux, où il ne paraissait néanmoins que
de la tristesse : Je ne sais encore, lui dit-elle en sa
langue, ne voulant plus lui parler espagnol, si
mon père a pu échapper des périls où il s'est exposé dans cette journée; vous me permettrez
bien de ne vous pas répondre pour demander de
ses nouvelles. Consalve appela ceux qui se trou-
vaient proche de lui pour savoir ce qu'elle désirait : il eut le plaisir d'apprendre que ce prince
à qui il venait de sauver la vie était le père de
Zayde, et elle parut avoir beaucoup de joie de
savoir par quel bonheur son père avait été ga-
ranti de la mort. Ensuite Consalve fut obligé de
faire des civilités à toutes les autres dames qui
étaient dans le château. Il fut fort surpris d'y
trouver dom Olmond, dont on n'avait point eu
de nouvelles depuis qu'il était parti de Léon pour
le chercher. Après avoir satisfait à ce qu'il devait à un ami si fidèle, il revint dans le lieu où
était Zayde. Comme il commençait à lui parler,
on le vint avertir que le désordre était si grand

dans la ville que sa présence seule pouvait l'arrêter. Il fut contraint d'aller où son devoir l'appelait. Il donna tous les ordres qu'il jugea nécessaires pour apaiser le tumulte que faisaient naître l'avarice des soldats et la terreur des habitans ; ensuite il dépêcha un courrier au roi pour lui donner avis de la prise de la ville, et revint avec empressement auprès de Zayde. Toutes les dames qui étaient auprès d'elle s'éloignèrent par hasard : il voulut profiter des momens où il pouvait l'entretenir ; mais, comme il avait dessein de lui parler de sa passion, il sentit un trouble extraordinaire, et il connut bien que ce n'était pas toujours assez de pouvoir être entendu pour se déterminer à vouloir se faire entendre. Il craignit néanmoins de perdre une occasion qu'il avait tant souhaitée ; et, après avoir admiré quelque temps la bizarrerie de leur aventure, d'avoir été long-temps ensemble sans se connaître et sans se parler : Nous sommes bien éloignés, dit Zayde, de retomber dans le même embarras, puisque j'entends la langue espagnole, et que vous entendez la mienne. Je m'étais trouvé si malheureux de ne la pas entendre, répondit Consalve, que je l'ai apprise, sans espérer même qu'elle pût me servir à réparer ce que j'avais souffert de ne la pas savoir. Pour moi, reprit Zayde en rougissant, j'ai appris l'espagnol, parce

qu'il est difficile de n'apprendre pas la langue du
pays où l'on demeure, et que l'on est dans une
peine continuelle lorsqu'on ne peut se faire entendre. Je vous entendais souvent, madame,
répliqua Consalve; et, quoique je ne susse pas
votre langue, il y a eu bien des heures où j'aurais pu rendre un compte exact de vos sentimens, et je suis persuadé que vous voyiez encore
mieux les miens que je ne voyais les vôtres. Je
vous assure, répondit Zayde, que je suis moins
habile que vous ne pensez, et que tout ce que
j'ai pu juger, c'est que vous aviez quelquefois
beaucoup de tristesse. Je vous en disais la cause,
répondit Consalve, et je crois que, sans savoir
ce que signifiaient mes paroles, vous n'avez pas
laissé de m'entendre. Ne vous en défendez point,
madame; vous m'avez répondu, sans me parler,
avec une sévérité dont vous devez être satisfaite;
mais, puisque j'ai pu connaître votre indifférence, comment n'auriez-vous pas connu des
sentimens qui paraissent plus aisément que l'indifférence, et qui s'expliquent souvent malgré
nous? J'avoue néanmoins que j'ai vu quelquefois vos beaux yeux tournés sur moi d'une manière qui m'aurait donné de la joie, si je n'avais
cru devoir ce qu'ils avaient de favorable à la
ressemblance de quelque autre. Je ne vous désa-
vouerai pas, reprit Zayde, que je n'aie trouvé

que vous ressembliez à quelqu'un ; mais vous
n'auriez pas sujet de vous plaindre, si je vous
disais que j'ai souvent souhaité que vous pussiez être celui à qui vous ressemblez. Je ne sais,
madame, répondit Consalve, si ce que vous me
dites m'est favorable, et je ne puis vous en rendre grâces, si vous ne me l'expliquez mieux. Je
vous en ai trop dit pour vous l'expliquer, répliqua Zayde, et mes dernières paroles m'engagent
à vous en faire un secret. Je suis bien destiné
au malheur de ne vous pas entendre, reprit
Consalve, puisque, même en me parlant espagnol, je ne sais ce que vous me dites. Mais,
madame, avez-vous la cruauté d'ajouter encore
des incertitudes à celles où je vis depuis si long-
temps ? Il faut que je meure à vos pieds, ou que
vous me disiez qui vous avez pleuré dans la solitude d'Alphonse, et qui est celui à qui mon
malheur ou mon bonheur veulent que je ressemble. Ma curiosité ne s'arrêterait pas sans doute
à ces deux choses, si le respect que j'ai pour
vous ne la retenait ; mais j'attendrai que le
temps et votre bonté me permettent de vous en
demander davantage.

Comme Zayde allait répondre, des dames arabes, qui étaient dans le château, demandèrent
à parler à Consalve ; et il vint ensuite tant d'autres personnes, qu'avec le soin qu'apporta cette

princesse à éviter de l'entretenir en particulier, il lui fut impossible d'en retrouver l'occasion.

Il se renferma seul pour s'abandonner au plaisir d'avoir retrouvé Zayde, et de l'avoir retrouvée dans un lieu dont il était le maître ; il croyait même avoir remarqué dans ses yeux quelque joie de le revoir. Il était bien aise qu'elle eût appris l'espagnol, et elle s'était servie de cette langue avec tant de promptitude, sitôt qu'elle l'avait vu, qu'il se flattait d'avoir eu quelque part au soin qu'elle avait eu de l'apprendre. Enfin, la vue de Zayde, et l'espérance de n'en être pas haï, faisaient sentir à Consalve ce qu'un amant qui n'est pas assuré d'être aimé peut sentir de plus agréable.

Dom Olmond revint du château où il l'avait envoyé pour y faire entrer des troupes, et interrompit sa rêverie. Comme il l'avait trouvé dans le même lieu que Zayde, il crut qu'il pourrait l'instruire de la naissance et des aventures de cette belle princesse. Il appréhenda néanmoins qu'il n'en fût amoureux ; et la crainte de trouver encore un rival en un homme qu'il croyait son ami, arrêta long-temps sa curiosité, mais il ne put en être le maître ; et, après avoir demandé à dom Olmond quelle aventure l'avait conduit à Talavera, et avoir su qu'il avait été fait prisonnier en allant le chercher à

Tarragone, il lui parla de Zulema pour lui parler ensuite de Zayde.

Vous savez, lui dit dom Olmond, qu'il est neveu du calife Osman, et qu'il serait à la place du Caïmadan qui règne aujourd'hui, s'il avait eu autant de bonheur qu'il mérite d'en avoir. Il tient un rang considérable parmi les Arabes ; il est venu en Espagne pour être général des armées du roi de Cordoue, et il y vit avec une grandeur et une dignité dont j'ai été surpris. Je trouvai ici, en y arrivant, une cour très-agréable. Belenie, femme du prince Osmin, frère de Zulema, y était alors. Cette princesse n'est pas moins révérée par sa vertu que par sa naissance. Elle avait avec elle la princesse Félime, sa fille, dont l'esprit et le visage sont pleins de charmes, bien qu'il y ait dans l'un et dans l'autre beaucoup de langueur et de mélancolie. Vous avez vu l'incomparable beauté de Zayde, et vous pouvez juger quel fut mon étonnement de trouver à Talavera tant de personnes dignes d'admiration. Il est vrai, répondit Consalve, que Zayde est la plus parfaite beauté que j'aie jamais vue, et je ne doute point qu'elle n'ait ici un grand nombre d'amans attachés à elle. Alamir, prince de Tharse, en est passionnément amoureux, répliqua dom Olmond ; il a commencé à l'aimer en Chypre, et il en était parti avec elle. Zulema

fit naufrage aux côtes de Catalogne ; il est venu
depuis en Espagne, et Alamir est venu à Talavera chercher Zayde.

Les paroles de dom Olmond donnèrent un
coup mortel à Consalve : il y trouva la confirmation de ses soupçons, et il vit en un moment
que tout ce qu'il s'était imaginé était véritable.
L'espérance de s'être trompé, dont il s'était
flatté tant de fois, l'abandonna entièrement, et
la joie que lui avait donnée la conversation qu'il
venait d'avoir avec Zayde, ne servit qu'à augmenter sa douleur. Il ne douta plus que les
larmes qu'elle avait répandues chez Alphonse
ne fussent pour Alamir ; que ce ne fût à lui
qu'il ressemblait, et que ce ne fût par lui qu'elle
eût été enlevée des côtes de Catalogne. Ces pensées
lui donnèrent une si cruelle douleur, que dom
Olmond crut qu'il était malade, et lui en témoigna de l'inquiétude. Consalve ne voulut pas
lui apprendre le sujet de son affliction ; il
trouva de la honte à lui avouer qu'il était encore
amoureux, après avoir été si maltraité par
l'amour : il lui dit que son mal se passerait
bientôt, et il lui demanda s'il avait vu Alamir,
s'il était digne de Zayde, et s'il en était aimé.
Je ne l'ai point vu, reprit dom Olmond ; il
était allé joindre Abderame avant que l'on m'eût
conduit en cette ville. Sa réputation est grande ;

je ne sais s'il est aimé de Zayde, mais je crois
qu'il est difficile qu'elle méprise un prince aussi
aimable que j'ai ouï dépeindre Alamir; et il
paraît si attaché à elle, qu'il est difficile de
croire qu'il en soit entièrement dédaigné. La
princesse Félime, avec qui j'ai lié une amitié
particulière, malgré la retraite où vivent les
personnes de sa nation et de sa naissance, m'a
souvent parlé d'Alamir; et, à en juger par ce
qu'elle m'en a dit, on ne peut être ni plus honnête homme, ni plus amoureux. Si Consalve
eût suivi ses sentimens, il eût fait encore plusieurs questions à dom Olmond; mais il était
retenu par la crainte de découvrir ce qu'il lui
voulait cacher. Il lui demanda seulement ce
qu'était devenue Félime : dom Olmond lui répondit qu'elle avait suivi la princesse sa mère
à Oropèze, où Osmin commandait un corps
d'armée.

Consalve se retira ensuite, sous le prétexte de
chercher du repos; mais ce ne fut en effet que
pour être en liberté de s'affliger et de faire réflexion sur l'opiniâtreté de son malheur. Pourquoi ai-je retrouvé Zayde, disait-il, avant d'apprendre qu'Alamir en est aimé? Si j'en eusse été
assuré dans le temps que je l'avais perdue, j'aurais moins souffert de son absence, je me serais
moins abandonné à la joie de la revoir, et je ne

sentirais pas la cruelle douleur de perdre les
espérances qu'elle vient de me donner. Quelle
destinée est la mienne, que même la douceur
de Zayde ne serve qu'à me rendre malheureux !
Pourquoi témoigner qu'elle souffre mon amour,
si elle approuve celui d'Alamir ? Et que veut
dire ce souhait, que je puisse être celui à qui
je ressemble ?

De pareilles réflexions augmentaient encore sa
tristesse ; et le jour suivant, qu'il devait attendre avec tant d'impatience, et qui lui devait
être si agréable, puisqu'il était assuré de voir
Zayde et de lui parler, lui parut le plus affreux
de sa vie, quand il pensa qu'en la voyant il
n'avait rien à espérer que la confirmation de son
malheur.

Sur le milieu de la nuit, celui qui était allé
porter au roi la nouvelle de la prise de la ville,
revint avec un ordre pour Consalve de partir
à l'heure même, et d'aller joindre l'armée avec
toute la cavalerie. Dom Garcie savait que les
Maures attendaient un secours considérable ; et,
quand il eut appris que Consalve avait emporté
Talavera, il crut qu'il fallait profiter de cette
victoire, et rassembler toutes ses troupes pour
attaquer les ennemis avant qu'ils fussent fortifiés
par ce nouveau secours. Quelque difficulté que
Consalve trouvât à exécuter l'ordre du roi, par

l'embarras de faire marcher des soldats qui
étaient encore fatigués du travail de la nuit précédente, le désir d'être à la bataille le fit agir
avec tant d'ardeur, qu'il les mit en peu de temps
en état de partir, et il se fit la cruelle violence
de quitter Zayde sans lui dire adieu. Il ordonna
que l'on conduisît Zulema dans le château où
était cette princesse, et il commanda à celui
qui la gardait de lui dire les raisons qui l'obligeaient à quitter Talavera avec tant de précipi-
tation.

A la pointe du jour il se mit à la tête de la
cavalerie, et commença à marcher avec une tristesse proportionnée au sujet qu'il en croyait
avoir. En approchant du camp, il rencontra le
roi qui venait au-devant de lui. Il mit pied à
terre, et alla lui rendre compte de ce qui s'é-
tait passé à la prise de Talavera. Après lui avoir
parlé de ce qui regardait la guerre, il lui parla
de ce qui regardait son amour. Il lui apprit qu'il
avait retrouvé Zayde ; mais qu'il avait aussi
trouvé ce rival, dont la seule idée lui avait
donné tant d'inquiétude. Le roi lui témoigna
combien il s'intéressait dans toutes les choses
qui le touchaient, et combien il était satisfait
de la victoire qu'il venait de remporter. Consalve
alla ensuite faire camper ses troupes, et les
mettre en état, par quelques heures de repos,

de se préparer à la bataille que l'on avait dessein de donner. La résolution n'en était pas encore prise : le poste avantageux des ennemis, leur nombre, et le chemin qu'il fallait faire pour aller à eux, rendaient cette résolution difficile à prendre, et périlleuse à exécuter. Consalve néanmoins opina à la donner; et l'espérance de trouver Alamir dans le combat lui fit soutenir son opinion avec tant de force, que la bataille fut résolue pour le lendemain.

Les Arabes étaient campés dans une plaine à la vue d'Almaras. Leur camp était environné d'un grand bois, en sorte que l'on ne pouvait aller à eux que par un défilé si dangereux à passer, qu'il ne semblait pas qu'on dût l'entreprendre. Toutefois Consalve, à la tête de la cavalerie, commença le premier à traverser ce bois, et parut dans la plaine suivi de quelques escadrons. Les Arabes, surpris de voir leurs ennemis si proche, employèrent à prendre leur résolution le temps qu'ils devaient employer à combattre, et donnèrent le loisir aux Espagnols de passer toutes leurs troupes et de se ranger en bataille. Consalve marcha droit à eux avec l'aile gauche, enfonça leurs escadrons, et les mit en fuite. Il ne s'abandonna pas à poursuivre les fuyards, et, cherchant partout le prince de Tharse et de nouvelles victoires, il tourna tout

court sur l'infanterie des Arabes. Cependant l'aile
droite n'avait pas eu un succès si favorable : les
Arabes l'avaient rompue et poussée jusqu'au
corps de réserve que commandait le roi de Léon ;
mais ce roi avait arrêté leur victoire, et les avait
repoussés jusqu'aux portes d'Almaras ; en sorte
qu'il ne restait de leur armée que l'infanterie,
où était Abderame, et que Consalve venait d'attaquer. Cette infanterie l'attendit de pied ferme,
et, ouvrant ses bataillons, les gens de trait firent
un effet si prodigieux, que les troupes espagnoles
ne les purent soutenir. Consalve les remit en ordre, et recommença la même attaque jusqu'à
trois fois. Enfin, il enveloppa cette infanterie de
tous côtés ; et, touché de voir périr de si braves
gens, il cria qu'on leur fît quartier. Ils mirent
tous les armes bas ; et, se jetant en foule autour
de lui, ils semblaient n'avoir d'autre application
qu'à admirer sa clémence après avoir éprouvé
sa valeur. Dans ce moment, le roi de Léon vint
joindre Consalve, et lui donna toutes les louanges
que méritait sa valeur. Ils surent que le roi Abderame s'était dégagé pendant le dernier combat,
et s'était retiré dans Almaras.

La gloire que Consalve avait acquise dans
cette journée devait lui donner quelque joie ;
mais il ne sentit que la douleur de n'y avoir pas
laissé la vie, et de n'avoir pu trouver Alamir.

Il sut des prisonniers que ce prince n'était pas dans l'armée, qu'il commandait le secours que les ennemis attendaient, et que c'était l'espérance de ce secours qui leur avait fait essayer de retarder la bataille.

Comme les Arabes avaient ramassé une partie de leur armée, qu'ils étaient fortifiés par les troupes qu'Alamir avait amenées, et qu'ils avaient devant eux une grande ville que l'on n'osait assiéger à leur vue, le roi de Léon ne pouvait espérer d'autre avantage de sa victoire que la gloire de l'avoir remportée. Néanmoins Abderame, sous le prétexte d'enterrer les morts, demanda une trève de quelques jours, dans le dessein de commencer une négociation pour la paix.

Pendant cette trève, un jour que Consalve passait d'un quartier à l'autre, il vit, sur une petite éminence, deux cavaliers de l'armée ennemie qui se défendaient contre plusieurs cavaliers espagnols, et qui, malgré leur résistance, étaient près d'être accablés par le nombre de ceux qui les attaquaient. Il fut étonné de voir ce combat pendant la trève, et de le voir si inégal. Il envoya quelqu'un des siens, à toute bride, pour le faire cesser et pour en savoir la cause. On lui vint dire que ces deux cavaliers arabes avaient voulu passer auprès des gardes avancées;

qu'on les avait arrêtés avec insolence; qu'ils
avaient mis l'épée à la main, et que la cavalerie qui s'était trouvée en ce lieu les avait attaqués. Consalve commanda à un officier d'aller de
sa part faire des excuses à ces deux cavaliers,
et de les conduire jusque hors du camp, du côté
qu'ils voudraient aller. Il continua ensuite la vi-
site des quartiers, et alla passer à celui du roi,
en sorte qu'il ne revint que fort tard à son lo-
gement. Le lendemain l'officier, qui avait conduit ces deux cavaliers arabes, le vint trouver :
Seigneur, lui dit-il, un de ceux que vous nous
aviez donné ordre d'escorter nous a chargés de
vous dire qu'il est bien fâché qu'une affaire importante, qui n'a rien de commun avec la guerre,
l'empêche de vous venir remercier, et qu'il est
bien aise de vous apprendre que c'est le prince
Alamir qui vous est redevable de la vie. Lorsque
Consalve entendit le nom d'Alamir, et qu'il
pensa que ce rival, qu'il avait eu tant d'envie
d'aller chercher par toute la terre, lors même
qu'il n'en connaissait ni le nom, ni la patrie,
venait de passer dans le camp et à sa vue, pour
aller sans doute trouver Zayde, il demeura
comme accablé, et il ne lui resta de force que
pour demander quel chemin avait pris Alamir.
Quand on lui eut répondu que c'était celui de
Talavera, il congédia tous ceux qui étaient dans

sa tente, et demeura abandonné au désespoir
de n'avoir pas connu le prince de Tharse.

Quoi! disait-il, non-seulement il échappe à
ma vengeance, mais je lui ouvre encore les chemins pour aller voir Zayde! A l'heure que je
parle, il la voit, il est auprès d'elle, il lui apprend son passage dans ce camp; et ce n'est
que pour insulter à mon malheur qu'ila voulu
que je susse qu'il était Alamir! Peut-être ne
jouira-t-il pas long-temps de mon infortune, et
je soulagerai ma douleur par le plaisir de me
venger.

Il prit dans ce moment la résolution de se dérober de l'armée, de s'en aller à Talavera troubler, par sa présence, l'entrevue d'Alamir et de
Zayde, et d'ôter la vie à son rival, ou de mourir aux yeux de cette princesse. Comme il cherchait les moyens d'exécuter ce qu'il avait résolu, on lui vint dire qu'il paraissait des troupes
ennemies à quelques lieues du camp, et que le
roi lui ordonnait de les aller reconnaître. Il fut
contraint d'obéir et de retarder l'exécution de
son dessein. Il monta à cheval; mais, quand il
eut marché quelque temps, il apprit, en sortant
d'un bois, que les troupes qu'on avait vues
n'étaient composées que de quelques Arabes qui
revenaient d'escorter un convoi. Il fit prendre
le chemin du camp à la cavalerie qui était avec

lui, et, suivi seulement de quelques-uns des
siens, il commença à marcher lentement, afin
de demeurer dans le bois, et de prendre le chemin de Talavera sitôt que les troupes seraient
un peu éloignées. Lorsqu'il fut au milieu d'une
grande route, il rencontra un cavalier arabe de
fort bonne mine, qui suivait assez tristement le
même chemin. Ceux qui accompagnaient Consalve prononcèrent son nom par hasard. A ce
nom de Consalve, ce cavalier revint de la rêverie où il était plongé, et leur demanda si celui
qui marchait seul était Consalve. Sitôt qu'on lui
eut répondu que c'était lui-même : Je serai bien
aise, dit-il assez haut, de voir un homme d'un
mérite si extraordinaire, et de le pouvoir remercier de la grâce que j'en ai reçue. En disant
ces paroles il s'avança vers Consalve, en portant
la main à la visière de son casque pour le sa-
luer ; mais lorsqu'il eut jeté les yeux sur son visage : O Dieu ! s'écria-t-il, est-il possible que ce
soit Consalve ? Et, le regardant attentivement,
il demeura immobile, comme un homme frappé
d'une grande surprise et combattu par des sentimens bien différens. Après avoir demeuré quelque temps en cet état, Alamir s'écria tout d'un
coup : Non, je ne dois pas laisser vivre celui à
qui Zayde est destinée, ou celui à qui elle se
destine elle-même. Consalve, qui avait paru

étonné de l'action et des premières paroles de ce cavalier, et qui néanmoins en attendait la suite avec tranquillité, fut frappé, à son tour, d'une surprise extraordinaire, lorsqu'il entendit les noms de Zayde et d'Alamir, et qu'il jugea qu'il avait devant lui ce redoutable rival qu'il allait chercher avec tant de haine et de désir de vengeance. Je ne sais, lui répondit-il, si Zayde m'est destinée; mais si vous êtes le prince de Tharse, comme vous me donnez lieu de le croire, n'espérez pas d'en être possesseur que par ma mort. Vous ne le serez aussi que par la mienne, répliqua Alamir; et je ne vois que trop, par vos paroles, que vous êtes celui qui cause mon infortune. Consalve n'entendit ces derniers mots que confusément; il se retira de quelques pas, et retint l'impatience qui l'emportait à combattre. Pour empêcher que leur combat ne fût interrompu, il ordonna à ceux qui le suivaient de s'éloigner, et il le leur ordonna avec tant d'autorité, qu'ils n'osèrent lui désobéir; mais ils s'en allèrent en diligence pour faire revenir quelques-uns des principaux officiers de l'armée qui venaient de quitter Consalve, et qui ne pouvaient encore être fort éloignés : en même temps Consalve et Alamir commencèrent un combat où l'adresse et le courage firent paraître tout ce qu'ils ont jamais eu de grand et d'admirable.

Alamir fut blessé en tant d'endroits, que les
forces commencèrent à lui manquer; et, bien
que Consalve le fût aussi, la vue d'une pro-
chaine victoire lui donnait une nouvelle ardeur
qui le rendait maître de la vie de ce prince. Le
roi, qui s'était trouvé proche du bois, attiré
par les cris de ceux que Consalve avait fait
éloigner, arriva dans cet endroit et sépara les
combattans. Il apprit par l'écuyer d'Alamir,
qui survint dans ce moment, le nom de son
maître; et Consalve, voyant que ce prince per-
dait des ruisseaux de sang, commanda qu'on le
secourût.

Si le roi eût suivi ses sentimens, il aurait
donné des ordres contraires; il se contenta néanmoins d'ordonner qu'on lui répondît de la personne du prince de Tharse, et tourna toutes ses
pensées à la conservation de son favori. Il le fit
transporter au camp. Alamir n'était pas en état
d'être porté si loin, et on le mit dans un château
qui se trouva assez proche. Sitôt que Consalve
fut arrivé, le roi voulut voir le jugement des
médecins sur ses blessures : ils l'assurèrent qu'il
n'y avait rien à craindre pour sa vie. Dom Garcie
ne put le quitter sans apprendre de sa bouche
la cause de ce combat. Consalve, qui ne lui cachait rien, lui en avoua la vérité; et le roi,
craignant de nuire à sa santé par une trop lon-

gue conversation, voulut le laisser en repos.
Mais Consalve le retenant . Ne m'abandonnez
pas, seigneur, lui dit-il, au désordre et à la
confusion de mes pensées ; aidez-moi à démêler
le nouvel embarras où me mettent les actions et
les paroles d'Alamir. Il me rencontre sans qu'il
paraisse me chercher ; il m'aborde comme un
homme qui veut me faire des remercîmens, et,
tout d'un coup, je le vois surpris, troublé, et
prêt à mettre l'épée à la main. Qu'a-t-il appris,
en me voyant, qui lui ait fait changer de sentimens ? Qui lui fait imaginer que Zayde m'est
destinée ou par Zulema ou par elle-même ? Il ne
peut avoir appris que de sa propre bouche que
je suis son rival ; et, si elle lui a rendu compte
de mon amour, ce n'est pas d'une manière qui
puisse lui donner lieu de me craindre. Il sait
bien aussi qu'elle ne m'est pas destinée par Zulema, qui ne me connaît point, qui ignore les
sentimens que j'ai pour sa fille, et dont la religion est si opposée à la mienne. Quel fondement
peuvent donc avoir ses paroles, et par quelle
raison mon visage attire-t-il sa colère plutôt que
mon nom ? Il est difficile, mon cher Consalve,
répondit le roi, de démêler cette aventure : j'y
pense avec attention ; mais je n'imagine rien où
je me puisse arrêter. Ne serait-ce point, reprit-
il tout d'un coup, qu'Alamir vous aurait vu

dans la solitude d'Alphonse lorsque vous portiez
le nom de Théodoric, et que ce n'est qu'à votre
visage qu'il vous a reconnu pour son rival? Ah!
seigneur, répliqua Consalve, j'ai déjà eu la
même pensée ; mais je l'ai trouvée si cruelle,
que je n'ai pu m'y arrêter. Serait-il possible
qu'Alamir eût été caché dans ce désert? Serait-il
possible que la joie qui me paraissait quelquefois
dans les yeux de Zayde, et qui faisait tout mon
bonheur, n'eût été que les restes de ce qu'avait
produit la vue d'Alamir? Mais, seigneur, continua-t-il, je ne quittais quasi point Zayde ;
j'aurais vu ce prince s'il était venu chez Alphonse ; et, de plus, cette princesse sait qui je
suis : il vient de la voir, il ne faut pas douter
qu'elle ne le lui ait appris ; ainsi, il connaissait
Consalve pour l'amant de Zayde, lorsqu'il m'a
rencontré. Je ne puis comprendre qui a causé un
changement si prompt, et je trouve de l'impossibilité à tout ce que j'imagine. Êtes-vous bien
assuré, repartit le roi, qu'Alamir ait vu Zayde?
il passa hier assez tard dans le camp ; vous l'avez
rencontré ce matin : il me semble qu'il est difficile d'avoir été à Talavera, et d'en être revenu
en si peu de temps. Mais il m'est aisé de m'en
éclaircir, ajouta-t-il ; deux officiers de mes troupes
ont dit qu'ils avaient passé la nuit au même lieu
que ce prince, et nous saurons d'eux où ils l'ont

rencontré. Le roi commanda à l'heure même qu'on lui fit venir ces officiers ; et, lorsqu'ils furent venus, il leur ordonna de dire en quel lieu et à quelle heure ils avaient trouvé Alamir.

Seigneur, répondit l'un des deux, nous revenions hier d'Ariobisbe, où l'on nous avait envoyés ; nous passâmes le soir dans un grand bois qui est à trois ou quatre lieues du camp ; nous mimes pied à terre, et nous nous endormimes dans ce bois. J'entendis du bruit ; je m'éveillai, et je vis d'assez loin, au travers des arbres, ce prince arabe qui parlait à une femme magnifiquement habillée. Après une longue conversation, cette femme le quitta, et vint s'asseoir avec une autre près du lieu où j'étais. Elles parlaient assez haut ; mais je n'entendais pas ce qu'elles disaient, parce qu'elles parlaient une langue que je ne connais point, et qui n'est pas celle des Arabes. Elles nommèrent plusieurs fois Alamir ; et, quoiqu'elles fussent tournées en sorte que je ne pouvais voir leur visage, il me sembla que celle qui avait parlé à ce prince pleurait extrêmement. Enfin, elles s'en allèrent ; j'entendis marcher des chariots et beaucoup de chevaux du côté de Talavera. J'éveillai mon camarade ; nous reprîmes notre chemin, et nous vimes de loin Alamir couché au pied d'un arbre, comme un homme qui se trouvait mal. Son

écuyer me demanda s'il pourrait arriver de jour
au camp des Arabes; je lui dis que non, et ils
ont passé la nuit dans le même village que nous.

Le roi se repentit d'avoir fait parler ces officiers, et, sitôt qu'ils furent retirés : Vous voyez,
seigneur, dit Consalve, si j'ai eu tort de croire
qu'Alamir avait vu Zayde. Mais trouvez-vous
possible qu'elle soit sortie de Talavera, répondit
le roi, puisqu'elle y est prisonnière? Mon malheur, répliqua Consalve, ne me laisse pas manquer aux choses qui me peuvent nuire. J'ai donné
ordre, en partant, que Zayde eût la liberté de
se promener hors de la ville toutes les fois qu'elle
le voudrait : elle attendait Alamir dans ce bois.
Il avait raison de me mander qu'une affaire importante, qui ne regardait point la guerre, l'em-
pêchait de s'arrêter dans ce camp. Il la vit donc
hier; elle pleurait après l'avoir quitté : il est
donc vrai que Zayde aime Alamir, et il ne me
reste plus d'incertitude. Laissez-moi mourir,
seigneur; abandonnez le soin d'un homme qui
est trop persécuté de la fortune pour mériter
vos bontés; je suis honteux d'être aimé de vous
et d'être misérable.

Dom Garcie était sensiblement touché de l'état
où il voyait Consalve, et il essayait de lui faire
trouver quelque consolation dans les témoignages de son amitié.

Le lendemain on sut que le prince de Tharse était très-dangereusement blessé ; et, les jours suivans, la fièvre lui prit si violemment, qu'on désespéra quasi de sa vie. Consalve s'imagina que Zayde ne pourrait savoir le danger où était ce prince sans envoyer apprendre de ses nouvelles ; il donna charge à un de ses gens, à qui il se fiait, d'aller tous les jours au château où l'on gardait Alamir, et de découvrir s'il ne venait personne pour essayer de le voir. Il eût bien voulu aussi s'éclaircir de cette ressemblance qui lui avait donné tant de curiosité ; mais l'état dans lequel était ce prince avait tellement changé son visage, qu'il était impossible de distinguer aucun de ses traits.

Celui qui avait été chargé d'aller à ce château s'acquitta de sa commission avec soin ; il apprit à Consalve que, depuis qu'Alamir était malade, on n'avait point demandé à lui parler ; mais que des gens inconnus venaient tous les jours savoir l'état de sa santé, sans dire le nom de ceux qui les y envoyaient. Quoique Consalve ne doutât point qu'Alamir ne fût aimé de Zayde, toutes les choses qui l'en assuraient lui donnaient une nouvelle douleur. Le roi entra dans sa tente, qu'il était encore agité de l'affliction qu'il venait de recevoir ; et, craignant que tant de déplaisirs ne missent enfin sa vie en danger, il défen-

dit à ceux qui l'approchaient de lui parler d'A-
lamir et de la princesse Zayde.

Cependant la trêve était finie, et les deux
armées ne demeuraient pas inutiles. Abderame
assiégea une petite place dont la faiblesse ne
lui faisait pas appréhender de résistance ; néanmoins il arriva que le prince de Galice, proche
parent de dom Garcie, qui s'était retiré dans
cette place pour se guérir de quelques blessures
qu'il avait reçues à la bataille, entreprit de la
défendre, par une résolution où il y avait plus
de témérité que de courage. Abderame s'en
trouva si indigné, que, lorsque cette ville fut
contrainte de se rendre, il fit trancher la tête à
ce prince. Ce n'était pas la première fois que les
Maures avaient abusé de leur victoire, et traité
les plus grands seigneurs d'Espagne avec une
inhumanité sans exemple. Dom Garcie fut ex-
trèmement irrité de la mort du prince de Galice.
Les troupes espagnoles ne le furent pas moins ;
elles aimaient ce prince, et, déjà lassées de tant
de cruautés dont on n'avait point tiré vengeance,
elles s'assemblèrent en tumulte, et demandèrent
au roi qu'on traitât Alamir de la même manière qu'on avait traité le prince de Galice. Le
roi y consentit ; il aurait été dangereux de refuser des troupes aussi animées. Il manda au roi
de Cordoue, qu'il ferait trancher la tête au prince

de Tharse sitôt qu'il serait en meilleur état, et
que ses blessures permettraient d'en faire un
spectacle public, et de lui ôter la vie sans qu'il
parût qu'on n'eût fait que hâter sa mort.

Consalve ignorait, par les ordres que le roi
avait donnés, ce qui se passait au sujet de ce
prince. Quelques jours après, on lui vint dire
qu'un écuyer de dom Olmond demandait à le
voir. Il commanda qu'on le fît entrer; et cet
écuyer, après lui avoir dit que son maître était
bien fâché que les ordres du roi le retinssent
à Bazagel et l'empêchassent de venir apprendre de ses nouvelles, lui remit plusieurs lettres entre les mains. Consalve ouvrit celle qui
s'adressait à lui, et y lut ces paroles :

Lettre de dom Olmond à Consalve.

« Si je ne savais combien vous aimez à faire
» de grandes actions, je ne vous enverrais pas
» la lettre que je vous envoie, et je croirais
» faire une chose inutile de vous parler en
» faveur de votre ennemi; mais je vous con-
» nais trop pour douter que vous ne receviez
» avec joie la prière que l'on m'oblige de vous
» faire. Quelque justice qu'il y ait à traiter le
» prince de Tharse comme on a traité le prince
» de Galice, ce sera une action digne de vous

» de conserver un homme du mérite et de la
» qualité d'Alamir. Il me semble aussi que
» vous devez accorder quelque pitié à une
» passion qui ne vous est pas inconnue. »

Le nom d'Alamir et la fin de cette lettre cau-
sèrent un trouble extraordinaire à Consalve :
il demanda à l'écuyer de dom Olmond l'expli-
cation de ce que son maître lui mandait du
prince de Galice; et, quoique cet écuyer ne
dût pas croire qu'il ignorât ce qui s'était passé,
il ne laissa pas de le lui apprendre en peu de
mots. Consalve lut la lettre que dom Olmond
lui envoyait; elle ne contenait que ces paroles :

Lettre de Félime à dom Olmond.

« Vous pouvez tout sur Consalve; faites qu'il
» sauve Alamir de la colère du roi de Léon.
» En le garantissant de la mort qu'on lui pré-
» pare, il ne lui sauvera pas la vie; ses bles-
» sures la lui ôteront bientôt; et Consalve est
» déjà assez vengé de ce malheureux prince,
» puisqu'on est contraint de recourir à lui pour
» sa conservation. Travaillez-y, je vous en
» conjure; vous sauverez plus d'une vie en
» sauvant celle d'Alamir. »

Ah! Zayde, s'écria Consalve, Félime n'écrit
que par vos ordres, et vous m'ordonnez, par

cette lettre, de vous conserver Alamir. Quelle
inhumanité est la vôtre, et à quelle extrémité
me réduisez-vous! N'est-ce pas assez que je
supporte mes malheurs? Faut-il encore que je
travaille à conserver celui qui les cause? Dois-je
m'opposer à la résolution du roi? Elle est juste;
il a été contraint de la prendre, et je n'y ai
point eu de part. Je devrais laisser périr Alamir, si je ne savais point qu'il est mon rival
et qu'il est aimé de Zayde; mais je le sais, et
cette raison, toute cruelle qu'elle est, ne me
permet pas de consentir à sa perte. Quelle loi,
reprit-il, me veux-je imposer, et quelle générosité m'oblige à conserver Alamir? Parce que
je sais qu'il m'ôte Zayde, faut-il que je lui
sauve la vie? Dois-je prétendre que, pour me
l'accorder, le roi se mette au hasard de faire
révolter son armée? Abandonnerai-je les intérêts de dom Garcie, pour m'arracher la douce
espérance dont la mort d'Alamir vient me flatter? Ce prince seul me dispute Zayde; et,
quelque prévenue qu'elle soit en sa faveur, si elle
ne doit jamais le revoir, je pourrais m'assurer
d'être heureux.

Après ces paroles, il demeura long-temps
dans un silence où il paraissait enseveli; ensuite
il se leva tout d'un coup; et, quoiqu'il fût dans
une faiblesse extraordinaire, il se fit conduire

chez le roi. Ce prince fut très-surpris de le voir,
et il le fut encore davantage lorsqu'il sut ce qu'il
venait lui demander.

Seigneur, lui dit Consalve, si vous avez quelque considération pour moi, il faut m'accorder
la vie d'Alamir; je ne puis vivre, si vous consentez à sa mort. Que dites-vous, Consalve, lui
repartit le roi; et par quelle aventure la vie
d'un homme qui fait votre malheur devient-elle
nécessaire à votre repos? Zayde, seigneur, m'or-
donne de la conserver, répliqua-t-il; je dois répondre à la bonne opinion qu'elle a de moi. Elle
sait que je l'adore, et que je dois haïr ce prince;
cependant elle m'estime assez pour croire que,
loin de consentir à sa perte, je travaillerai à le
garantir de la mort qu'on lui prépare. Elle veut
bien tenir de moi la vie de son amant; je vous
la demande par toutes vos bontés. Je ne dois pas
écouter, lui repartit le roi, les sentimens que vous
inspirent une générosité aveugle et un amour
qui ne vous laisse plus de raison. Je dois agir selon mes intérêts et selon les vôtres. Le prince de
Tharse doit mourir pour apprendre au roi de Cordoue à mieux user des droits de la guerre, pour
apaiser mes troupes qui sont prètes à se révolter. Il doit mourir pour vous laisser possesseur
de Zayde, et ne plus troubler votre repos. Ah !
seigneur, reprit Consalve, trouverais-je du repos

à voir Zayde irritée contre moi et désespérée de
la mort de son amant? Je ne dois plus penser à
disputer Zayde à Alamir vivant, ni à Alamir
mort. Il ne faut pas se rendre digne du mauvais
traitement de la fortune par une opiniâtreté déraisonnable. Je veux que Zayde me plaigne de ne
m'avoir pas aimé, et je ne veux pas qu'elle
puisse me mépriser ni me haïr. Prenez du temps,
lui dit le roi, pour examiner ce que vous me demandez, et résolvez avec vous-même si vous le
devez vouloir. Non, seigneur, répondit Consalve,
je ne veux point avoir le loisir de changer de
sentimens, et m'exposer à combattre une seconde
fois les fausses et flatteuses espérances que la pensée de la mort d'Alamir m'a déjà données. Je ne
veux pas même que Zayde puisse croire que je
sois irrésolu sur le parti que je dois prendre, et
je vous demande la grâce de publier dès aujour-
d'hui que vous m'accordez la vie de ce prince.
Je vous promets, lui répondit le roi, de vous en
laisser le maitre; mais attendez encore à le publier. Vous savez l'entreprise qui est faite sur
Oropèze : les habitans doivent cette nuit nous en
ouvrir les portes. Si ce dessein réussit, la joie
d'un heureux succès mettra peut-être l'armée
dans une disposition dont nous aurons moins à
craindre. Félime sera entre nos mains : sachez
par elle si Alamir est aimé. Éclaircissez votre

destinée, avant que de décider de celle de ce
prince, et mettez-vous en état de prendre une
résolution dont vous ne puissiez vous repentir.
Mais, seigneur, répliqua Consalve, peut-être
que Félime ne voudra pas m'apprendre les sentimens de Zayde. Pour l'obliger à vous en instruire, interrompit le roi, mandez à dom Olmond
que vous ne ferez pas ce qu'elle désire, si vous
ne savez les véritables raisons qui lui font prendre tant de part à la conservation d'Alamir. C'est
dom Olmond qui est commandé pour entrer dans
Oropèze, et vous saurez par lui tout ce qu'il vous
est important de savoir. J'y consens, seigneur,
répondit Consalve, à condition que vous me permettrez d'obliger les soldats à vous venir demander eux-mêmes la conservation d'Alamir,
dans le même moment qu'on saura la prise d'O-
ropèze. Comme Félime sera prisonnière, dom
Olmond pourra lui cacher la grâce que vous m'aurez accordée, jusqu'à ce qu'elle lui ait appris tout
ce qui regarde ce prince. Zayde saura que j'ai
obéi à ses ordres dans le moment que je les ai
reçus, et elle jugera, par cette obéissance aveugle, que, si je renonce aux prétentions que j'a-
vais sur son cœur, je n'étais pas indigne de le
posséder.

Le roi consentit à tout ce que voulait Consalve;
mais en même temps il l'obligea d'écrire à dom

Olmond de la manière dont ils l'avaient résolu. Ce prince passa une partie de la nuit avec son favori, qui succombait sous l'effort qu'il venait de faire, et qui sacrifiait à une exacte générosité, dont il n'attendait point de gloire, toutes les espérances d'une passion dont son âme était possédée.

Le lendemain dom Garcie reçut des nouvelles de l'entreprise d'Oropèze, qui avait réussi comme on l'avait espéré. Il le fit savoir à Consalve, et lui manda en même temps qu'il lui donnait la liberté de travailler à la conservation d'Alamir. Consalve, avec la même ardeur que si le succès de son dessein lui eût assuré la conquête de Zayde, se fit porter dans le camp; et, avec ce même visage et cette même voix dont il s'était servi en tant d'occasions pour inspirer aux soldats le courage de le suivre, il leur fit voir quelle honte ils attireraient sur lui en voulant ôter la vie à un prince qui n'était entre leurs mains que pour l'avoir attaqué. Il leur dit que, par cette mort, dont on le croirait à jamais la cause, ils lui faisaient perdre l'honneur qu'il avait acquis avec eux en tant de combats; qu'il allait à l'heure même se démettre du commandement de l'armée, et quitter l'Espagne; qu'ils choisissent de lui voir prendre congé du roi ou d'aller dans ce moment lui demander la vie du prince de

Tharse. Les soldats lui laissèrent à peine achever ce qu'il avait résolu de leur dire ; se jetant
en foule autour de lui comme pour empêcher
qu'il ne les quittât, ils le suivirent chez dom
Garcie, si animés par les paroles de leur général, qu'il eût été aussi dangereux de leur refuser
alors la conservation d'Alamir, qu'il l'aurait été
quelques jours auparavant de leur refuser sa
mort.

Cependant dom Olmond, parmi tous les soins
que lui donnait une place dont il venait de se
rendre maître, ne laissa pas de penser que l'intérêt de Consalve l'obligeait à entretenir Félime.
Il demanda à la voir, avec autant de respect que
si le droit de la guerre ne lui en eût pas donné
une entière liberté. Il la trouva dans une tristesse
profonde : ce qui s'était passé pendant cette journée, et une maladie considérable que sa mère
avait depuis quelques jours, paraissaient le sujet
de cette tristesse.

Sitôt qu'ils purent se parler sans être enten-
dus : Eh bien, lui dit-elle, dom Olmond, avez-
vous travaillé auprès de Consalve, et sauverez-
vous Alamir ? La destinée de ce prince est entre
vos mains, madame, lui répondit-il. Entre mes
mains ! s'écria-t-elle ; hélas ! et par quelle aventure pourrais-je quelque chose pour le salut
d'Alamir ? Je vous réponds de sa vie, repartit-il ;

mais, pour me mettre en pouvoir de tenir ma parole, il faut m'apprendre les raisons qui vous
font prendre un intérêt si vif à sa conservation;
et il faut me les apprendre avec une vérité exacte,
aussi-bien que tout ce qui regarde les aventures
de ce prince. Ah! dom Olmond, que me deman-
dez-vous? répondit Félime. A ces mots elle demeura quelque temps sans parler; puis, tout
d'un coup, reprenant la parole : Mais ne savez-vous pas, lui dit-elle, qu'il est parent d'Osmin et de Zulema; que nous le connaissons il
y a long-temps; que son mérite est extraordinaire; et n'est-ce pas assez pour avoir soin de sa
vie? Le soin que vous en prenez, madame, répliqua dom Olmond, a des raisons plus pres-
santes; s'il vous coûte trop de me les apprendre,
il dépend de vous de ne le pas faire; mais vous
trouverez bon aussi que je me dégage de ce que
je viens de vous promettre. Quoi! dom Olmond,
répliqua-t-elle, la vie d'Alamir n'est qu'à ce
prix! Et que vous importe de savoir ce que vous
me demandez? Je suis bien fâché de ne pouvoir
vous le dire, reprit dom Olmond; mais, madame, encore une fois, je ne puis rien autrement, et c'est à vous de choisir. Félime demeura
long-temps les yeux baissés, dans un si profond
silence, que dom Olmond en était surpris. Enfin, se déterminant tout d'un coup : Je vais

faire, lui dit-elle, la chose du monde que j'aurais le moins cru pouvoir obtenir de moi-même.
La bonne opinion que j'ai de vous, et la confiance que j'ai en votre amitié, aident sans doute
à me déterminer, aussi-bien que la conservation d'Alamir. Gardez-moi un secret inviola-
ble, ajouta-t-elle, et écoutez avec patience le
récit que j'ai à vous faire, qui ne peut être qu'un
peu long.

HISTOIRE DE ZAYDE ET DE FÉLIME.

Cid Rahis, frère du calife Osman, et qui pouvait lui disputer l'empire par le droit de la
naissance, se trouva si malheureux et si abandonné de tous ceux qui lui avaient fait espérer de
se déclarer pour lui, qu'il fut contraint de renoncer à ses prétentions, et de consentir à être
relégué dans l'île de Chypre, sous le prétexte
d'y commander. Zulema et Osmin, que vous
connaissez, étaient ses enfans; ils étaient jeunes,
bien faits, et avaient donné plusieurs marques
de leur valeur. Ils devinrent amoureux de deux
personnes d'une beauté extraordinaire et d'une
grande qualité; elles étaient sœurs, et sortaient
de plusieurs princes qui avaient gouverné cette
ile avant qu'elle fût sous l'obéissance des Arabes. L'une s'appelait Alasinthe, et l'autre Be-

lenie. Comme Osmin et Zulema savaient bien la
langue grecque, ils se firent aisément entendre
de celles qu'ils aimaient. Elles étaient chrétien-
nes ; mais la différence de leur religion n'en apporta point dans leurs sentimens : ils s'aimèrent ;
et, sitôt que la mort de Cid Rahis leur en eut
laissé la liberté, Zulema épousa Alasinthe, et
Osmin épousa Belenie. Ils consentirent à laisser
élever leurs enfans dans la religion chrétienne,
et firent espérer alors que dans peu de temps ils
l'embrasseraient eux-mêmes. Je naquis d'Osmin
et de Belenie ; et Zayde, de Zulema et d'Alasinthe. La passion de Zulema et celle d'Osmin
les obligèrent de passer quelques années dans
l'ile de Chypre ; mais enfin, le désir de trouver
quelques conjonctures favorables pour renouveler
les prétentions de leur père, les rappela en
Afrique. Ils eurent d'abord de grandes espérances ; et, contre les règles de la politique, le
calife qui succéda à Osman leur donna des em-
plois si considérables, qu'Alasinthe et Belenie
ne pouvaient se plaindre de leur éloignement ;
mais, après cinq ou six années d'absence, elles
commencèrent à s'en plaindre et à s'en affliger.
Elles surent qu'ils avaient d'autres occupations
que celles de la guerre ; elles avaient de leurs
nouvelles ; mais, comme ils ne revenaient point,
elles se crurent abandonnées. Alasinthe ne son-

gea plus qu'à Zayde, qui méritait déjà toute son attention, et Belenie ne pensa qu'à m'élever avec beaucoup de soin.

Lorsque nous commençâmes à sortir de l'enfance, Alasinthe et Belenie se retirèrent dans un château sur le bord de la mer. Elles y faisaient une vie conforme à leur tristesse : le soin qu'elles avaient de Zayde et de moi les obligeait néanmoins à vivre avec une grandeur et une magnificence qu'elles auraient peut-être abandonnées par leur propre inclination. Nous avions auprès de nous plusieurs jeunes personnes de qualité, et rien ne manquait à ce qui pouvait contribuer à notre éducation et aux divertissemens conformes à la retraite où l'on nous élevait. Zayde et moi n'étions pas moins liées par l'amitié que par le sang. J'avais deux années plus qu'elle ; il y avait aussi quelque différence dans nos humeurs ; la mienne penchait moins à la joie ; il était aisé de le connaître en nous voyant, aussi-bien que l'avantage que la beauté de Zayde avait sur la mienne.

Peu de temps avant que l'empereur Léon envoyât attaquer l'île de Chypre, nous étions un jour sur le rivage ; la mer était tranquille ; nous priâmes Alasinthe et Belenie de trouver bon que nous entrassions dans des barques pour nous promener. Nous prîmes plusieurs jeunes person-

nes avec nous, et nous fîmes tourner vers de
grands vaisseaux qui étaient à la rade. Comme
nous approchâmes de ces vaisseaux, nous en vîmes détacher des chaloupes, et nous jugeâmes
que c'étaient des Arabes qui venaient prendre
terre. Ces chaloupes venaient vers nous comme
nous allions vers elles. Il y avait dans la première plusieurs hommes magnifiquement habil-
lés, et un, entre autres, qui, par son air noble
et la beauté de sa taille, se faisait distinguer de
tous ceux qui l'environnaient. Cette rencontre
nous surprit; nous trouvâmes que nous ne devions pas avancer davantage, et qu'il ne fallait
pas donner lieu de croire, à ceux qui étaient dans
cette chaloupe, que la curiosité de les voir nous
eût conduites de leur côté. Nous fîmes tourner
notre barque sur la main droite; la chaloupe que
nous voulions éviter tourna comme nous, les
autres allèrent droit à terre; celle-là nous suivit, et nous approcha assez pour nous faire voir
que cet homme que nous avions distingué des
autres était attaché à nous regarder, et qu'il
était même bien aise de nous faire remarquer
qu'il prenait plaisir à nous suivre. Zayde trouva
notre aventure agréable, et fit encore tourner
notre barque pour voir s'il nous suivrait toujours : pour moi j'en étais embarrassée sans en
pouvoir dire la cause. Je regardai avec attention

celui qui paraissait le maître des autres, et, en
le voyant de plus près, je lui trouvai dans le visage quelque chose de si fin et de si agréable,
que je crus n'avoir jamais vu personne si capable de plaire. Je dis à Zayde qu'il fallait retourner auprès d'Alasinthe et de Belenie, et que,
sans doute, lorsqu'elles nous avaient permis de
nous promener, elles n'avaient pas cru que nous
dussions trouver une pareille aventure. Elle fut
de mon avis. Nous fimes tourner vers la terre :
la barque qui nous suivait passa devant nous, et
alla débarquer près des autres chaloupes qui
étaient déjà arrivées.

Lorsque nous abordâmes, celui que nous
avions remarqué, suivi d'un grand nombre des
siens, s'avança pour nous donner la main,
avec un air qui nous fit juger qu'il avait déjà
appris qui nous étions de ceux qui étaient sur
le rivage. Mon étonnement et celui de Zayde
étaient extrèmes : nous n'étions pas accoutumées
à nous voir aborder avec tant de liberté, et surtout par les Arabes, pour lesquels on nous avait
inspiré une grande aversion. Nous crûmes que
celui qui venait nous parler serait bien surpris,
lorsqu'il trouverait que nous n'entendions pas
sa langue ; mais nous fûmes bien surprises nous-
mêmes de l'entendre parler la nôtre avec toute la
politesse de l'ancienne Grèce.

Je sais, madame, dit-il en s'adressant à Zayde, qui marchait la première, qu'un Arabe ne devrait pas être assez hardi pour vous approcher sans vous en avoir demandé la permission ; mais je crois que ce qui serait un crime à un autre est pardonnable à un homme qui a l'honneur d'être allié des princes Zulema et Osmin. Touché du désir de voir ce qu'il y a de plus beau dans la Grèce, j'ai cru ne pouvoir mieux satisfaire ma curiosité qu'en commençant par l'île de Chypre ; et mon bonheur me fait trouver, en y arrivant, ce que j'aurais cherché en vain dans toutes les autres parties du monde.

En disant ces paroles, il attachait ses regards tantôt sur Zayde et tantôt sur moi, mais avec tant de marques d'une véritable admiration, que nous ne pouvions quasi douter qu'il ne pensât ce qu'il venait de nous dire. Je ne sais si j'étais déjà prévenue, ou si la solitude où nous vivions servit à me rendre cette aventure plus agréable ; mais j'avoue que je n'ai jamais rien vu de si surprenant. Alasinthe et Belenie, qui étaient assez éloignées, s'avancèrent vers nous, et envoyèrent en même temps demander le nom de celui qui venait d'arriver. Elles surent que c'était Alamir, prince de Tharse, fils de cet Alamir qui prenait la qualité de calife, et dont la puissance était si redoutable aux chrétiens. Elles savaient l'alliance qui était

entre ce prince et Zulema ; de sorte que , le respect qui lui était dû par sa naissance se joignant
à la curiosité d'apprendre de leurs nouvelles ,
elles le reçurent avec moins de répugnance
qu'elles n'en avaient d'ordinaire pour les Arabes.
Alamir augmenta par ses paroles la disposition
qu'elles avaient à le recevoir favorablement ; il
leur parla de Zulema et d'Osmin , qu'il avait vus
il n'y avait pas long-temps, et il les blâma
d'être capables d'abandonner deux personnes si
dignes de les retenir. La conversation fut si
longue sur le bord de la mer, et Alamir parut si
agréable aux yeux même d'Alasinthe et de Belenie,
que , contre l'habitude qu'elles avaient prise de
fuir tout le monde, elles ne purent s'empêcher
de lui offrir une retraite dans le lieu qu'elles
habitaient. Alamir fit voir qu'il savait bien que
la civilité devait l'empêcher d'accepter ce qu'on
lui offrait; mais il fit voir aussi qu'il ne s'en
pouvait défendre, par le plaisir de ne pas se
séparer sitôt d'une compagnie qui lui donnait
tant d'admiration. Il vint donc avec nous, et
nous présenta un homme de qualité, pour qui
il avait beaucoup de considération, qui s'appelait Mulziman. Le soir, Alamir continua à nous
paraître tel que nous l'avions trouvé d'abord :
j'étais surprise à tous momens de l'agrément de
son esprit et de sa personne ; et cet étonne-

ment m'occupait si fort, que je devais bien
soupçonner dès lors qu'il y avait quelque chose
de plus que de la surprise. Il me sembla qu'il
me regardait avec beaucoup d'attention, et qu'il
me donnait de certaines louanges qui me faisaient voir que ma personne lui plaisait pour le
moins autant que celle de Zayde.

Le lendemain, au lieu de partir, comme vraisemblablement il le devait faire, il engagea
Alasinthe et Belenie à le retenir. Il envoya
quérir des chevaux arabes qu'il avait ame-
nés; il les fit monter par plusieurs personnes
qui étaient à lui, et les monta lui-même avec
cette adresse si particulière à ceux de sa nation.
Il trouva le moyen de passer trois ou quatre
jours avec nous, et de gagner si bien l'esprit
d'Alasinthe et de Belenie, qu'elles consentirent
qu'il vînt les revoir pendant le séjour qu'il
ferait en Chypre. En nous quittant, il me fit
entendre que, si j'avais été importunée de sa
présence, et que, si je l'étais encore à l'avenir,
je devais n'en accuser que moi-même. J'avais
néanmoins remarqué que ses regards avaient
souvent été attachés sur Zayde; mais souvent
aussi je les avais vus attachés sur moi d'une
manière qui m'avait paru si naturelle, que,
joignant le langage de ses yeux à plusieurs
choses qu'il m'avait dites, j'étais demeurée per-

suadée que j'avais fait quelque impression sur
son cœur. O Dieu! que celle qu'il fit sur le
mien fut véritable! Sitòt que je l'eus perdu de
vue, je me sentis une tristesse que je ne connaissais point. Je quittai Zayde, j'allai rêver;
je ne me trouvai que des pensées confuses; je
m'ennuyai avec moi-même; je revins trouver
Zayde, et il me sembla que j'allais la chercher
pour parler d'Alamir. Je la trouvai occupée avec
ses filles, à faire des festons de fleurs, et il ne
me parut pas qu'elle se souvint d'avoir vu ce
prince. Je me sentis de l'étonnement de la voir
si attachée à ses fleurs, et je me trouvai si incapable de m'y amuser, que je l'en arrachai
malgré elle. Nous allâmes nous promener. Je
lui parlai d'Alamir; je lui dis qu'il me paraissait qu'il l'avait fort regardée; elle me répondit
qu'elle ne s'en était pas aperçue. J'essayai de
démêler si elle avait remarqué l'attachement
qu'il m'avait témoigné; mais il me sembla
qu'elle n'y avait seulement pas pensé, et je demeurai si étonnée et si confuse de la différence
de ce qu'avait produit en Zayde la vue d'Alamir, et de ce qu'elle avait produit en moi, que
je m'en fis des reproches qui n'étaient déjà que
trop justes.

Quelques jours après, Alamir vint nous revoir. Le jour qu'il y revint, Alasinthe et Belenie

étaient allées à un lieu dont elles ne devaient
revenir que le soir. Alamir me parut plus aimable qu'il n'avait encore fait. Comme Zayde n'y
était pas, mon malheur voulut que je le visse
sans qu'il eût d'autre attention que celle de me
regarder ; et il me fit paraître tant d'inclination,
que celle que j'avais pour lui acheva de me persuader que je lui plaisais, comme il me plaisait.
Il nous quitta devant l'heure que Zayde devait
revenir, et d'une manière qui me donna lieu de
me flatter qu'il ne songeait pas à la voir. Elle revint long-temps après, et je fus bien étonnée,
lorsque Alasinthe et elle nous dirent qu'elles
l'avaient trouvé près du château, et qu'il était
venu les conduire jusqu'à la porte. Il me sembla
que, par le temps qu'il était parti, il devait être
déjà bien éloigné lorsqu'elles étaient arrivées, et
que, s'il ne les eût attendues, il ne les aurait
pas rencontrées. J'eus quelque inquiétude de
cette pensée ; néanmoins je crus que le hasard
seul pouvait avoir fait ce que je m'imaginais, et
je demeurai à attendre le temps de revoir Alamir avec une impatience que je n'avais jamais
sentie. Il vint quelques jours après porter à Alasinthe la nouvelle de la guerre que l'empereur
Léon avait dessein de faire dans l'île de Chypre.
Cette nouvelle, qui était si importante, lui servit
plusieurs fois de prétexte pour nous revoir ; et,

lorsqu'il nous revit, il continua à me témoigner
les mêmes sentimens qu'il m'avait déjà fait paraitre. Il fallait que je me servisse de toute ma
raison pour ne lui pas laisser voir les dispositions
que j'avais pour lui. Peut-être que ma raison
aurait été inutile, si les soins que je lui voyais
quelquefois pour Zayde n'eussent aidé à me retenir. Je n'attribuais pourtant qu'à une politesse
naturelle ce qu'il faisait pour lui plaire, et son
adresse savait me cacher ce qui m'aurait pu
donner d'autres pensées.

Nous fûmes avertis que l'armée navale de
l'empereur était proche de nos côtes. Alamir
persuada Alasinthe et Belenie de quitter le lieu
où nous étions ; et, quoique notre religion ne
nous fît pas appréhender les troupes de l'empereur, l'alliance que nous avions avec les Arabes,
et les désordres que cause la guerre, nous obligèrent à suivre le conseil d'Alamir et d'aller à
Famagouste. J'en eus de la joie, parce que je
pensai que je serais dans le même lieu qu'Alamir, et que Zayde et moi ne serions plus logées
ensemble. Sa beauté m'était si redoutable, que
j'étais bien aise qu'Alamir me vît sans la voir.
Je crus que je m'assurerais entièrement des sentimens qu'il avait pour moi, et que je verrais si
je devais m'abandonner à ceux que j'avais pour
lui : mais il y avait déjà long-temps qu'il n'était

plus en mon pouvoir de disposer de mon cœur. Je suis néanmoins persuadée que, si j'eusse eu alors la même connaissance de l'humeur d'Alamir, que celle que j'ai eue depuis, j'aurais pu me défendre de l'inclination qui m'entraînait vers lui; mais, comme je ne connaissais que les qualités agréables de son esprit et de sa personne, et qu'il paraissait attaché à moi, il était difficile de résister à cette inclination qui était si violente et si naturelle.

Le jour que nous arrivâmes à Famagouste, il vint au-devant de nous. Zayde était ce jour-là d'une beauté si admirable, qu'elle parut aux yeux d'Alamir ce qu'Alamir paraissait aux miens, c'est-à-dire la seule personne que l'on pût aimer. Je m'aperçus de l'attention extraordinaire qu'il avait à la regarder. Lorsque nous fûmes arrivées, Alasinthe et Belenie se séparèrent : Alamir suivit Zayde sans chercher même un prétexte à me quitter. Je demeurai pénétrée de la plus grande douleur que j'eusse jamais sentie. Je connus, par sa violence, le véritable attachement que j'avais pour ce prince. Cette connaissance augmenta ma tristesse; j'envisageai l'horrible malheur où j'étais plongée par ma faute; mais, après m'être bien affligée, il me revint quelque rayon d'espérance : je me flattai, comme toutes les personnes qui aiment, et je

m'imaginai que des raisons que j'ignorais avaient
causé ce qui venait de me déplaire. Je ne fus pas
long-temps dans cette faible espérance. Alamir
avait voulu, pendant quelque temps, nous laisser croire, à Zayde et à moi, qu'il nous aimait,
pour se déterminer ensuite selon la manière
dont il serait traité de l'une et de l'autre; mais
la beauté de Zayde, sans le secours de l'espérance, l'entraîna entièrement; il oublia même
qu'il avait voulu me persuader qu'il s'était attaché à moi; je ne le vis presque plus, il ne me
chercha que pour chercher Zayde; il l'aima
avec une passion ardente; et enfin je le vis
pour elle, comme j'eusse été pour lui, si la
bienséance m'eût permis de faire voir mes sentimens.

Je ne sais s'il est nécessaire que je vous dise
ce que je souffrais, et les divers mouvemens dont
mon cœur était combattu : je ne pouvais supporter de le voir auprès de Zayde, et de l'y
voir si amoureux; et, d'un autre côté, je ne
pouvais vivre sans lui. J'aimais mieux le voir
avec Zayde que de ne le point voir. Cependant,
au lieu que ce qu'il faisait pour elle diminuât
ma passion, il ne servait qu'à l'augmenter.
Toutes ses paroles et toutes ses actions étaient
tellement propres à me plaire, que, si j'eusse
pu inspirer une conduite à ceux qui m'auraient

aimée, je l'aurais prescrite telle qu'Alamir l'avait pour Zayde. Il est vrai aussi que l'amour est si dangereux à voir, qu'il ne laisse pas d'enflammer, lors même qu'il ne s'adresse pas à nous. Zayde me rendait compte des sentimens qu'il avait pour elle et de l'éloignement qu'elle avait pour lui. Quand elle m'en parlait ainsi, j'étais quelquefois prête à lui avouer l'état où j'étais, afin de l'engager, par cet aveu, à ne pas souffrir la continuation de l'amour de ce prince; mais je craignais de le lui faire paraître plus aimable, en lui montrant combien il était aimé : néanmoins je me fis une loi de ne point rendre de mauvais offices à Alamir. Je connaissais si bien l'horrible malheur de n'être pas aimée, que je ne voulais pas contribuer à le faire sentir à un homme que j'aimais si véritablement. Peut-être que ce qui m'aida à soutenir ce que j'avais résolu, ce fut le peu d'inclination que Zayde avait pour lui.

Les troupes de l'empereur étaient si considérables, que l'on ne douta point que Chypre ne fût bientôt en sa puissance. Sur le bruit de ce siége, Zulema et Osmin sortirent enfin du profond oubli où ils étaient depuis si long-temps. Le calife commençait à les craindre, et paraissait dans le dessein de les éloigner. Ils voulurent le prévenir; ils demandèrent le comman-

dement des troupes que l'on envoyait au secours
de Chypre, et nous les vîmes arriver, lorsque
nous les attendions le moins. Ce fut une joie
sensible pour Alasinthe et pour Belenie : c'en
aurait été une pour moi si j'en avais été capable ; mais j'étais accablée de tristesse ; et l'arrivée de Zulema m'en donna une nouvelle, par la
crainte qu'il ne favorisât les desseins d'Alamir.
Ce que j'appréhendais arriva. Zulema, que son
séjour en Afrique avait attaché plus fortement
que jamais à sa religion, souhaitait avec ardeur
que Zayde quittât la sienne. Il était parti de
Tunis dans le dessein de l'y mener et de la faire
épouser au prince de Fez, de la maison des
Ydris ; mais le prince de Tharse lui parut si digne de sa fille, qu'il approuva les sentimens
qu'il avait pour elle. Je sentis bien alors que,
si je ne voulais pas contribuer à empêcher Zayde
d'aimer Alamir, c'était pourtant la chose du
monde que je craignais le plus que de le voir
heureux par elle.

La passion de ce prince était devenue si violente, que tous ceux qui le connaissaient ne
pouvaient assez s'en étonner. Mulziman, dont je
vous ai parlé, et que j'entretenais quelquefois
parce qu'il était aimé d'Alamir, m'en paraissait
dans un étonnement qui me fit juger qu'il fallait
que ce prince eût été bien éloigné jusques alors

d'avoir des passions violentes. Alamir fit connaître
à Zulema les sentimens qu'il avait pour Zayde,
et Zulema fit entendre à Zayde qu'il souhaitait
qu'elle épousât Alamir. Sitôt qu'elle eut appris
une chose qu'elle avait tant appréhendée, elle
me le vint dire avec beaucoup de marques d'inquiétude. J'avoue que j'avais peine à comprendre
sa douleur, et qu'il me paraissait difficile d'avoir
tant d'affliction pour être destinée à passer sa
vie avec Alamir. Cet infidèle avait si bien oublié
les sentimens qu'il m'avait fait paraître, que,
ayant appris par Zulema la répugnance que
Zayde avait témoignée pour lui, il vint m'en faire
ses plaintes et implorer mon secours. Toute ma
raison et toute ma constance furent prêtes à
m'abandonner : je sentis un trouble et une émotion dont il se serait aperçu, s'il n'eût été troublé
lui-même par la même passion qui m'agitait. Enfin, après un silence qui ne parlait peut-être que
trop : Je suis plus étonnée que personne, lui dis-
je, de la répugnance que Zayde témoigne aux
volontés de Zulema ; mais je suis aussi moins
propre que personne à la faire changer. Je parlerais contre mes propres sentimens ; et le malheur d'être attachée à une personne de votre
nation m'est si connu, que je ne puis conseiller
à Zayde de s'y exposer. Belenie m'a fait connaître
ce malheur depuis que je suis née, et je crois

qu'Alasinthe en a si bien instruit sa fille, qu'il
sera difficile de la faire consentir à ce que vous
souhaitez; et, pour moi, je vous assure, encore
une fois, que j'en suis moins capable que personne. Alamir fut très-affligé de me trouver dans
des dispositions qui lui étaient si peu favorables;
il espéra de me gagner en me laissant voir toute
sa douleur et toute la passion qu'il avait pour
Zayde. J'étais au désespoir de tout ce qu'il me
disait; mais je ne laissais pas de le plaindre, par
la conformité de nos malheurs. Je n'avais pas un
sentiment qui ne fût combattu par un autre:
l'éloignement que Zayde avait pour lui me donnait quelque joie, par le plaisir de la vengeance
que je goûtais pleinement; et néanmoins ma
gloire était blessée de voir mépriser un homme
que j'adorais.

Je résolus d'avouer à Zayde l'état de mon
cœur; et, devant que de le faire, je la pressai
d'examiner avec elle-même si elle était capable
de résister toujours au dessein qu'avait Zulema
de lui faire épouser Alamir. Elle me dit qu'il
n'y avait point d'extrémité où elle ne se portât,
plutôt que de se résoudre à épouser un homme
d'une religion si opposée à la sienne, et dont
la loi permettait de prendre autant de femmes
qu'on en trouvait d'agréables; mais qu'elle ne
croyait pas que Zulema la voulût contraindre,

et que, quand il le voudrait, Alasinthe trouverait les moyens de l'en empêcher. Ce que me dit
Zayde me donna toute la joie dont j'étais capable, et je commençai à lui vouloir dire ce que
j'avais résolu de lui avouer; mais j'y trouvai plus
de peine et plus d'embarras que je ne l'avais
pensé. Enfin, je surmontai tous les mouvemens
d'orgueil et de honte qui s'opposaient à ma résolution, et je lui appris, avec beaucoup de
larmes, l'état où j'étais. Elle en fut dans un étonnement extrême, et me parut aussi touchée de
mon malheur que je pouvais le désirer. Mais
pourquoi, me dit-elle, avez-vous caché si soigneusement vos sentimens à celui qui les a fait
naître? Je ne doute point que, s'il les avait dé-
couverts d'abord, il ne vous eût aimée; et je
crois que, s'il en savait quelque chose, l'espérance
d'être aimé de vous, et les traitemens qu'il re-
çoit de moi, l'obligeraient bientôt à me quitter.
Ne voulez-vous point, ajouta-t-elle en m'embras-
sant, que j'essaie à lui faire entendre qu'il doit
s'attacher à vous plutôt qu'à moi? Ah! Zayde,
repris-je, ne m'ôtez pas la seule chose qui m'empêche de mourir de douleur; je ne survivrais pas
à celle que j'aurais, si Alamir avait appris mes
sentimens; j'en serais inconsolable, par le seul
intérêt de ma gloire; mais je le serais encore par
l'intérêt de ma passion. Je puis me flatter qu'il

m'aimerait, s'il savait que je l'aimasse. Je sais
bien néanmoins que l'on n'est pas aimée pour
aimer; mais enfin, c'est une espérance, et, quelque faible qu'elle soit, je ne veux pas me l'ôter,
puisque c'est la seule chose qui me reste. Je dis
encore tant d'autres raisons à Zayde, pour lui
faire voir que je ne devais pas découvrir mes
sentimens à Alamir, qu'elle en demeura d'accord
avec moi, et je trouvai beaucoup de soulagement
à lui avoir ouvert mon cœur et à me plaindre
avec elle.

Cependant la guerre continuait toujours, et
l'on voyait bien qu'il était impossible de la soutenir encore long-temps. Tout le plat pays était
conquis, et Famagouste était la seule ville qui
ne se fût pas rendue. Alamir s'exposait tous les
jours avec une valeur où il paraissait du désespoir. Mulziman m'en parlait avec une affliction
extrême. Il me fit voir si souvent combien il était
surpris de l'attachement que ce prince avait pour
Zayde, que je ne pus m'empêcher de lui en demander la cause, et de le presser de me dire si
Alamir n'avait jamais été amoureux avant que
d'avoir vu Zayde. Il eut quelque peine à m'avouer
ce qui faisait son étonnement; mais je l'en conjurai si fortement, qu'enfin il me conta les aventures de ce prince. Je ne vous en dirai pas tout
le détail, parce qu'il serait trop long; je vous

apprendrai seulement ce qui est nécessaire pour vous faire connaître Alamir et mon malheur.

HISTOIRE D'ALAMIR, PRINCE DE THARSE.

Je vous ai déjà appris la naissance de ce prince : ce que je vous ai dit de sa personne et de mes sentimens vous a dû persuader qu'il est aussi aimable qu'un homme peut l'être ; aussi avait-il pensé, dès sa première jeunesse, à se faire aimer ; et, quoique la manière dont vivent les femmes arabes soit entièrement opposée à la galanterie, l'adresse d'Alamir et le plaisir de surmonter des difficultés lui avaient rendu facile ce qui aurait été impossible à un autre. Comme ce prince n'est point marié, et que sa religion permet d'avoir plusieurs femmes, il n'y avait point à Tharse de jeune personne qui ne se flattât de l'espérance de l'épouser. Il était bien aise que cette espérance servît à le faire traiter plus favorablement ; mais il était bien éloigné, par son inclination, de prendre un engagement qu'il ne pût rompre. Il ne cherchait que le plaisir d'être aimé, celui d'aimer lui était inconnu. Il n'avait jamais eu de véritable passion ; mais, sans en ressentir, il savait si bien l'art d'en faire paraître, qu'il avait persuadé son amour à toutes celles qu'il en avait trouvées dignes. Il est vrai aussi que, dans le temps qu'il songeait à plaire, le désir de se faire aimer lui donnait une sorte d'ardeur qu'on pouvait prendre pour de la passion ; mais, sitôt qu'il était aimé, comme il n'avait plus rien à désirer, et qu'il n'était pas assez amoureux pour trouver du plaisir dans l'amour seul, séparé des difficultés et des mystères, il ne songeait qu'à rompre avec celle qu'il avait aimée, et à se faire aimer d'une autre.

Un de ses favoris, appelé Selemin, était le confident de toutes ses passions, et en avait lui-même d'aussi légères. Les Arabes célèbrent de certaines fêtes en divers temps de l'année ; c'est le seul temps qui donne quelque liberté aux femmes : il leur est permis alors de se promener dans les villes et dans les jardins ; elles assistent, mais toujours voilées, à des jeux publics qui se font durant quelques jours. Alamir et Selemin attendaient ce temps avec impatience : il ne se passait jamais sans qu'ils eussent découvert quelques beautés qui leur étaient inconnues, et qu'ils n'eussent trouvé le moyen de leur parler et d'avoir quelque intelligence avec elles.

A une de ces fêtes, Alamir vit une jeune veuve appelée Naria, dont la beauté, la richesse et la vertu étaient extraordinaires. Le hasard la lui fit voir dévoilée, comme elle parlait à une de ses

esclaves. Il fut surpris des charmes de son visage : elle fut troublée de la vue de ce prince,
et demeura quelque temps à le regarder. Il s'en
aperçut, il la suivit, et essaya de lui faire remarquer qu'il la suivait. Enfin, il avait vu une
belle personne et en avait été regardé ; c'était
assez pour lui donner de l'amour et de l'espérance. Ce qu'il apprit de la vertu et de l'esprit
de Naria, lui redoubla l'envie de s'en faire aimer
et le désir de la revoir. Il la chercha avec soin ;
il passait incessamment autour de chez elle sans
l'apercevoir, ni sans croire en être vu ; il se trouvait sur son chemin, lorsqu'elle allait aux bains.
Deux ou trois fois il fut assez heureux pour voir
son visage ; et, toutes les fois qu'il le vit, il le
trouva si beau, et en fut si touché, qu'il crut
que Naria était destinée pour arrêter ses incon-
stances.

Plusieurs jours se passèrent sans que ce prince
reçût aucune marque qui lui pût faire juger que
Naria approuvait son amour, et il commençait à
en avoir un chagrin qui troublait sa joie ordinaire. Néanmoins il n'abandonnait pas le dessein de se faire aimer de deux ou trois autres
belles personnes, et surtout d'une fille appelée
Zoromade, très-considérable par le rang de son
père et par sa beauté. Les difficultés de la voir
surpassaient encore, s'il était possible, celles de

voir Naria; mais il était persuadé que cette belle
fille les aurait surmontées, si elle n'eût pas été
en la puissance d'une mère qui la gardait avec
un soin extrême. Ainsi, il n'était pas si pressé
du désir de vaincre ces obstacles que la résistance de Naria, qui ne venait que d'elle seule. Il
avait tenté plusieurs fois, mais inutilement, de
gagner ses esclaves, pour savoir les jours qu'elle
sortait et les lieux où il la pouvait voir; enfin,
un de ceux qui lui avaient résisté avec le plus
d'opiniâtreté lui promit de l'avertir de tout ce
qu'elle ferait. Deux jours après il lui dit qu'elle
allait à un jardin admirable qu'elle avait hors
de la ville, et que, s'il voulait se promener autour des murailles de ce jardin, il y avait des
lieux élevés d'où il pourrait la voir. Alamir ne
manqua pas de se servir de cet avis; il sortit de
Tharse déguisé, et passa toute l'après-dînée
autour de ces jardins.

Sur le soir, comme il était près de s'en retourner, il entendit ouvrir une porte; il regarda, et
aperçut l'esclave qu'il avait gagné, qui lui faisait
signe de s'approcher. Il crut que Naria se promenait, et qu'il la verrait de cette porte; il s'a-
vança, et se trouva dans un cabinet superbe et
rempli de tous les ornemens qui pouvaient l'em-
bellir; mais aucun ne le frappa si vivement que
la vue de Naria assise sur des carreaux sous un

pavillon magnifique, comme on représente la
déesse des amours : deux ou trois de ses femmes
étaient dans un coin du cabinet. Alamir ne put
s'empêcher d'aller se jeter à ses pieds, avec un
air si rempli de transport et d'étonnement,
qu'il augmenta le trouble modeste qui paraissait sur le visage de cette belle personne.

Je ne sais, lui dit-elle en l'obligeant à se relever,; je devais vous montrer tout d'un coup
l'inclination que j'ai eue pour vous, après vous
l'avoir cachée si long-temps. Je crois que je vous
l'aurais cachée toute ma vie, si vous aviez pris
moins de soin de me faire voir celle que vous
avez eue pour moi ; mais j'avoue que je n'ai pu
résister à une passion soutenue par si peu d'espérance. Vous m'avez paru aimable dès le premier moment que je vous ai vu ; j'ai cherché à
vous voir sans que vous me vissiez, avec plus
de soin que vous ne m'avez cherchée ; enfin, j'ai
voulu mieux connaître la passion que vous avez
pour moi, et m'en assurer par vos paroles,
comme vous m'en avez assurée par vos actions.

Quelles assurances, grand Dieu ! cherchait
Naria dans les paroles d'Alamir ? Elle n'en connaissait guère le charme trompeur et inévitable.
Il surpassa les espérances qu'elle avait conçues
de son amour, et, par son esprit flatteur et insi-
nuant, il acheva de se rendre maître du cœur de

cette belle personne. Elle lui promit de le revoir
au même lieu. Il s'en revint à Tharse, persuadé
qu'il était l'homme du monde le plus amoureux,
et il s'en fallut peu qu'il ne le persuadât à Mulziman et à Selemin. Il revit plusieurs fois Naria,
qui lui fit voir la plus grande inclination et le
plus véritable attachement que l'on ait jamais
eus; mais elle lui apprit qu'elle savait la disposition qu'il avait au changement; qu'elle était
incapable de partager son cœur avec quelque
autre; que, s'il voulait conserver le sien, il fallait qu'il ne pensât qu'à elle seule; et qu'elle
romprait avec lui sur le premier sujet de jalousie qu'il lui donnerait. Alamir répondit avec
tant de sermens et tant d'adresse, qu'il persuada
Naria d'une fidélité éternelle; mais il fut blessé
de la seule pensée d'un engagement si exact; et,
comme il n'y avait plus d'obstacles ni de difficultés à la voir, son amour commença à se ra-
lentir; néanmoins il lui témoigna toujours la
même passion. Comme elle n'avait point eu
d'autre pensée que de l'épouser, elle croyait qu'il
n'y avait point d'obstacles, puisqu'elle l'aimait
et qu'elle en était aimée; si bien qu'elle commença à lui parler de leur mariage. Alamir fut
surpris de ce discours; mais son adresse empêcha sa surprise de paraître, et Naria crut que
dans peu de jours elle épouserait ce prince.

Depuis que l'amour qu'il avait pour elle avait
commencé à diminuer, il avait redoublé ses
soins pour Zoromade ; et, par le secours d'une
tante de Selemin, que la faveur de son neveu
rendait complaisante aux passions du prince, il
avait trouvé le moyen de lui écrire. L'impossibilité de la voir était toujours pareille, et par-
là sa passion était toujours augmentée.

Il n'avait d'espérance qu'en une fête qui se
fait au commencement de l'année. La coutume
a établi de se faire des présens magnifiques pendant cette fête, et l'on ne voit dans les rues que
des esclaves chargés de tout ce qu'il y a de plus
rare. Alamir envoya des présens à plusieurs personnes. Comme Naria avait de la fierté et de la
grandeur, elle n'en voulait point recevoir de
considérables. Il lui donna des parfums d'Arabie qui étaient si rares qu'il n'y avait que ce
prince qui en eût : il les lui envoya avec tous
les ornemens qui pouvaient les rendre agréables.

Jamais Naria n'avait été plus vivement touchée
de passion pour ce prince ; et, si elle eût suivi
les mouvemens de son cœur, elle serait demeurée chez elle à penser à lui, et aurait renoncé
à tous les divertissemens où elle ne l'aurait pu
voir. Néanmoins, comme elle était priée par la
mère de Zoromade d'aller chez elle à une sorte
de festin qui se faisait pendant la fête, elle ne

put s'en dispenser; elle y alla, et, en entrant
dans un grand cabinet, elle fut surprise de sentir
les mêmes parfums qu'Alamir lui avait envoyés.
Elle s'arrêta avec étonnement pour demander d'où
venait une odeur aussi agréable. Zoromade, qui
était fort jeune et peu accoutumée à cacher quelque chose, rougit, et fut embarrassée. Sa mère,
voyant qu'elle ne répondait point, prit la parole, et dit, comme elle le pensait en effet, que
c'était la tante de Selemin qui les avait envoyés
à sa fille. Cette réponse ne laissa plus de doute
à Naria que ces présens ne vinssent du prince.
Elle les vit avec les mêmes ornemens qu'elle
avait reçu les siens, et même avec quelque
chose de plus. Cette connaissance lui donna une
douleur si vive, qu'elle feignit de se trouver
mal, et s'en alla chez elle aussi malade en effet
qu'elle voulait le paraître. Elle était fière et sensible : l'idée d'être trompée par un homme
qu'elle adorait la mettait, dans un état pitoya-
ble; mais avant que de s'abandonner au désespoir, elle résolut de s'éclaircir de l'infidélité
de ce prince.

Elle lui manda qu'elle était malade, et qu'elle
ne pourrait aller, pendant la fête, à aucun des
divertissemens publics. Alamir la vint voir; il
l'assura qu'il abandonnerait aussi tous ses divertissemens, puisqu'elle ne s'y trouverait pas;

enfin il lui parla d'une manière qui la persuada quasi qu'elle lui faisait injustice de le soupçonner. Néanmoins, sitôt qu'il fut sorti, elle se leva, et se déguisa de manière qu'il ne pouvait la reconnaître. Elle alla dans les lieux où elle crut pouvoir le trouver; et le premier objet qui s'offrit à sa vue, fut Alamir déguisé; mais il ne le pouvait être pour elle; elle le reconnut qui suivait Zoromade; et, pendant les jeux qui se faisaient, elle le vit toujours attaché auprès de cette belle fille. Le lendemain elle le suivit encore; mais, au lieu de le voir chercher Zoromade, elle le vit déguisé d'une autre façon, et attaché auprès d'une autre personne. D'abord sa douleur fut moindre, et elle eut de la joie de penser qu'Alamir n'avait parlé à Zoromade que par occasion ou par divertissement. Elle se mêla parmi les femmes qui étaient avec cette jeune personne qu'Alamir suivait; et elle s'en approcha de si près, qu'au tournant d'une place où cette jeune personne était arrêtée, elle entendit Alamir lui parler avec ce même air et ces mêmes paroles qui lui avaient si bien persuadé son amour. Jugez de ce que devint Naria, et la cruelle douleur qu'elle sentit. Elle se serait trouvée heureuse dans ce moment, si elle avait pu croire que Zoromade eût été le seul attachement d'Alamir; elle aurait cru au moins que

l'inclination qu'il aurait eue pour cette belle personne aurait causé son changement : elle aurait
pu se flatter d'avoir été aimée de lui, devant qu'il
se fût attaché à Zoromade; mais, en voyant qu'il
était capable de donner les mêmes soins et de
dire les mêmes paroles à deux ou trois en même
temps, elle voyait qu'elle n'avait occupé que
son esprit et non pas son cœur, et qu'elle n'avait
fait que son amusement sans faire sa félicité.

C'était une aventure si cruelle pour une personne de son humeur, qu'elle n'avait pas la
force de la supporter. Elle s'en retourna chez
elle, accablée de douleur et d'affliction. Elle y
trouva une lettre d'Alamir, qui l'assurait qu'il
était renfermé chez lui, et qu'il ne pouvait rien
voir, puisqu'il ne la voyait pas. Cette tromperie lui faisait juger de quel prix avaient été
toutes les actions passées d'Alamir, et elle mourait
de honte d'avoir fait si long-temps son bonheur
d'un attachement qui n'avait été qu'une trahison. Elle se détermina bientôt à ce qu'elle devait
faire : elle lui écrivit tout ce que la douleur, la
tendresse et le désespoir peuvent faire penser
de plus vif et de plus passionné; et, sans lui
apprendre ce qu'elle devenait, elle lui disait
un éternel adieu. Il fut surpris de cette lettre,
et même il en fut affligé. La beauté et l'esprit
de Naria étaient à un si haut point, qu'ils ren-

daient sa perte fàcheuse, même à l'humeur in-
constante d'Alamir.

Il alla conter son aventure à Mulziman, qui
lui fit quelque honte de son procédé. Vous vous
trompez, lui dit-il, si vous êtes persuadé que la
manière dont vous en usez avec les femmes ne
soit pas contraire aux véritables sentimens d'un
honnète homme. Alamir fut touché de ce reproche. Je veux me justifier auprès de vous, lui répondit-il, et je vous estime trop pour vouloir
vous laisser une méchante opinion de moi. Croyez-
vous que je fusse assez déraisonnable pour ne pas
aimer avec fidélité une personne qui m'aimerait
véritablement ? Mais croyez-vous vous justifier,
interrompit Mulziman, en accusant celles que
vous avez aimées ? Y en a-t-il quelqu'une qui
vous ait trompé ? et Naria ne vous aimait-elle
pas avec une passion sincère et véritable ? Naria
croyait m'aimer, répliqua Alamir ; mais elle aimait mon rang, et celui où je pouvais l'élever.
Je n'ai trouvé que de la vanité et de l'ambition
dans toutes les femmes ; elles ont aimé le prince,
et non pas Alamir. L'envie de faire une conquête
éclatante, et le désir de s'élever et de sortir de
cette vie ennuyeuse où elles sont assujetties, a
fait en elles ce que vous appelez de l'amour,
comme le plaisir d'être aimé et l'envie de surmonter des difficultés font en moi ce qui leur

paraît de la passion. Je crois que vous faites injustice à Naria, dit Mulziman, et qu'elle aimait véritablement votre personne. Naria m'a parlé de m'épouser aussi-bien que les autres, répondit Alamir, et je ne sais si sa passion était plus véritable. Quoi ! reprit Mulziman, vous voulez qu'on vous aime, et qu'on ne pense pas à vous épouser ? Non, dit Alamir, je ne veux pas qu'on pense à m'épouser, quand je suis au-dessus de celles qui y prétendent. Je voudrais qu'on y pensât, si l'on ne me connaissait pas pour ce que je suis, et qu'on crût faire une faute en m'épousant. Mais, tant qu'on me regardera comme un prince qui peut donner de l'élévation et quelque liberté, je ne me croirai pas obligé à une grande reconnaissance du dessein qu'on aura de m'épouser, et je ne le prendrai jamais pour de l'amour. Vous verrez, ajouta-t-il, que je ne serais pas incapable d'aimer fidèlement, si je pouvais trouver une personne qui m'aimât sans connaître ce que je suis. Vous voulez une chose impossible pour faire voir votre fidélité, repartit Mulziman ; et, si vous étiez capable de constance, vous en auriez, sans attendre des occasions extraordinaires.

L'impatience de savoir ce qu'était devenue Naria, fit finir cette conversation. Alamir alla chez elle ; il apprit qu'elle était partie pour aller à la Mecque, et que l'on ne savait ni le chemin qu'elle avait pris, ni le temps qu'elle reviendrait. C'était assez pour lui faire oublier Naria; il ne pensa plus qu'à Zoromade, qui était gardée avec un soin qui rendait quasi toute son adresse inutile. Ne sachant plus ce qu'il pouvait faire pour la voir, il résolut de hasarder la chose du monde la plus hardie, qui était de se cacher dans une des maisons où les femmes vont se baigner.

Les bains sont des palais magnifiques : les femmes y vont trois ou quatre fois la semaine; elles prennent plaisir à faire paraître leur magnificence, en faisant marcher devant et après elles un nombre infini d'esclaves qui portent toutes les choses qui leur sont nécessaires. L'entrée de ces maisons est défendue aux hommes, sur peine de la vie, et il n'y a point de puissance qui pût les sauver, s'ils y étaient trouvés. La qualité d'Alamir le garantissait de la rigueur des lois ordinaires; mais son rang l'exposait à une révolte et à une sédition dont il n'aurait pu sauver ni sa vie ni son état.

Des raisons si considérables ne purent le retenir : il écrivit à Zoromade; il lui manda ce qu'il était résolu de hasarder pour la voir, et il la pria de l'instruire de ce qu'il devait faire pour lui parler. Zoromade eut de la peine à consentir au hasard où Alamir voulait s'exposer; mais

enfin, emportée par la passion qu'elle avait pour
lui, et forcée par cette contrainte insupportable
où vivent les femmes arabes, elle lui manda que,
s'il trouvait le moyen d'entrer dans la maison
des bains, il fallait qu'il sût l'appartement où
elle avait accoutumé d'aller; que, dans cet appartement, il y avait un cabinet où il pourrait
se cacher; qu'elle ne se baignerait point; et
que, pendant que sa mère irait dans les bains,
elle pourrait l'entretenir. Alamir sentit un plaisir sensible d'avoir une si difficile entreprise à
exécuter : il gagna le maitre des bains par des
présens considérables; il sut le jour que Zoromade y devait aller; il entra pendant la nuit;
il se fit conduire dans l'appartement où était ce
cabinet, et y attendit le matin avec toute l'impatience qu'aurait pu avoir un homme véritablement amoureux.

A peu près à l'heure que Zoromade devait
venir, il entendit, dans la chambre, le bruit
que font plusieurs personnes qui y entrent; quelque temps après ce bruit diminua, et on ouvrit
la porte de ce cabinet. Il s'attendait à voir entrer
Zoromade; mais, au lieu d'elle, il vit une personne qu'il ne connaissait pas, magnifiquement
habillée, d'une beauté qui avait toute la fleur
et toute la naïveté de la première jeunesse.
Cette personne fut aussi surprise de la vue d'A-

lamir, qu'Alamir l'était de la sienne : il n'était
pas moins propre qu'elle à donner de l'étonnement, par l'agrément de sa personne et par la
beauté de ses habits; et c'était une chose si extraordinaire de voir un homme en ce lieu, que,
si Alamir n'eût fait signe à cette jeune personne de ne rien dire, elle se fût écriée d'une
manière qui aurait fait venir à elle ceux qui
étaient dans la chambre. Elle s'approcha d'Alamir, qui était charmé de cette aventure, et lui
demanda par quel hasard il s'était trouvé en ce
lieu. Il lui répondit que ce serait une chose trop
longue à lui raconter; mais qu'il la conjurait de
ne vouloir rien dire, et de ne pas perdre un
homme qui ne comptait pour rien le péril où il
se trouvait, puisqu'il devait à ce péril le plaisir
de voir la plus belle personne du monde. Elle
rougit avec un air d'innocence et de modestie
propre à toucher un cœur moins sensible que
celui d'Alamir. Je serais bien fâchée, lui répondit-elle, de rien faire qui pût vous nuire;
mais vous avez bien hasardé en entrant ici, et
je ne sais si vous savez le danger où vous vous
êtes exposé. Oui, madame, repartit Alamir, je
le sais; et ce n'est pas le plus grand dont je
sois menacé aujourd'hui. Après ces paroles,
dont il jugea bien qu'elle entendrait le sens, il
la supplia de lui dire qui elle était, et comment

elle était entrée dans ce cabinet. Je m'appelle
Elsibery, lui répondit-elle ; je suis fille du gouverneur de Lemnos ; ma mère n'est à Tharse
que depuis deux jours, où elle n'était jamais
venue, non plus que moi : elle se baigne présentement, je n'ai pas voulu me baigner, et le
hasard m'a fait entrer dans ce cabinet. Mais je
vous conjure, ajouta-t-elle, de m'apprendre
aussi qui vous êtes. Alamir fut bien aise de
trouver une jeune personne qui ne le connût
pas : il lui dit qu'il s'appelait Selemin (ce fut
le nom qui s'offrit le premier à son esprit).
Comme il parlait, il entendit du bruit : Elsibery s'avança vers la porte du cabinet pour
empêcher qu'on n'entrât ; Alamir la suivit de
quelques pas, oubliant le péril où il se mettait. Ne
saurait-on espérer de vous revoir, madame ? lui
dit-il. Je ne sais, repartit-elle avec un air plein
de trouble ; mais il me semble qu'il n'est pas
impossible. En disant ces mots, elle sortit et
ferma la porte.

Alamir demeura charmé de son aventure ; il
n'avait jamais rien vu de si beau ni de si aimable qu'Elsibery ; il croyait avoir remarqué
qu'il ne lui déplaisait pas. Elle ne le connaissait
point pour le prince de Tharse ; enfin, il y trouvait tout ce qui pouvait le toucher, et il demeura
jusqu'à la nuit dans ce cabinet, sans songer qu'il

y était venu pour voir Zoromade, tant il était rempli de l'idée d'Elsibery.

Zoromade n'était pas si tranquille : elle aimait véritablement Alamir; le péril où elle savait qu'il était exposé, lui donnait une inquiétude mortelle et un déplaisir sensible de n'avoir pu en profiter. Sa mère s'était trouvée mal; elle n'avait pas voulu aller aux bains, et l'on avait donné l'appartement où elle allait d'ordinaire à la mère d'Elsibery. Alamir trouva, à son retour, une lettre de Zoromade, qui lui apprenait ce que je viens de vous dire, et qui lui apprenait aussi qu'on parlait de la marier; mais qu'elle n'en avait pas d'inquiétude, puisqu'il pouvait empêcher ce mariage, en découvrant à son père les intentions qu'il avait pour elle. Il montra cette lettre à Mulziman, pour lui faire voir que toutes les femmes n'étaient touchées que du désir de l'épouser. Il lui conta l'aventure qui lui était arrivée aux bains, il exagéra les charmes d'Elsibery, et la joie qu'il avait de croire que, sans le connaître pour le prince de Tharse, elle avait de l'inclination pour lui. Il l'assura qu'il avait enfin trouvé ce qui méritait d'engager son cœur, et qu'on verrait s'il n'aurait pas un véritable attachement pour Elsibery. En effet, il résolut d'abandonner toutes les autres galanteries, pour ne plus penser qu'à se faire

aimer de cette belle personne. Il lui était quasi
impossible de la voir, surtout étant résolu de
ne se pas faire connaître pour le prince de
Tharse. La première chose qui lui vint dans
l'esprit, fut de se cacher encore dans la maison des bains; mais il apprit que la mère d'Elsibery était malade, et que sa fille ne sortait
point sans elle.

Cependant le mariage de Zoromade s'avan-
çait, et le désespoir de se voir abandonnée du
prince l'obligea d'y consentir. Comme son père
était un homme très-considérable, et que celui
qu'elle épousait ne l'était pas moins, on résolut
de faire de grandes cérémonies à ses noces. Alamir apprit qu'Elsibery devait s'y trouver. La
manière dont les noces se font chez les Arabes
ne lui donnait aucune espérance de l'y voir,
parce que les femmes sont entièrement séparées
des hommes, et dans les mosquées et dans les
festins. Il résolut néanmoins de hasarder une
chose aussi périlleuse que celle qu'il avait ha-
sardée pour Zoromade. Il feignit de se trouver
mal le jour de la cérémonie, afin de se dispenser d'y assister publiquement. Il s'habilla en
femme, mit un grand voile sur sa tête, comme
en ont toutes celles qui sortent, et s'en alla à la
mosquée avec la tante de Selemin. Il vit arriver
Elsibery; et, bien qu'elle fût voilée, sa taille

avait quelque chose de si particulier, et son habillement était si différent de ceux de Tharse, qu'il ne craignait pas de s'y méprendre. Il la suivit jusques auprès du lieu où se faisait la cérémonie, et il se trouva si près de Zoromade, que, poussé par un reste de son humeur naturelle, il ne put s'empêcher de se faire connaître à elle, et de parler comme s'il ne se fût déguisé que pour la voir. Cette vue apporta un si grand trouble à Zoromade, qu'elle fut contrainte de reculer quelques pas; et, se tournant du côté d'Alamir : Il y a de l'inhumanité, lui dit-elle, à venir troubler mon repos par une action qui devrait me persuader que vous m'aimez, si je ne savais trop bien le contraire; mais j'espère que je ne souffrirai pas long-temps les maux où vous m'avez plongée. Elle n'en put dire davantage, et Alamir ne put répondre. La cérémonie s'acheva, et toutes les femmes se remirent à leur place.

Alamir ne pensa pas seulement à la douleur où il avait vu Zoromade, et ne fut occupé que du soin de parler à Elsibery. Il se mit à genoux auprès d'elle, et commença à faire ses prières assez haut, selon la manière des Arabes. Ce murmure confus de ce grand nombre de personnes qui parlent en même temps, fait qu'il est difficile d'être entendu que de ceux de qui l'on

est fort près. Alamir, sans tourner la tête du
côté d'Elsibery, et sans changer le ton de ses
prières, l'appela plusieurs fois. Elle se tourna
vers lui : comme il vit qu'elle le regardait, il
laissa tomber un livre, et, en le ramassant, il
releva un peu son voile, en sorte qu'Elsibery
seule pouvait le remarquer, et lui fit voir un visage dont la beauté et la jeunesse ne démentaient
point l'habillement de femme. Il vit bien que ce
déguisement ne l'avait pas rendu méconnaissa-
ble à Elsibery; il lui demanda néanmoins s'il
était assez heureux pour être reconnu. Elsibery,
dont le voile n'était pas entièrement baissé, tournant les yeux du côté d'Alamir sans tourner la
tête : Je ne vous connais que trop, lui dit-elle;
mais je tremble pour le péril où vous êtes. Il n'y
en a point où je ne m'expose, lui répondit-il,
plutôt que de ne vous point voir. Ce n'était pas
pour me voir, lui dit-elle, que vous vous étiez
exposé dans la maison des bains, et peut-être
n'est-ce pas encore pour moi que vous êtes ici.
C'est pour vous seule, madame, répliqua-t-il, et
vous me verrez tous les jours dans ce même
hasard, si vous ne me donnez quelque moyen de
vous parler. Je vais demain avec ma mère au
palais du calife, reprit-elle, trouvez-vous-y avec
le prince; mon voile sera levé, parce que c'est
la première fois que j'y entre. Elle se tut, et ne

voulut plus rien dire, de peur d'être entendue
des femmes qui étaient proche d'elle.

Alamir demeura bien embarrassé sur le ren-
dez-vous qu'elle lui donnait. Il savait bien que
la première fois que l'on mène les femmes de
qualité au palais du calife, si le calife ou les
princes ses enfans entrent dans le lieu où elles
sont, elles ne baissent pas leur voile; et, hors
cette première fois, on ne les y revoit jamais
que voilées. Ainsi, Alamir était assuré de voir
Elsibery; mais, pour la voir, il fallait se faire
connaître pour le prince de Tharse, et c'était à
quoi il ne pouvait se résoudre. Le plaisir d'être
aimé par le seul agrément de sa personne le tou-
chait si fort, qu'il ne voulait pas s'en priver.
C'était aussi une chose fâcheuse de perdre une
occasion de voir Elsibery, et une occasion qu'elle
lui donnait elle-même. Cette légère jalousie
qu'elle lui avait témoignée de l'avoir trouvé dans
la maison des bains, où il n'était pas pour elle,
l'engageait encore à ne manquer à rien de ce qui
pouvait la persuader d'un véritable attachement.
Cet embarras le fit demeurer long-temps sans lui
répondre; enfin, il lui demanda s'il ne pourrait
point lui écrire. Je n'oserais me fier à personne,
lui dit-elle; mais gagnez, s'il vous est possible,
un esclave qui s'appelle Zabelec.

Alamir demeura satisfait de ces paroles. On

sortit du temple ; il alla changer d'habit, et penser à ce qu'il devait faire le lendemain. Quelque
difficulté qu'il lui parût à cacher sa qualité à
Elsibery, et quelque peine que cette entreprise
lui donnât, parce qu'elle l'obligeait à fuir la personne du monde qu'il avait le plus d'envie de
rencontrer, il résolut de l'exécuter, et il voulut
voir s'il serait véritablement aimé sans le secours
de sa naissance. Après avoir résolu de quelle
manière il devait se conduire, il écrivit cette
lettre à Elsibery :

« Si j'avais déjà mérité quelque chose auprès
» de vous, ou si vous m'aviez donné quelque es-
» pérance, peut-être je ne vous demanderais pas
» ce que je vais vous demander, quoiqu'il sem-
» blât que j'eusse plus de raison de le prétendre.
» Mais, madame, à peine me connaissez-vous ;
» je n'oserais me flatter d'avoir fait quelque im-
» pression dans votre cœur : vous n'êtes engagée
» ni par vos sentimens, ni par vos paroles, et
» vous allez demain dans un lieu où vous verrez
» un prince qui n'a jamais rien vu de beau qu'il
» ne l'ait aimé. Que ne dois-je point craindre,
» madame, de cette entrevue ? Je ne puis douter
» qu'Alamir ne vous aime ; et, quoiqu'il y ait
» peut-être du caprice à craindre, autant que je
» le crains, que vous ne voyiez ce prince, et qu'il
» ne soit assez heureux pour vous plaire, je ne

» puis m'empêcher de vous supplier de ne le pas
» voir. Pourquoi me refuseriez-vous, madame?
» Ce n'est point une faveur que je vous demande,
» et je suis peut-être le seul homme du monde
» qui ait jamais souhaité une pareille chose : je
» sais bien qu'elle doit vous paraître bizarre ; elle
» me le paraît encore plus qu'à vous ; mais ne
» refusez pas cette grâce à un homme qui vient
» d'exposer sa vie pour pouvoir vous dire seule-
» ment qu'il vous aime. »

Après avoir écrit cette lettre, il se déguisa,
afin d'aller lui-même, avec des gens à qui il se
fiait, tâcher d'apprendre qui était celui dont Elsibery lui avait parlé. Il fit tant de diligence autour de la maison du gouverneur de Lemnos,
qu'enfin un vieil esclave qu'il gagna lui alla quérir Zabelec. Il vit de loin venir ce jeune esclave ;
il fut surpris de la beauté de sa taille et de la
délicatesse de son visage. Alamir se cachait dans
l'enfoncement d'un portique où il faisait assez
obscur, et ce jeune esclave, en s'approchant,
regardait Alamir, comme s'il eût été de sa connaissance. Enfin, lorsqu'il fut près de lui, ce
prince, sans se faire voir, commença à lui parler d'Elsibery. L'esclave, entendant cette voix
qu'il ne connaissait point, changea tout d'un
coup de visage, et, après avoir fait un grand
soupir, il baissa les yeux et demeura sans parler,

avec une tristesse si profonde, qu'Alamir ne
put s'empêcher de lui en demander la cause. Je
croyais connaître celui qui me demandait, lui
répondit-il, et je ne croyais pas que ce fût d'Elsibery dont on me voulût parler; mais achevez;
tout ce qui regarde Elsibery me touche sensiblement. Alamir fut surpris et embarrassé de la
manière dont cet esclave lui parlait. Il acheva
néanmoins ce qu'il avait commencé, et lui donna
une lettre, ne se faisant connaître que sous le
nom de Selemin. La tristesse et la beauté de cet
esclave firent imaginer à ce prince que c'était
quelque amant d'Elsibery qui s'était déguisé
pour être auprès d'elle. Le trouble qu'il lui avait
vu, lorsqu'il lui avait parlé de lui donner des
lettres, ne l'en laissait pas douter; mais il pensait aussi que, si Elsibery eût connu cet esclave
pour son amant, elle ne l'aurait pas choisi pour
lui donner des lettres d'un rival; enfin, cette
aventure l'embarrassait, et, de quelque manière
qu'elle pût être, l'esclave lui paraissait trop aimable et d'un air trop au-dessus de sa condition,
pour le souffrir sans peine auprès d'Elsibery.

Il attendit le lendemain avec diverses sortes
d'inquiétudes : il alla de bonne heure chez la
princesse, sa mère. Jamais amant n'a eu tant
d'impatience de voir sa maîtresse, qu'Alamir
avait de desir de ne pas voir la sienne, et ja-

mais un amant n'a eu tant de raison de souhaiter
de ne pas la voir. Il pensait que, si Elsibery ne
venait point au palais, c'était lui accorder la
grâce qu'il lui avait demandée ; que c'était aussi
une marque qu'elle avait reçu la lettre qu'il avait
mise entre les mains de Zabelec ; et que, si cet
esclave la lui avait rendue, il fallait qu'il ne fût
pas son rival. Enfin, en ne voyant point arriver
Elsibery avec sa mère, il apprenait qu'il avait
un commerce établi avec elle, qu'il n'avait
point de rival, et qu'il pouvait espérer d'être
aimé. Il était occupé de ces pensées, lorsqu'on
vint l'avertir que la mère d'Elsibery arrivait, et
il eut le plaisir de voir qu'elle n'était pas suivie
de sa fille. Jamais transport n'a été pareil au
sien. Il se retira, ne voulant pas même que son
visage fût connu de la mère de sa maîtresse, et
s'en alla attendre chez lui l'heure qu'il avait
prise pour parler à Zabelec.

Le bel esclave revint le trouver, avec autant
de tristesse sur le visage qu'il en avait le jour
précédent, et lui apporta la réponse d'Elsibery.
Ce prince fut charmé de cette lettre ; il y trouva
de la modestie mêlée avec beaucoup d'inclination.
Elle l'assurait qu'elle aurait pour lui la complaisance de ne point voir le prince de Tharse, et
qu'elle n'aurait jamais de répugnance à lui accorder de pareilles grâces : elle le priait aussi

de ne rien hasarder pour lui parler, parce que
sa timidité naturelle, et la manière dont elle
était gardée, rendaient inutile tout ce qu'il pourrait entreprendre. Alamir, quoique très-satisfait
de cette lettre, ne pouvait s'accoutumer à la
beauté et à la tristesse de l'esclave : il lui fit
plusieurs questions sur les moyens dont il pourrait se servir pour voir Elsibery ; mais l'esclave
n'y répondit qu'avec beaucoup de froideur. Ce
procédé augmenta les soupçons du prince ; et,
comme il se trouvait plus touché de la beauté
d'Elsibery qu'il ne l'avait jamais été d'aucune
autre, il craignait d'entrer dans le même état
où il avait mis toutes celles qu'il avait aimées,
et de s'engager avec une personne qui aurait
d'autres attachemens. Cependant il lui écrivait
tous les jours ; il l'obligeait à lui apprendre les
lieux où elle allait ; et son amour lui donnait
autant de soin de la fuir dans les lieux publics
où elle le pouvait connaître pour le prince,
qu'il avait d'application à chercher les moyens
de la voir en particulier. Il considéra si bien
tous les environs de la maison où elle logeait,
qu'il remarqua que le haut, qui était couvert
en terrasse, avait une espèce de balcon avancé
sur une petite rue si étroite, que l'on pouvait
se parler de la maison qui était de l'autre côté. Il
trouva bientôt le moyen de se rendre maître

de cette maison ; il écrivit à Elsibery qu'il la
conjurait de venir la nuit sur sa terrasse, et
qu'il pourrait l'y entretenir. Elle y vint. Alamir
pouvait facilement lui parler sans être entendu,
et l'obscurité n'était pas si grande, qu'il n'eût
le plaisir de distinguer cette beauté dont il était
si touché.

Ils entrèrent dans une longue conversation sur
les sentimens qu'ils avaient l'un pour l'autre.
Elsibery voulut être éclaircie de l'aventure qui
l'avait conduit dans la maison des bains. Il lui
avoua la vérité, et lui conta tout ce qui s'était
passé entre Zoromade et lui. Les jeunes personnes
sont trop touchées de ces sortes de sacrifices,
pour en craindre les conséquences pour elles-
mêmes. Elsibery avait une inclination violente
pour Alamir ; elle s'engagea entièrement dans
cette conversation, et ils résolurent de se revoir
dans le même lieu. Comme il était près de se retirer, il tourna la tête par hasard, et fut bien surpris
de voir, dans un coin de la terrasse, ce bel esclave qui lui avait déjà donné tant d'inquiétude.

Il ne put cacher son chagrin ; et, prenant la
parole : Si je vous ai témoigné de la jalousie,
dit-il à Elsibery, la première fois que je vous ai
écrit, oserai-je, madame, vous en témoigner
encore la première fois que je vous parle ? Je
sais que les personnes de votre qualité ont tou-

jours des esclaves auprès d'elles ; mais il me
semble qu'ils ne sont point de l'âge et de l'air
de celui que je vois auprès de vous : j'avoue que
ce que je connais de la personne et de l'esprit
de Zabelec, me le rend aussi redoutable que me
le pourrait être le prince de Tharse. Elsibery
sourit de ce discours ; et, appelant le bel esclave:
Venez, Zabelec, lui dit-elle, venez guérir Selemin de la jalousie que vous lui donnez ; je n'o-
serais le faire sans votre consentement. Je voudrais, madame, lui répondit Zabelec, que vous
eussiez la force de lui laisser la jalousie. Ce n'est
pas pour mon intérêt que je le souhaite ; c'est
pour le vôtre, et par la crainte des malheurs
où je vois bien que vous vous plongez. Mais,
seigneur, continua l'esclave en s'adressant au
prince, qu'elle ne connaissait que pour Selemin,
il n'est pas juste de vous laisser soupçonner la
vertu d'Elsibery.

Je suis une malheureuse que le hasard a
mise à son service : je suis chrétienne grecque,
et d'une naissance fort au-dessus de la condition
où vous me voyez. Quelque beauté, dont il ne
paraît peut-être plus de marques, m'avait attiré
plusieurs amans pendant ma première jeunesse :
je trouvai en eux si peu de fidélité et tant de trahisons, que je ne les regardai qu'avec mépris.
Un, plus infidèle que les autres, mais qui sa-

vait mieux se déguiser, se fit aimer de moi. Je
rompis, à cause de lui, un mariage très-considérable pour ma fortune. Mes parens nous per-
sécutèrent; il fut obligé de se retirer : il m'épousa.
Je me déguisai en homme, et je le suivis. Nous
nous embarquâmes : il se trouva dans notre
vaisseau une personne assez aimable, que quelque aventure extraordinaire obligeait, aussi-
bien que moi, à passer en Asie. Mon mari en
devint amoureux. Nous fûmes attaqués et pris
par les Arabes ; ils partagèrent les esclaves : on
donna le choix à mon mari et à un de ses parens
d'être du nombre des esclaves qui appartenaient
au lieutenant du navire, ou de ceux qui appartenaient au capitaine : le sort m'avait donnée à ce
dernier; et, par une ingratitude sans exemple,
je vis mon mari choisir d'aller avec le lieutenant pour suivre cette personne qu'il aimait.
Ma présence, mes larmes, ni ce que j'avais fait
pour lui, et l'état où il me laissait, ne le purent
toucher. Jugez de ma douleur ! On me conduisit
ici : ma bonne fortune me donna au père d'Elsibery. Quoi que j'aie vu de l'infidélité de mon
mari, je ne saurais perdre entièrement l'espérance de son retour, et ce fut ce qui causa les
changemens que vous remarquâtes à mon visage
le premier jour que j'allai vous parler. J'avais
espéré que c'était lui qui me demandait; et,

quelque mal fondé que fût cet espoir, je ne pus
le perdre sans douleur. Je ne m'oppose point à
l'inclination qu'Elsibery a pour vous; je sais
par une cruelle expérience combien il est inutile de s'opposer à ces sortes de sentimens; mais
je la plains, et je prévois les vives douleurs que
vous lui causerez : elle n'a jamais eu de passion; elle va avoir pour vous un attachement
sincère et véritable, qu'aucun homme qui a déjà
aimé ne peut mériter.

Quand elle eut cessé de parler, Elsibery dit à
Alamir que son père et sa mère connaissaient
sa qualité, son sexe et son mérite; mais que des
raisons qu'elle avait de demeurer inconnue faisaient qu'on la traitait en apparence comme un
esclave. Ce prince demeura surpris de l'esprit
et de la vertu de Zabelec; et il eut beaucoup de
joie de connaître combien la jalousie qu'il en
avait eue avait été mal fondée. Il trouva dans la
suite tant de charmes et tant de sincérité dans
les sentimens d'Elsibery, qu'il était persuadé
qu'il n'avait jamais été aimé que par elle. Elle
l'aimait, sans autre dessein que de l'aimer, et
sans penser quelle fin aurait sa passion; elle
ne s'informait ni de sa fortune ni de ses intentions; elle hasardait toutes choses pour le voir, et
faisait aveuglément tout ce qu'il pouvait souhaiter. Une autre personne aurait trouvé de la

contrainte dans la conduite qu'il désirait d'elle ; car, comme il voulait toujours qu'elle le crût Selemin, il était forcé de l'empêcher de se trouver à de certaines fêtes publiques où il était obligé de paraître pour le prince ; mais elle ne trouvait rien de difficile pour lui plaire.

Alamir se trouva heureux pendant quelque temps d'être aimé pour l'amour de lui-même ; mais enfin il lui vint dans l'esprit, qu'encore qu'Elsibery l'eût aimé sans savoir qu'il était le prince de Tharse, peut-être ne laisserait-elle pas de l'abandonner pour un homme qui aurait cette qualité. Il résolut de mettre son cœur à cette épreuve, de lui faire passer le véritable Selemin pour le prince de Tharse, de faire en sorte qu'il lui témoignât de l'amour, et de voir de ses propres yeux de quelle manière elle le traiterait. Il apprit son intention à Selemin, et ils trouvèrent ensemble les moyens de l'exécuter. Alamir fit une course de chevaux, et dit à Elsibery que, pour lui donner quelque part de ce divertissement, il engagerait le prince à passer, avec sa troupe, devant ses fenêtres ; qu'ils auraient les mêmes habits ; qu'il marcherait à côté de lui ; et que, bien qu'il eût toujours appréhendé qu'elle ne vît Alamir, il se croyait trop assuré de son cœur pour craindre que ce prince attirât ses regards, surtout dans un lieu où il

serait assez proche pour les partager. Elsibery
demeura persuadée que celui qu'elle verrait
auprès de son amant serait le prince de Tharse;
et, le lendemain, voyant le véritable Selemin
auprès d'Alamir, elle ne douta point que ce ne
fût ce prince ; elle trouva même que son amant
avait tort de lui avoir dépeint Alamir comme un
homme si redoutable, et il lui parut qu'il n'était
pas si agréable que celui qu'elle croyait son favori. Elle n'oublia pas de dire à Alamir le jugement qu'elle avait fait : mais ce n'était pas assez
pour le satisfaire; il voulut encore éprouver si ce
faux prince ne lui plairait point, lorsqu'il lui
paraîtrait amoureux d'elle, et qu'il lui propose-
rait de l'épouser.

A une de ces fêtes des Arabes, où le prince
n'était point obligé de paraître en public, il dit
à Elsibery qu'il se déguiserait pour se trouver
auprès d'elle. Il se déguisa en effet, et mena
Selemin avec lui. Ils se mirent près d'Elsibery,
et Selemin l'appela deux ou trois fois. Comme
elle avait Alamir dans l'esprit, elle ne douta
point que ce ne fût lui; et, prenant un temps où
personne ne la regardait, elle leva son voile pour
se faire voir et pour lui parler ; mais elle fut bien
surprise de trouver auprès d'elle celui qu'elle
croyait le prince de Tharse. Selemin témoigna
être surpris et touché de sa beauté : il voulut lui

parler; mais elle ne l'écouta point; et, troublée
de cette aventure, elle se rapprocha de sa mère,
en sorte que Selemin ne put l'aborder de tout le
reste du jour. La nuit, Alamir vint lui parler
sur la terrasse; elle lui conta ce qui lui était
arrivé, avec une vérité si exacte et une si grande
crainte qu'il ne la soupçonnât d'y avoir contribué, qu'il devait en être satisfait. Néanmoins il
ne s'en contenta pas; il fit gagner le vieil esclave
qu'il avait déjà trouvé sensible aux présens,
pour donner une lettre à Elsibery de la part du
prince. Lorsque cet esclave voulut la lui donner,
elle la refusa, et lui fit une sévère réprimande.
Elle en rendit compte à Alamir, qui le savait
déjà, et qui jouissait du plaisir de sa tromperie.
Pour achever ce qu'il avait résolu, il mena Selemin sur la terrasse où il avait accoutumé de
parler à Elsibery, et se cacha, en sorte qu'elle
ne pouvait le voir, mais qu'il pouvait entendre
toutes leurs paroles. La surprise d'Elsibery fut
extrême, lorsqu'elle vit sur la terrasse celui
qu'elle croyait le prince. Son premier mouvement fut de s'en aller; mais le soupçon que son
amant la sacrifiait au prince, et l'envie de s'en
éclaircir, la retinrent pour quelques momens. Je
ne vous dirai point, madame, lui dit Selemin,
si c'est par mon adresse ou du consentement de
celui que vous croyiez trouver ici, que j'occupe

la place qui lui était destinée. Je ne vous dirai
pas même s'il ignore les sentimens que j'ai pour
vous; vous en jugerez par la vraisemblance et
par le pouvoir que la qualité de prince peut me
donner. Je veux seulement vous apprendre que,
d'une seule vue, vous avez fait en moi ce que
de longs attachemens n'avaient pu faire. Je n'ai
jamais voulu m'engager, et je ne regarde présentement d'autre bonheur que celui de vous
faire accepter la dignité où je me trouve. Vous
êtes la seule à qui je l'aie offerte, et vous serez
la seule à qui je l'offrirai. Songez plus d'une
fois, madame, à me refuser, et songez qu'en
refusant le prince de Tharse, vous refusez la
seule chose qui peut vous retirer de cette capti-
vité éternelle où vous êtes destinée.

Elsibery n'entendit plus tout ce que lui dit
celui qu'elle croyait le prince, sitôt qu'il lui eut
donné lieu de croire que son amant la sacrifiait
à son ambition; et, sans répondre à ce qu'il
lui venait de dire : Je ne sais, seigneur, lui
dit-elle, par quelle aventure vous vous trouvez
ici; mais de quelque manière que ce puisse
être, je ne dois pas avoir une plus longue conversation avec vous, et je vous supplie de
trouver bon que je me retire. En disant ces
paroles, elle quitta la terrasse avec Zabelec qui
l'avait suivie, et s'en alla dans sa chambre avec

autant d'inquiétude qu'Alamir avait de joie et
de tranquillité. Il voyait avec plaisir qu'elle
méprisait les offres d'une si grande fortune,
dans le même moment qu'elle avait lieu de croire
qu'il l'avait trompée, et il ne pouvait plus douter
qu'elle ne fût à l'épreuve des sentimens d'ambition qu'il avait appréhendés. Le lendemain
il essaya encore de lui faire donner une lettre
de la part du prince, pour voir si le dépit ne
l'aurait point fait changer ; mais le vieil esclave
qui la voulut donner, fut aussi mal traité qu'il
l'avait été la première fois.

Elsibery avait passé la nuit avec une douleur
incroyable. Toutes les apparences étaient que
son amant l'avait trahie ; lui seul pouvait
avoir appris leur intelligence et le lieu où ils se
parlaient. Néanmoins la tendresse qu'elle avait
pour lui, ne lui permettait pas de le condamner
sans l'entendre. Elle le revit le jour suivant,
et il sut si bien lui persuader qu'il avait été
trahi par un de ses gens, et que le calife, à la
prière de son fils, l'avait retenu une partie de
la nuit pour l'empêcher de venir sur la terrasse,
qu'il se justifia entièrement auprès d'Elsibery,
et lui persuada même qu'il avait un déplaisir
sensible de la passion que le prince avait pour
elle. La belle esclave n'était pas si aisée à persuader qu'Elsibery, et son expérience de la

tromperie des hommes ne lui permettait pas
d'ajouter foi aux paroles du faux Selemin. Elle
tâcha enfin de faire voir à Elsibery qu'il la
trompait; mais, peu de temps après, le hasard
lui donna lieu de l'en convaincre.

Le véritable Selemin n'était pas si occupé des
galanteries du prince qu'il n'en eût pour lui-
même. La personne qu'il aimait alors avait pour
confidente une jeune esclave qui était touchée
d'une passion violente pour Zabelec, qu'elle
prenait pour un homme. Elle lui conta l'amour
de Selemin et de sa maîtresse, et la manière
dont ils se voyaient. Zabelec, qui ne connaissait
Alamir que sous le nom de Selemin, se fit instruire par cette esclave de tout ce qui pouvait
faire voir à Elsibery l'infidélité de son amant,
et alla le lui apprendre à l'heure même. On ne
peut être plus sensiblement affligé que le fut cette
belle personne; mais elle s'abandonna à son affliction, sans s'emporter contre celui qui la
causait. Zabelec fit tous ses efforts pour lui
persuader de cesser entièrement de voir Alamir,
et de ne plus écouter des justifications qui ne
pouvaient être que de nouvelles tromperies.
Elsibery eût bien voulu suivre ses conseils,
mais elle n'en avait pas la force.

Alamir vint le soir même sur la terrasse,
et il fut bien étonné lorsque Elsibery commença

la conversation par un torrent de larmes, et
ensuite par des reproches si tendres, que ceux
mêmes qui ne l'auraient pas aimée en auraient
été touchés. Il ne pouvait comprendre de quoi
on pouvait l'accuser, ni par quel bizarre effet
du hasard, n'ayant jamais été fidèle que pour
Elsibery, elle fût presque la seule qui l'eût ac-
cusé d'infidélité. Il se défendit avec toute la force
que donne la vérité ; mais, malgré la disposition
qu'avait Elsibery à le croire innocent, elle ne
pouvait ajouter foi à ses paroles. Il la pressa
de lui nommer celle qu'elle l'accusait d'aimer ;
elle le fit, et lui conta toutes les circonstances
de leur commerce. Alamir fut bien surpris
lorsqu'il vit que c'était le nom de Selemin qui
le faisait paraître coupable, et il fut bien embarrassé sur la manière dont il devait se justifier. Il ne put se déterminer sur l'heure, et
il se contenta de faire de nouveaux sermens de
son innocence, sans entrer dans d'autres justifications. Son embarras, et des paroles si
générales ne laissèrent plus douter Elsibery de
son infidélité.

Cependant ce prince vint conter son malheur
à Selemin, et chercher avec lui les moyens de
faire paraître son innocence. Je romprais, pour
l'amour de vous, lui dit Selemin, avec la personne que j'aime, si vous en pouviez tirer quel-

que avantage ; mais, quand je cesserais de la
voir, Elsibery croirait toujours qu'au moins il
y a eu un temps où vous lui avez été infidèle ;
et ainsi, elle ne pourrait plus avoir de confiance
en vos paroles. Si vous voulez la guérir entièrement de ses soupçons, je crois que vous
devez lui avouer qui vous êtes et qui je suis.
Elle vous a aimé sans que votre qualité ait contribué à sa passion ; elle m'a cru le prince de
Tharse, et m'a méprisé pour l'amour de vous ;
il me semble que c'est tout ce que vous aviez à
souhaiter. Vous avez raison, mon cher Selemin,
s'écria le prince ; mais je ne saurais me résoudre
à apprendre ma naissance à Elsibery ; je perdrai,
en la lui apprenant, ce qui a fait le charme de
mon amour. Je hasarderai le seul véritable plaisir
que j'aie jamais eu ; et je ne sais si je ne perdrai
point la passion que j'ai pour elle. Songez aussi,
seigneur, répondit Selemin, qu'en paraissant
encore sous mon nom, vous perdrez le cœur
d'Elsibery, et qu'en le perdant vous perdrez, en
effet, tous les plaisirs qu'une fausse imagination
vous fait craindre de ne plus trouver.

Selemin parla avec tant de force à Alamir,
qu'enfin il le fit résoudre à déclarer la vérité à
Elsibery. Il le fit dès le même soir ; et jamais
personne n'a passé en un moment d'un état si
déplorable à un état si heureux. Elle trouvait

des marques d'une passion très-sincère et très-
délicate dans tout ce qui lui avait paru des
tromperies; elle avait le plaisir d'avoir persuadé
son attachement à Alamir, sans le connaître
pour le prince; enfin, elle était dans une joie
que son cœur était à peine capable de contenir;
elle la laissa voir toute entière à Alamir; mais
cette joie lui fut suspecte; il crut que le prince
de Tharse y avait part, et qu'Elsibery était touchée du plaisir de l'avoir pour amant. Néanmoins il ne le lui témoigna pas, et continua de
la voir avec soin. Zabelec était surprise de s'être
trompée, en se défiant de la passion des hommes,
et elle enviait le bonheur d'Elsibery d'en avoir
trouvé un si fidèle. Elle n'eut pas long-temps
sujet de l'envier. Il était impossible que des
choses aussi extraordinaires que celles qu'Alamir avait faites pour Elsibery n'apportassent
une nouvelle vivacité à la passion qu'elle avait
pour lui. Ce prince s'en aperçut; ce redouble-
ment d'amour lui parut une infidélité, et lui
causa le même chagrin que la diminution lui en
aurait dû causer. Enfin, il se persuada si bien
que le prince de Tharse était plus aimé qu'Alamir ne l'avait été sous le nom de Selemin, que
sa passion commença à diminuer, sans qu'il prît
même de nouvel attachement. Il en avait déjà eu
de tant de sortes, et celui qu'il venait d'avoir

avait eu d'abord quelque chose de si piquant,
qu'il se trouva insensible à tous les autres. Elsibery vit finir insensiblement l'amour et les soins
qu'il avait pour elle; et, quoiqu'elle tâchât de
se tromper elle-même, elle ne put douter de son
malheur, lorsqu'elle apprit que le prince s'en
allait voyager par toute la Grèce; et elle l'apprit avant qu'il lui en eût parlé. L'ennui qu'il
éprouvait à Tharse lui avait inspiré ce dessein;
et il l'exécuta, sans que les prières et les larmes
d'Elsibery pussent le retenir.

La belle esclave trouva alors que sa destinée
n'était pas plus malheureuse que celle d'Elsibery, et Elsibery chercha toute sa consolation à se
plaindre avec elle. Son mari fut tué; elle le sut,
et en eut une vive douleur, malgré l'horrible infidélité qu'il lui avait faite. Comme sa mort faisait cesser les raisons qu'elle avait eues de se cacher, elle pria le père d'Elsibery de lui donner
la liberté qu'il lui avait offerte tant de fois. Il la
lui accorda, et elle résolut de s'en retourner passer le reste de sa vie dans son pays, éloignée du
commerce de tous les hommes. Elle avait parlé
plusieurs fois à Elsibery de la religion chrétienne; et cette belle personne, touchée de ce
qu'elle lui en avait dit, et de l'inconstance d'Alamir, dont elle n'espérait point de se consoler, se
résolut de se faire chrétienne, de suivre Zabe-

lec, et d'aller vivre avec elle dans un profond oubli de tous les attachemens de la terre. Elle partit sans en avertir ses parens, que par une lettre qu'elle leur laissa.

Alamir avait déjà commencé ses voyages, et ce ne fut que par une lettre de Selemin qu'il apprit ce que je viens de vous dire d'Elsibery. En quelque lieu qu'elle soit, peut-être trouverait-elle de la consolation, si elle avait pu apprendre combien elle fut vengée de l'infidélité d'Alamir, par la passion violente que lui donna la beauté de Zayde.

Il arriva en Chypre, et aima cette princesse, comme je vous l'ai dit, après avoir balancé quelque temps entre elle et moi; mais il l'aima avec une passion si différente de toutes celles qu'il avait eues, qu'il ne se reconnaissait pas lui-même. Il avait toujours déclaré son amour aussitôt qu'il l'avait senti; il n'avait jamais appréhendé d'offenser celles à qui il le déclarait; et à peine osait-il le laisser deviner à Zayde. Il fut surpris de ce changement; mais lorsque, forcé par sa passion, il l'eut déclarée à Zayde, et qu'il trouva que l'indifférence qu'elle avait pour lui ne faisait qu'augmenter l'amour qu'il avait pour elle; quand il vit qu'il était désespéré du traitement qu'il en recevait, sans cesser d'en être amoureux, et sans croire qu'il pût cesser de l'être,

il sentit une douleur qui ne peut se représenter.

Quoi! disait-il à Mulziman, l'amour n'a jamais eu de pouvoir sur moi qu'autant que j'ai
voulu lui en donner; quand il m'aurait surmonté
entièrement, il ne m'aurait donné que de la joie
dans tous les lieux où j'ai aimé; et il faut que,
par la seule personne du monde en qui j'ai
trouvé de la résistance, il me domine avec un
empire si absolu, qu'il ne me reste aucun pouvoir
de me dégager. Je n'ai pu aimer toutes celles qui
m'ont aimé; Zayde me méprise, et je l'adore.
Est-ce son admirable beauté qui produit un effet
si extraordinaire? ou serait-il possible que le
seul moyen de m'attacher fût de ne pas m'aimer? Ah! Zayde, ne me mettrez-vous jamais en
état de connaître que ce ne sont pas vos rigueurs
qui m'attachent à vous?

Mulziman ne savait que lui répondre, tant il
était surpris de l'état où il le voyait. Il tâchait
néanmoins de le consoler et d'adoucir ses inquiétudes. Depuis que le père de Zayde était arrivé,
et qu'elle s'était si fortement déclarée sur la résolution de ne vouloir pas épouser ce prince,
son désespoir était encore augmenté, et le portait à chercher la mort avec joie.

Voilà à peu près ce que j'appris de Mulziman,
continua Félime; peut-être ne vous l'ai-je ra-

conté qu'avec trop de soin ; mais pardonnez aux
charmes que trouvent celles qui ont de la passion, à parler des personnes qu'elles aiment,
quoique ce soit même sur des sujets désagréables. Dom Olmond témoigna à cette princesse
que, bien loin qu'elle lui dût faire des excuses de
la longueur de son récit, il lui devait des remer-
cimens de l'avoir instruit des aventures d'Alamir. Il la conjura d'achever ce qu'elle avait
commencé à lui dire, et elle reprit ainsi son
discours :

Vous pouvez juger que ce que je sus des aventures et de l'humeur d'Alamir ne me donna pas
d'espérance, puisque j'appris que le seul moyen
d'être aimée de lui était de ne pas l'aimer. Cependant je ne l'en aimai pas moins. Les dangers
où il s'exposait tous les jours me donnaient des
inquiétudes mortelles ; je croyais que tous les
coups devaient tomber sur sa tête, et qu'il n'y
avait de péril que pour lui. J'étais si accablée,
qu'il me semblait que mes maux ne pouvaient
plus augmenter ; mais la fortune m'exposa à
une sorte de douleur plus cruelle que tout ce
que j'avais encore senti.

Quelques jours après que Mulziman m'eut raconté les aventures d'Alamir, j'en parlais avec
Zayde, et je faisais de si tristes réflexions sur
la cruauté de ma destinée, que mon visage était

tout baigné de mes larmes. Une des femmes de
Zayde passa dans le lieu où nous étions, et laissa
la porte ouverte sans que je m'en aperçusse.
Il faut avouer que je suis bien malheureuse, disais-je à Zayde, de m'être attachée à un homme
si indigne en toutes façons des sentimens que
j'ai pour lui. Comme j'achevais ces paroles, j'entendis quelqu'un dans la chambre; je crus que
c'était cette même femme qui venait de passer;
mais à quel point fus-je surprise et troublée quand
je vis que c'était Alamir, et qu'il était si près de
moi, que je ne pus douter qu'il n'eût entendu
mes dernières paroles. Mon trouble et les larmes
qui coulaient sur mon visage m'ôtaient tous les
moyens de lui cacher que ce que je venais de
dire ne fût véritable. Les forces me manquèrent,
je perdis la parole, je souhaitai la mort; enfin,
je me sentis dans le plus violent état où une
personne se soit jamais trouvée. Pour achever la
cruauté de mon aventure, la princesse Alasinthe
arriva, suivie de plusieurs dames qui se mirent
à parler avec Zayde, en sorte que je demeurai
seule avec Alamir.

Ce prince me regarda avec un air qui témoignait de la crainte d'augmenter encore l'embarras
où il me voyait. J'ai bien du déplaisir, madame,
me dit-il, d'être arrivé dans un temps où apparemment vous ne vouliez être entendue que de

Zayde; mais, madame, puisque le hasard en a
disposé autrement, trouvez bon que je vous demande s'il est possible qu'un homme, qui a été
assez heureux pour ne pas vous déplaire, puisse
vous obliger à dire qu'il est indigne en toutes
façons de l'attachement que vous avez pour lui.
Je sais bien qu'il n'y a point d'homme qui puisse
être digne de la moindre de vos bontés; mais
y en a-t-il quelqu'un qui puisse vous donner
lieu de vous plaindre de ses sentimens? Ne soyez
point fâchée, madame, que j'aie quelque part à
votre confiance; vous ne m'en trouverez pas indigne; et, avec quelque soin que vous m'ayez
caché ce que je viens d'apprendre, j'aurai néanmoins une extrême reconnaissance d'une chose
que je ne devrai qu'au hasard.

Alamir eût encore parlé long-temps, s'il eût
attendu que j'eusse eu la force de l'interrompre :
j'étais si hors de moi-même, et si combattue de
la crainte de lui faire connaître qu'il était celui
dont je me plaignais, et de la douleur de le
voir persuadé que j'en aimais un autre, qu'il
m'était impossible de lui répondre. Vous croirez
peut-être que, lui ayant caché avec tant de soin
la passion que j'avais pour lui, et le voyant si
attaché à Zayde, il me devait être indifférent
qu'il s'imaginât que quelque autre eût pu me
déplaire; mais l'amour se fait déjà une si grande

violence de se cacher à la personne qui l'a fait
naître, qu'il ne se peut faire encore la cruelle
douleur de lui laisser croire qu'il ait été allumé
par un autre. Alamir attribuait tout mon embarras au chagrin de le voir persuadé que j'a-
vais quelque attachement. Je vois bien, madame, reprit-il, que vous souffrez avec peine
que je sois votre confident; mais il y a de l'injustice au chagrin que vous en avez : peut-on
avoir plus de respect pour vous que j'en ai, et
plus d'intérêt à vous plaire? Vous avez un pouvoir absolu sur cette belle princesse de qui dépend ma destinée; apprenez-moi, madame, qui
est celui dont vous vous plaignez; et, si j'ai autant de pouvoir sur lui que vous en avez sur
celle que j'adore, vous verrez si je ne saurai pas
lui faire connaître son bonheur et le rendre
digne de vos bontés.

Les paroles d'Alamir augmentaient mon trouble et mon agitation. Il me pressa encore de lui
dire de qui je me plaignais. Mais que toutes les
raisons qui lui donnaient envie de le savoir, me
le faisaient paraître indigne de l'apprendre! Enfin Zayde, qui jugea de l'embarras où j'étais,
vint nous interrompre, sans qu'il eût été en mon
pouvoir de dire une seule parole à Alamir. Je
m'en allai sans jeter les yeux sur lui. Mon corps
ne put soutenir l'agitation de mon esprit; je

tombai malade dès la même nuit, et ma maladie fut très-longue.

Dans le nombre des gens de qualité qui demeuraient dans l'île de Chypre, il était difficile que quelqu'un ne se fût attaché à moi et ne prît intérêt à la conservation de ma vie. J'apprenais les soins qu'ils avaient de savoir de mes nouvelles; je considérais le peu d'effet que leur amour avait produit; et, quand je pensais que, si Alamir avait connu mon attachement, il n'aurait pas fait plus d'impression sur lui qu'en faisait sur moi la passion de ceux qui m'aimaient, je me trouvais heureuse d'être assurée qu'il ignorait mes sentimens. Mais il faut pourtant avouer que c'était un bonheur qui n'était goûté que de ma raison, et à quoi mon cœur ne prenait aucune part. Quand je commençai à me porter assez bien pour être vue, je retardai, autant que je pus, les occasions de voir Alamir; et, lorsque je le revis, je remarquai qu'il m'observait avec beaucoup de soin, afin d'apprendre par mes actions qui était celui dont je me plaignais. Plus je voyais qu'il m'observait, plus je maltraitais ceux qui s'étaient attachés à moi. Quoiqu'il y en eût plusieurs dont le mérite et la qualité ne me dussent point faire de honte, il n'y en avait aucun dont je ne trouvasse ma gloire blessée. Je ne pouvais supporter qu'il

crût que j'aimais sans être aimée, et il me semblait que je lui en paraissais moins digne de
lui.

Les troupes de l'empereur pressèrent si fort
Famagouste, que tous les Arabes jugèrent qu'il
fallait l'abandonner. Zulema et Osmin résolurent de nous faire embarquer avec les princesses Alasinthe et Belenie. Alamir prit aussi
la résolution de quitter Chypre, et pour suivre
Zayde, et pour sortir d'un lieu où sa valeur ne
pouvait plus être utile. Il avait conservé une extrême curiosité de savoir quel était celui dont il
m'avait ouï parler ; et lorsque nous fûmes prêts
à partir, et qu'il vit que ma tristesse n'augmentait point : Quoique vous abandonniez Chypre,
me dit-il, sans qu'il paraisse en vous de nouvelles marques d'affliction, il n'est pas impossible, madame, que vous ne sentiez ce départ ;
faites-moi la grâce de m'apprendre qui est celui
à qui vous prenez intérêt. Il n'y a point d'homme, de tous ceux qui sont ici, que je n'engage
aisément à faire le voyage d'Afrique, et vous aurez le plaisir de le voir, sans qu'il sache même
que vous l'avez désiré. Je n'ai point voulu m'o-
piniâtrer, lui répondis-je, à vous ôter une opinion que vous avez prise sur des apparences
assez vraisemblables ; mais je vous assure néanmoins que ces apparences sont trompeuses. Je

ne laisse personne à Famagouste à qui je prenne
intérêt, et ce n'est point par aucun changement
qui soit arrivé dans mon cœur. Je vous entends,
madame, repartit Alamir; celui qui a été assez
heureux pour vous plaire n'est point ici; je le
cherchais inutilement parmi ceux qui vous ado-
rent, et il était sans doute parti de Chypre devant que j'eusse l'honneur de vous voir. Ce n'est
ni devant que vous m'eussiez vue, ni depuis que
vous êtes ici, lui répliquai-je assez brusquement, que quelqu'un a été assez heureux pour
me plaire, et je vous supplie de ne plus me parler d'une chose qui m'offense.

Alamir, voyant bien que je lui avais répondu
avec colère, ne m'en dit pas davantage, et
m'assura qu'il ne m'en parlerait jamais. Je fus
bien aise d'avoir fini des conversations où j'étais
toujours en hasard de laisser voir ce que je souhaitais si ardemment de cacher. Enfin nous
nous embarquâmes, et notre navigation fut d'a-
bord si heureuse, que nous ne devions pas croire
qu'elle finît par un naufrage aussi malheureux
que celui que nous fîmes aux côtes d'Espagne,
comme je vous le dirai bientôt.

Félime allait continuer son récit lorqu'on vint
l'avertir que sa mère se trouvait plus mal que
de coutume. Quoique j'eusse encore beaucoup de
choses à vous apprendre, dit-elle à dom Olmond

en le quittant, je vous en ai assez appris pour
vous faire juger que ma vie est attachée à celle
d'Alamir, et pour vous engager à me tenir la
parole que vous m'avez donnée. Je vous la tien-
drai exactement, madame, lui répondit-il;
mais je vous supplie de vous souvenir aussi que
vous devez m'instruire du reste de vos aventures.

Le lendemain il alla trouver le roi. Sitôt que
ce prince le vit, il voulut satisfaire l'impatience
et l'inquiétude qui paraissaient sur le visage
de Consalve; et, les amenant tous deux dans
son cabinet, il ordonna à dom Olmond de lui
dire s'il avait vu Félime, et si elle lui avait
appris quel intérêt elle prenait à la conservation
d'Alamir. Dom Olmond, sans faire paraître qu'il
pénétrât dans les raisons qui donnaient au roi
tant de curiosité pour les aventures de ce prince,
fit un récit exact de tout ce qu'il avait su par
Félime de sa passion pour Alamir, de celle d'A-
lamir pour Zayde, et de tout ce qui leur était
arrivé jusqu'à leur départ de Chypre. Lorsqu'il
eut achevé, il jugea bien que la conversation
n'était pas aussi libre entre le roi et Consalve
que s'il n'eût pas été présent; et, pour les laisser en liberté, il feignit d'être obligé de s'en
retourner à Oropèze.

Sitôt qu'il fut parti, le roi, regardant son favori avec un air qui témoignait les sentimens

qu'il avait pour lui : Croyez-vous encore, lui
dit-il, qu'Alamir soit aimé de Zayde? croyez-
vous que ce soit elle qui ait fait écrire Félime,
et ne voyez-vous pas combien vos craintes ont
été mal fondées? Non, seigneur, reprit tristement Consalve, tout ce que dom Olmond vient
de raconter ne me persuade pas encore que je
n'aie point sujet de craindre. Zayde n'a peut-
être pas d'abord aimé Alamir, ou elle l'a caché
à Félime, voyant l'amour qu'elle avait pour ce
prince. Mais qui pleurait Zayde lorsqu'elle fit
naufrage aux côtes d'Espagne, si ce n'était Alamir qu'elle croyait mort? A qui puis-je ressembler, si ce n'est à ce prince? Félime n'a parlé
que de lui dans son récit. Zayde l'a trompée,
seigneur, ou Zayde ne lui a avoué les sentimens
qu'elle avait pour lui, que depuis qu'elle a été
chez Alphonse. Tout ce que j'ai appris ne détruit
pas les opinions que j'ai eues, et je crains bien
que ce qui me reste encore à apprendre ne les
confirme plutôt que de les détruire.

Il était si tard lorsque Consalve quitta le roi,
qu'il ne devait penser qu'à chercher du repos;
mais son inquiétude ne lui permit pas d'en
trouver. Le récit de Félime augmentait sa curiosité, et le laissait encore dans cette cruelle
incertitude où il était depuis si long-temps. Sur
le matin, un officier de l'armée, qui revenait

d'Oropèze, lui apporta un billet de dom Olmond ;
il l'ouvrit, et y trouva ces mots :

« Félime m'a tenu sa parole, et m'a conté le
» reste de ses aventures. Le seul amour qu'elle
» a pour Alamir, a causé les soins qu'elle a eus de
» sa vie. Zayde n'y prend point d'intérêt, et si
» quelqu'un en prenait à Zayde, ce n'est pas
» d'Alamir qu'il devrait être jaloux. »

Ce billet jeta Consalve dans un nouvel embarras, et lui fit penser qu'il s'était trompé seulement lorsqu'il avait cru qu'Alamir était aimé ;
mais qu'il ne s'était pas trompé lorsqu'il avait
cru que Zayde avait quelque passion. La lettre
qu'il lui avait vu écrire chez Alphonse, ce qu'il
lui avait ouï dire à Tortose d'une première inclination, et le billet qu'il venait de recevoir
de dom Olmond ne lui permettaient pas d'en
douter. Il lui parut qu'il devait être également
malheureux, puisque le cœur de Zayde avait été
touché. Néanmoins, par un sentiment dont il ne
pouvait démêler la cause, il sentit quelque soulagement en apprenant que ce n'était pas par le
prince de Tharse.

Cependant les Maures firent des propositions
pour la paix, et elles étaient si avantageuses,
qu'il semblait difficile de les refuser. On nomma
des députés de part et d'autre pour en régler les
articles, et on accorda une nouvelle trêve. Con-

salve avait part à tous les conseils ; mais , quelque occupé qu'il pût être par l'importance des
affaires dont le roi lui laissait le soin , il l'était
encore davantage par l'impatience de savoir qui
était ce rival dont il n'avait jamais ouï parler. Il
attendit dom Olmond avec une inquiétude qui ne
lui laissait pas de repos ; et enfin il supplia le
roi de le faire venir au camp , ou de permettre
qu'il· l'allât trouver à Oropèze. Dom Garcie, qui
avait de la curiosité pour la suite des aventures
de Zayde , voulut être présent au récit qu'en
ferait dom Olmond , et lui envoya commander
de venir à l'heure même. Lorsque Consalve le
vit arriver , et qu'il le regarda comme un homme
qui allait lui apprendre les véritables sentimens
de Zayde, il fut quasi prêt à l'empêcher de parler, tant il craignait la certitude de son malheur, bien qu'il souhaitât d'en être éclairci.
Dom Olmond , avec la même discrétion qu'il
avait déjà eue , et sans faire voir à Consalve
qu'il remarquait son embarras , raconta ainsi
ce qu'il avait appris de Félime dans leur dernière
conversation , après que le roi lui en eut fait le
commandement.

SUITE DE L'HISTOIRE DE FÉLIME ET DE ZAYDE.

Les princes Zulema et Osmin avaient quitté

Chypre dans le dessein de s'en aller en Afrique et
de débarquer à Tunis. Alamir les avait suivis,
et leur navigation avait été assez heureuse, lorsqu'un vent impétueux les repoussa vers Alexandrie. Comme Zulema s'en vit proche, il voulut
y aborder, pour voir Albumazar, ce grand astrologue, si célèbre dans toute l'Afrique, qu'il
connaissait depuis long-temps. Les princesses,
qui n'étaient pas accoutumées à la fatigue de la
mer, furent bien aises de descendre à terre et de
se reposer. Le vent demeura si contraire, qu'ils
ne purent sitôt se remettre à la voile.

Un jour que Zulema montrait à Albumazar
plusieurs choses rares qu'il avait rapportées de
ses voyages, Zayde vit, dans une cassette, le
portrait d'un jeune homme d'une beauté extraordinaire, et d'une physionomie très-agréable.
L'habillement, qui était pareil à celui des princes
arabes, lui fit imaginer que ce portrait était
celui d'un des fils du calife. Elle demanda à son
père si elle ne se trompait pas; il lui répondit
qu'il ne savait point pour qui ce portrait avait
été fait, qu'il l'avait acheté de quelques soldats,
et qu'il le conservait pour sa beauté. Zayde parut
surprise de l'agrément de cette peinture. Albumazar remarqua l'attention qu'elle avait à le
regarder; il lui en fit la guerre, et lui dit qu'il
voyait bien qu'un homme qui ressemblerait à ce

portrait, pourrait espérer de lui plaire. Comme
les Grecs ont une grande opinion de l'astrologie,
et que les jeunes personnes ont une grande curiosité de l'avenir, Zayde pria plusieurs fois ce
fameux astrologue de lui dire quelque chose de
sa destinée ; mais il s'en défendait toujours : il
passait avec Zulema le peu de temps qu'il déro-
bait à l'étude, et semblait éviter de faire paraître son savoir extraordinaire. Enfin, un jour
qu'elle le trouva dans la chambre de son père,
elle le pressa plus fortement qu'elle n'avait encore fait de consulter les astres sur sa fortune.
Il n'est pas nécessaire que je les consulte, lui
dit-il en souriant, pour vous assurer, madame,
que vous êtes destinée à celui dont Zulema vous
a fait voir le portrait. Peu de princes dans l'A-
frique peuvent s'égaler à lui. Vous serez heureuse
si vous l'épousez ; prenez garde de laisser engager votre cœur à quelque autre. Zayde ne
reçut les paroles d'Albumazar que comme un reproche de l'attention qu'elle avait eue à regarder
ce portrait ; mais Zulema lui dit, avec toute l'autorité d'un père, qu'elle ne devait point douter
de la vérité de cette prédiction ; qu'il n'en doutait pas lui-même ; et que, de son consentement,
elle n'épouserait jamais que celui pour qui cette
peinture avait été faite.

Zayde et Félime avaient peine à croire que

Zulema parlât selon ses véritables sentimens ; mais elles n'en doutèrent pas, lorsqu'il dit à la princesse sa fille qu'il ne pensait plus à lui faire épouser le prince de Tharse. Félime ne sentit pas une médiocre joie de savoir que Zayde n'était pas destinée pour Alamir ; elle s'imagina un plaisir sensible à l'apprendre à ce prince, et elle se flatta de l'espérance qu'il reviendrait à elle, s'il n'espérait plus que Zayde pût être à lui. Elle pria cette belle personne de lui permettre de dire à Alamir la prédiction d'Albumazar et les sentimens de Zulema. Cette permission n'était pas difficile à obtenir : Zayde consentait sans peine à tout ce qui pouvait guérir le prince de Tharse de la passion qu'il avait pour elle.

Félime chercha les occasions de parler à ce prince ; et, sans faire paraître de joie de ce qu'elle avait à lui dire, elle lui conseilla de se détacher de Zayde, puisqu'elle était destinée pour un autre, et que Zulema ne lui était plus favorable. Elle lui apprit ensuite ce qui avait fait changer les sentimens de ce prince, et lui montra ce portrait qui devait décider de la fortune de Zayde. Alamir parut accablé des paroles de Félime, et surpris de la beauté du portrait qu'on lui faisait voir ; il demeura long-temps sans parler : enfin, levant les yeux avec un air où sa douleur était peinte : Je le crois, madame, lui dit-il, celui que

je vois est destiné pour Zayde; il est digne d'elle
par sa beauté; mais il ne la possédera jamais,
et je lui ôterai la vie avant qu'il puisse m'enlever Zayde. Mais si vous entreprenez, lui répondit Félime, d'attaquer tous les hommes qui
pourraient ressembler à ce portrait, vous en
attaqueriez peut-être un grand nombre, sans
trouver celui pour qui il a été fait. Je ne suis pas
assez heureux, repartit Alamir, pour être au
hasard de me méprendre. Il y a une beauté si
grande et si particulière dans ce portrait, que
peu de gens peuvent lui ressembler. Mais, madame, ajouta-t-il, cette physionomie agréable
peut cacher un esprit si fâcheux et des mœurs
si opposées à celles qui doivent plaire à Zayde,
que, quelque beauté qu'ait ce prétendu rival,
peut-être ne sera-t-il pas aimé d'elle; et, quelque favorables que lui puissent être et la fortune
et Zulema, s'il ne touche pas l'inclination de
Zayde, je ne me trouverai pas entièrement malheureux. Je serai moins désespéré de la voir
possédée par un homme qu'elle n'aimera pas,
que de lui en voir aimer un autre à qui elle ne
pourrait jamais être. Cependant, madame, continua-t-il, quoique ce portrait ait fait une impression dans mon esprit qui se peut difficilement
effacer, je vous conjure de me le laisser quelque
temps, afin que je le considère avec loisir, et

que l'idée s'en imprime plus fortement dans ma
mémoire.

Félime était si troublée de voir que ce qu'elle
venait de dire n'avait pu diminuer les espérances d'Alamir, qu'elle lui laissa emporter ce portrait ; et ce prince le lui rendit quelques jours
après, malgré l'envie qu'il eût eue de l'ôter pour
jamais des yeux de Zayde.

Après quelque séjour dans Alexandrie, le vent
leur permit d'en partir. Alamir reçut des nouvelles de son père, qui l'obligèrent de quitter
Zayde pour retourner à Tharse ; mais, comme
il ne s'y croyait nécessaire que pour peu de jours,
il dit à Zulema qu'il serait quasi dans le même
temps que lui à Tunis. Félime fut aussi affligée
de leur séparation que si elle eût été aimée de
lui. Elle était accoutumée à toutes les douleurs
que l'amour peut donner ; mais elle n'avait point
eu celle de l'absence, et elle la sentit si vivement,
qu'elle connut bien que le seul plaisir de voir
celui qu'elle aimait lui avait donné la force de
supporter le malheur de n'en être pas aimée.

Alamir s'en alla à Tharse, et Zulema et Osmin, sur différens vaisseaux, prirent la route
de Tunis. Zayde et Félime ne voulurent pas se
quitter, et demeurèrent ensemble dans le vaisseau de Zulema. Après quelques jours de navigation, il survint une tempête épouvantable :

tous les vaisseaux furent séparés; celui où était
Zayde perdit son grand mât, et Zulema jugea
qu'il n'y avait plus d'espérance. Comme il connut qu'ils étaient assez proche de terre, il résolut de se jeter dans la chaloupe. Il y fit descendre
sa femme, sa fille et Félime, et prit avec lui ce
qu'il avait de plus précieux; mais, comme il y
voulait entrer aussi, un coup de vent rompit la
corde qui la tenait attachée au vaisseau, et la
chaloupe vint se briser contre le rivage. Zayde
fut jetée sur la côte de Catalogne, à demi morte,
et Félime, qui s'était soutenue sur une planche,
fut poussée sur la même côte, après avoir vu
périr la princesse Alasinthe. Lorsque Zayde revint de l'état où elle était, elle fut bien étonnée
de se voir parmi des personnes qu'elle ne connaissait point, et dont elle n'entendait pas la
langue.

Deux Espagnols, qui demeuraient sur le bord
de la mer, l'avaient trouvée évanouie, et l'a-
vaient fait porter chez eux. Des pêcheurs y ame-
nèrent Félime. Zayde eut beaucoup de joie de
la revoir; mais elle fut très-affligée d'apprendre
par elle la mort de la princesse sa mère. Après
avoir donné beaucoup de larmes à cette perte,
elle pensa à sortir du lieu où elle était, et fit
entendre qu'elle désirait d'aller à Tunis, où elle
espérait trouver Osmin et Belenie.

En regardant le plus jeune de ces Espagnols, qui s'appelait Théodoric, elle s'aperçut qu'il ressemblait à ce portrait qu'elle avait trouvé si agréable. Cette ressemblance la surprit, et le lui fit regarder avec plus d'attention. Elle alla chercher le long du rivage, pour voir si elle ne trouverait point une cassette où était ce portrait, et qu'elle croyait avoir vu mettre dans la chaloupe, lorsqu'elles avaient fait naufrage. Sa peine fut inutile. Elle sentit un chagrin extraordinaire de ne pouvoir trouver ce qu'elle cherchait. Il lui parut, pendant quelques jours, que Théodoric avait de la passion pour elle. Quoiqu'elle n'en pût juger par ses paroles, il y avait un air, dans ses actions, qui le lui faisait soupçonner, et ces soupçons ne lui étaient pas désagréables.

Quelque temps après, elle crut s'être trompée : elle le vit triste, sans qu'elle lui donnât sujet de l'être ; elle vit qu'il la quittait souvent pour aller rêver ; enfin, elle s'imagina qu'il avait quelque autre passion qui le rendait malheureux. Cette pensée lui donna un trouble et un chagrin qui la surprirent, et qui la rendirent aussi mélancolique que Théodoric le lui paraissait. Quoique Félime fût assez occupée de ses propres pensées, elle connaissait trop bien l'amour, pour ne pas s'apercevoir de celui que Théodoric avait pour Zayde, et de l'inclination

que Zayde avait pour Théodoric. Elle lui en
parla plusieurs fois ; et, quelque répugnance
qu'eût cette belle princesse à se l'avouer à elle-
même, elle ne put s'empêcher de l'avouer à
Félime.

Il est vrai, lui dit-elle, j'ai des sentimens
pour Théodoric dont je ne suis pas la maîtresse ; mais, Félime, n'est-ce point lui dont
Albumazar m'a voulu parler ; et ce portrait que
nous avons vu ne serait-il point fait pour lui ?
Il n'y a pas d'apparence, répondit Félime : la
fortune et la patrie de Théodoric n'ont rien qui
puisse se rapporter aux paroles d'Albumazar.
Considérez, madame, que, n'ayant jamais cru
à cette prédiction, vous commencez à y croire,
pour vous imaginer que Théodoric peut être celui qui vous est destiné ; et jugez par-là quels
sont les sentimens que vous avez pour lui. Jusqu'ici, répliqua Zayde, je n'avais point pris les
paroles d'Albumazar pour une véritable prédiction ; mais je vous avoue que, depuis que j'ai vu
Théodoric, elles ont commencé à faire impression dans mon esprit. Il m'a paru extraordinaire
d'avoir trouvé un homme qui ressemble à ce portrait, et d'avoir senti de l'inclination pour lui.
Je suis surprise, quand je pense qu'Albumazar
m'a défendu de laisser engager mon cœur ; il me
semble qu'il prévoyait les sentimens que j'ai

pour Théodoric; et sa personne me plait d'une
telle sorte, que, si je suis destinée à un autre homme qui lui ressemble, ce qui devrait
faire mon bonheur va faire le malheur de ma
vie. Mon inclination se trompe à cette ressemblance; elle me porte à celui à qui je ne dois
pas être, et me prévient peut-être d'une telle
sorte, que je ne pourrai plus aimer celui qu'il
faudra que j'aime. Il n'y a point de remède, con-
tinua-t-elle, pour éviter tous ces malheurs,
que d'abandonner un lieu où je cours tant de
périls, et où même la bienséance ne nous permet pas de demeurer. Il ne dépend pas de nous
d'en sortir, reprit Félime; nous sommes dans
un pays qui nous est inconnu, et où notre langue n'est pas seulement entendue. Il faut que
nous attendions les vaisseaux; mais souvenez-
vous que, quelque soin que vous apportiez à
quitter Théodoric, vous n'effacerez pas aisément
l'impression qu'il a faite en votre cœur. Je vois
en vous les mêmes choses que j'ai senties lorsque j'ai commencé à aimer Alamir; et plût au
ciel que j'eusse vu en lui les mêmes choses que
vous voyez en Théodoric! Vous vous trompez,
lui dit Zayde, lorsque vous croyez qu'il a de
l'inclination pour moi; il en a sans doute pour
quelque autre, et la tristesse que je lui vois
vient d'une passion dont je ne suis pas la cause.

J'ai au moins la consolation, dans mon malheur,
que l'impossibilité de lui parler m'empêche d'avoir la faiblesse de lui dire que je l'aime.

Peu de jours après cette conversation, Zayde
vit de loin Théodoric qui regardait avec attention quelque chose qu'il tenait entre ses mains.
La jalousie lui fit imaginer que c'était un portrait : elle résolut de s'en éclaircir, et s'approcha
de lui le plus doucement qu'il lui fut possible.
Ce ne put être avec si peu de bruit, qu'il ne
l'entendit. Il se tourna et cacha ce qu'il tenait,
en sorte qu'elle vit seulement briller des pierreries. Elle ne douta plus que ce ne fût une
boîte de portrait. Quoiqu'elle l'eût déjà soupçonné, la certitude qu'elle crut en avoir lui
donna tant de douleur, qu'elle ne put cacher sa
tritesse, ni regarder Théodoric, et elle demeura
pénétrée de douleur de sentir une inclination si
vive pour un homme qui soupirait pour une
autre. Le hasard voulut que Théodoric laissât
tomber ce qu'il avait caché : elle vit que c'était
une attache de diamans qui tenait à un bracelet
de ses cheveux, qu'elle avait perdu quelques
jours auparavant. La joie qu'elle eut de s'être
trompée ne lui permit pas de témoigner de la
colère : elle prit son bracelet, et rendit les pierreries à Théodoric, qui les jeta dans la mer à
l'heure même, pour lui faire entendre qu'il les

méprisait, lorsqu'ils étaient séparés de ses cheveux. Cette action persuada à Zayde l'amour et
la magnificence de cet Espagnol, et ne fit pas
un médiocre effet dans son cœur.

Ensuite il lui fit entendre, par le moyen d'un
tableau où il avait fait représenter une belle
personne qui pleurait un homme mort, qu'il
était persuadé que les rigueurs qu'elle avait
pour lui, venaient de l'attachement qu'elle avait
pour cet homme qu'elle regrettait. Ce fut une
douleur sensible pour Zayde de voir que Théodoric croyait qu'elle en aimât un autre ; elle ne
doutait quasi plus de son amour, et elle l'aimait avec une tendresse qu'elle n'essayait plus
de surmonter.

Le temps où elle devait partir s'approchait ; et,
ne pouvant se résoudre à le quitter, qu'il ne sût
au moins qu'elle l'avait aimé, elle dit à Félime qu'elle était résolue de lui écrire tous ses
sentimens, et de ne lui donner ce qu'elle aurait
écrit que dans le moment où elle s'embarque-
rait. Je ne veux lui apprendre, ajouta-t-elle,
l'inclination que j'ai eue pour lui, que dans un
temps où je serai assurée de ne le voir jamais.
Ce me sera une consolation qu'il sache que je ne
pensais qu'à lui, lorsqu'il croyait que je n'é-
tais occupée que du souvenir d'un autre. Je
trouverai une douceur infinie à lui expliquer

toutes mes actions, et à m'abandonner à lui dire combien je l'ai aimé. J'aurai cette douceur, sans manquer à mon devoir. Il ne sait qui je suis; il ne me verra jamais : et qu'importe qu'il sache qu'il a touché le cœur de cette étrangère qu'il a sauvée du naufrage? Vous avez oublié, lui dit Félime, que Théodoric n'entend pas votre langue, en sorte que ce que vous lui écrirez lui sera inutile. Ah! madame, reprit Zayde, s'il a de la passion pour moi, il trouvera à la fin les moyens de se faire expliquer ce que je lui aurai écrit; s'il n'en a pas, je serai consolée qu'il ignore que je l'aime; et je suis résolue de lui laisser, avec ma lettre, le bracelet de mes cheveux, que je lui ôtai si cruellement, et qu'il ne mérite que trop.

Zayde commença, dès le lendemain, à écrire ce qu'elle voulait laisser à Théodoric. Il la surprit comme elle écrivait, et elle jugea aisément que cette lettre lui donnait de la jalousie. Si elle eût suivi les mouvemens de son cœur, elle lui aurait fait entendre, à l'heure même, qu'elle n'écrivait que pour lui; mais sa sagesse, et le peu de connaissance qu'elle avait de la qualité et de la fortune de cet inconnu, l'obligeaient à ne rien faire qu'il pût prendre pour des engagemens, et à lui cacher ce qu'elle souhaitait qu'il sût lorsqu'il ne la verrait plus.

Peu de temps avant qu'elle dût partir, Théodoric la quitta, et lui fit comprendre qu'il reviendrait le lendemain. Le jour suivant, elle
s'alla promener avec Félime sur le bord de la
mer : ce n'était pas sans impatience pour le retour de Théodoric. Cette impatience la rendait
plus rêveuse qu'à l'ordinaire; en sorte que,
voyant aborder une chaloupe sur le rivage, au
lieu d'avoir de la curiosité pour ceux qui étaient
dedans, elle tourna ses pas d'un autre côté; mais
elle fut bien surprise de s'entendre appeler, et
de reconnaître la voix du prince son père. Elle
courut à lui avec beaucoup de joie, et il en eut
une extrême de la revoir. Après qu'elle lui eut
appris comment elle était échappée du naufrage,
il lui dit en peu de mots que son vaisseau était
allé échouer aux côtes de France, dont il n'avait
pu partir que depuis quelques jours, et qu'il
était venu à Tarragone attendre les vaisseaux
qui devaient faire voile pour l'Afrique; que cependant il avait voulu parcourir la côte où Alasinthe, Félime et elle avaient fait naufrage,
pour voir si par hasard quelqu'une ne se serait
point sauvée. Au nom d'Alasinthe, Zayde ne put
s'empêcher de pleurer. Ses larmes firent connaître à Zulema la perte qu'il avait faite; et,
après avoir employé quelque temps à la regretter, il commanda à ces jeunes princesses de pas-

ser dans sa chaloupe, pour s'en aller à Tarragone. Zayde se trouva bien embarrassée pour persuader à son père de ne pas l'emmener à l'heure même. Elle lui dit les obligations qu'elle avait aux Espagnols qui l'avaient reçue chez eux, pour le faire consentir qu'elle allât leur dire adieu; mais, quelques raisons dont elle pût se servir, il ne jugea pas à propos de la remettre au pouvoir de ces Espagnols, et il la fit embarquer, malgré toute sa résistance. Elle fut si touchée de l'opinion qu'aurait Théodoric de l'ingratitude avec laquelle elle le quittait, ou, pour mieux dire, elle fut si touchée de le quitter, sans espérance de le revoir jamais, que, n'étant pas maîtresse de sa douleur, elle fut contrainte de dire qu'elle était malade. Le seul soulagement qu'elle eut dans son affliction fut de voir que son père avait sauvé du naufrage le portrait qu'elle avait trouvé si agréable, et qui était devenu celui de son amant. Mais cette consolation ne fut pas assez forte pour lui aider à soutenir l'absence de Théodoric : elle ne put y résister, elle tomba dangereusement malade, et Zulema fut long-temps dans la crainte de voir mourir une personne si parfaite, dans les premières années de sa jeunesse et de sa beauté. Enfin, l'on cessa de craindre pour sa vie; mais elle demeura dans une langueur qui ne permettait pas de l'ex-

poser à la fatigue de la mer. Elle fit toute son
occupation d'apprendre la langue espagnole;
et, comme elle avait des truchemens, et qu'elle
ne voyait que des Espagnols, elle l'apprit aisément pendant l'hiver qu'elle passa en Catalogne. Elle voulut aussi que Félime la sût, et elle
trouvait quelque plaisir à ne parler que cette
langue.

Cependant les grands vaisseaux étaient partis
de Tarragone pour l'Afrique; et, quoique Zulema ignorât ce qu'était devenu Osmin, lorsque la tempête les avait séparés, il lui avait
écrit pour lui apprendre son naufrage et la raison qui le retenait en Catalogne. Les vaisseaux
furent revenus d'Afrique avant que Zayde eût
recouvré sa santé. Osmin manda au prince son
frère qu'il était arrivé heureusement; qu'il avait
trouvé le calife dans le dessein de les tenir toujours éloignés, et que le roi Abderame lui ayant
demandé des généraux, il les avait destinés
pour passer en Espagne, et qu'il lui envoyait ses
ordres. Zulema jugea aisément qu'il serait dangereux de ne pas obéir au calife; il résolut de
prendre un brigantin, pour aller par mer jusqu'à Valence joindre le roi de Cordoue; et, sitôt
que la princesse, sa fille, se porta mieux, il la
fit conduire à Tortose. Il y demeura quelques
jours, pour lui donner encore du repos; mais

elle était bien éloignée d'en trouver. Pendant le temps de sa maladie, et depuis qu'elle commençait à se mieux porter, l'envie de faire savoir de ses nouvelles à Théodoric, et la difficulté de le pouvoir, lui avaient donné et lui donnaient encore une cruelle inquiétude. Elle ne pouvait se consoler d'avoir eu sur elle, le jour de son départ, la lettre qu'elle lui avait écrite, et de ne l'avoir pas laissée dans un lieu où le hasard l'eût pu faire tomber entre ses mains. Enfin, la veille de son départ de Tortose, elle ne put résister à l'envie de la lui envoyer; elle la confia à un des écuyers de Zulema, et lui fit entendre le lieu où demeurait Théodoric, en lui nommant le port qui en était près. Elle lui défendit de dire qui l'avait chargé de cette lettre, et de prendre garde qu'on ne le suivit et qu'on ne le pût connaitre. Quoiqu'elle n'eût pas espéré de voir Théodoric, elle sentit néanmoins un renouvellement de douleur d'abandonner le pays qu'il habitait, et elle passa une partie de la nuit dans les beaux jardins de la maison où elle était logée, à s'en plaindre avec Félime. Le lendemain, comme elle était près de s'embarquer, cet écuyer, qui était parti devant que le soleil commençât à paraitre, revint lui dire qu'il avait été au lieu qu'elle lui avait marqué, mais qu'il avait appris que Théodoric en était parti le jour d'auparavant, et qu'il

n'y devait plus retourner. Zayde sentit vivement cette bizarrerie du hasard, qui la privait de
la seule consolation qu'elle avait cherchée, et qui
privait son amant de la seule faveur qu'elle lui
eût jamais faite. Elle s'embarqua avec une tristesse mortelle, et arriva à Cordoue dans peu de
jours. Osmin et Belenie l'y attendaient, le prince
de Tharse y était aussi. Ayant su à Tunis qu'elle
était en Espagne, il s'était servi du prétexte de
la guerre pour la venir chercher. Félime ne sentit point, en revoyant Alamir, que l'absence
l'eût guérie de la passion qu'elle avait pour lui.
Alamir ne trouva que de l'augmentation aux rigueurs de Zayde, et Zayde ne sentit qu'un re-
doublement d'aversion pour Alamir.

Le roi de Cordoue mit entre les mains de Zulema le commandement général de ses troupes,
avec le gouvernement de Talavera, et celui d'O-
ropèze à Osmin. Ces deux princes, peu de temps
après, eurent quelque sujet de se plaindre d'Abderame; et, ne voulant pas le faire paraître,
ils se retirèrent dans leurs gouvernemens, sous
prétexte d'en visiter les fortifications. Alamir
suivit Zulema, pour être auprès de Zayde; mais,
peu après, la guerre l'appela auprès d'Abderame. Je partis dans ce même temps pour aller
chercher Consalve; je fus fait prisonnier par
les Arabes, et on me conduisit à Talavera. Be-

lenie et Félime s'en allèrent à Oropèze, et Zayde
ne voulut point quitter le prince, son père.

Après que Consalve eut pris Talavera, et pendant qu'on proposait la dernière trève, Alamir
fit savoir à Zulema qu'il profiterait de la liberté
de cette trève pour l'aller voir, et qu'en y allant
il passerait à Oropèze. Zayde, ayant su du prince
son père ce que je viens de vous dire, écrivit à
Félime, et lui manda qu'elle avait retrouvé Théodoric ; qu'elle ne voulait pas qu'il pût croire que
le prince de Tharse fût celui qu'il l'avait soup-
çonnée de pleurer chez Alphonse, et qu'elle la
priait de défendre, de sa part, à ce prince d'aller à Talavera.

Félime n'eut pas de peine à se résoudre à faire
ce commandement à Alamir. Le lendemain de la
trève, Belenie, qui se trouvait mal, voulut profiter de la liberté qu'elle avait de sortir de la
ville, et s'aller promener dans un grand bois qui
n'en était pas fort éloigné. Comme elle s'y promenait avec Osmin et Félime, ils virent arriver
le prince de Tharse ; ils en eurent beaucoup de
joie ; et, après qu'ils eurent parlé long-temps ensemble, Félime trouva le moyen d'entretenir
Alamir en particulier.

Je suis bien fâchée, lui dit-elle, d'avoir à vous
apprendre une chose qui empêchera le voyage que
vous avez dessein de faire ; mais Zayde vous prie

de ne point aller à Talavera, et elle vous en
prie d'une manière qui peut passer pour un commandement. Par quel excès de cruauté, madame,
s'écria Alamir, Zayde veut-elle m'ôter la seule
joie que ses rigueurs m'aient laissée, qui est
celle de la voir? Je crois, lui répondit Félime,
qu'elle veut faire finir la passion que vous lui
témoignez. Vous connaissez sa répugnance pour
épouser un homme de votre religion ; vous savez
même qu'elle a lieu de croire qu'elle ne vous
est pas destinée, et vous savez aussi que Zulema
a changé de sentiment. Tous ces obstacles, repartit Alamir, ne me feront pas changer, non
plus que la continuation des rigueurs de Zayde ;
et, malgré la destinée et la manière dont elle
me traite, je n'abandonnerai jamais l'espérance
d'en être aimé. Félime, plus touchée que de coutume de voir l'opiniâtreté de la passion d'Alamir,
disputa long-temps contre lui sur les raisons qui
devaient le guérir ; mais, voyant que tout ce
qu'elle lui disait était inutile, le dépit s'alluma
dans son âme, et cessant, pour la première fois,
d'être maîtresse d'elle-même : Si les ordonnan-
ces du ciel et les rigueurs de Zayde, lui dit-elle,
ne vous font point perdre l'espérance, je ne sais
pas ce qui vous la pourrait ôter. Ce serait, madame, répondit le prince de Tharse, de voir
qu'un autre eût touché son inclination. N'espérez

donc plus, répliqua Félime : Zayde a trouvé un
homme qui a su lui plaire, et dont elle est aimée.
Et quel est ce bienheureux, madame? s'écria
Alamir. Un Espagnol, répondit-elle, qui ressemble au portrait que vous avez vu. Ce n'est
pas apparemment celui pour qui il a été fait, et
celui dont Albumazar a prétendu parler; mais,
comme vous ne craignez que ceux qui peuvent
plaire à Zayde, et non pas ceux qui la doivent
épouser, il vous suffit d'apprendre qu'elle l'aime,
et que c'est la crainte de lui donner de la jalousie
qui fait qu'elle ne veut pas vous voir. Ce que
vous dites ne peut être, répliqua Alamir ; le
cœur de Zayde ne se touche pas si aisément. Si
quelqu'un l'avait touché, vous ne me le diriez
pas; Zayde vous aurait engagée au secret, et vous
n'avez point de raison qui puisse vous obliger à
me l'apprendre. Je n'en ai que trop, répliqua-t-
elle, emportée par sa passion, et vous... Elle allait
continuer; mais tout d'un coup la raison lui revint; elle vit avec étonnement tout ce qu'elle venait de dire; elle en fut troublée : elle sentit son
trouble; cette connaissance redoubla son embarras : elle demeura quelque temps sans parler et
quasi hors d'elle-même; enfin, elle jeta les yeux
sur Alamir; et, croyant voir dans les siens qu'il
démêlait une partie de la vérité, elle fit un effort,
et reprit un visage où il paraissait plus de tran-

quillité qu'il n'y en avait dans son âme. Vous avez
raison de croire, lui dit-elle, que, si Zayde aimait
quelque chose, je ne vous le dirais pas; j'ai voulu
seulement vous le faire craindre. Il est vrai que
nous avons trouvé un Espagnol qui est amoureux
de Zayde, et qui ressemble au portrait que vous
avez vu ; mais vous m'avez fait apercevoir que j'ai
peut-être fait une faute de vous l'avoir dit, et
j'ai une inquiétude extrême que Zayde n'en soit
offensée.

Il y eut quelque chose de si naturel à ce que
dit Félime, qu'elle crut que ses paroles avaient
fait une partie de l'effet qu'elle pouvait souhaiter; néanmoins son embarras avait été si
grand, et ce qu'elle avait dit avait été si re-
marquable, que, sans le trouble où elle voyait
le prince de Tharse, elle n'eût pu se flatter de
l'espérance que ses paroles n'eussent pas découvert ses sentimens. Osmin, qui vint dans ce
moment, interrompit leur conversation. Félime,
pressée par ses soupirs et par ses larmes,
qu'elle ne pouvait retenir, entra dans le bois
pour cacher sa douleur, et pour la soulager en
la contant à une personne en qui elle se confiait
entièrement. La princesse sa mère la fit rappeler pour retourner à Oropèze. Elle n'osa jeter
les yeux sur Alamir, de peur d'y voir trop de
douleur de ce qu'elle lui avait dit de Zayde, ou

trop d'intelligence de ce qu'elle lui avait dit
d'elle-même. Elle remarqua néanmoins qu'il
reprenait le chemin du camp, et elle eut quelque joie de penser qu'il n'allait pas voir Zayde.

Le roi ne put s'empêcher d'interrompre en
cet endroit le récit de dom Olmond. Je ne m'é-
tonne plus, dit-il à Consalve, de la tristesse où
vous parut Alamir lorsque vous le rencontrâtes
après qu'il eut quitté Félime : c'était elle à
qui ces cavaliers l'avaient vu parler dans le
bois; ce qu'elle venait de lui dire fut cause
qu'il vous reconnut, et nous entendons présentement les paroles que vous dit ce prince, en
mettant l'épée à la main, qui vous parurent si
obscures, et qui nous donnèrent tant de curiosité.
Consalve ne répondit que des yeux au roi de
Léon, et dom Olmond reprit ainsi son discours :

Il est aisé de juger en quel état Félime
passa la nuit, et de combien de sortes de douleurs son esprit était accablé : elle trouvait
qu'elle avait trahi Zayde; elle craignait d'avoir
désespéré Alamir; et, malgré sa jalousie, elle
était affligée de l'avoir rendu si malheureux. Elle
souhaitait néanmoins qu'il sût que Zayde était
touchée par une autre inclination; elle craignait
de lui avoir trop bien ôté l'opinion qu'elle lui
en avait donnée, et elle appréhendait plus que
toutes choses de lui faire connaître la passion

qu'elle avait pour lui. Le lendemain, une nouvelle douleur effaça toutes les autres : elle sut le
combat d'Alamir contre Consalve, et elle ne
sentit que la crainte de le perdre : elle envoya
tous les jours savoir de ses nouvelles au château où il était; et, quand elle commença à
avoir quelque espérance de sa guérison, elle
apprit ce que le roi avait ordonné de sa vie,
pour se venger de la mort du prince de Galice.
Vous avez vu la lettre qu'elle m'écrivit ces jours
passés, pour m'obliger à travailler à sa conservation. Je lui ai appris ce qu'a fait Consalve à
sa prière, et il ne me reste rien à vous dire,
sinon que je n'ai jamais vu, en une même
personne, tant d'amour, tant de raison et tant
de douleur.

Dom Olmond finit ainsi son récit; et, tant
qu'il dura, il fit sentir à Consalve ce qui ne se
peut exprimer. Apprendre qu'il était aimé de
Zayde, trouver des marques de tendresse dans
tout ce qu'il avait jugé des marques d'indifférence, c'était un excès de bonheur qui l'emportait hors de lui-même, et qui lui faisait goûter
dans un moment tous les plaisirs que les autres
amans ne goûtent qu'interrompus et séparés.
Le roi allait découvrir à dom Olmond que Consalve était Théodoric, lorsqu'on vint l'avertir

que les députés qui traitaient de la paix demandaient à lui parler. Il laissa ces deux amis ensemble; et dom Olmond prenant la parole : Je
pourrais me plaindre avec justice, dit-il à Consalve, de ne devoir qu'à moi seul la connaissance de Théodoric, et notre amitié m'avait mis
en état d'espérer de le connaître par vous-même.
Je m'étonne que vous ayez pu croire qu'il fût possible de me le cacher, en me laissant voir tant
de curiosité pour ce qui regardait Zayde. Je
connus que vous l'aimiez le premier jour que
vous me parlâtes d'elle, et je fus étonné que ce
que je croyais une première vue, eût produit en
vous une passion qui me paraissait déjà si violente. Ce que j'ai appris de Félime, m'a fait voir
depuis, qu'un homme tel qu'elle m'a dépeint
Théodoric, ne pouvait être que Consalve. Je n'ai
point voulu d'autre vengeance du secret que
vous m'en aviez fait, que le billet que je vous ai
écrit avec quelque intention de vous donner de
l'inquiétude : ma vengeance est satisfaite, et le
plaisir que je viens de vous donner par mon
récit, me fait oublier tout ce qui m'avait pu déplaire. Mais je ne veux pas, ajouta-t-il, vous
laisser prendre plus de joie que vous n'en devez
avoir; et je dois vous dire, qu'à moins que
votre dernière vue n'ait produit un grand changement dans l'esprit de Zayde, elle est résolue

à combattre l'inclination qu'elle a pour vous, et à suivre les volontés du prince son père.

Consalve avait abandonné son âme à une joie trop sensible, pour être en état de concevoir de la crainte. Ce que lui dit dom Olmond ne lui en put donner; et, après l'avoir assuré que la honte seule l'avait obligé à lui cacher son amour, il s'en alla penser à tout ce qu'il avait appris, et le rapporter aux actions de Zayde. Il n'eut plus de peine à comprendre ce qu'il lui avait ouï dire à Tortose, sur la bizarrerie de sa destinée, et il vit qu'il avait raison d'être content qu'elle eût souhaité qu'il pût être celui à qui il ressemblait.

La certitude d'être aimé lui inspira un si violent désir de voir cette princesse, qu'il supplia le roi de lui permettre d'aller à Talavera. Dom Garcie le lui permit avec joie; et Consalve partit, dans l'espérance de recevoir du moins des beaux yeux de Zayde la confirmation de tout ce qu'il avait appris de dom Olmond. Il sut, en arrivant dans le château, que Zulema se trouvait mal. Zayde le vint recevoir à l'entrée de l'appartement du prince son père, et lui témoigna la douleur qu'il avait de n'être pas en état de le voir. Consalve demeura si surpris et si ébloui de l'éclatante beauté de cette princesse, qu'il s'arrêta, et ne put s'empêcher de faire paraître son

étonnement. Elle le remarqua ; elle en rougit, et
demeura dans un embarras de modestie qui lui
donna de nouveaux charmes. Il la conduisit
chez elle, et lui parla de son amour avec moins
de crainte qu'il n'avait fait dans sa première
conversation ; mais, comme il vit qu'elle lui
répondait avec une sagesse et une retenue
qui lui auraient ôté la connaissance des dispositions de son cœur, s'il ne les avait apprises
par dom Olmond, il se résolut de lui faire
entendre qu'il savait une partie de ses sentimens.

Ne m'expliquerez-vous jamais, madame, lui
dit-il, les raisons qui vous ont fait souhaiter
que je puisse être celui à qui je ressemble ? Ne
savez-vous pas, lui répondit-elle, que c'est un
secret que je ne puis vous apprendre ? Est-il possible, madame, reprit-il en la regardant, que
la passion que j'ai pour vous, et les obstacles
que vous voyez à mon bonheur, ne vous fassent
pas assez de pitié pour me laisser voir que vous
souhaiteriez au moins que ma destinée fût heureuse ? Ce n'est que ce simple souhait de mon
bonheur que vous me cachez avec tant de soin.
Ah ! madame, est-ce trop pour un homme qui
vous a adorée du moment qu'il vous a vue, que
de le préférer, seulement par des souhaits, à
quelque Africain que vous n'avez jamais vu?

Zayde demeura si surprise du discours de Consalve, qu'elle ne put y répondre. Ne soyez point
étonnée, madame, lui dit-il, craignant qu'elle
n'accusât Félime d'avoir découvert ses sentimens, ne soyez point étonnée que le hasard
m'ait appris ce que je viens de vous dire; je
vous entendis dans le jardin où vous étiez la
veille que vous partites de Tortose, et je sus par
vous-même ce que vous avez la cruauté de me
cacher. Quoi! Consalve, s'écria Zayde, vous
m'entendîtes dans les jardins de Tortose; vous
étiez près de moi, et vous ne me parlâtes point!
Ah! madame, répondit Consalve en se jetant
à ses genoux, quelle joie me donnez-vous par
ce reproche, et quels charmes ne trouvé-je point
à vous voir oublier que je vous ai écoutée, pour
vous souvenir que je ne vous ai pas parlé! Ne
vous repentez pas, madame, continua-t-il, en
voyant combien elle était troublée d'avoir laissé
voir les sentimens de son cœur, ne vous repentez point de me donner quelque joie, et laissez-
moi croire que je ne vous suis pas tout-à-fait
indifférent. Mais, pour me justifier de ce reproche que vous venez de me faire, il faut vous
dire, madame, que je vous entendis à Tortose
sans vous connaître, et que mon imagination
était si frappée d'être séparé de vous par des
mers, qu'encore que j'entendisse votre voix,

comme il était nuit, que je ne vous voyais pas,
et que vous parliez la langue espagnole, je ne
soupçonnai jamais que je fusse si proche de vous.
Je vous vis le lendemain dans une barque;
mais, quand je vous vis et que je vous connus,
je n'étais plus en état de vous parler, et j'étais
au pouvoir de ceux que le roi avait envoyés pour
me chercher. Puisque vous m'avez entendue,
répondit Zayde, il serait inutile de vouloir donner un autre sens à mes paroles; mais je vous
supplie de ne m'en pas demander davantage,
et de souffrir que je vous quitte; car j'avoue que
la honte de ce que vous avez entendu sans que
je le susse, et la honte de ce que je viens de
vous dire sans en avoir eu le dessein, me donnent une telle confusion, que, si j'ai quelque
pouvoir sur vous, je vous conjure de vous retirer. Consalve était si content de ce qu'il venait
de voir, qu'il ne voulut pas presser Zayde de lui
faire un aveu plus sincère de ses sentimens. Il
la quitta comme elle le souhaitait, et revint au
camp, rempli de l'espérance de lui faire bientôt
changer les résolutions qu'elle avait prises.

Les forces de dom Garcie et la valeur de Consalve s'étaient rendues si redoutables, que les
Maures accordèrent tous les articles de la paix,
comme le roi de Léon le souhaitait. Le traité
fut signé de part et d'autre; et, comme ils de-

vaient remettre de certaines places éloignées, on
résolut que dom Garcie, pour sa sûreté, gar-
derait les prisonniers qu'il avait entre les mains
jusqu'à l'entière exécution de ce traité. Cependant, il voulut séjourner quelque temps dans
les places qu'il avait conquises, et il alla à Almaras, que les Maures lui avaient cédé. La reine,
qui aimait passionnément le roi son mari, l'a-
vait presque toujours suivi depuis que la guerre
était commencée. Pendant le siége de Talavera,
elle était demeurée à un lieu qui n'en était pas
fort éloigné : une légère indisposition l'y retenait encore ; mais elle devait bientôt se rendre
auprès de lui. Consalve, impatient de voir
Zayde, pria dom Garcie de mander à la reine
de passer à Talavera, sur le prétexte de voir
cette nouvelle conquête, et d'emmener avec elle
toutes les dames arabes qui y étaient prison-
nières. La reine savait l'intérêt que son frère
prenait à Zayde, et elle fut bien aise de réparer, dans cette passion, les traverses qu'elle lui
avait causées dans celle de Nugna Bella. Elle
alla à Talavera, et toutes les dames consentirent
avec joie de passer auprès d'elle le temps qu'elles
devaient être en Espagne. Zulema, qui demeurait prisonnier à Talavera, eut quelque peine à
se résoudre que Zayde le quittât ; et le rang
qu'il avait toujours tenu lui faisait voir avec

douleur que la princesse sa fille fût obligée de
suivre la reine comme les autres dames; il
s'y résolut néanmoins, et Consalve eut la joie
de savoir qu'il verrait bientôt cette admirable
beauté qui lui avait donné tant d'amour. Le jour
que la reine arriva, le roi alla deux lieues au-
devant d'elle; il la trouva à cheval avec toutes
les dames de sa suite. Sitôt qu'elle fut assez proche, elle lui présenta Zayde, dont la beauté était
encore augmentée par le soin de se parer, que
lui avait peut-être inspiré le désir de paraître
aux yeux de Consalve avec tous ses charmes.
Les grâces de sa personne, l'agrément de son
esprit et de sa modestie surprirent tout le monde.
Elle fut traitée comme le devait être une princesse de sa naissance, de son mérite et de sa
beauté, et elle se vit en peu de jours les délices
et l'admiration de la cour de Léon. Consalve ne
la regardait qu'avec transport, et l'assurance
d'en être aimé ne lui laissait pas envisager les
obstacles qui s'opposaient à son bonheur. S'il
l'avait aimée par la seule vue de sa beauté, la
connaissance de son esprit et de sa vertu lui donnait de l'adoration. Il cherchait avec autant de
soin les occasions de lui parler en particulier,
qu'elle en prenait de les éviter. Enfin, l'ayant
trouvée un soir dans le cabinet de la reine, où
il y avait peu de monde, il la conjura avec tant

d'ardeur et de respect de lui apprendre les dispositions où elle était pour lui, qu'elle ne put le refuser.

S'il m'était possible de vous les cacher, lui dit-elle, je le ferais, quelque estime que j'aie pour vous, et je m'épargnerais la honte de laisser voir de l'inclination à un homme à qui je ne suis pas destinée ; mais puisque malgré moi vous avez su mes sentimens, je veux bien vous les avouer, et vous expliquer ce que vous n'avez pu savoir que confusément. Alors elle lui dit tout ce qu'il avait déjà appris par dom Olmond des prédictions d'Albumazar et des résolutions de Zulema. Vous voyez, ajouta-t-elle, que tout ce que je puis est de vous plaindre et de m'affliger, et vous êtes trop raisonnable pour me demander de ne pas suivre les volontés de mon père. Laissez-moi croire au moins, madame, lui dit-il, que, s'il était capable de changer, vous ne vous y opposeriez pas. Je ne saurais vous dire si je m'y opposerais, répondit-elle ; mais je crois que je le devrais faire, puisqu'il y va du bonheur de toute ma vie. Si vous croyez, madame, repartit Consalve, être malheureuse en me rendant heureux, vous avez raison de demeurer dans les résolutions que vous avez prises ; mais j'ose vous dire que, si vous aviez les sentimens dont vous voulez bien que je me flatte, il n'y aurait rien

qui vous pût persuader que vous puissiez être
malheureuse. Vous vous trompez, madame, lorsque vous pensez avoir quelque bonté pour moi,
et je me suis trompé, chez Alphonse, lorsque
j'ai cru voir en vous des dispositions qui m'é-
taient favorables. Ne parlons point, reprit Zayde,
de ce que nous avons eu lieu de croire l'un et
l'autre pendant que nous étions dans cette solitude, et ne me faites pas souvenir de tout ce
qui m'a dû persuader que vous étiez occupé par
d'autres chagrins que par ceux que je pouvais
vous donner; j'ai appris, depuis que je vous ai
vu à Talavera, ce qui vous avait obligé à quitter
la cour, et je ne doute point que vous ne don-
nassiez au souvenir de Nugna Bella tout le temps
que vous ne passiez pas auprès de moi. Consalve
fut bien aise que Zayde lui donnât lieu de la
rassurer sur tous les doutes qu'elle avait eus de
sa passion; il lui apprit le véritable état où était
son cœur, lorsqu'il l'avait connue; il lui dit ensuite tout ce qu'il avait souffert de ne la point
entendre, et tout ce qu'il s'était imaginé de son
affliction. Je ne m'étais pas, néanmoins, entièrement trompé, madame, ajouta-t-il, lorsque
j'avais cru avoir un rival, et j'ai su depuis la passion que le prince de Tharse avait pour vous. Il
est vrai, répondit Zayde, qu'Alamir m'en a témoigné, et que mon père avait résolu de me

donner à lui, avant qu'il eût vu ce portrait qu'il
conserve avec un soin si extraordinaire, tant il
est persuadé que mon bonheur dépend de me
faire épouser celui pour qui il a été fait. Eh bien!
madame, reprit Consalve, vous êtes résolue d'y
consentir, et de vous donner à celui à qui vous
trouvez que je ressemble? S'il est vrai que vous
n'ayez pas d'aversion pour moi, vous devez
croire que vous n'en aurez pas pour lui. Ainsi,
madame, l'assurance que j'ai que je ne vous dé-
plais pas m'est une certitude que vous épouse-
rez mon rival sans répugnance. C'est une sorte
de malheur que nul autre que moi n'a jamais
éprouvé, et je ne sais comment l'état où je suis
ne vous fait point de pitié. Ne vous plaignez
point de moi, lui dit-elle, plaignez-vous d'être
né Espagnol; quand je serais pour vous comme
vous le pouvez désirer, et quand mon père ne
serait point prévenu, votre patrie serait toujours
un obstacle invincible à ce que vous souhaitez,
et Zulema ne consentirait jamais que je fusse à
vous. Permettez-moi au moins, madame, répliqua Consalve, de lui faire savoir mes sentimens.
La répugnance que vous avez témoignée pour
Alamir lui a dû ôter l'espérance de vous faire
épouser un homme de sa religion; peut-être
n'est-il pas si attaché aux paroles d'Albumazar
que vous le pensez; enfin, madame, permettez-

moi de tenter toutes choses pour parvenir à un
bonheur sans lequel il m'est impossible de vivre.
Je consens à ce que vous voulez, dit Zayde, et
je veux bien même que vous croyiez que je crains
que tout ce que vous tenterez ne soit inutile.

Consalve s'en alla à l'heure même trouver le
roi, pour le supplier de l'aider dans le dessein
qu'il avait de savoir les sentimens de Zulema,
et d'essayer de se les rendre favorables. Ils résolurent de donner cette commission à dom Olmond, que son adresse et son amitié pour Consalve rendaient plus capable qu'aucun autre d'y
réussir. Le roi écrivit par lui à Zulema, et lui
demanda Zayde pour Consalve, de la même manière qu'il l'aurait demandée pour lui-même. Le
voyage de dom Olmond et la lettre de dom Garcie furent inutiles. Zulema répondit que le roi
lui faisait trop d'honneur, qu'il avait sa fille entre les mains, qu'il en pouvait disposer ; mais
que, de son consentement, elle n'épouserait jamais un homme d'une religion contraire à la
sienne. Cette réponse donna à Consalve toute la
douleur qu'il pouvait sentir : étant aimé de
Zayde, il ne voulut pas la lui apprendre aussi
fâcheuse qu'elle était, de peur que la certitude
de ne pouvoir être à lui ne l'obligeât à changer
les sentimens qu'elle lui faisait paraître ; il lui
dit seulement qu'il ne désespérait pas de gagner

Zulema, et d'obtenir de lui ce qu'il souhaitait avec tant d'ardeur.

La princesse Belenie, mère de Félime, qui était demeurée malade à Oropèze, mourut quelque temps après la paix. On envoya Osmin à Talavera avec Zulema, en attendant le temps que l'on avait arrêté pour rendre les prisonniers, et l'on conduisit Félime à la cour. Elle n'y parut pas avec tous ses charmes. Les maux de son esprit avaient tellement abattu son corps, que sa beauté en était diminuée ; mais il était aisé de s'apercevoir que le mauvais état de sa santé était cause de ce changement. Cette princesse fut bien surprise de trouver que ce Consalve, qu'elle croyait ne pas connaître, et qu'elle ne pouvait entendre nommer sans douleur, à cause de l'état où il avait mis le prince de Tharse, était le même Théodoric qu'elle avait vu chez Alphonse, et qui avait su plaire à Zayde. Son affliction redoubla, par la pensée que ce qu'elle avait dit à Alamir dans le bois d'Oropèze lui avait fait connaître Consalve pour son rival, et avait été la cause de leur combat.

On avait transporté ce prince à Almaras : elle avait la consolation d'apprendre tous les jours de ses nouvelles, et de ne point cacher son affliction, que l'on attribuait à la mort de sa mère. Alamir, dont la jeunesse avait soutenu la vie

pendant quelque temps, se trouva enfin si affaibli, que les médecins désespérèrent de sa guérison. Félime était avec Zayde et Consalve, lorsqu'on vint leur dire qu'un écuyer de ce malheureux prince demandait à parler à Zayde. Elle
rougit; et, après avoir été quelque temps embarrassée, elle le fit entrer, et lui demanda tout
haut ce que souhaitait le prince de Tharse. Mon
maitre est près d'expirer, madame, répondit-il;
il vous demande l'honneur de vous voir avant
que de mourir, et il espère que l'état où il est
vous empêchera de lui refuser cette grâce. Zayde
fut touchée et surprise du discours de cet écuyer;
elle demeura quelque temps sans répondre; enfin, elle tourna les yeux du côté de Consalve,
comme pour lui demander ce qu'il désirait qu'elle
fît, mais voyant qu'il ne parlait point, et jugeant
même, par l'air de son visage, qu'il appréhendait qu'elle ne vît Alamir : Je suis très-fâchée,
dit-elle à son écuyer, de ne pouvoir accorder au
prince de Tharse ce qu'il souhaite de moi. Si je
croyais que ma présence pût contribuer à sa
guérison, je le verrais avec joie; mais, comme
je suis persuadée qu'elle lui serait inutile, je
le supplie de trouver bon que je ne le voie pas,
et je vous conjure de l'assurer que j'ai beaucoup
de déplaisir de l'état où il est. L'écuyer se retira après cette réponse. Félime demeura abîmée

dans une douleur dont elle ne donnait néanmoins
d'autres marques que son silence. Zayde avait
de la tristesse de celle de Félime, et elle avait
aussi quelque pitié de la misérable destinée du
prince de Tharse. Consalve était combattu entre la joie d'avoir vu la complaisance de Zayde
pour des sentimens qu'il ne lui avait pas même
expliqués, et entre la peine d'avoir privé ce
prince mourant de la vue de cette princesse.

Comme toutes ces personnes étaient occupées
de ces divers sentimens, l'écuyer d'Alamir revint, et dit à Félime que son maître demandait
à la voir, et qu'il n'y avait point de momens à
perdre, si elle voulait lui accorder cette grâce.
Félime se leva du lieu où elle était assise : il ne
lui resta rien d'une personne vivante, que la
force de marcher. Elle donna la main à cet
écuyer ; et, suivie de ses femmes, elle s'en alla
au lieu où était le prince de Tharse. Elle s'assit
auprès de son lit, et, sans lui rien dire, elle
demeura immobile à le regarder. Je suis bien
heureux, madame, lui dit ce prince, que
l'exemple de Zayde ne vous ait pas inspiré la
cruauté de me refuser la consolation de vous
voir ; c'est la seule que je pouvais espérer,
puisque j'ai été privé de celle que j'avais osé
prétendre. Je vous supplie, madame, de lui
vouloir dire que c'est avec raison qu'elle m'a

jugé indigne de l'honneur que Zulema m'avait
voulu faire. Mon cœur avait brûlé de tant de
flammes, et s'était profané par tant de fausses
adorations, qu'il ne méritait pas de toucher le
sien ; mais, si une inconstance qui a fini en la
voyant, pouvait avoir été réparée par une passion qui m'a rendu entièrement opposé à ce que
j'étais, et par un attachement le plus respec-
tueux qu'on ait jamais eu, je crois, madame,
que j'aurais expié tous les crimes de ma vie.
Assurez-la, je vous conjure, que j'ai eu pour
elle l'adoration qu'on a pour les dieux, et que
je meurs bien moins des blessures que j'ai reçues
de Consalve, que de la douleur de savoir qu'il
est aimé d'elle. Vous m'aviez dit la vérité dans
les bois d'Oropèze, lorsque vous m'apprîtes que
son cœur avait été touché ; je ne le crus que
trop, quoique je vous disse d'abord que je ne
le croyais pas. Je venais de vous quitter, et je
n'étais rempli que de l'idée de cet heureux
Espagnol, quand je rencontrai Consalve. Sa
ressemblance avec le portrait que j'avais vu, et
ce que vous veniez de me dire, me frappèrent
d'abord, et je ne balançai point à croire qu'il
ne fût celui dont vous m'aviez parlé. Je lui fis
connaitre que j'étais Alamir : il m'attaqua avec
l'animosité d'un homme qui savait que j'étais
son rival. J'ai su depuis que je ne m'étais pas

trompé en le croyant celui qui avait su plaire à
Zayde. Il mérite de toucher son cœur : j'envie
son bonheur, sans l'en trouver indigne. Je
meurs accablé de mes malheurs, sans en mur-
murer; et, si j'osais, je me plaindrais seulement
de l'inhumanité de Zayde d'avoir privé de sa
vue un homme qui va la perdre pour jamais.
On peut juger de combien de douleurs mortelles
les paroles d'Alamir percèrent le cœur de Félime.
Elle voulut parler deux ou trois fois, mais ses
sanglots et ses larmes lui empêchèrent la parole;
enfin, avec une voix entrecoupée de soupirs,
et emportée par une tendresse qu'elle ne put
retenir : Croyez, lui dit-elle, que si j'avais été
à la place de Zayde, nul autre n'aurait été préféré au prince de Tharse. Malgré sa douleur,
elle sentit la force de ses paroles, et elle tourna
la tête pour cacher l'abondance de ses larmes,
et pour éviter les yeux d'Alamir. Hélas! madame, reprit ce prince mourant, serait-il possible que ce que vous me laissez voir fût véritable? Je vous avoue que le jour où je vous parlai
dans le bois, je crus une partie de ce que j'ose
croire présentement; mais j'étais si troublé, et
vous sûtes si bien donner un autre sens à vos
paroles, qu'il ne m'en resta qu'une légère impression. Pardonnez-moi, madame, ce que j'ose
penser, et pardonnez-moi d'avoir causé un mal-

heur qui a été plus grand pour moi que pour
vous. Je ne méritais pas d'être heureux ; je
l'aurais trop été, si . . . . .

Une faiblesse l'empêcha de continuer ; il perdit la parole, et tourna les yeux vers Félime,
comme pour lui dire adieu ; ensuite il les ferma
pour jamais, et mourut quasi dans le même
moment. Les larmes de Félime s'arrêtèrent :
elle demeura saisie de douleur, et elle regarda
mourir ce prince avec des yeux qui n'avaient
plus de mouvement. Ses femmes, voyant qu'elle
demeurait dans la place où elle était assise, l'em-
menèrent d'un lieu où il ne restait que des objets
funestes. Elle se laissa conduire sans prononcer
une seule parole : mais, lorsqu'elle fut dans sa
chambre, la vue de Zayde aigrit sa douleur, et
lui donna la force de parler. Vous êtes contente,
madame, lui dit-elle d'une voix assez faible ;
Alamir est mort. Alamir est mort ! continua-
t-elle ; et, comme si elle se l'eût appris à elle-
même : Je ne le verrai donc plus ! j'ai donc perdu
pour jamais l'espérance d'en être aimée ! Il n'est
plus au pouvoir de l'amour de faire qu'il soit
attaché à moi. Mes yeux ne trouveront plus les
siens ! sa présence, qui adoucissait tous mes
malheurs, n'est plus un bien que je puisse re-
couvrer. Ah ! madame, dit-elle à Zayde, est-il
possible que quelqu'un pût vous plaire, et que

Alamir ne vous ait pas plu ! Quelle inhumanité
est la vôtre ! Pourquoi ne l'aimiez-vous pas ? Il
vous adorait : que lui manquait-il pour être aimable ? Mais, reprit doucement Zayde, vous
savez bien que j'eusse augmenté vos souffrances
si je l'eusse aimé, et que c'était la chose du
monde que vous craigniez le plus. Il est vrai,
madame, répliqua-t-elle, il est vrai; je ne voulais pas que vous le rendissiez heureux; mais
je ne voulais pas que vous lui ôtassiez la vie.
Ah ! pourquoi lui ai-je si soigneusement caché
la passion que j'avais pour lui ? reprit-elle;
peut-être l'aurait-elle touché; peut-être aurait-
elle fait quelque diversion à ce fatal amour qu'il
a eu pour vous. Que craignais-je ? pourquoi
ne voulais-je pas qu'il sût que je l'adorais ? La
seule consolation qui me reste, c'est qu'il en
ait deviné quelque chose. Eh bien ! quand il
l'aurait su, il aurait feint de m'aimer, et m'aurait trompée : qu'importe qu'il m'eût trompée, comme il avait commencé ? Ils sont encore
chers à mon souvenir ces momens précieux,
où il voulut bien me laisser croire qu'il m'aimait. Est-il possible, qu'après tant de maux
que j'ai soufferts, il m'en restât encore de si
grands à souffrir ? J'espère au moins que j'aurai
assez de douleur pour n'avoir pas la force de
les supporter.

Comme elle parlait ainsi, Consalve parut à la
porte de sa chambre, qui, croyant qu'elle était
dans une autre, venait savoir en quel état elle
était revenue de chez Alamir. Il se retira à
l'heure même, pour ne pas irriter sa douleur
par sa présence; mais ce ne put être si promte-
ment qu'elle ne le vit, et que cette vue ne lui
fit faire des cris si douloureux, que les cœurs les
plus durs en auraient été touchés. Faites en
sorte, madame, dit-elle à Zayde, que je ne voie
point Consalve : je ne saurais supporter la vue
d'un homme par qui Alamir a reçu la mort, et
qui lui a ôté ce qu'il préférait à sa vie.

La violence de sa douleur lui fit perdre la parole et la connaissance; et, comme sa santé était
déjà fort affaiblie, on jugea aisément qu'elle
était dans un grand péril. Le roi et la reine,
avertis de son mal, vinrent la voir, et envoyèrent
quérir tous ceux qui la pouvaient soulager.
Après cinq ou six heures d'une espèce de léthar-
gie, la quantité des remèdes la fit revenir. De
tout ce qui s'offrit à sa vue, elle ne reconnut que
Zayde, qui pleurait auprès d'elle avec beaucoup
de douleur. Ne me regrettez point, lui dit-elle,
si bas qu'à peine pouvait-on l'entendre; je n'aurais plus été digne de votre amitié, et je n'aurais
pu aimer une personne qui aurait causé la mort
d'Alamir. Elle n'en put dire davantage : elle

retomba dans les accidens dont on venait de la
tirer, et le lendemain, à la même heure qu'elle
avait vu mourir le prince de Tharse, elle finit une
vie que l'amour avait rendue si malheureuse.

La mort de deux personnes d'un mérite si extraordinaire parut si digne de compassion, que
toute la cour de Léon en fut affligée. Zayde demeura dans une douleur inconcevable : elle aimait tendrement Félime, et la manière dont elle
était morte redoublait encore son affliction. Plusieurs jours se passèrent, sans que les soins et
les prières de Consalve pussent apporter quelque
modération à sa tristesse. Mais enfin, la crainte
de partir d'Espagne et d'abandonner Consalve
fit faire quelque trève à ses larmes, et lui donna
une autre sorte de douleur. Le roi s'en retourna
à Léon, et il restait si peu de choses à faire
pour l'entière exécution de la paix, que, selon
les apparences, Zulema devait bientôt repasser
en Afrique. Il n'était pas néanmoins en état de
partir : il avait été dangereusement malade dans
le même temps que Félime était morte, et on
avait caché à Zayde l'extrémité de sa maladie,
pour ne pas l'accabler de tant de déplaisirs à la
fois. Consalve était dans des inquiétudes mortelles, et ne songeait qu'aux moyens de faire
consentir ce prince à son bonheur, ou d'obtenir
de Zayde de demeurer en Espagne auprès de la

reine, puisque la bienséance lui permettait de ne
pas suivre un père qui paraissait résolu à la
faire changer de religion. Quelques jours après
qu'on fut arrivé à Léon, Consalve entra un soir
dans le cabinet de la reine ; Zayde y était, mais
si attachée à regarder un portrait de Consalve,
qu'elle ne le vit point entrer. Je suis bien destiné,
madame, lui dit-il, à être jaloux d'un portrait,
puisque je le suis même du mien, et que j'envie
l'attention que vous avez à le regarder. De votre
portrait! reprit Zayde avec un étonnement extrême. Oui, madame, de mon portrait, reprit
Consalve. Je vois bien que vous avez peine à le
croire, par sa beauté ; mais je vous assure néanmoins qu'il a été fait pour moi. Consalve, lui
dit-elle, n'a-t-on point fait pour vous quelque
autre portrait semblable à celui que je vois? Ah!
madame, s'écria-t-il, avec ce trouble que donnent les joies incertaines, puis-je croire ce que
vous me laissez deviner, et que je n'ose même
vous dire? Oui, madame, continua-t-il, d'autres
portraits, pareils à celui que vous voyez, ont
été faits pour moi; mais je n'oserais m'abandonner à croire ce que je vois bien que vous pensez,
et ce que j'aurais pensé, il y a long-temps, si
je m'étais cru digne des prédictions qu'on vous
a faites, et si vous ne m'aviez pas toujours dit
que le portrait à qui je ressemblais était celui

d'un Africain. Je l'avais cru à l'habillement,
répondit Zayde, et les paroles d'Albumazar m'en
avaient persuadée. Vous savez, ajouta-t-elle,
combien j'ai souhaité que vous pussiez être celui
à qui vous ressembliez; mais ce qui m'étonne,
est que, l'ayant tant souhaité, la préoccupation
m'ait empêchée de le croire. J'en parlai à Félime,
sitôt que je vous vis chez Alphonse. Lorsque je
vous revis à Talavera, et que je sus votre naissance, cette pensée me revint dans l'esprit, et je
ne la regardai pourtant que comme un effet de
mes souhaits. Mais qu'il sera difficile, reprit-elle
en soupirant, de persuader mon père de cette
vérité! et que je crains que ces prédictions, qui
lui ont paru véritables quand il a cru qu'elles
regardaient un homme de sa religion, ne lui
paraissent fausses lorsqu'elles regarderont un
Espagnol! Comme elle parlait, la reine entra
dans le cabinet : Consalve lui fit part de sa joie;
elle ne voulut pas retarder d'un moment celle
qu'en aurait le roi. Elle alla lui dire ce qu'ils
venaient de découvrir, et le roi vint à l'heure
même savoir de Consalve ce qui restait à faire
pour rendre son bonheur accompli. Après avoir
examiné assez long-temps par quelle manière on
pourrait gagner Zulema, ils résolurent de le
faire venir à Léon. On dépêcha aussitôt à Talavera, pour lui faire savoir que le roi souhaitait

qu'il fût conduit à la cour ; et, comme sa santé était entièrement rétablie, il y arriva en peu de temps. Le roi le reçut avec beaucoup de témoignages d'estime, et le fit entrer dans son cabinet. Vous ne m'avez pas voulu accorder Zayde, lui dit-il, pour l'homme que je considère le plus ; mais j'espère que vous ne la refuserez pas pour celui dont voici le portrait, et à qui je sais qu'elle est destinée par les prédictions d'Albumazar. A ces mots, il lui fit voir le portrait de Consalve, et lui présenta Consalve même, qui s'était un peu retiré. Zulema les regardait l'un et l'autre, et paraissait enseveli dans une profonde rêverie. Le roi crut que son silence venait de son incertitude. Si vous n'étiez pas assez persuadé par la ressemblance, lui dit-il, que ce portrait ne soit celui de Consalve, on vous en donnerait tant d'autres marques, que vous n'en pourriez douter. Le portrait que vous avez, et qui est pareil à celui-ci, ne peut être tombé entre vos mains que depuis la bataille que perdit Nugnez Fernando, père de Consalve, contre les Maures. Il le fit faire par un excellent peintre qui avait voyagé par tout le monde, et à qui les habillemens d'Afrique avaient paru si beaux, qu'il les donnait à tous ses portraits. Il est vrai, seigneur, repartit Zulema, que je n'ai ce portrait que depuis le temps que vous me marquez ; il est vrai aussi que, par ce que vous me faites l'honneur de me dire, et par la grande ressemblance, je ne puis douter que ce ne soit celui de Consalve; mais ce n'est pas ce qui cause mon silence et mon étonnement : j'admire les décrets du ciel et les effets de sa providence. On ne m'a point fait de prédiction, seigneur, et les paroles d'Albumazar, dont je vois bien que vous avez entendu parler, ont été prises, par ma fille, dans un autre sens qu'elles ne doivent l'être; mais, puisque vous avez la bonté de vous intéresser à sa fortune, trouvez bon, seigneur, que je vous informe de ce que vous ne pouvez savoir que par moi, et que je vous apprenne les commencemens d'une vie dont vous seul pouvez présentement faire le bonheur.

Les justes prétentions de mon père sur l'empire du calife le firent reléguer en Chypre ; j'y allai avec lui ; j'y devins amoureux d'Alasinthe, et je l'épousai. Elle était chrétienne ; je résolus d'embrasser sa religion, qui me paraissait la seule que l'on dût suivre; néanmoins l'austérité m'en fit peur, et retarda l'exécution de mon dessein. Je m'en retournai en Afrique ; les délices et la corruption des mœurs me rengagèrent plus que jamais dans ma religion, et me donnèrent une nouvelle aversion pour les chrétiens. J'oubliai Alasinthe pendant plusieurs années; mais

enfin, touché du désir de la revoir, et de revoir
Zayde que j'avais laissée dans la première enfance, je résolus de l'aller querir en Chypre,
pour lui faire changer de religion, et pour la
faire épouser au prince de Fez, de la maison
des Ydris. Il avait entendu parler d'elle ; il la
désirait avec passion, et son père avait pour
moi une amitié particulière. La guerre qui était
en Chypre me fit hâter mon dessein. Lorsque j'y
arrivai, j'y trouvai le prince de Tharse amoureux de Zayde ; il me parut aimable ; je ne
doutai pas qu'il n'en fût aimé. Je crus que
ma fille se résoudrait aisément à l'épouser. Je
n'étais pas entièrement engagé au prince de Fez :
sa mère était chrétienne, et je craignis qu'elle
ne fût un obstacle au dessein que j'avais que
Zayde changeât de religion. Je consentis donc aux
sentimens qu'Alamir avait pour elle ; mais je fus
fort surpris de la répugnance qu'elle me témoigna pour lui ; et, tant que le siége de Famagouste dura, quelques efforts que je fisse, je ne
pus l'obliger à recevoir ce prince pour son mari.
Je pensai que je ne devais pas m'opiniâtrer à
vaincre une aversion qui me paraissait naturelle,
et je résolus de la donner au prince de Fez sitôt
que nous serions en Afrique. Il m'avait écrit depuis que j'étais en Chypre ; j'avais su que sa
mère était morte ; ainsi, je n'avais rien à désirer

pour ce mariage. Nous quittâmes Famagouste,
nous abordâmes à Alexandrie, et j'y trouvai Albumazar, que je connaissais il y avait long-temps.
Il remarqua que ma fille regardait avec attention et avec plaisir un portrait pareil à celui que
je viens de voir. Le lendemain, comme je parlais à ce savant homme de l'aversion qu'elle
avait témoignée pour Alamir, je lui dis la résolution où j'étais de lui faire épouser le prince de
Fez, quelque répugnance qu'elle y pût avoir.

Je doute qu'elle en ait pour sa personne, me
répondit Albumazar. Ce portrait, qui lui a paru
si agréable, ressemble si fort à ce prince, que
je crois qu'il a été fait pour lui. Je n'en saurais
juger, repartis-je, parce que je ne l'ai jamais vu.
Il n'est pas impossible que ce soit son portrait;
mais j'ignore pour qui il a été fait, et je ne le
tiens que du hasard. Je souhaite que ce prince
plaise à Zayde; et, quand il lui déplairait, je
n'aurais pas pour elle la même complaisance que
j'ai eue sur le sujet du prince de Tharse. Peu
de jours après, ma fille pria Albumazar de lui
dire quelque chose de sa fortune. Comme il savait mes intentions, et qu'il croyait que le portrait qu'elle avait vu était celui du prince de
Fez, il lui dit, sans aucun dessein de faire passer ses paroles pour une prédiction, qu'elle
était destinée à celui dont elle avait vu le por-

trait. Je feignis de croire qu'Albumazar parlait
par une connaissance particulière des choses à
venir, et j'ai toujours paru à Zayde dans ce
même sentiment. Lorsque je quittai Alexandrie,
Albumazar m'assura que je ne réussirais pas
dans les desseins que j'avais pour elle; néanmoins je n'en pouvais perdre l'espérance. Pendant la maladie dont je viens de sortir, les pensées que j'avais eues autrefois d'embrasser la
véritable religion me sont revenues si fortement
dans l'esprit, que je n'ai songé, depuis ma guérison, qu'à me confirmer dans ce dessein. J'a-
voue toutefois que cette heureuse résolution
n'était pas encore aussi ferme qu'elle le devait
être; mais je me rends à ce que le ciel fait en
ma faveur; il me conduit, par les mêmes moyens
dont j'ai prétendu me servir pour faire épouser
à ma fille un homme de ma religion, à lui en
faire épouser un de la sienne. Les paroles d'Albumazar, qu'il a dites sans dessein, et sur une
ressemblance où il s'est mépris, se trouvent une
véritable prédiction, et cette prédiction s'ac-
complit entièrement par le bonheur que trouve
ma fille à épouser un homme qui est l'admiration de son siècle. Il me reste seulement, seigneur, à vous demander la grâce de me vouloir
recevoir au nombre de vos sujets, et de me permettre de finir mes jours dans votre royaume.

Le roi et Consalve furent si surpris et si touchés du discours de Zulema, qu'ils l'embrassèrent sans lui rien dire, ne pouvant trouver de paroles qui expliquassent leurs sentimens. Enfin, après lui avoir témoigné leur joie, ils admirèrent long-temps toutes les circonstances d'une si étrange aventure. Néanmoins Consalve ne fut pas surpris qu'Albumazar se fût trompé à la ressemblance du prince de Fez ; il savait que plusieurs personnes s'y étaient trompées, et il apprit à Zulema que la mère de ce prince était sœur de Nugnez Fernando, son père, et qu'ayant été prise dans une irruption des Maures, elle fut conduite en Afrique, où sa beauté la rendit femme légitime du père du prince de Fez.

Zulema s'en alla apprendre à sa fille ce qui venait de se passer, et il lui fut facile de juger, par la manière dont elle reçut cette nouvelle, qu'elle n'était pas insensible au mérite de Consalve. Peu de jours après, Zulema embrassa publiquement la religion chrétienne ; on ne songea ensuite qu'aux préparatifs des noces, qui se firent avec toute la galanterie des Maures et toute la politesse d'Espagne.

FIN DE ZAYDE ET DU TOME PREMIER.

TABLE

DES MATIÈRES

CONTENUES DANS CE VOLUME.

FIN DE LA TABLE DU TOME PREMIER.